HEYNE<

Das Buch
Was wäre, wenn Handys mehr verbreiten würden als nur Information? Wenn das globale Netz drahtloser Kommunikation Geister freisetzen würde, die die uns bekannte Welt für immer verändern? Peter Russell, ein etwas abgehalfterter Schriftsteller und Regisseur, erhält eines Tages den Auftrag, die Werbekampagne für »Trans« zu leiten, die neueste Generation von Telefonnetz, verpackt in schicke Designer-Handys. Er sieht dies als große Chance – nicht nur um Geld zu verdienen, sondern auch um über den Tod einer seiner Töchter und eines engen Freundes hinwegzukommen. Doch genau das Gegenteil geschieht: Russell wird plötzlich von verstörenden Visionen heimgesucht, die darauf hindeuten, dass die Toten einen Weg gefunden haben, mit uns Kontakt aufzunehmen. Und ihr Medium ist »Trans«, das kurz davor steht, überall auf der Welt zum Einsatz zu kommen …

Der Autor
Greg Bear wurde 1951 in San Diego geboren und studierte dort englische Literatur. Seit 1975 als freier Schriftsteller tätig, gilt er heute als einer der ideenreichsten wissenschaftlich orientierten Autoren der Gegenwart. Seine zuletzt veröffentlichten Romane »Jäger«, »Das Darwin-Virus« sowie »Die Darwin-Kinder« wurden zu internationalen Bestsellern.

Mehr zu Greg Bear unter: www.gregbear.com

GREG BEAR

Stimmen

Roman

Aus dem Amerikanischen
von Usch Kiausch

Deutsche Erstausgabe

Wilhelm Heyne Verlag
München

Titel der amerikanischen Originalausgabe
DEAD LINES
Deutsche Übersetzung von Usch Kiausch

Umwelthinweis:
Dieses Buch wurde auf chlor-
und säurefreiem Papier gedruckt

Redaktion: Angela Kuepper

Copyright © 2004 by Greg Bear
Copyright © 2004 der deutschen Ausgabe und der Übersetzung
by Wilhelm Heyne Verlag, München
in der Verlagsgruppe Random House GmbH
www.heyne.de
Printed in Germany 10/2004
Umschlaggestaltung: Nele Schütz Design, München
Satz: Buch-Werkstatt GmbH, Bad Aibling
Druck und Bindung: GGP Media GmbH, Pößneck

ISBN 3-453-40011-9

Für
J. Sheridan Le Fanu
Henry James
M. R. James
Arthur Machen
H. P. Lovecraft
Shirley Jackson
Fritz Leiber
Richard Matheson
Kingsley Amis
Peter Straub
Bruce Joel Rubin
Ramsey Campbell
Dean Koontz
Stephen King

Allesamt unheimliche Leute

Ein Gespenst ist eine Rolle ohne Schauspieler.

Gespenster sind wie Filme: Die Geschichte spult weiter ab, auch wenn in Wirklichkeit keiner der Akteure mehr präsent ist. Wie verwelkte Haut verweilt ein Gespenst meistens noch so lange unter den Lebenden, wie es deren zerbrechliche Körper schützen kann.

Gar nicht so selten geschieht es, dass Menschen ohne inneren Kern auf die Welt kommen oder das bisschen Innenleben, das sie besitzen, auch noch verlieren. Das sind lebende Gespenster. Und wenn sie sterben – manchmal sogar noch früher –, tut sich ein Loch auf, durch das sich etwas aus dem Schattenreich ins Land der Lebenden schleicht.

Wir alle waren in jener Stadt versammelt, die davon lebt, Gespenster zu erzeugen. Wir waren dabei, als ein Mann damit anfing, die kostenlose Vernetzung der Stimmen anzubieten. Und wir sind auch jetzt dort – jämmerliche kleine Puppen, nichts als Staub.

Und dennoch eure Freunde – wenn ihr das nur erkennen könntet. Hättet ihr doch wenigstens so viel Grips, die Augen offen zu halten. Vielleicht hört ihr jetzt zu, auch wenn ihr es früher nie getan habt.

Bald schon werdet ihr zu uns stoßen.

Ihr seid als Nächste dran.

Kapitel 1

PAUL IST TOT. Ruf zu Hause an.

Peter Russell – ein untersetzter Mann, dessen Haar bereits ergraute – blieb auf dem Bürgersteig des Ventura Boulevards stehen und blickte mit zusammengekniffenen Augen auf die Nachricht, die sein Handy-Display anzeigte; in der grellen Nachmittagssonne war sie kaum zu erkennen. Er schob die runde Brille auf die Stirn und hielt das Handy näher an die kleinen, belustigt blickenden Augen, um den Text besser entziffern zu können.

Paul ist tot. Plötzlich fühlte er sich in seine Jugend zurückversetzt, als er eine Woche lang tatsächlich geglaubt hatte, Paul sei gestorben: Paul McCartney. *Ich bin das Walross.* Aber die Blockschrift auf dem Display hatte ihn getäuscht. In Wirklichkeit stand dort: *Phil ist tot.*

Die Erkenntnis versetzte ihm einen Schock, denn er kannte nur einen Phil: Phil Richards. Er hatte zwar seit einem Monat nichts mehr von ihm gehört, aber konnte und wollte nicht glauben, dass die Nachricht den Menschen betraf, der seit fünfunddreißig Jahren sein bester Freund war – der Nettere, Schwächere und höchstwahrscheinlich Begabtere des *P*-Gespanns. Es konnte doch unmöglich Phil erwischt haben, Phil mit seinem fast zehn Meter langen Grand-Taiga-Wohnmobil, der unbeirrt an ihrem uralten Plan festhielt, irgendwann einmal die längste tollkühne Crosscountry-Aussteiger-Tour zu machen, die zwei alte Knacker je unternommen hatten.

Doch nicht dieser Phil, bitte nicht.

Er überlegte, ob er auf die Rückruftaste drücken sollte. Was, wenn es nur ein dummer Scherz war, irgendein Spam auf seinem Handy?

Peter fuhr einen Oldtimer, ein Porsche-Coupé 356 C, das früher einmal knallrot gewesen war und inzwischen die Farbe verblichener Ziegelsteine angenommen hatte. Unbeholfen kramte er die Schlüssel heraus, um den Wagen aufzuschließen, und hätte dabei das Handy beinahe fallen gelassen. Das hier konnte er jetzt gar nicht brauchen, er hatte eine wichtige Verabredung. Wütend drückte er auf die Rückruftaste, worauf die Nummer mit Piepstönen angezeigt wurde. Er erkannte die Stimme an anderen Ende: Es war Carla Wyss, von der er schon seit Jahren nichts mehr gehört hatte. Sie klang aufgeregt und so, als hätte sie leichte Schuldgefühle.

»Ich wollte nur kurz vorbeischauen, Peter, hab den Schlüssel aus dem Versteck in der Glocke genommen und bin ins Haus. Und da hab ich den Zettel gefunden. Mein Gott, ich hatte keineswegs vor, bei dir herumzuschnüffeln. Jemand namens Lydia hat ihn für dich dagelassen.« Lydia war Phils Ex-Frau. »Ich hielt es für das Beste, dich zu benachrichtigen.«

Irgendwann hatte Peter Carla nach einer leidenschaftlichen Nacht in das Geheimnis der von dem italienischen Künstler und Designer Paolo Soleri entworfenen Bronzeglocke über der Eingangstür eingeweiht. Die Nachricht auf dem Zettel habe sie so niedergedrückt, sagte Carla, dass sie sich erst einmal ein Sandwich und ein Root-Bier aus seinem Kühlschrank habe holen müssen. Er sei ihr hoffentlich nicht böse.

»*Mi casa es su casa*«, erwiderte Peter und schluckte seinen Ärger hinunter, weil anderes jetzt wichtiger war. Er stieß mit der Zunge in die kleine Lücke zwischen den Schneidezähnen. »Ich höre.«

Carlas Stimme schwankte. »Also gut, auf dem Zettel steht: *Lieber Peter, Phil ist gestorben. Es steht noch nicht fest, ob an einem Herzinfarkt oder an einem Gehirnschlag. Ich teile dir später Näheres mit. Ihre Unterschrift ist gut lesbar.«* Carla holte Luft.

»War er nicht auch Schriftsteller? Hab ich ihn nicht hier im Haus kennen gelernt?«

»Tja.« Peter presste die Finger auf die Augen, um sich gegen die blendende Sonne zu schützen. Lydia wohnte seit einigen Jahren in Burbanks. Offenbar hatte sie jetzt Phils Freunde in Los Angeles abgeklappert. Carla schwatzte weiter auf Peter ein und erzählte ihm, Lydia habe die Nachricht mit Füller auf ein Blatt handgeschöpftes Papier geschrieben, es zusammengefaltet und mit Tesafilm und einer schwarzen Satinschleife verschlossen. Telefone hatte Lydia noch nie gemocht.

Phil ist tot.

Fünfunddreißig Jahre. Jugendjahre, in denen sie gemeinsame Träume gesponnen und Pläne geschmiedet hatten, während sie nachts im Garten auf den alten Rattansesseln mit den Schalensitzen gehockt hatten, die auf dem trockenen Gras zwischen den Wacholderbüschen standen. Jahre, in denen sie über Romane, Karrieren als Schriftsteller und große Ideen sinniert hatten. Phil hatte – nicht ohne eigennützige Hintergedanken – an Drehorten und bei Modeaufnahmen herumgehangen, aber er hatte Peter auch dabei geholfen, dessen sperrige, unverkäufliche Drahtskulpturen auf der Ladefläche des alten Ford Pick-ups zu verstauen, den sie über Jahre miteinander geteilt hatten.

Nur den Pritschenwagen, nicht die Frauen, hatte Phil sich beklagt.

Der schlanke, drahtige Phil mit dem kurzen mausgrauen Haar, der jedes Mal, wenn er eine nackte Frau gesehen hatte, so lieb gelächelt hatte. Der sich mit solcher Unbeholfenheit und Hingabe nach dem weiblichen Geschlecht gesehnt hatte.

»Alles in Ordnung bei dir, Peter?«, fragte Carla aus weiter Ferne.

»Herzinfarkt«, wiederholte Peter und hob das Handy wieder an den Mund.

»Oder ein Gehirnschlag, es steht noch nicht fest. Sie hat die Nachricht wirklich sehr geschmackvoll überbracht. Es tut mir so Leid.«

Er stellte sich Clara bei sich zu Hause vor. Clara, die ewige Enddreißigerin mit ihren gazellenartigen langen Beinen, die sicher in Radlerhosen steckten. Darüber ein blendend weißes elegantes Männerhemd mit hochgekrempelten Ärmeln, das sie in der Taille zusammengeknotet hatte, um ihren glatten flachen Bauch zu betonen.

»Danke, Carla. Du gehst wohl besser, ehe Helen kommt«, sagte Peter nicht unfreundlich.

»Ich lege den Schlüssel wieder in die Glocke. Ach ja, Peter, ich bin deine Mappen kurz durchgegangen. Hast du irgendwelche sexy Hochglanzfotos von mir, die ich ausleihen kann? Ich hab einen neuen Agenten, toller Typ, echt clever, und der will neue Sed-Cards von mir zusammenstellen. Ich bin in der engsten Auswahl für eine Kreditkartenwerbung.«

Carlas Agenten waren stets *tolle Typen* und *echt clever* gewesen. Und alle hatten sie in doppelter Hinsicht über den Tisch gezogen, ohne dass sie je daraus gelernt hätte. »Ich werd mal nachsehen«, erwiderte Peter, obwohl er bezweifelte, dass sexy Fotos ihr viel nützen würden.

»Du weißt ja, wo du mich findest.«

Allerdings. Und auch, wie sie roch und sich anfühlte. Mit einem Anflug unbestimmter Schuldgefühle hockte sich Peter auf den alten Sitz im sonnendurchfluteten Wagen, ließ die Tür halb offen und ein Bein heraushängen. Das aufgeheizte, zerschlissene Leder wärmte seine Hoden. Als ein cremefarbener Toyota Lexus vorbeisauste und hupte, zog er das Bein ein, schloss die Tür und kurbelte das Fenster so weit wie möglich – auf halbe Höhe – herunter. Sein Hals war schweißnass. In einer Stunde musste er in Malibu sein und präsentabel aussehen. Sein breites Gesicht über dem sorgfältig gestutzten, grau melierten Bart wirkte zerknittert.

Als Mann von achtundfünfzig Jahren konnte er es sich nicht einmal leisten, auch nur zehn Minuten alles stehen und liegen zu lassen und um seinen besten Freund zu weinen. »Verdammt noch mal, Phil«, murmelte er, während er mit einer Hand die Augen vor der Sonne und dem Verkehr abschirmte.

Er ließ den Motor an und nahm auf dem Rückweg zu seinem Haus, einem quadratischen Flachbau aus den Fünfzigerjahren in den Hügeln von Glendale, die Nebenstraßen. Als er ankam, war Carla bereits gegangen, nur ihr Parfümduft, *Gardenia*, hing noch in der warmen, unbewegten Luft auf der Terrasse. Helen war spät dran, vielleicht würde sie auch gar nicht kommen – er wusste nie, wofür sie sich letztendlich entscheiden würde –, also duschte er schnell und roch bald darauf frisch gewaschen und nach Seife. Er zog ein blau-rotes Hawaii-Hemd an, griff nach seinem besten Aktenkoffer aus kastanienbraunem Leder und verließ das Haus durch die alten Flügeltüren zur Terrasse. Der hoch aufgeschossene Jasmin, der am Spalier rankte, hatte ein paar Blüten getrieben. Ihr süßlicher Duft mischte sich mit Carlas Parfüm.

Einen Augenblick blieb Peter auf den roten Fliesen stehen und blickte durch das Spalier zu dem strahlend blauen Himmel empor. Schwer atmend drückte er den Ellbogen gegen einen rauen, von der Sonne verwitterten Pfosten: Wieder einmal spürte er die alte Beklemmung, die er stets in engen Räumen, Winkeln und an dunklen Orten empfand, besonders dann, wenn sich Dinge ereigneten, auf die er keinen Einfluss nehmen konnte, oder wenn er keine Fluchtmöglichkeiten sah. Eine Minute verstrich, dann eine zweite, bis sein Atem wieder ruhiger ging. Er holte so tief wie möglich Luft und drückte mit zwei Fingern auf die Innenseite seines Handgelenks, um den Puls zu überprüfen. Ganz normal. Als er mit der hohlen Hand ein paar Mal kräftig unter das Brustbein drückte, löste sich der Knoten in seiner Brust. Bisher hatte er noch nie einen Arzt gefragt, warum das funktionierte, aber es klappte jedes Mal.

Nachdem er sein Gesicht mit einem Papiertaschentuch abgewischt hatte, kritzelte er eine Nachricht für Helen auf die verschmierte Tafel, die unter der Soleri-Glocke festgenagelt war.

Danach griff er in den ehemaligen Ölbehälter, der nun als Stauraum im Freien diente und auf zwei Sägeböcken thronte, und zog ein leichtes Sommerjackett aus beigefarbener Seide heraus, das einzige, das er besaß. Vor sechs Jahren hatte er es in einem Ramschladen erstanden. Er schnupperte daran: Es roch nicht allzu moderig und würde es auch diesen Sommer, der sowieso schon in den Herbst überging, noch tun.

Er ließ den alten Porsche im Leerlauf rückwärts aus der Garage rollen. Der Motor ließ ein Brummen ertönen, das in ein sanftes Heulen überging, nachdem Peter mit dem langen Schalthebel – ebenfalls uralt und mit Holzknauf versehen – den ersten Gang eingelegt hatte.

Das Letzte, was er von Phil gehört hatte, war, dass er in Nordkalifornien herumreiste und versuchte, mit einem Roman weiterzukommen. Sie hatten sich schon seit Monaten nicht mehr gesehen. Peter überlegte, warum Freunde nicht wöchentlich oder sogar täglich miteinander Verbindung hielten. Schließlich hatte er einige der schönsten Augenblicke seines Lebens mit Phil verbracht, der einen ganzen Raum zum Strahlen hatte bringen können, wenn ihm danach gewesen war.

Peter wischte sich über die Augen, aber sie waren trocken, wie er an den Fingerknöcheln sah. Vielleicht würde er heute Abend Zeit zum Trauern finden. Allerdings war es gut möglich, dass Helen Lindsey bei ihm absetzte, und wenn er in Lindseys Gegenwart zu weinen anfing, würde womöglich eine Wunde aufreißen, die er besser gar nicht erst anrührte. Er konnte es sich nicht leisten.

Während er auf das Meer und Salammbo zufuhr, das Anwesen von Joseph Adrian Benoliel, fühlte er sich wie betäubt.

Kapitel 2

Trotz der gedämpften Farben war der Sonnenuntergang bemerkenswert: Der Himmel über den Hügeln und dem Meer wirkte wie Lapislazuli, und durch die braune Dunstglocke hindurch schimmerte die Sonne strahlend gelb wie ein Edelstein über dem grauen Wasser. Auf der kleinen, von Palmen gesäumten Straße, vorbei an grünen Rasenflächen, die so gepflegt wie Golfplätze wirkten und hier und da von Eukalyptus-Bäumen durchbrochen wurden, zuckelte Peter Russell im zweiten Gang dahin. Das Flaubert-Haus warf einen langen kühlen Schatten über die Zufahrt und den grasgrünen Eingangsbereich. Grillen zirpten balzend.

Das Anwesen *Salammbo* nahm acht Hektar Grund und Boden in bester Hanglage oberhalb von Malibu ein. Es hatte alles überlebt: Feuer, Erdbeben, Erdverschiebungen, die Weltwirtschaftskrise, die Karrieren zweier hier residierender Filmstars, deren Sterne im Lauf der Zeit gesunken waren, und selbst die Erschließung der Umgebung als Wohngebiet. In den mehr als dreißig Jahren, die Peter in Los Angeles und dem Tal verbracht hatte, war er niemals auf ein ähnliches Anwesen gestoßen. Es bestand aus zwei riesigen, verwinkelten Herrenhäusern, die man außer Sichtweite voneinander errichtet hatte. Beide boten einen herrlichen Ausblick auf die Abhänge und Täler voller Kreosotbüsche und Salbei; man konnte sogar bis nach Carbon Beach sehen.

Salammbo war der ideale Ort, um sich den eigenen Illusionen hinzugeben: dem schönen Traum, dass man sich Frieden erkaufen kann, dass Macht für immer währt, dass die Zeit vorbeieilt, ohne die schönen Seiten des eigenen Lebens zu berühren – Verschrobenheiten, Lebensstil, Abschirmung nach außen, mit viel Geld erkauft. Was Salammbo mit seiner Erhabenheit und Selbstsicherheit ausstrahlte, war die Gewissheit, dass das Leben unbeschadet von allen Krisen weitergeht, besonders wenn man über das nötige Kleingeld verfügt. Allerdings ließ sich in der Geschichte Salammbos einiges finden, das diese Gewissheit infrage stellte.

Salammbo war so, wie sich Neureiche den Himmel vorstellen mögen: Sein steingewordenes Motto lautete: *Das Haus des Herrn hat viele Wohnungen.* Nur war der Herr in diesem Fall im Jahre 1946 von der Welt verschieden. »Lordy« Trenton war in Wirklichkeit gar kein Adliger, sondern ein Schauspieler, der in Stummfilm-Komödien mitwirkte. Aufgewachsen in den Catskill Mountains und anfangs ein völlig unbeschriebenes Blatt, machte er schließlich Karriere und konkurrierte mehr als zwölf Jahre mit Charly Chaplin, Buster Keaton und Harold Lloyd. Allerdings verlor der Charakter, den er verkörperte – ein versoffener Aristokrat, der im Grunde ein anständiger Kerl war, aber das Chaos auf sich zog – für das Publikum noch vor der Weltwirtschaftskrise jeden Reiz. Trenton zog sich von der Schauspielerei zurück, als es sich für ihn noch irgendwie auszahlte. Genauer gesagt, mit einem »Riesen« auszahlte, denn für tausend Dollar konnte er 1937 alle Rechte an seinen Filmen veräußern.

Während der Wirtschaftskrise investierte Lordy in die Tonausrüstung von Filmen und machte viel Geld damit. Mitte der Dreißigerjahre ließ er das »Flaubert-Haus« errichten und bald darauf das benachbarte Anwesen, das manche zeitgenössischen Architekturkritiker als *Jesus weinte* bezeichneten. Trentons Freunde nannten das Gebäude »die Mission«. Sie bestand aus einem riesigen, kreisrunden Eingangsbereich, der von einer Kuppel aus maurischen Kacheln überdacht wurde, hohen Deckengewölben, Schlafzimmern mit schmiedeeisernem Inventar und dunkel gebeizten Eichenmöbeln, einem düsteren Speisesaal, in dem hundert Personen Platz fanden, und einem Wohnzimmer, das allein schon mehr als vierzig auf vierzig Meter maß. Ein Großteil von Trentons Vermögen ging dabei drauf.

Verfolgt von der Vorstellung, die Japaner könnten in Kalifornien einfallen, ließ Lordy Anfang der Vierzigerjahre das Flaubert-Haus und die Mission durch eine vierhundert Meter lange, unterirdische Bahnstrecke miteinander verbinden, deren Tunnel gleichzeitig als Schutzbunker dienen konnte. Rechts und links der Gleise hängte er an den glatt verputzten Ziegelsteinmauern europäische Ölgemälde des neunzehnten Jahrhunderts auf. Zur selben Zeit ließ er sich mit Emily Gaumont ein, einer problembeladenen jungen Künstlerin und Gelegenheitsschauspielerin. Nach ihrer Heirat 1944 verbrachte sie ihr letztes Lebensjahr damit, wie besessen lebensgroße Porträts von Lordy und vielen ihrer Freunde zu malen – als Clowns.

1945 brach während einer Party ein Feuer im Tunnel aus, das die Bahnlinie in Schutt und Asche legte. Emily und zehn Gäste kamen dabei ums Leben. Nach allem, was an die Öffentlichkeit drang, verbrannten vier Personen, darunter auch Emily, bis zur Unkenntlichkeit.

Ein Jahr später starb Trenton als einsamer und von Gerichtsverfahren gebrochener Mann an akuter Alkoholvergiftung.

Der nächste Hausherr, ein Handelskettenbesitzer Ende sechzig namens Greel, legte sich eine Geliebte zu, die angeblich französisch-kreolischer Abstammung war. Ihr zuliebe gab er eine Million Dollar dafür aus, die Mission im Stil »louisianischer Gotik« zu vollenden, wobei er alte und neue Architektur so miteinander vermischte, dass es den Augen wehtat und die Bezeichnung *Jesus weinte* auf Dauer an der Mission hängen blieb.

Greel starb 1949, er beging Selbstmord.

1950 erwarb Frances Saint Claire das Anwesen, eine Hitchcock-Blondine. Als sie von den Filmstudios auf die schwarze Liste gesetzt wurde, weil man ihr Sympathien für die Linke nachsagte, fand ihre Karriere ein jähes Ende. Sie heiratete Mortimer Sykes, einen cleveren Burschen, der früher gleichgeschlechtliche Neigungen gezeigt hatte, sie jedoch abgöttisch liebte und ihr Geld klug investierte, was eigentlich gar nicht zu ihm passte. 1955 ließen sie das dritte und letzte Herrenhaus von Salammbo errichten, das schicke, vom Bauhaus inspirierte *Four Cliffs*. 1957, nur sechs Monate bevor Saint Claire an Brustkrebs starb, fing ein Hain mit Eukalyptusbäumen Feuer. Die Flammen griffen auch auf zwei der drei Herrenhäuser über. *Four Cliffs* brannte zu Schutt und Asche nieder, während *Jesus weinte* größtenteils unversehrt blieb; nur der Speisesaal wurde völlig zerstört. Eine polizeiliche Ermittlung deutete auf Brandstiftung hin, doch Freunde in der Lokalpolitik sorgten dafür, dass die Sache vertuscht und nicht weiterverfolgt wurde – die Tragödie sei so schon schlimm genug.

1958 bot Sykes das Anwesen zum Verkauf an und zog nach Las Vegas. Als gebrochener, hoch verschuldeter Mann wollte er sich Geld leihen und geriet dabei an die falschen Leute. Zwei Jahre später fanden Wanderer seine Leiche in der Wüste verscharrt.

Fünf Jahre lang stand Salammbo leer. 1963 wurde Joseph Adrian Benoliel der neue Herr über das Anwesen. Lebenslang ein Einzelgänger, der erst sehr spät heiratete, machte er sein Vermögen damit, dass er sexuell freizügige Streifen vom Strandleben produzierte und eine Kette von Immobilienbüros leitete.

Zwischen 1970 und 1983 finanzierte er heimlich vier von Peter Russells leicht anrüchigen Filmen, in denen viel nacktes Fleisch gezeigt wurde, auch wenn es keine echten Pornos waren.

●

Peter parkte den Wagen, stieg aus und zog das Jackett über den Ansatz von Bauch, den er inzwischen mit sich herumschleppte. Bei seinen breiten Schultern fiel das Übergewicht zwar nicht besonders auf, aber mittlerweile wirkte er kaum noch wie ein künstlerischer Mensch, sondern eher wie ein in die Jahre gekommener Bodyguard. Allerdings spielte das kaum eine Rolle; den Benoliels war es sowieso egal.

Peter hob die Bronzefaust, die an der riesigen Eichentür als Klopfer befestigt war, und ließ sie auf die Platte fallen. Ein junger Mann mit kurzem schwarzem Haar, der beigefarbene Hosen und einen blauen Pullover in Übergröße trug, machte auf, musterte ihn von Kopf bis Fuß und hielt ihm irgendetwas hin, als wollte er den Armen spenden. Peter hatte ihn noch nie gesehen.

»Hier, Mr. Benoliel will es anscheinend nicht«, sagte der junge Mann in dem knappen Ton, mit dem Engländer gewöhnlich ihre Enttäuschung ausdrücken. »Die kosten nichts. Wer sind Sie?« Er drückte Peter ein schwarzes Oval aus Kunststoff in die Hand und trat zurück, um ihn ins Haus zu lassen.

»Das ist Peter Russell«, erklärte Joseph. »Lassen Sie ihn in Ruhe.« Mit Hilfe seines Gehstocks, dessen Gummispitze er energisch auf den Boden stieß, kam er hastig zum Eingang. Für einen Mann, der humpelte, bewegte er sich schnell. »Ich kann die gottverdammten Dinger nicht leiden.« Allerdings klang er nicht böse, sondern schenkte Peter ein gut gelauntes Lächeln. Er war Anfang siebzig, hatte den massiven Körperbau eines Football-Spielers, mit den Jahren jedoch Fett angesetzt. Da er das Fett aufgrund einer strikten Diät wieder abgebaut hatte, schwabbelte die Haut an seinen Armen, wie das kurzärmelige gelbe Golfhemd deutlich zeigte. Unter den ausgebeulten schwarzen Shorts stachen die von Diabetes geschwächten O-Beine hervor. Sein kurz geschorenes Stoppelhaar war schon seit langem weiß. »Kann es nicht ausstehen, wenn sie in Restaurants piepsen. Oder wenn Leute Auto fahren und dabei quasseln. Müssen immer mit jemandem verbunden sein, als ob sie verschwänden, wenn sie zu reden aufhörten. Auf dieser Welt wird sowieso schon viel zu viel geschwatzt.« Er machte eine Handbewegung, die sowohl ein Sichfügen in das Unvermeidliche als auch Ärger und Ablehnung andeutete. »Falls Sie das verdammte Ding haben wollen, stellen Sie's ab, solange Sie hier sind.«

»Sie lassen sich nicht abstellen«, bemerkte der junge Mann und trat näher an Peter heran. Seine großen blauen Augen taxierten den Neuankömmling so, als wollte er seinen Charakter und die Größe seines Geldbeutels abschätzen. »Allerdings kann man den Klingelton leiser stellen.«

Peter lächelte, als hätte er einen Witz nur halb mitbekommen. »Was ist das überhaupt?«

»Bietet kostenloses Telefonieren«, erwiderte Joseph. »Nur funktioniert es nicht. Wo ist denn Mischie?«

»Sie hat mir gesagt, ich soll aufmachen«, erklärte der junge Mann.

»Ach, zum Teufel, Peter hat doch einen Schlüssel. Mischie!«

Der junge Mann betrachtete Peter mit neu entwickeltem, wenn auch unsicherem Respekt.

Mischie – Michelle – kam aus dem Gang, der zum Salon im hinteren Teil des Hauses führte. »Hier bin ich.« Sie lächelte Peter zu und hakte Joseph ein. »Zeit, dass wir dem Äffchen seine Erdnüsse geben, Zeit für die kleinen Muntermacher, Ihre Lordschaft«, verkündete sie mit aufgesetzter Fröhlichkeit. »Komm schon, Liebling.«

Joseph starrte mit finsterer Miene auf den kleinen Fahrstuhl links von der langen Treppe, als drohte ihm Unheil von dort. »Lassen Sie mich bloß nie allein mit ihr, Peter.«

»Ihr beiden Hübschen wartet am besten im Salon«, befahl Michelle mit affektierter Stimme. »Dauert nicht lange, wir sind schnell fertig.«

»Bin jetzt schon fertig«, grummelte Joseph. »Wenn ich irgendwas hasse, dann sind's Erdnüsse.« Im Vorübergehen strich er Peter über den Arm.

•

»Nettes Paar«, bemerkte der junge Mann, nachdem sie in einer Nische Platz genommen hatten, die einen Ausblick auf die Rasenflächen im Westen gewährte. Weit draußen, über den Klippen und dem Meer, neigte sich der Tag versonnen seinem Ende zu. »Die haben doch nur Spaß gemacht, oder?«

»Das nehme ich an. – Ich bin Peter Russell.«

»Stanley Weinstein.«

Sie beugten sich in ihren Sesseln vor – die Sitzgelegenheiten im Flaubert-Haus standen stets so weit voneinander abgerückt, dass man fast brüllen musste, um sich miteinander zu verständigen – und tauschten einen Händedruck.

»Suchen Sie nach einer Sache, in die Sie investieren können?«, fragte Peter.

»Nein, nach einem Investor«, berichtigte Weinstein. »Eine Million Dollar ist das Mindeste. Ein Klacks, wenn man damit eine Revolution finanziert.«

»Eine Revolution in der Telekommunikation?«

Weinstein verzog das Gesicht. »Lassen Sie uns dieses Wort bitte vermeiden.«

Peter hob das schwarze Plastikding vors Gesicht, drehte es so lange, bis er eine Nahtstelle gefunden hatte, und versuchte, sie mit dem Daumennagel anzuheben, ohne Erfolg. »Wenn's kein Handy ist, was ist es dann?«

»Wir nennen es Trans. T, R, A, N, S geschrieben, im Singular wie im Plural. Wenn Sie ein bisschen Geld locker machen, bekommen Sie eins für den persönlichen Gebrauch. Wenn Sie viel investieren, erhalten Sie mehrere und können sie an Ihre Freunde verteilen. Sehr schicke Dinger, Spitzentechnologie, so was ist noch gar nicht auf dem Markt. Spüren Sie, wie leicht es ist? Qualitätsware.«

»Sieht aus wie ein Handy«, sagte Peter. »Ist aber keins?«

»Fast ins Schwarze getroffen«, bestätigte Weinstein mit schräg gelegtem Kopf. »Im nächsten Jahr kosten sie noch nichts. Danach gehen wir damit an die Öffentlichkeit und machen Niederlassungen in jedem Einkaufszentrum der Welt auf.«

»Und Joseph will nicht investieren?«

Weinstein zuckte die Achseln. »Die Vorführung ist nicht gut

gelaufen. Scheint irgendwie mit diesem Gebäude zusammenzuhängen.«

»Es hat Stahlträger. Und jede Menge Steine.«

»Trans wird überall funktionieren, vom Mittelpunkt der Erde bis zum Mond.« Weinstein blies die Backen auf. »Weiß nicht, warum es hier nicht klappt, werd meinen Chef fragen müssen.«

»Und Ihr Chef ist ...?«

Weinstein legte einen Finger an die Lippen. »Mr. Benoliel vertraut Ihnen?«

»Das nehme ich doch an. Jedenfalls vertraut er darauf, dass ich ihn nicht allzu oft um Geld anhaue.«

Weinstein reagierte mit einem seltsamen Blick und wedelte mit dem Finger in der Luft herum. »Geht's hier um die kleinen Muntermacher?«

»Das war wirklich nur ein Scherz. Ich erledige bestimmte Dinge für die Benoliels. In Wirklichkeit bin ich ein Niemand.«

Weinstein blinzelte ihm zu. »Aber Sie haben Einfluss. Die Benoliels vertrauen Ihnen, das hab ich schon gemerkt. Behalten Sie das Ding. Eigentlich kann ich Ihnen sogar mehrere geben. Verteilen Sie die Dinger an Ihre Freunde. Aber wenn Sie mir einen Gefallen tun möchten, dann geben Sie eines davon einem guten Freund von Mr. Benoliel, besser noch jemandem, der mit Mrs. Benoliel befreundet ist.«

Peter schüttelte den Kopf. »Ich hab schon ein Handy. Jede Woche bekomme ich Anrufe, die mir irgendeinen neuen Service versprechen.«

»Und wie wär's, wenn überhaupt kein Service nötig wäre?« Weinstein spreizte die Finger wie ein Magier. »Ein Gerät von Trans hält ein Jahr lang, danach ersetzen Sie's durch ein anderes, wobei der Preis noch nicht feststeht, aber er liegt in jedem Fall unter dreihundert Dollar.

Dafür können Sie zu jeder Tages- und Nachtzeit unbegrenzt telefonieren, von jedem Ort der Welt aus. Ist viel besser als ein Digital-Telefon, die analoge Tonwiedergabe hat nämlich eine

Eins-zu-eins-Qualität, wie Gott sie für uns vorgesehen hat. Mögen Sie Vinyl-Schallplatten?«

»Hab immer noch einige.« In Wirklichkeit besaß Peter Hunderte, vor allem Platten mit Jazz, klassischer Musik und dem guten alten Rock 'n' Roll der Sechzigerjahre.

»Dann wissen Sie ja, was ich meine. Klingen wunderbar, als ob jemand einem leise ins Ohr flüstert. Keine Interferenzen, nur sauberer Ton. – Wenn Sie Mr. Benoliel davon überzeugen können, dass wir große Dinge vorhaben, erhalten Sie von uns Ihr Leben lang kostenlos Trans-Apparate. Sie selbst und fünf, nein zehn Ihrer Freunde.«

Peter lachte trocken. »Und weiter?«

Weinstein zog eine Augenbraue hoch. »Fünftausend in Aktien. Offiziell anerkannte Vorzugsaktien, die auf dreiundzwanzig Dollar pro Stück festgesetzt werden.«

Peter zog die Augenbraue noch höher als Weinstein. Nicht umsonst hatte er im Filmgeschäft überlebt.

Weinstein grinste verschlagen. »Oder fünftausend Dollar bar auf die Hand, zahlbar, wenn Mr. Benoliel investiert. Sie können es sich aussuchen.«

»Wie wär's mit zehntausend?«

Weinstein behielt das freundliche Lächeln bei, auch wenn es jetzt leicht verkrampft wirkte. »Okaaay«, sagte er schließlich und ahmte dabei Josephs bedächtigen, schleppenden Ton nach. »Wir sind im Geschäft.« Er zog ein zusammengefaltetes Blatt aus der Tasche und notierte darauf irgendetwas mit Füller. »Haben Sie einen Agenten?«

»Der hat schon ein Weilchen nichts mehr von mir gehört.« Peter musterte den kurzen, sorgfältig geschriebenen Vertragstext. Die angegebene Adresse lag in Marin County. Wahrscheinlich würde er wegen Phils Beerdigung sowieso bald in den Norden fahren müssen – falls überhaupt eine offizielle Bestattung vorgesehen war. Er bat um den Füller und unterzeichnete. »Ach, was soll's«, bemerkte er. »Joseph lässt sich sowieso fast nie umstimmen.«

Weinstein entschuldigte sich und kehrte wenige Minuten später mit einem weißen Pappkarton zurück, in dem, von mehreren Schaumstoffschichten geschützt, zehn Plastikapparate in verschiedenen fröhlichen Farben lagen. »Sind alle betriebsbereit und halten ein ganzes Jahr. Drücken Sie die HILFE-Taste, dann erhalten Sie die Bedienungsanleitung.«

»Und wie klappt man das Ding auf?«

Weinstein zeigte es ihm. Als er auf eine kaum sichtbare seitliche Vertiefung drückte, löste sich die obere Hälfte und glitt geschmeidig zur Seite.

Es waren weder Knöpfe noch Tasten zu sehen. Den größten Teil der Oberfläche nahm ein kleiner Bildschirm ein, der, ausgestattet mit einem schwarzen Feld, das auf Berührung reagierte, sofort perlweiß aufleuchtete und Buchstaben anzeigte. Das Trans sah anders aus als sein Handy von Motorola. Es war sorgfältig durchkonstruiert und lag mit seinem kaum merklichen Gewicht und der leichten Wärme angenehm in der Hand, genau richtig.

»Ist doch nicht etwa ein Geschenk von Außerirdischen?«

»Könnte durchaus dafür durchgehen.« Weinstein kicherte.

»Nein, es ist ganz und gar von dieser Welt, von Menschen gemacht, von ... bestimmten Leuten.« Er reichte Peter den Karton und sah sich im Salon um. »Ist wirklich toll hier. Arbeiten Sie schon lange für die Benoliels?«

Peter lächelte nur. Joseph mochte es gar nicht, wenn man über ihn redete. Egal, wie. Egal, wer.

Weinstein wurde ernst. »Wenn Sie das erledigen, Mr. Russell, laden wir Sie in unsere neue Firmenzentrale ein. Dort bekommen Sie auch Ihr Vermittlungshonorar und können den Mann kennen lernen, der hinter Trans steckt.«

Peter schloss den Karton. »Ich werde die Dinger in meinem Wagen verstauen.«

»In dem hübschen alten Porsche? Ist es ein Nachbau des Originals?«

»Keineswegs.«
»Dann ist der Wagen älter als ich«, bemerkte Weinstein.

Nachdem Weinstein gegangen war, stieg Peter hinter Michelle die lange geschwungene Marmortreppe zum zweiten Stock hinauf. Das Flaubert-Haus war riesig und mit seinen dicken Mauern still wie ein Grab, aber auf seine Weise strahlte es durchaus Heiterkeit aus.

»Das war ein peinlicher Besuch«, murmelte Michelle. »Joseph hat vor Jahren mal den Vater von irgendjemand gekannt. Und jetzt schickt einer von dessen Jungs einen Vertreter, um ihn um 10 Millionen Dollar zu erleichtern.«

Auf den letzten Treppenstufen ging Peter schweigend neben Michelle her. Erst im Alter von mehr als vierzig Jahren war ihm klar geworden, dass die wahre Kunst des Gesprächs im Zuhören besteht.

»Joseph ist in letzter Zeit ein bisschen niedergedrückt. Nicht, dass er je vor Leben gesprüht hätte, wissen Sie? Aber er ist nicht mehr so verschmitzt wie früher.«

Ehrlich gesagt hatte Peter von Joseph nie den Eindruck gehabt, er besäße einen verschmitzten Humor. Sofern er überhaupt Charme ausstrahlte, dann lag er in rücksichtsloser Offenheit, in intelligenter Konversation, in der fast schon unheimlichen Fähigkeit, Menschen richtig einzuschätzen – und hin und wieder einen guten Witz zu reißen. Mit den Jahren hatte Peter eine gewisse Zuneigung zu Joseph entwickelt. Ehrlichkeit und gelegentliche Witze konnten vieles andere ausgleichen.

Michelle sah müde aus. »Er hat mir erzählt, dass er Sie mit einer schwierigen, unangenehmen Sache behelligen möchte, will mir aber nicht verraten, worin sie besteht. Glauben Sie, es handelt sich um eine *Sache unter Männern*?« Ihre langen Beine legten an Tempo zu, als sie den breiten, mit dicken Berberteppichen ausgelegten Gang durchquerte.

»Vielleicht soll ich ihm Erdnüsse besorgen«, erwiderte Peter trocken.

Michelle grinste gequält. »Ich sag ihm, dass Sie jetzt da sind.« Sie ließ ihn auf dem Gang stehen, dessen Wände gerahmte Hochglanzfotos von Filmstars zierten. Die meisten der schicken Porträts waren signiert – Andenken an Josephs Zeit als Filmproduzent. Peter erkannte sie alle: schöne Menschen, und wenn nicht schön, dann wenigstens seelenvoll. Einige mit grüblerischem, andere mit sonnigem Gesichtsausdruck. Manche gaben sich humorvoll, manche würdevoll. Einige wirkten verführerisch, andere unzugänglich. Doch unabhängig davon, welche Haltung sie einnahmen: Alle strebten sie nach Beachtung und Anerkennung. Schon vor langer Zeit war ihm etwas aufgegangen, das für fast alle Schauspielerinnen und Schauspieler galt: Zu realen Menschen wurden sie erst, wenn sie Zuschauer hatten – wenn sie auf der Leinwand agierten. Hinter verschlossenen Türen waren sie einsame Menschen, denn in Wirklichkeit steckten sie ja in Filmspulen, waren eingesperrt in ein dunkles Metallgehäuse … Wenn ein Schauspieler kein Publikum hat, wenn ihm niemand zusieht, ist das für ihn schlimmer als die Vorhölle.

»Alles klar«, sagte Michelle, als sie zurückkam. »Er ist vorzeigbar.« Sie öffnete eine Tür am Ende des Ganges. »Joseph, hier ist Peter.«

»Wer sollte es denn sonst sein, Eliot Ness* vielleicht?«, bellte eine Stimme aus dem Dunkeln.

Michelle seufzte. »Sie bekommen eine zehnprozentige Sonderzulage, wenn er nach Ihrem Besuch ein zufriedener Mensch ist.«

»Das hab ich gehört!«

Michelle stöhnte laut auf und machte die Tür hinter Peter zu.

---

* Eliot Ness: Berühmter amerikanischer Ermittler während der Zeit der Prohibition. In den Dreißigerjahren Sicherheitschef in Cleveland, Ohio. – Anm. d. Übers.

Joseph saß in einem riesigen Ledersessel neben Fenstern, die vom Boden bis zur Decke reichten und auf einen falschen Balkon hinausgingen. Der Mauervorsprung war nur dreißig Zentimeter breit und mit einem schwarzen schmiedeeisernen Geländer eingefasst. Die Lampen der Zufahrtsstraße und das letzte Aufleuchten des Abendhimmels tauchten den alten Mann in breite, körnige Streifen von Licht, so dass sich seine Silhouette deutlich vom dunklen Hintergrund abhob. Es sah so aus, als hätte jemand Josephs Umrisse mit Kreide auf Samt skizziert. Der Raum war mit zwei braunen Ledersofas ausgestattet, zwischen denen ein schwerer quadratischer Tisch aus schwarzem Granit stand, außerdem mit einer uralten Theke aus Eichenholz, die angeblich aus einer Kneipe in Dodge City stammte.

»Verdammt unangenehmer Besuch«, bemerkte Joseph. »Hat Weinstein versucht, Sie mit ins Boot zu holen?«

»Tja, den Ehrgeiz hatte er wohl.«

»Und will's mit Zins und Zinseszins vergüten.«

Peter nickte. Nach und nach gewöhnten sich seine Augen ans Zwielicht.

»Hat er Ihnen Aktien versprochen, falls Sie mich zum Investieren überreden?«

»Und Bares auf die Hand.«

Joseph kicherte. »Die bearbeiten mich schon seit einer Woche, dabei funktionieren die gottverdammten Dinger überhaupt nicht. Man könnte ja meinen, dass die das prüfen, ehe sie versuchen, einen *reichen alten Dummkopf* anzugraben.« Es schwang etwas Seltsames in dieser Formulierung mit. »Das Alter triumphiert über den Reichtum«, murmelte er. »Und die Dummheit über das Alter.« Er starrte weiter aus dem Fenster, während Peter knapp zwei Meter vor seinem Sessel stehen blieb. »Jedenfalls bin ich froh, dass Sie da sind. Ich brauche Sie nämlich, Sie sollen in meinem Auftrag eine Frau besuchen. Interessiert?«

»Ihnen zuliebe jederzeit.«

»Möglicherweise hat sie mehr Charisma als jede andere Frau auf dieser Welt; mit Sicherheit zählt sie zu den Klügsten. Ginge ich selbst, würde sie mich glatt in den Sack stecken. Aber Sie ... Sie kennen die Frauen besser als sonst jemand. Sie werden's überleben.«

Peter deutete ein skeptisches Lächeln an.

»Das stimmt aber. Sie haben's mit gut zweihundert Frauen getrieben, haben zweitausend oder mehr fotografiert, und Michelle mag Sie wirklich. Ich kenne keinen anderen Mann, der mit einer solchen Biografie aufwarten kann.«

»Wer hat Ihnen mein Sündenregister offenbart?«

»Wir kennen einander lange genug. Selbstverständlich habe ich einige Auskünfte über Sie eingeholt, ehe ich Ihre Filme finanziert habe.«

»Was Sie da anführen, ist aber leicht übertrieben. Allerdings hab ich nie Buch geführt ...«

Joseph streckte die Hand hoch, spreizte die Finger und ließ sie wieder auf die Sessellehne fallen. »Ehe sie mich traf, kannte Michelle viele Fotografen. *Langhaarige Mistkerle, Schweine* und *Scheißtypen* hat sie die genannt. Aber Sie hat sie immer davon ausgenommen.«

»Ich bin also ein Ehrenmann?«

»Bestimmt nicht, wenn Sie für mich arbeiten.« Joseph verlagerte seinen Sitz. »Die Frau, die Sie treffen werden, ist zwar schon siebzig Jahre alt, aber die schönste, die ich je gesehen habe. Niemand kann ihr das Wasser reichen. Ich hab sie im Fernsehen erlebt. Ihre Zähne sind nicht perfekt, aber sie lächelt wie irgendeine asiatische Heilige, wie die auch heißen mag ...«

»Kwan Yin?«

»Kann sein. Sie nennt sich jetzt Sandaji, früher hieß sie Carolyn Lumley Pierce. Sie stammt aus der Bay Area und hat mal als New-Age-Groupie angefangen. Aber nach den Informationen, die ich über sie eingeholt habe, ist sie durch die Hölle gegangen und seitdem klüger. Erstaunliche Geschichte. Sie hält

Meditationsseminare in Pasadena ab.« Joseph senkte die Stimme zu einem nachdrücklichen Flüstern. »Ich möchte, dass Sie ein Geldbündel – zehntausend Dollar in Hunderter-Scheinen – auf ihren Spendenteller legen. Und danach stellen Sie ihr meine Frage und bringen mir morgen früh die Antwort.«

Das, was Peter für Joseph erledigte, war ganz unterschiedlicher Natur und häufig recht seltsam, aber Ähnliches hatte er noch nie für ihn getan. Er selbst mochte die New-Age-Typen nicht, weder die Führer noch die Anhänger. Sie hatten ihn enttäuscht.

»Hier ist die Wegbeschreibung. Und die Kohle.« Joseph streckte ihm ein zusammengefaltetes Blatt und ein dickes Bündel Geldscheine hin. »Und sagen Sie nichts zu Michelle. Sie ist immer noch sauer auf mich, weil ich letzte Woche eine Viertelmillion Dollar für eine Armbanduhr ausgegeben habe.«

»Mein Gott«, entfuhr es Peter.

»Ist eine gute Uhr«, erwiderte Joseph gereizt. Er zog das Ärmelbündchen seines Pullovers so hoch, dass breites, glänzendes Platin zu sehen war. »Vielleicht vererbe ich sie Ihnen, wenn ich sterbe.«

»Ich bin ein bescheidener Mensch«, entgegnete Peter.

»Nun gut. Michelle hängt mir sowieso schon am Kragen, also sagen Sie ihr nicht, wie viel Geld hier im Spiel ist, ja?«

»Alles klar.« Peter verstaute das Geld und die Wegbeschreibung in der Jackentasche. Die Scheine drückten gegen das Trans.

Joseph fröstelte. »Verdammt noch mal, ist es kalt hier drinnen! Sie sehen bedrückt aus, Peter, noch schlimmer als ich, und dabei fühle ich mich wie ein matschiger alter Kohlkopf. Was ist los?«

»Mein Freund ist gestorben. Ein Schriftsteller namens Phil Richards.«

»Das tut mir Leid. Freunde ... Man kann es sich nicht leisten, auch nur einen zu verlieren.« Josephs Blick wandte sich von Peter ab und wanderte in die hinterste Zimmerecke. »Da draußen spiegelt sich irgendwo Mondlicht im Wasser«, murmelte er. Als Peter über Josephs Schulter blickte, sah er, dass ein schwacher, milchig-trüber Lichtschein über die Zimmerdecke spielte. Gleich darauf war er verschwunden.

»Was soll ich die Frau denn überhaupt fragen?«

»Ich habe einen Termin für ein Gespräch unter vier Augen ausgemacht. Sie werden völliges Stillschweigen darüber bewahren. Ich vertraue Ihnen, Peter ... aber ich möchte trotzdem, dass Sie's mir versprechen. Schwören Sie's mir – so gut ein Atheist dem anderen etwas schwören kann, ja?«

»Ich schwör's bei meinem Leben.«

Das schien Joseph auszureichen. Wie ein Schuljunge, der gleich etwas aufsagen möchte, faltete er die Hände im Schoß. Peter hatte ihn noch nie so verwundbar erlebt. »Fragen Sie Sandaji, ob sie es für möglich hält, dass jemand ohne Seele leben kann. Fragen Sie das unter vier Augen, nicht vor all diesen Arschkriechern und Gecken mit den weißen Kragen, die sich bei ihr eingenistet haben.«

»Ob jemand – ohne Seele – leben kann«, wiederholte Peter.

»Machen Sie sich nicht lustig über mich, Peter Russell.« Josephs Stimme klang jetzt hart und prononciert. Im Licht des aufgehenden Mondes wirkte sein Gesicht so stählern wie ein teures Messer.

»Ich wollte nicht unhöflich sein, Mr. Benoliel«, erklärte Peter. »Wollte mir nur einprägen, was ich zu fragen habe.«

●

»In letzter Zeit ist er dermaßen mies drauf«, sagte Michelle im Eingang, während sie Peter die Haustür aufhielt. Die Lampen der Veranda tauchten die Steinmauern in gedämpftes goldenes Licht. »Bitte heitern Sie ihn auf.«

»Ist das nicht Ihre Aufgabe?«

»Sie sind heute Abend aber kurz angebunden.«

»Mein bester Freund ist gerade gestorben.«

»O Scheiße, tatsächlich?« Michelle wirkte schockiert und plötzlich traurig. Ihre Miene veränderte sich so, als ginge der Vorhang zu einem neuen Theaterstück auf. Sie richtete sich auf und ließ die Tür los. »Wie steht's mit Ihrer Zeit? Können Sie noch auf einen Drink bleiben?«

»Sie wissen doch, dass ich nicht trinke.«

»Für mich ein kleines Glas Sherry, und Sie bekommen Ginger Ale«, erwiderte sie mit gekonnter Liebenswürdigkeit. »Um auf Ihren Freund anzustoßen.«

Sie begaben sich in die riesige Küche, wo Michelle Peter einen Platz an der marmornen Frühstückstheke zuwies. Da nur die Theke beleuchtet war und der übrige Raum im Schatten lag, kam Peter sich so vor, als säße er im Rampenlicht. Nachdem Michelle sich selbst Sherry und ihm Ginger Ale eingeschenkt hatte, setzte sie sich neben ihn in die Ecke. »Auf Ihren Freund.« Sie hob das Glas.

»Auf Phil.« Peter merkte, wie seine Schultern zuckten. Er verschluckte sich am Ginger Ale und begann zu würgen, was er dazu nutzte, die Tränen zu verbergen. Er hustete, bis der Drang, einfach loszuheulen, fast verschwunden war.

Michelle reichte ihm eine Serviette, damit er sich die Augen trocknen konnte. »Möchten Sie über ihn reden?«

»Ich glaube nicht, dass die Zeit dazu reicht.«

»Ihr Termin ist doch erst in anderthalb Stunden. – War er berühmt?«

»Eigentlich nicht. Er war ein besserer Schriftsteller als ich, vielleicht auch ein besserer Mensch.«

»Schreiben Sie selbst denn noch?«

»Nur wenn ich Geld brauche.«

»Ich bewundere Menschen, die aus ihrem Talent etwas machen.« Michelle stellte ihr Glas ab. »Was halten Sie von Weinstein?«

»Das ist ein kleiner Gauner, für Geld würde der alles tun.« Peter griff in die Jackentasche und holte das Trans heraus, das reibungslos an dem Bündel mit Hundertdollarnoten vorbeiglitt. »Hab's noch nicht ausprobiert.«

»Geben Sie mir Ihre Nummer«, sagte Michelle. »Weinstein hat eine ganze Kiste hier gelassen. Ich werd mir ein hübsches Blaues aussuchen.«

»Funktionieren die überhaupt?«

»Im Haus offenbar nicht. Aber ich muss sowieso öfter mal nach draußen. Außerdem zahlt Weinstein Ihnen was, falls wir Joseph zum Investieren überreden können ... Stimmt doch, oder?«

Peter lächelte reumütig, neigte den Kopf und nickte. Er öffnete das Gerät und las laut die Ziffern vom Bildschirm ab. Es war eine seltsame Telefonnummer: sieben Zahlenpaare, jeweils durch Bindestrich voneinander abgetrennt.

Michelle notierte sich die Nummer auf einem Zettel. »Sehen Sie?«, sagte sie und strich ihm über die Hand. »Früher war ich hart drauf. Wurde ins Wasser geworfen und musste Schwimmen lernen. Ich kenne das Leben. Ist nicht leicht, einen sicheren Hafen zu finden.« Sie schüttelte ihr Haar und und streckte eine Hand aus, als wollte sie die Mauern der Küche zurückdrängen. »Ich verliere mich hier einfach. Jetzt bin ich schon dreizehn Jahre mit Joseph zusammen und hab immer noch nicht alle Räume erforscht.« Sie schüttelte den Kopf. »Die Hälfte ist nicht einmal möbliert. Ich könnte mit den Gebäuden alles anstellen, wozu ich Lust habe, aber Joseph und ich sind ja ganz allein, bis auf Sie und das Putzpersonal, das ein-, zweimal in der Woche kommt. Joseph möchte hier kein Personal wohnen haben.«

»Ist schon ein stiller Ort.«

»Sehr still.« Michelle griff nach Peters Trans und klappte es auf. »Weinstein hat mir das Ding vor einigen Tagen erklärt, ehe er mit Joseph gesprochen hat. Ist das Ihr Einziges?«

»Er hat mir noch neun andere gegeben. Soll ich sie wegwerfen?«

»Aber nein. Vielleicht liegt's ja nur am Wetter, und sie funktionieren irgendwann auch im Haus. Wir werden sie einfach weiterverteilen. Hat ja keinen Zweck, sie im Karton liegen zu lassen. Ich rede noch mal mit Joseph und versuche ihn zu überzeugen. Ihnen zuliebe, nicht um Weinstein zu helfen.«

Peter beugte sich vor. »Ich weiß gar nicht, was ich sagen soll. Sie behandeln mich wie einen Bruder.«

»Sie könnten genauso gut ein Bruder sein. Sie wissen, wo die Grenzen liegen, und schenken mir mehr Achtung, als meine Brüder mir je erwiesen haben. Ihnen ist klar, dass mein Job hier nicht leicht ist und ich trotzdem daran festhalten möchte. Wir haben beide viel von derselben Welt gesehen, wenn auch von verschiedenen Seiten des Zauns. Und wir meinen beide, was wir sagen.«

»Meine Güte ... Ich weiß nicht, wie ich's ausdrücken soll, aber das weiß ich wirklich zu schätzen.«

Michelles Lippen zuckten. »Sie sind jemand, mit dem ich noch einiges vorhabe, Peter Russell.« Sie nippte am Sherry. »Wenn man den Toten zuprostet, fühlen sie sich getröstet und machen einem nicht mehr zu schaffen. Und dann denkt man nur noch Gutes über sie.«

»Sie klingen so, als hätten Sie Erfahrung damit.«

Michelle lächelte. »Das hat mir meine Großmutter erzählt, als ich noch ein kleines Mädchen war. Sie war Französin und stammte aus Louisiana.«

Peter griff nach seinem Glas, und sie stießen nochmals auf Phil an.

»Möge er fest schlafen«, sagte Michelle.

Kapitel 3

Jospehs Wegbeschreibung folgend, fuhr Peter nach Pasadena hinein und weiter durch mehrere schmale Gassen. Die sommerliche Abendluft strömte durch die halb geöffneten Wagenfenster und verbreitete den frischen Geruch von Wacholder und Eukalyptus, gemischt mit dem süßlichen Duft von Geißblatt. Purpurrote Jakaranda-Blüten hatten sich in den Abflussrinnen gesammelt und klebten dort so zusammen, dass sie ganze Ströme bildeten. Altmodische Straßenlaternen sorgten mit ihrem schwachen gelblichen Schein für einzelne Lichtflecken.

Er fuhr langsam und hielt dabei Ausschau nach einem renovierten Greene&Greene*-Haus, dem klassischen einstöckigen Fachwerkbau mit Elementen japanischer Architektur.

Sie können es gar nicht verfehlen, hatte Joseph auf der Wegbeschreibung notiert. *Die Hausnummer ist von der Straße aus nicht zu sehen. Laut Stadtführer ist vorn eine große Mauer aus Flusskieseln, dahinter ein Bambus-Garten.*

Josephs und Peters letzte gemeinsame Filmproduktion stammte aus dem Jahre 1983 und trug den Titel *Q.T., the Sextraterrestrial*. Es war Peters teuerster Film gewesen, er hatte dabei eine halbe Million Dollar verbraten. Da der Film seiner Zeit hinterher hinkte, war er erst gar nicht in die Kinos gekommen, sondern nur in den Nachtprogrammen einiger Fernsehsender gelaufen.

---

* Greene&Greene-Haus: Gebäude nach dem Entwurf der berühmten amerikanischen Architekten Charles Sumner Greene (1868–1957) und Henry Mather Greene (1870-1954). Ihr Baustil ist stark von japanischen Einflüssen geprägt. Die Brüder wirkten unter anderem an ihrem Wohnort Pasadena. – *Anm. d. Übers.*

Der Trend zu harten Pornofilmen hatte Peters Filmkarriere schwer zu schaffen gemacht und ihn schließlich aus dem Geschäft gedrängt. Unabhängig von allen moralischen Überzeugungen, hatte Peter sich stets anständiger als seine Konkurrenten verhalten. Seine Damen hatten ihm so am Herzen gelegen, dass es ihm wehgetan hatte, mit anzusehen, wie sie zu Produzenten harter Pornostreifen übergewechselt waren. Einige waren dabei in der Gosse gelandet, andere zu Untergrund-Legenden geworden.

Dennoch hatte er sich innerlich nie vom Filmemachen verabschiedet. Als er Anfang der Neunzigerjahre Benoliel aufgesucht hatte, um ihn zur Mitfinanzierung eines billigen Horrorfilms zu bewegen, hatte er im Flaubert-Haus eine neue Situation vorgefunden: Joseph hatte vor zwei Monaten eine sehr viel jüngere Frau geheiratet. Michelle hatte Peter sofort sympathisch gefunden und sein Drehbuch gelobt, aber Joseph hatte sich trotzdem geweigert, gutes Geld in einen schlechten Horrorfilm zu stecken. Doch Michelle hatte nicht locker gelassen, Joseph fast schon genervt und Peter gefragt, ob er auch andere Arbeiten übernehmen könne. Und da er bis auf wenige Hundert Dollar völlig abgebrannt gewesen war, hatte er schließlich eingewilligt.

Joseph Adrian Benoliel, ein Raubein, mit dem nicht leicht auszukommen war, konnte durchaus charmant sein, wenn er wollte. Aber diese Seite zeigte er nur, wenn er irgendetwas brauchte. Und da er eine halbe Milliarde Dollar im Rücken hatte, gab er nur selten zu, überhaupt irgendetwas von anderen zu wollen. Gefördert von Michelle, war Peter im Lauf der Zeit zu dem Menschen geworden, der die besseren Seiten an Joseph Adrian Benoliel hervorkehrte.

»Sie sind ein Schatz, wissen Sie das?«, hatte sie zu Peter gesagt, kurz nachdem er seine neue Rolle im Haushalt der Benoliels übernommen hatte. Schlank und drahtig in ihren Shorts und dem rückenfreien Oberteil, war sie vor ihm hergegangen. Ihre volle Altstimme und das Klatschen ihrer Sandaletten hatten in dem von Marmor gesäumten Entree zum Flaubert-Haus widergehallt. »Sie glauben gar nicht, welche irren Typen Joseph auszunutzen versuchen. Sie sind genau das, was er braucht.«

Seit nunmehr dreizehn Jahren arbeitete Peter für die Benoliels, übernahm Kurier- und Transportdienste, traf sich mit bestimmten Leuten, feuerte andere und bewahrte über alles Stillschweigen. Seine Dienste für Joseph und Michelle hatten ihm mehr Geld eingebracht, als er im Filmgeschäft je verdient hatte. Letztendlich war er zu einem brauchbaren *Mädchen für alles* geworden, konnte damit seine Familie ernähren und musste sich um Geld – in gewissen Grenzen – nicht mehr sorgen.

Andererseits war eine Falle zugeschnappt: Er hütete sich davor, irgendetwas Neues auszuprobieren, womöglich einen weiteren falschen Schritt zu tun und damit die letzten Dinge zu verlieren, die ihm in seinem Leben noch irgendetwas bedeuteten.

Für viele Menschen in Los Angeles war Peter mittlerweile nur noch der Mann, der für Joseph die Dreckarbeit erledigte.

Das also war aus seinen großen Träumen geworden.

Schließlich entdeckte Peter eine mehr als zweieinhalb Meter hohe und mindestens neun Meter lange Mauer aus Flusskieseln und fand auf der anderen Straßenseite sogar eine Parklücke, gerade groß genug für den Porsche. Neben der Mauer waren die Doppeltüren einer Garage aus rötlichem Zedernholz zu sehen, die von hervorspringenden Zinnlampen mit einfachen Glasbirnen kegelförmig angestrahlt wurden. In Pasadena legte man viel Wert auf Authentizität.

Er ging an der Steinmauer entlang und strich dabei über die raue Oberfläche, bis er schließlich an dem Tor aus Zedernholz angelangt war. Irgendwo in der tiefen Dunkelheit jenseits der Mauer klingelten Glöckchen. Der leichte Wind wirbelte trockene Blätter auf, die raschelten, als rieben kleine Hände gegeneinander.

Nachdem Peter einen in grüne Bronze eingelassenen Klingelknopf aus Elfenbein gefunden hatte – darüber hing das übliche KEINE-WERBUNG-Schild –, zog er nochmals die Wegbeschreibung heran. Das Haus war das einzige in der Straße, auf das Josephs Beschreibung passte. Sobald er den Knopf gedrückt hatte, flammten im Garten Lichter auf. Zwei Minuten später spähte eine dünne, mittelgroße Frau, die etwa sechzig sein mochte, mit stechenden dunklen Augen durch das Tor.

»Ja?« Sie beugte sich vor, um nachzusehen, ob er allein gekommen war.

»Mein Name ist Peter Russell. Ich bin wegen eines persönlichen Gesprächs mit Sandaji hier.«

»Kommen Sie in eigener Sache?«

»Nein.«

»In wessen Auftrag dann?«

»Man hat mir aufgetragen, hierher zu kommen, Sie wüssten dann schon Bescheid.«

»Nun ja, es könnte nicht schaden, wenn Sie sich ausweisen.«

Peter zog seinen Führerschein hervor, den sie im Schein einer Taschenlampe mit gerunzelten Brauen musterte. »Sie sind fotogen«, bemerkte sie schließlich und trat zurück. Gleich darauf glitt das Tor auf einer Metallschiene zur Seite und gab den Blick auf einen mit Schiefer gepflasterten Weg frei. Rechts und links davon wogte Bambus und bildete rings um eine steinerne Laterne einen dichten Vorhang. Durch die Stämme hindurch konnte er eine Terrasse und schwach erleuchtete Fenster erkennen.

»Treten Sie ein, Mr. Russell. Ich bin Jean Baslan, Sandajis persönliche Assistentin. Zu dieser Jahreszeit ist sie immer sehr beschäftigt. Wir freuen uns jedes Mal, wenn wir wieder hier sein können. Das Haus strahlt so viel Ruhe und Frieden aus.« Ihre Stimme hatte eine angenehme Modulation und klang vom Akzent her so, als stammte sie aus Skandinavien.

Peter ging hinter ihr den gewundenen Weg entlang.

»Wir haben eine Stunde für Sie reserviert«, erklärte Jean Baslan. »Falls Sie nicht so lange bleiben wollen, sagen Sie uns bitte Bescheid. Kennen Sie Sandaji schon?«

Als Peter verneinte, lächelte sie. »Dann steht Ihnen etwas sehr Angenehmes bevor, Mr. Russell. Wir hier sind alle ganz begeisterte Anhänger von ihr.« Mit sanftem Wink dirigierte sie ihn vom Eingang ins Wohnzimmer. Dunkles Holz und geschmackvolle Einbauschränke brachten die antiken Möbel und handgewebten Orientteppiche hervorragend zur Geltung. Auf langen Tischen aus massivem Vogelaugenahorn standen elegante Tiffanylampen, schon an sich ein dekorativer Tischschmuck. Peter entdeckte Lehnstühle im Morris-Design*, die er für echt hielt, und in den Glasvitrinen eine reiche Auswahl an interessanten Büchern: in Leder gebundene Ausgaben von Werken Voltaires, Trollopes und Dickens'. Er fragte sich, wie die Frauen gewesen sein mochten, die dieses Haus als erste Bewohnerinnen bezogen hatten. Sicher ganz reizend. Bestimmt hatten sie knöchellange Kleider getragen und waren hier wie junge Rehe mit scheuem Blick und zauberhafter Zurückhaltung umherspaziert. Er konnte ihr Parfüm förmlich riechen.

»Wir sind hier, um Menschen in Not zu helfen«, erklärte Jean Baslan. »Menschen, deren Leben von Schmerzen und Chaos beherrscht wird und die Sandajis Botschaft der Hoffnung so dringend brauchen. Was hat Ihr Freund, Ihr Auftraggeber, denn auf dem Herzen?«

»Nun ja, es ist eine sehr persönliche Sache.«

»Ist er schon älter?«

»In den Siebzigern.«

»Und Sie sind mit Ihrem Auftraggeber befreundet?«

Peter neigte den Kopf nach links. »Jedenfalls achten wir einander.«

»Ist er verheiratet?«

---

* Lehnstühle im Morris-Design: Sessel mit Armlehnen, variablem Rückenteil und großen Kissen, benannt nach ihrem Designer William Morris (1834–96), englischer Poet, Schriftsteller, Designer und Kunsthandwerker. – *Anm. d. Übers.*

Peter lächelte. »Ich pflege bestimmte Dinge für ihn zu erledigen und führe in seinem Auftrag Besprechungen durch. Es ist *diese* Art von Verhältnis.«

»Wie spannend ...« Sie hob die Hand. »Sandaji wird ganz bestimmt wissen, was sie ihm zu sagen hat.«

Durch das Esszimmer waren sie in den hinteren Teil des Hauses gelangt, wo er eine Veranda entdeckte. Zwei Frauen saßen dort reglos in der warmen Dunkelheit auf Korbsesseln und blickten ihn, als er vorbeiging, mit leuchtenden Augen an. Einen Moment lang konnte er sich fast vorstellen, dass sie lange Seidenkleider trugen, was er einerseits als bezaubernd, andererseits als verwirrend empfand.

»Wissen Sie, was unser größtes Problem ist?«, fragte Jean Baslan. »Anträge abzuschmettern. Heiratsanträge, wohl gemerkt. Die Männer, die Sandaji aufsuchen, finden so viel Trost bei ihr. Aber natürlich ist sie auch schön, sogar sehr schön, und das bringt viele aus der Fassung.«

Peter antwortete darauf, er freue sich zwar darauf, Sandaji kennen zu lernen, allerdings habe er nie ein besonderes erotisches Interesse an älteren Frauen entwickelt.

Das Haus wirkte irgendwie unvollendet und in den hinteren Räumen eher so, als würde es von einer Großmutter aus der Mittelschicht statt von einer sehr wohlhabenden Tante bewohnt. Jenseits des Esszimmers fehlten die Antiquitäten; die Tische, Sofas und Sessel waren jüngeren Datums. Das Dachgebälk und die Türpfosten wiesen immer noch die Farbschichten von Jahrzehnten auf, ihr Holz war, anders als in den renovierten Teilen des Hauses, nicht abgeschliffen.

Das Erste, was Peter auffiel, als Jean Baslan die letzte Tür öffnete, war der Geruch nach gerade zerriebenen Kräutern, nach Thymian, Rosmarin und Minze. *Aromatherapie*, dachte er. *Ach, wie schön.*

Sandaji strich ihr dunkles Samtgewand über den Hüften glatt; offenbar hatte sie sich gerade von dem einfachen Holzstuhl erhoben. Peter war von ihrem Anblick so gefangen genommen, dass er das Zimmer zunächst gar nicht bewusst wahrnahm. Als er sich später an den Raum zu erinnern versuchte, fiel es ihm schwer, sich die Einrichtung ins Gedächtnis zu rufen. Das übrige Haus stand ihm deutlich vor Augen, aber von dem Moment der Begegnung an erinnerte er sich eigentlich nur noch an die Frau. Sie war mehr als einen Meter achtzig groß und hatte eine üppige Mähne lockigen, bereits ergrauten Haars, das ihr bis zur Taille herunterfloss und von Spangen und einem Band gebändigt wurde. Das schwarze Gewand reichte ihr bis zum Knöchel, darunter war sie barfuß. Ihre Füße waren knochig, aber wie alles an ihr schön geformt. Die Hüftknochen stachen hervor, obwohl sie nicht besonders dünn war. Die Rundung ihres Bauches war deutlich zu erkennen, was jedoch keineswegs störend wirkte. Unter dem Gewand zeichneten sich schwach die Warzen ihrer nicht gerade kleinen Brüste ab.

Während Peters Blick von den bloßen Füßen bis zu den Schultern wanderte, bekam er den Eindruck, er habe eine junge, gertenschlanke Studentin vor sich. Doch als Sandaji ihm den Kopf zuwandte, sah er eine reife Frau, sicher schon älter als fünfzig, doch bestimmt nicht in den Siebzigern. Ihre aufmerksamen Augen ruhten in einem Gesicht, das nur leicht, aber deutlich wahrnehmbar von den Erfahrungen eines ganzen Lebens geprägt war. Ihre Lippen, auch ohne Lippenstift immer noch voll und rosig, verzogen sich zu einem wissenden Shirley-Temple-Lächeln. Sie wirkte zwar weise, aber auch schelmisch, so als freute sie sich auf einen netten Spielgefährten. Durch ihr Verhalten nährte sie die Vorstellung, man könne sie für sich einnehmen und engere Freundschaft mit ihr schließen.

Er musterte sie erneut von oben bis unten. Das schwarze Gewand verhüllte einen gepflegten, gesunden Körper, der mehr als rein spirituelle Belohnungen versprach. Offensichtlich genoss sie das Gefühl, ihm zu gefallen.

Peter hatte in seinem Leben schon viele schöne Frauen kennen gelernt. Ihm war klar, was sie erwarteten, welche Regeln des charmanten Umgangs sie für all ihre Beziehungen mit nicht Gleichgestellten geltend machten. Dennoch hatte er irgendwie das Gefühl, dass seine Erfahrungen ihm im Umgang mit Sandaji wenig nützen würden.

»Das hier ist Peter Russell«, verkündete Jean Baslan. »Er kommt im Auftrag von Mr. Jospeh Adrian Benoliel.«

Sandajis Augen wurden so schmal wie die einer Katze, die sich auf die Lauer legt. »Wie geht es Mr. Benoliel?«, fragte sie und sah auf den Tisch. »Schade, dass wir uns heute Abend nicht persönlich begegnen. Soweit ich weiß, hat er eine Frage.«

»Genau«, erwiderte Peter.

Die rosa Zunge zwischen die Lippen geschoben, sah sich Sandaji im Zimmer um. »Das ist ein guter Platz.« Sie deutete auf die moosgrüne Couch an der Wand hinter dem Glastisch, die Peter jetzt erst bemerkte. »Bitte machen Sie es sich gemütlich.«

»Ich lasse euch beide jetzt ein Weilchen allein«, verkündete Jean Baslan augenzwinkernd, als wäre sie eine liberal eingestellte Anstandsdame, die ihren Schützling einem Gentleman anvertraut, und schloss die Tür hinter sich.

Peter nahm auf der grünen Couch Platz, spreizte locker die Knie und stützte die großen, trockenen Hände darauf ab. Dabei saß er nicht wie ein Gentleman da, sondern wie ein Arbeiter, der es sich bequem macht – ein Unterschied, der ihm bei dieser Gelegenheit deutlich bewusst wurde.

Ehe Sandaji zu ihrem Holzstuhl zurückkehrte, strich sie sich erneut das Kleid glatt. Sie setzte sich aufrecht hin, die Beine nebeneinander gestellt, aber es wirkte nicht so, als gebote dies der Anstand, sondern als wäre ihr diese Sitzhaltung genauso bequem wie ihm die seine. Ihre langen Finger bewegten sich auch weiterhin ebenso geschmeidig wie gezielt: Während sie den Mundwinkel leicht verzog, strich sie den Samt, der sich an sie schmiegte, ein paar Zentimeter weiter nach unten. *Ich bin auch nur ein Mensch,* besagte das Zucken ihres Mundwinkels, *egal, was andere in mir sehen oder empfinden mögen.*

Peter war sich da nicht so sicher. Er konnte den Blick nicht von ihr wenden. Während ihre Augen unablässig auf ihm ruhten, wirkte sie völlig gelassen.

»Ich arbeite gelegentlich für Mr. Benoliel«, erklärte er. »Er hat mir aufgetragen, Sie aufzusuchen.«

Es war deutlich zu spüren, dass Sandaji die Wirkung genoss, die sie auf Männer und vermutlich auch auf manche Frauen ausübte, wenngleich es ihr letztendlich nicht viel zu bedeuten schien. Sie zog die Augenbrauen hoch, und ihre Miene sagte: *Wie nett von ihm.* »Es gibt so viel Kummer zu lindern, so viel Verwirrung, die man in nützliche Energie verwandeln muss.« Ihre Stimme vibrierte wie ein Cello. Peter konnte sich vorstellen, wie er sich im Klang dieser Stimme treiben ließ.

»Ich weiß«, sagte er und fügte unwillkürlich hinzu: »Mein bester Freund ist heute gestorben.«

Sandaji beugte sich vor und hielt kurz den Atem an, ehe sie leicht durch die Nase ausatmete. »Das tut mir wirklich Leid.«

»Er war ein Schriftsteller, genau wie ich.«

»Sie haben beide besondere Fähigkeiten; man schätzt Sie, das kann ich sehen. Viele Menschen – besonders Frauen, glaube ich – haben erstaunlich viel Vertrauen zu Ihnen. Das ist etwas Besonderes, Peter.«

»Danke. Ich mag Frauen, und sie scheinen mich zu mögen. Und so, wie ich lebe, kann ich … nun ja, … ich kann ihnen einfach nicht …« Er war nicht in der Lage, sich zu bremsen, wie peinlich. Seine Hände umkrampften die Knie.

»Ich verstehe«, sagte Sandaji. »Mittlerweile widme ich mich nur noch meiner Arbeit. Das verwirrt manche Leute, die die Art von Liebe brauchen, die Sie und ich ihnen aus unterschiedlichen Gründen nicht zu geben vermögen. Wir können es uns einfach nicht leisten.«

Peter lachte verlegen auf. »Na ja, bei mir liegt es nicht daran, dass ich so erfolgreich wäre und mich ganz auf meine Arbeit konzentriere.«

»Nein?«

»Es ist eher so, als wäre ich nie erwachsen geworden.«

»Es liegt ein Zauber in der Jugend, aber auch ein Stachel«, bemerkte Sandaji. »Es kostet uns einiges, die Jugend zugunsten eines höheren Wertes loszulassen. Und nicht allen bietet das Leben eine Entschädigung dafür.«

Aha, langsam erkenne ich, wohin die Reise geht, dachte Peter und merkte, wie er die Situation langsam wieder in den Griff bekam. *Sie ist sehr gut, aber man kann sie durchschauen. Auch wenn sie sehr gut ist.* »Tut mir Leid, das ist mir einfach so entschlüpft. Ich bin nicht hier, um über mich selbst zu reden.«

»Verstehe.«

»Mein Auftraggeber hat eine Frage.«

»Wir haben Zeit.«

»Das hat mir Michelle – Mrs. Benoliel – vorhin auch gesagt.«

Zwischen Sandajis blassen Brauen bildete sich eine Falte. »Sie macht sich wohl Sorgen um ihren Mann.«

»So geht es wohl allen Frauen reicher Männer«, erwiderte Peter, der sich inzwischen in die Defensive gedrängt fühlte. Allerdings lag das nicht an dem, was Sandaji in Bezug auf Michelle vermutete. Vielmehr merkte er, wie sie ihre Scheinwerfer auf seine persönliche Seelenlandschaft richtete und dabei Punkte erfasste, die er nicht ausleuchten lassen wollte.

Sie blickte zu einer Stelle links von ihm und lehnte sich gleich darauf zurück. »Ihre Tochter ...« Die Falte zwischen ihren Brauen vertiefte sich.

Peter versteifte sich so, dass sein Nacken ihm wehtat. »Nach meiner Tochter habe ich nicht gefragt.«

Sandaji, die jetzt erregt wirkte, öffnete und schloss die Hände und faltete sie schließlich im Schoß, wobei sich der schwarze Samt kräuselte. »Ich kann Ihnen versichern, dass ich keine Hellseherin bin, Mr. Russell.«

»Ich bin im Auftrag von Mr. Benoliel hier. Warum erwähnen Sie meine Tochter?«

»Bitte stellen Sie ... Ihre Frage.« Mit selbstkritischer, finsterer Miene blickte Sandaji an die Decke. »Es tut mir wirklich Leid. Ich wollte mich nicht aufdrängen. Bitte verzeihen Sie mir.«

Auch Peter blickte zur Decke hinauf, über die Licht spielte, als reflektierte sie eine Wasserfläche, die sich irgendwo im Zimmer befinden musste.

Als Sandaji sich bewegte – besser gesagt hochfuhr –, verschwand das Licht.

All das, dazu noch die Erwähnung seiner Tochter und Sandajis unerwartetes Missbehagen, machten Peter nervös. Mit einem Mal wirkte das Haus nicht mehr einladend, und auch Sandajis Zauber war verflogen. Plötzlich sah sie so zerbrechlich aus wie angeschlagenes Porzellan.

Zeit, diese Farce hinter mich zu bringen.

»Bitte«, drängte Sandaji, »stellen Sie Ihre Frage.«

»Mr. Benoliel möchte wissen, ob ein Mann ohne Seele leben kann.«

Sie senkte den Blick, sah über seine Schulter und wandte sich ihm langsam wieder zu. »Er möchte wissen, ob *ein Mann* ...« Die Falte zwischen ihren Brauen vertiefte sich zu einem düsteren Tal. Ihr wirkliches Lebensalter zeichnete sich nun deutlich in ihren Zügen ab, sie wirkte sogar noch älter, als sie war.« ... ohne Seele leben kann?«

»Nein«, berichtigte Peter sich, allmählich völlig durcheinander. »Eigentlich hat er *jemand* gesagt. Nicht *ein Mann*, sondern *jemand*.«

»Verstehe«, sagte Sandaji, als wäre es die natürlichste Frage der Welt. Peter blinzelte. Einen Augenblick lang schien ein Schatten den Raum zu füllen, über die Wände und die Zimmerdecke zu gleiten und sich dann hinter den Möbeln zu verstecken.

Sandaji hörte auf, ihr Kleid glatt zu streichen, sie wirkte schockiert und verängstigt. »Entschuldigen Sie«, sagte sie, »aber ich habe nicht damit gerechnet, dass ... Ich fühle mich nicht wohl. Könnten Sie meine Assistentin rufen?«

Peter erhob sich von der Couch, aber ehe er Sandaji auffangen konnte, sackte sie wie ein sterbender Schwan nach vorn. Als ihre Hände schlaff auf den zerschlissenen Orientteppich sanken, rutschte ein Kupferreif ihren Arm herunter und blieb am Handgelenk hängen. Ihr graues Haar löste sich und breitete sich auf dem Boden aus. Peter kniete sich neben sie, kam aber zu dem Schluss, dass es nicht klug wäre, sie anzufassen, denn sie wirkte benommen und war nur halb bei Bewusstsein. »Hilfe!«, rief er laut.

Mit pikiertem, bleichem Gesicht trat Jean Baslan ins Zimmer. Gemeinsam hoben sie Sandaji auf und setzten sie auf den Stuhl. »Nein, das ist nicht besonders bequem«, bemerkte Jean Baslan mit angespannter, besorgter Miene. Sie fassten Sandaji bei den Armen und halfen ihr auf die Couch, auf die sie sich – trotz der wächsernen Haut und des zerzausten Haars durchaus elegant – zurücksinken ließ.

»Verstehe«, murmelte Sandaji, als sie die Augen aufschlug.

»Was ist passiert?«, wollte Jean Baslan von Peter wissen.

»Sie hat nur ein paar Worte gesagt und ist dann hingefallen. Offenbar ist ihr schwindelig geworden.«

»Ich habe *sie* gesehen.« Sandaji neigte den Kopf, um Peter mit einem eindringlichen Blick aus ihren grünen Augen zu fixieren. »Obwohl ich keine Hellseherin bin«, wiederholte sie. »Ich bin kein Mensch, der Visionen hat.«

»Haben Sie ihr heimlich irgendetwas gegeben? Ins Wasser gemischt?«, fragte Jean Baslan vorwurfsvoll.

»Ins Wasser? Nein, natürlich nicht«, beteuerte Peter angesichts ihres anklagenden Blicks.

»Haben Sie sie auch gesehen?«, fragte Sandaji und starrte, genau wie ihre Assistentin, Peter an.

»Da war irgendein Lichtreflex«, erwiderte er. »Das ist alles, was ich gesehen habe.«

»Sie sollten jetzt gehen, Mr. Russell«, sagte Jean Baslan. Sandaji setzte sich mühsam auf. »Es tut mir wirklich Leid, so etwas ist mir noch nie passiert. Eigentlich bin ich immer stark und gesund.« Sie versuchte, sich wieder in den Griff zu bekommen, doch es gelang ihr nicht recht.

»Lassen Sie uns gehen«, drängte Jean Baslan, griff nach Peters Arm und wollte ihn wegzerren.

»Nein, seine Frage ist noch nicht beantwortet«, entgegnete Sandaji.

»Das kann warten«, meinte Jean Baslan. Peter nickte, da er so schnell wie möglich aus dem Haus verschwinden und diesen Unsinn hinter sich lassen wollte. Er fragte sich, wie viel davon bloße Schau war. Sie hatten bestimmt nicht tief graben müssen, um herauszufinden, dass er Kinder hatte. Gute Geisterbeschwörer oder Medien waren stets auf ihre Kunden vorbereitet.

»Nein, die Frage ist gut, ich sollte sie beantworten.« Sandaji setzte sich auf, holte tief Luft, hob die Schultern an, bog den Rücken durch und atmete langsam wieder aus. Sie sah ihre Assistentin und Peter Russell mit wieder gefundener Willenskraft an, und als sie sprach, klang ihre Stimme erneut so voll und schwingend wie ein Cello. »Viele leben weiter, auch wenn sie keine Seelen mehr haben. Die meisten von uns können nicht verstehen, was sie so heftig umtreibt. Sie werden von Trieben gesteuert und sind voller Lebensgier, aber innerlich hohl. Sie oder ich können ihnen in keiner Weise helfen. Und selbst, wenn diese Wesen nach innerer Erleuchtung suchen, treiben sie wie Schiffe ohne Anker im Sturm dahin.« Einen Augenblick lang bewegten sich ihre Lippen lautlos, als übte sie den nächsten Satz ein, dann fügte sie abschließend hinzu: »Eine merkwürdige Frage, aber seltsamerweise wichtig. Mein innig geliebter Lehrmeister hat einmal lange über dieses Thema gesprochen. Allerdings sind Sie der Erste, der sich bei mir danach erkundigt. Und jetzt frage ich mich natürlich, warum.«

»Es war die falsche Frage.« Jean Baslan starrte Peter finster an.

»Ich fühle mich schon viel besser«, entgegnete Sandaji und versuchte aufzustehen. Mit leicht gequälter Miene ließ sie sich wieder auf die Couch sinken. »Tut mir wirklich Leid, Mr. Russell.«

»Sie haben Ihre Antwort«, bemerkte Jean Baslan nachdrücklich.

»Wir sind höfliche Menschen, Jean«, wies Sandaji sie leise zurecht. »Allerdings bin ich wirklich müde. Dabei hatte der Abend so schön angefangen. Ich glaube, ich sollte zu Bett gehen.«

Ohne auch nur den Anschein von Höflichkeit zu wahren, brachte Jean Baslan Peter zur Eingangstür. »Das Tor geht automatisch auf«, sagte sie mit immer noch angespannter Miene und zusammengekniffenen Augen. Peter fühlte sich an eine Katze erinnert, die ihre Jungen beschützt.

Er überquerte die Terrasse, stieg die Treppe hinunter und wandte sich erst zum Haus um, als er hörte, wie die Tür sich schloss. Einen Augenblick blieb er stehen, da er wieder einen Anflug von Platzangst hatte und schlecht Luft bekam. Flüchtig hatte er den Eindruck, etwas Dunkles, vielleicht eine Schlange, im Bambus zu sehen, doch gleich darauf war es verschwunden. Das Licht hatte ihm wohl einen Streich gespielt.

Als er in die Jackentasche griff, spürte er den glatten Kunststoff des Handys – des Trans, berichtigte er sich – und das Bündel mit Hundert-Dollar-Scheinen.

Das er spenden sollte.

Kurz dachte er daran, einfach weiterzugehen und das Geld zu behalten. Welche Verschwendung, es hier zu lassen! Mit zehn Riesen würde er viele Rechnungen bezahlen können, insbesondere die von Helen. Lindseys Schule würde bald wieder anfangen, und sie würde neue Kleidung brauchen. Joseph und Michelle gegenüber konnte er einfach behaupten, er habe Baslan das Geld gegeben, und wenn Sandajis Leute das bestritten, sei es gelogen.

Doch er hatte noch nie im Leben Geld gestohlen, zumindest

nicht seit seiner frühen Kindheit. Damals hatte er Münzen aus der Schale geklaut, in der seine Mutter das Kleingeld sammelte. Er hatte nie gut lügen können, vielleicht waren ihm Lügner und Diebe genau aus diesem Grund stets verhasst gewesen.

Also trat er den Rückweg an, wobei seine Schritte erneut dumpf und hohl auf dem massiven Holzboden der Terrasse widerhallten. Auf sein Klopfen öffnete Jean Baslan unverzüglich die Tür.

»Wie geht es ihr?«, fragte er.

»Etwas besser«, erwiderte sie kurz angebunden. »Sie ist nach oben gegangen, um sich auszuruhen.«

»Ich habe ihr im Auftrag von Mr. Benoliel eine Frage gestellt und eine Antwort erhalten. Deshalb bin ich hierher gekommen, aus keinem anderen Grund. Ich wollte keineswegs so etwas wie eine persönliche *Lebensdeutung*. Zweifellos beschaffen *Sie* ihr die nötigen Informationen. Es geht mir gegen den Strich, dass Sie ihr von Daniella erzählt haben, das wollte ich Sie nur wissen lassen.« Er streckte ihr das Bündel Geldscheine hin, das sie mechanisch entgegennahm. Ihr Gesicht hatte eine leicht rötliche Färbung angenommen.

»Ich beschaffe keine Informationen für Sandaji«, schnappte sie. »Ich habe ihr überhaupt nichts erzählt. Und Sandaji befasst sich weder mit Deutungen, noch verkehrt sie mit Geistern. Wir *kennen* Sie ja nicht einmal, Mr. Russell.« Sie tauchte kurz nach links weg, um das Geld irgendwo zu verstauen. Er hörte, wie eine Glas- oder Keramikschüssel klirrte. »Wir sind keine Scharlatane. Und jetzt dürfen Sie gehen.«

Da Jean Baslan jetzt nicht mehr den Eingang verstellte, konnte Peter durch einen Mauerbogen deutlich das Esszimmer einsehen, das knapp zehn Meter von der vorderen Veranda entfernt lag. Dort stand ein kleiner Junge in Rüschenhemd und Kniestrümpfen, der krank aussah. Nein, nicht krank, sondern wie tot. Oder, noch schlimmer, wie eine Erscheinung, wie jemand, dessen Körper sich auflöst. Der Junge wandte sein wächsernes

Gesicht in Peters Richtung, wobei sein Kopf wie der einer Gliederpuppe schlackerte. Die grauen Augen blickten direkt durch Peter hindurch. Plötzlich verschwammen die Umrisse so, als hätte der Sucher einer Kamera den Fokus verändert und ihn dabei aus dem Sichtfeld verloren.

Peters Augen brannten.

Als Jean Baslan wieder im Eingang auftauchte, umfasste sie den Türrahmen und fragte in scharfem Ton: »Brauchen Sie eine Empfangsbestätigung?«

Peter stellten sich die Nackenhaare auf. Er schüttelte den Kopf und setzte die Brille ab, als wollte er sie putzen.

»Dann gute Nacht.«

Als er nicht von der Stelle wich, musterte Jean Baslan ihn beunruhigt und fügte hinzu: »Wir sind doch fertig miteinander, oder?« Während sie sich vorbeugte, um die Tür zu schließen, gab sie erneut den Blick auf den Mauerbogen und das Esszimmer frei. Der Junge war nicht mehr zu sehen, obwohl er nicht unbemerkt gegangen sein konnte. Er war einfach nicht mehr da, vielleicht war er auch nie da gewesen.

Jean Basan knallte Peter die Tür vor der Nase zu.

Wie ein Kind, dem man übel mitgespielt hat, blieb er benommen und mit brennendem Gesicht auf der Veranda stehen. Langsam brachte er die geballten Fäuste dazu, sich wieder zu öffnen. »Ist doch alles Humbug«, murmelte er und setzte die Brille auf. Er hatte ja von Anfang an nicht hierher kommen wollen. Hastig ging er die Treppe hinunter und den gewundenen Steinweg entlang, der durch das Bambusgestrüpp zum Tor führte, wobei die Mauer zu seiner Linken das Echo seiner Schritte zurückwarf. Gleich darauf ging das Tor mit einem Surren auf und schloss sich hinter ihm, dem unerwünschten Störenfried, den man eilig von Haus und Hof verbannt hatte.

Auf der Straße wischte er sich die Stirn mit einem Taschentuch ab, öffnete die Wagentür und ließ sich auf den Fahrersitz sinken. Während er den Motor anließ und dem beruhigenden, vertrauten Brummen lauschte, versuchte er sich Sandajis Antwort auf Josephs Frage ins Gedächtnis zu rufen; trotz allem, was geschehen war, hatte er sie noch deutlich im Kopf. Ehe er den ersten Gang einlegte, wiederholte er die Worte mehrmals und speicherte sie im Gedächtnis. Nach und nach lockerte sich der Muskelkrampf in seinem Brustkorb, und er kam wieder zu Atem. Allerdings brannte es hinter seinen Augen immer noch so, als wäre er tropischer Schwüle ausgesetzt oder als entlüde sich feuchte Hitze in seinen Schädel.

Auch wenn die beiden Frauen es bestritten: Sie waren Scharlatane. Warum hatten sie im Hinterzimmer diese grässliche Farce inszeniert? Und danach einen kleinen Jungen vorgeführt, der das Kostüm einer hundert Jahre alten Comicfigur, die *Buster-Brown*-Tracht, trug? Beide Inszenierungen waren kleine Bravourstücke gewesen, dazu geeignet, Skeptische zu übertölpeln und Unvorsichtige dazu zu verleiten, weitere Fragen zu stellen und weiteres Geld dafür locker zu machen. Diese Erklärung schien ihm jedenfalls genauso plausibel wie irgendeine andere.

Peter war froh, aus Pasadena wegzukommen. Seine breiten, kräftigen Finger hatten sich so ums Lenkrad gekrampft, dass er sie erst einmal strecken musste. »Mein Gott noch mal!«, brüllte er, aufs Neue angewidert von dem ganzen *New-Age*-Zirkus und dem esoterischen Gehabe. Was real existierte, waren das Leben, diese Erde und all die Sinnesfreuden, die man nach menschlichem Ermessen genießen konnte – und danach war es aus und vorbei. Lebe, genieße es, so gut du kannst, und kümmere dich nicht um den Rest. Denn die andere Art von Verrücktheit kann dich leicht umbringen.

Aber warum lässt mich dann der Gedanke an Phil nicht los?

Während er nach getaner Arbeit allein zu seinem Haus in den Hügeln zurückfuhr – für diese Abendstunde herrschte auf der Schnellstraße 210 glücklicherweise nur wenig Verkehr –, rief er sich Phils versonnenes, wohlwollendes Lächeln vor Augen. Und jetzt fingen die Tränen an zu strömen. Er schluchzte so heftig, dass seine Schultern bebten.

Und vergiss nicht das hübsche kleine Mädchen, das eine blaue Strickjacke, rosa Shorts und ein Trägerhemdchen getragen hat. Du darfst es niemals vergessen.

Das Gefühl von Verlust und das altbekannte, verhasste Selbstmitleid hatten sich so in ihm angesammelt, dass jetzt alles aus ihm herausströmte. Und das war das Einzige, das verhinderte, dass er seine Totenklage laut herausbrüllte.

Und fast das Einzige, das ihn noch davor bewahren konnte, das Lenkrad herumzureißen und den Wagen in den Abgrund zu steuern.

Kapitel 4

Als sich Peter in den zerwühlten Laken herumwälzte und die Augen aufschlug, nahm er seine Umgebung nur verschwommen wahr. Mit zusammengekniffenen Lidern starrte er auf die Blende aus Satin, die sich von der braunen Wolldecke zu lösen begann. Danach rieb er sich die Augen und nahm einen weiteren nebligen Klecks, der mit Weiß gesprenkelt war, genauer ins Visier: ein zerknautschtes Kopfkissen, das Federn ließ. Immer noch im Halbschlaf tastete er nach der Brille, die auf dem Nachttisch liegen musste.

Aus dem Oberlicht drang ein Sonnenstrahl in eine Zimmerecke und wurde vom Wandspiegel so reflektiert, dass der Raum neben dem Bett in Licht getaucht war. In dem Strahl konnte er Sonnenstäubchen erkennen, die im Rhythmus seines Atems tanzten.

Schön, sich einfach fallen zu lassen – sich dem Schlaf zu überlassen. Sein Kopf sank zurück aufs Kopfkissen.

Er schloss die Augen. *Wohl tuende Leere.*

Bis auf die Vögel, die im Garten zwitscherten.

Sein Arm zuckte, er schlug die Augen wieder auf. Inzwischen hatte sich der Sonnenstrahl verlagert. Die herumwirbelnden Stäubchen erinnerten ihn an Flocken geronnener Milch in einer Kaffeetasse. Während er sie mit trübem Blick beobachtete, dehnten sie sich in die Länge und nahmen Gestalt an. Er hatte den Eindruck, zwei Beine und einen Arm auszumachen. Kleine Glieder. Der Arm wurde länger und bildete etwas aus, das wie eine Hand aussah. Als schließlich die Umrisse eines Gesichtes auftauchten, machte er die Augen ganz auf. »Alles klar, ich bin jetzt wach«, murmelte er belustigt, beugte sich vor und schwenkte die Arme mitten durch den Sonnenstrahl, was die Stäubchen in heftige Bewegung versetzte, so dass sich die Formen auflösten.

Sein Kiefer schmerzte, außerdem fühlte er sich insgesamt miserabel und stank. Er stieg aus dem Bett, richtete sich auf und schob sich einen Brillenbügel übers Ohr.

Er hatte eine wirre Nacht hinter sich, voller zusammenhangloser Traumfetzen und Erinnerungen, die wie Fische in einem Fangnetz aus der Tiefe an die Oberfläche gestiegen waren. Alle Träume hatten etwas Chaotisches, Surreales gehabt, als folgten sie dem Drehbuch ruheloser, allzu lange eingesperrter Dämonen.

»Kunst, Sperma und Geistesklarheit halten sich nicht lange«, erzählte Peter dem Gesicht im Spiegel.

Nachdem er kurz darüber nachgedacht hatte, trottete er ins Badezimmer und drehte den Heißwasserhahn auf, um zu duschen. Die alten weißen Kacheln in der Duschkabine hatten Risse und waren von Schimmel überzogen. Der ganze Raum roch klamm. Nur gut, dass hier oben in den Hügeln trockene Luft herrschte, sonst wäre der Fußboden längst verrottet.

Während er sich anzog, empfand er die Kleidungsschichten als eine Art Rüstung, ähnlich wie eine Decke, die sich ein Kind zum Schutz über die Augen zieht. Die Welt, die da draußen erwachte, war voller Fallen, einzig und allein dazu aufgestellt, dass es ihm schlecht ging, und das hatte er gründlich satt.

Er schlüpfte in die alten Pantoffeln und schlurfte in die Küche, um mit einer mechanischen Presse französischen Fabrikats Kaffee zu machen. Kaffee schmeckte ihm nur, wenn er auf diese Weise zubereitet war. Als er den roten Plastikkolben durch den gemahlenen Kaffee bis nach unten drückte, drang aus dem Wohnzimmer ein Geräusch, das wie das Läuten eines Telefons klang. Der Hausapparat konnte es nicht sein, schon gar nicht sein Handy, denn beide Telefone meldeten sich wie liebestolle Insekten. Nachdem er den Kolben durchgedrückt hatte, ging er nachsehen.

Seine Wohnzimmereinrichtung bestand im Wesentlichen aus einer alten beigefarbenen Couch, auf der dicke Perserkissen lagen, und zwei eleganten Schalensesseln aus den Sechzigerjahren. Sie waren aus Stahlgeflecht, mit purpurrotem Leinen verkleidet und mit festen minzgrünen Kissen ausgelegt, was so aussah, als böten irgendwelche monströsen Hände Pfefferminzbonbons an. Das große Vorderfenster gewährte einen Blick auf den Garten, der seit neun Monaten sich selbst überlassen gewesen und recht gut ohne seine Pflege ausgekommen war. Jasmin und Geißblatt wetteiferten mit Helens alten Rosenbüschen darum, die Luft mit ihren Düften zu füllen, und in der Vormittagssonne wirkten die Tupfen von Rot, Gelb und Rosa durchaus fröhlich.

Als es erneut läutete, spähte er durch das Gegenlicht in den dunklen Teil des Wohnzimmers. Gleich darauf fiel es ihm ein: Er hatte den Karton mit den Trans-Geräten auf dem Tisch an den Flügeltüren stehen lassen. Außerdem hatte er eines dabei gehabt, als er Sandaji in Pasadena aufgesucht hatte.

Er öffnete die Tür, ging quer über das Steinpflaster zu dem alten Ölbehälter und fischte sein Jackett heraus. Das Trans steckte immer noch in der Tasche. Als er es aufklappte und das Display berührte, leuchtete es auf.

»Hallo?«, sagte er in die winzige Sprechmuschel.

»Peter, ich bin's, Michelle. Hab's sieben Mal läuten lassen. Ich hoffe, ich habe Sie nicht geweckt.«

»Ich mache mich gerade fertig.«

»Gut. Weinstein hat eine Liste dagelassen, der ich entnommen habe, dass er uns noch zehn weitere Telefone untergeschoben hat, in einem Karton, der hinter der Couch versteckt war. Das sollte wohl ein Scherz sein, oder?«

»Sehr witzig.«

»Also besitze ich jetzt vierzehn Telefone. Ich hab überlegt, welches Sie in die Jackentasche gesteckt haben. Hab ich die richtige Nummer gewählt?«

»Vermutlich haben Sie gar nicht *gewählt*.« Peter musterte den

Kreis schraffierter grafischer Symbole auf dem Touch Screen, die von null bis zwölf durchnummeriert waren.

»Tja, Sie haben Recht. Schlaues Ding. Also gut, ich stehe jetzt vor dem Haus, in der Einfahrt. Hier draußen scheint's zu funktionieren.«

»Ist ja toll«, erwiderte Peter, der jetzt gern seinen Kaffee getrunken hätte.

»Joseph ist schon ganz neugierig auf das, was diese Frau Ihnen gesagt hat.«

»Ich könnte gleich rüberkommen.« Peter hoffte, dass sein Angebot nicht allzu aufrichtig klang.

»Er bekommt gerade seine Hydrotherapie. Wie wär's heute Mittag, gegen zwölf? Bis dahin ist er fertig und schön entspannt. Außerdem wissen Sie ja, dass er um diese Tageszeit am besten aufgelegt ist.«

»Bin um zwölf bei Ihnen.« Peter unterdrückte den Drang, »gestiefelt und gespornt« hinzuzufügen.

»Freuen Sie sich, dass das Telefon nun doch funktioniert?«

»Das Trans«, berichtigte Peter. »Ich bin entzückt. Werd's dem Vertreter – wie hieß er doch gleich? – mitteilen.«

»Er heißt Weinstein. Nein, *ich* werd's ihm sagen, sobald ich Joseph überzeugt habe. Und dabei erwähnen, dass *Sie mich* vom Trans überzeugt haben.«

Um seinen Händen irgendetwas zu tun zu geben, holte er die anderen Geräte aus dem Karton an der Flügeltür. Jedes hatte eine andere Farbe, das Spektrum reichte von schillerndem Schwarz, Dunkelblau und Rot bis zu einem modisch stählernen Dunkelbraun und metallischen Dunkelgrün – dieses Trans hielt er gerade in der Hand. Die kleinen Apparate wirkten wie Requisiten in einem Science-Fiction-Film, so als gehörten sie zum Inventar von *This Island Earth* aus den Fünfzigerjahren.

»Das bleibt unter uns«, bemerkte Michelle. »Außerdem wird es Ihnen und mir nicht schaden, wenn wir Joseph zu weiteren Pfründen verhelfen.«

Die wenigen Telecom-Aktien, die Peter besessen hatte, waren längst den Bach hinunter – und damit seine Altersvorsorge.
»Machen Sie sich keine Mühe«, erwiderte er. »Ich werde zu gegebener Zeit selbst mit Weinstein reden.«
»Na ja, wenn Sie unbedingt wollen. Also dann bis zwölf. Wie beendet man ein Gespräch mit diesem Ding?«
»Klappen Sie's einfach zu.«
»Alles klar.«
Ein Klicken, dann war alles still. Peter streckte das Trans von sich und hielt es gleich darauf wieder ans Ohr. Mit einem Mal schien es noch stiller im Zimmer zu werden. Als er es am anderen Ohr ausprobierte, passierte dasselbe.
Er war tatsächlich beeindruckt. Noch nie waren Stimmen am Telefon so deutlich zu hören gewesen; Michelle hatte geklungen, als stünde sie direkt neben ihm.
Möglich, dass Weinstein auf dem aufsteigenden Ast saß.

Während Peter Kaffee trank und eine Schüssel mit Frühstücksflocken löffelte, klappte er das dunkelgrüne Trans auf dem Küchentresen auf und drückte auf die einzige, mit HILFE markierte Taste unter dem Kreis von Zahlen.
Willkommen bei Trans, antwortete das Display. Die Buchstaben rollten kurz über den kleinen Schirm und schrumpften gleich darauf, nahmen aber weiterhin das Touch Screen ein. Gleichzeitig tauchten ganz unten Pfeile auf, die nach rechts und links wiesen.
Trans ist mit Stimmerkennung ausgestattet. Stellen Sie eine einfache Frage, oder geben Sie irgendein Schlüsselwort ein.
»Wählen«, sagte Peter mit monotoner Stimme. Er hatte lange genug mit Computern gearbeitet, um sich mit dieser Prozedur auszukennen: Rede wie ein Roboter, dann versteht dich das Gerät vielleicht.
Möchten Sie irgendeine Nummer anwählen?

»Wie wähle ich denn überhaupt?«

Trans arbeitet mit einem System, das auf zwölf Zahlen basiert. 10, 11 und 12 werden als ganze Zahlen behandelt. Jedes Trans hat eine individuelle Identifikationsnummer, die aus sieben ganzen Zahlen besteht. Sie brauchen keine Vorwahlnummern einzugeben, weder für Städte noch für Länder. Wenn Sie einen anderen Trans-Benutzer kontaktieren möchten, wählen Sie die Identifikationsnummer des Apparats, mit dem Sie verbunden werden wollen. Denken Sie daran, was der Bindestrich vor 10, 11 oder 12 bedeutet: Sie geben diese Zahlen am besten durch Druck auf die so bezifferten Tasten ein, anstatt sie einzeln als 1 und 0, 1 und 1 oder 1 und 2 auf getrennten Tasten aufzurufen. Trans basiert auf einem Zwölfer-System.

Peter verzog verwirrt das Gesicht und fragte sich, ob wohl irgendjemand außer Computer-Freaks daraus schlau wurde.

»Wie lautet meine Nummer?«, fragte er schließlich.

Die Nummer Ihres Trans lautet –10-1-0-7-12-3-4-. Ihr Apparat wurde bisher ein einziges Mal benutzt, es ist ein Gespräch eingegangen. Sie selbst haben noch keine andere Nummer angewählt. Bitte benutzen Sie das Trans so oft Sie möchten, um überall auf der Welt anzurufen. Zögern Sie nicht, es fallen dadurch keine zusätzlichen Kosten an.

»Mein ganz persönlicher Interociter*«, murmelte Peter, hob das Trans hoch und besah es von oben bis unten. Es gab keine Vorrichtungen, um Batterien aufzuladen oder Kopfhörer einzustöpseln. Außer an der Oberfläche hatte es keine Nahtstellen.

Als die Solerie-Glocke vor der Haustür laut anschlug, marschierte Peter, immer noch im Bademantel, über den Schieferboden zur Tür und spähte durch den verglasten Abschnitt. Auf der Eingangsveranda stand Hank Wuorinos – ein bulliger Typ

---

* Interociter: Apparate, die in dem Science-Fiction-Film *This Island Earth* quer durchs All Verbindungen herstellen können und so ausgestattet sind, dass der Sender damit die Gedanken des Empfängers anzapfen kann. – *Anm. d. Übers.*

von einunddreißig Jahren, dessen kurz geschnittenes, mit Gel gestyltes Haar wie ein ausgeblichenes Stück Kunstrasen wirkte. Während Peter die Tür öffnete, streckte er die tätowierte Hand aus, um mit einem niedrig hängenden Jasminzweig zu spielen.

»He«, begrüßte ihn Wuorinos, »ich hab demnächst Dreharbeiten, ein Jack-Bishop-Film. Bin schon halb auf dem Weg nach Prag, wünsch mir Glück.«

»Gratuliere.« Peter trat einen Schritt zurück, um ihn ins Haus zu lassen. Hank hatte seine Filmkarriere damit begonnen, dass er als Teenager die Beleuchtung bei Peters Modeaufnahmen – Aufnahmen der eher gesitteten und romantischen Art – übernommen hatte. Die Mädchen hatten ihm den Spitznamen *Worny* – Schlappsack – verpasst, was ihm zwar zuwider gewesen war, aber von ihnen hatte er es sich gefallen lassen. Inzwischen war er voller Profi, ausgestattet mit einem Ausweis der Filmtechniker-Gewerkschaft und allem anderen.

»Hast du Kaffee da?«, fragte Hank.

»Nur noch eine halbe Tasse, aber ich kann welchen machen.«

»Bettler dürfen nicht wählerisch sein.« Hank folgte Peter in die Küche und goss sich den Rest aus der französischen Kaffeemaschine ein. Anschließend füllte er die Tasse bis zum Rand mit Milch auf und stürzte sie in einem Schluck hinunter. »Bin noch nie in Europa gewesen. Hast du irgendwelche Ratschläge auf Lager?«

»In Prag bin ich auch noch nie gewesen.«

»Hab gehört, dass es da voll abgeht. Schöne Frauen, die auf Teufel komm raus aus Osteuropa weg wollen.«

»Pass auf dich auf«, riet Peter ihm nicht ohne Neid. Hank bildete mit ausgestrecktem Daumen und kleinem Finger ein Teufelshörnchen und fuchtelte damit vor Peters Augen herum.

»Kann auch nicht schlimmer sein als ein ganz normaler Tag im Hause von Peter Russell.«

»Hat Lydia dir von Phil erzählt?«

Hanks Lächeln erstarb. »Nein ... Was ist denn los?«

»Er ist gestern gestorben.«

Hank war noch zu jung, um zu wissen, was er dazu sagen oder empfinden sollte, oder um die Tatsache überhaupt zu erfassen. »Mein Gott, woran?«

»Herzinfarkt oder Gehirnschlag.«

Der Tod war für Hank etwas, mit dem er noch nicht vertraut war. Er bemühte sich redlich, irgendwie angemessen darauf zu reagieren und irgendeinem Gefühl Ausdruck zu geben, was sich mehrere Sekunden lang in seiner Mimik widerspiegelte. »Gehst du zur Beerdigung?«

»Bis jetzt hab ich noch nichts von einer Beerdigung gehört.«

»Lydia wird eine wollen«, erklärte Hank bestimmt. »Zumindest eine Totenfeier. Aber ich fliege morgen, also werd ich nicht kommen können. Es sei denn, ich ...«

Phil hatte Peter und Hank miteinander bekannt gemacht. Als Teenager hatte Hank einige Wochen bei Phil und Lydia gewohnt. Es war eine entscheidende Reifephase im Leben von Hank Wuorinos gewesen, dem jungen Ausreißer aus Ames in Iowa. Vermutlich hatte Lydia Hank die Unschuld geraubt, was Phil ihm persönlich allerdings nie besonders übel genommen hatte. Lydia war nun mal so. Dass er nach einer solchen Einführung in das Leben von Los Angeles tatsächlich in Hollywood Fuß gefasst und Karriere gemacht hatte, verriet Hartnäckigkeit und echtes Talent.

»Mach dich an die Arbeit«, sagte Peter. »Phil würde es verstehen.«

»Außerdem könnte ich Lydia auch nicht vor die Augen treten«, erklärte Hank.

»Sie würde es sicher gern sehen, dass du bei ihr übernachtest und sie tröstest.«

»Scheiße«, erwiderte Hank geknickt. »Stimmt genau, wie du weißt.«

Peter streckte den Karton hoch. »Du kannst sicher eines von diesen Dingern brauchen, wenn du Kontakt halten willst. Such dir eins aus.«

Hank spähte in den Karton. »Was sind das für Dinger? Japanische Ostereier?«

»Man nennt sie Trans. Funktionieren wie Handys, kosten aber nichts, auch keine Gebühren. Wird dir sicher gefallen. Sie basieren auf einem System mit zwölf Zahlen.«

»Ist ja toll. Und die funktionieren tatsächlich?«

»Hab gerade erst einen Anruf auf so einem Ding entgegengenommen.«

Hank entschied sich für das rote Trans und drehte es entzückt hin und her. Seine traurigen Gefühle waren auf wundersame Weise wie weggeblasen. Er hatte Arbeit, würde die Welt sehen – und das wog fraglos schwerer als der Tod des armen, unglückseligen Phil.

»Keine Gebühren für Ferngespräche?«

»Bis jetzt nicht. Es sind Vorführgeräte.«

»Probieren wir's doch mal aus.«

Peter tat ihm den Gefallen. Schon die Anwesenheit von Hank munterte ihn auf. Nachdem Peter ihm die HILFE-Taste gezeigt hatte, notierten sie sich die Kennziffern aller Telefone auf zwei Zetteln. Danach versuchten sie die jeweiligen Apparate von verschiedenen Räumen des Hauses aus anzurufen – wie kleine Jungs, die selbst Telefone basteln wollen und mit Drähten und Blechdosen herumexperimentieren. Die Verbindung klang so kristallklar, dass Hank ganz aufgeregt war. »Die sind echt toll«, sagte er. »Wie die Interociter aus *This Island Earth*.«

»Daran hab ich auch schon gedacht.«

»Wie viele kann ich haben?«

Peter überkam ein merkwürdiger Anflug von Geiz. »Nimm zwei, eines für deine Freundin.«

»Hab derzeit keine«, erklärte Hank ernsthaft, »aber in Prag werd ich sicher eine finden. Hab gerade Kafka gelesen, um mich in die Stadt einzufühlen. In den Reiseführern steht, dass Prag als die europäische Stadt gilt, die am meisten von ihrer Vergangenheit heimgesucht wird. Eine wahre Geisterstadt. Soll da auch ei-

ne Kirche voller Gerippe geben, hab ich aus dem Internet. – Wen willst du anrufen?« Das brachte Hank wieder auf düstere Gedanken, so dass er die Kaffeetasse hob, um auf den Verstorbenen anzustoßen: »Auf Phil. Heißt Altwerden, dass einem die Freunde nach und nach wegsterben?«
»Irgendwie schon.«

Nachdem Hank gegangen war, sah Peter nach dem Anrufbeantworter in der Küche, auf dessen Display eine rote 1 aufblinkte. Er spulte das Band zurück – das Gerät war schon sehr alt, er kaufte nur selten neuen technischen Schnickschnack – und hörte es ab.

Es war Lydia, deren kindlich hauchende Stimme wie die einer jungen Joanne Woodward klang: honigsüß und samtweich. Sie teilte ihm mit, sie habe den Zug genommen und sei bereits in Marin, wo sie alles Nötige veranlasst habe. Sie sei bei Phil zu Hause erreichbar, die Totenfeier werde im Laufe des kommenden Tages am späten Nachmittag oder Abend abgehalten. Sie gab ihm die Adresse und Telefonnummer durch. »Es wird keine Beerdigung stattfinden. Phil wollte eingeäschert werden. Es kommen nur ein paar Freunde, vor allem aus der Zeit unserer Ehe.«

Während er die Nachricht nochmals abhörte, fielen ihm vor allem zwei Dinge auf: Lydia hatte tatsächlich einmal zum Telefon gegriffen, und Phil hatte ein Haus in Marin besessen.

»Wer hätte denn so was gedacht?«, murmelte er mit kindischem Groll, fast schon Ärger, als nähme er es Phil nachträglich übel, dass er gewisse Dinge für sich behalten hatte. Erst hatte Phil Geheimnisse vor seinem besten Freund gehabt und ihn dann auch noch im Stich gelassen.

Er machte sich ans Packen.

Kapitel 5

Joseph, der sich auf einem Liegesessel ausgestreckt und ein geblümtes Handtuch über die Knie gelegt hatte, hörte Peters Bericht mit grauem, unbewegtem Gesicht zu. Nicht einmal die Sonne, die durch die Glasblenden über dem Schwimmbecken drang, vermochte ihm ein wenig Farbe zu verleihen. Er wirkte so apathisch wie ein alter Herrscher, der schon alles im Leben gesehen und erlebt hat.

Nachdem Peter zum Ende gekommen war – den letzten Teil des Abends hatte er weggelasssen, da er noch immer nicht schlau daraus wurde –, trommelte Joseph mit dem Daumen auf sein vom Handtuch umhülltes Knie. »Sandaji hat mein Geld also akzeptiert?«

»Ihre Assistentin hat's entgegengenommen.«

»Alle Kinder Gottes brauchen Geld«, stellte Joseph enttäuscht, aber schicksalsergeben fest. So resigniert hatte Peter ihn noch nie erlebt.

»Ehrlich gesagt hatte ich erst vergessen, das Geld abzuliefern, und musste noch einmal zurück. Ich dachte schon daran, es einfach zu behalten.« Manchmal konnten solche Eingeständnisse typisch menschlicher Habgier und Schwäche Joseph aufheitern.

»Ich hätt's sicher behalten«, erwiderte Joseph. »Was hat sie mit der Antwort gemeint?«

Peter zuckte die Achseln. »Wie Sie wissen, hab ich mit diesem Seelen-Hokuspokus nicht viel am Hut.«

»Ich früher auch nicht, aber inzwischen denke ich ernsthaft über solche Dinge nach.«

»Alt werden wir alle«, tröstete Peter.

»Teufel noch mal, Sie können doch immer noch ums Haus rennen und mit Frauen schlafen, wenn Sie gerade Lust haben. Für mich ist schon jeder Gang zum Klo ein Abenteuer.«

»Sie sind doch zäh wie ein Bulle.« Peter schirmte die Augen gegen die Sonne ab.

»Tja, zäh wie alte Bullenscheiße. Ich krieg ihn noch hoch, kann aber nicht sagen, dass ich noch Lust drauf hätte.«

Eine Minute saßen sie schweigend da.

»Ich hab ein sündhaftes Leben geführt«, sagte Joseph schließlich. »Hab Leuten geschadet, ihnen wehgetan. Hab mich herumgetrieben und jeden denkbaren Schlamassel angerichtet. Und trotzdem sitze ich jetzt hier, lass es mir gut gehen, genieße die Sonne, das Meer, die Hügel und den kühlen Nachtwind und besitze ein großes Stück vom Paradies. Das bringt einen schon ins Grübeln. Wo bleibt da die Gerechtigkeit? Wo die verdiente Strafe?«

Peter, der nicht in der Stimmung war, solche so genannten letzten Dinge zu erörtern, ging nicht darauf ein.

»Wohin *gehen* wir alle?« Joseph hatte die Stimme zu einem heiseren Flüstern gesenkt.

»Ich jedenfalls bin demnächst in Marin und nehme an einer Totenfeier teil«, erklärte Peter trocken. »Das bringt einen schnell auf den Boden der Tatsachen zurück, oder?«

»War Ihr Freund ein guter Mensch?«

Peter zuckte die Achseln. »Jedenfalls ein besserer Mensch als ich, ein wahrer *Gunga Din**.«

Joseph schenkte ihm ein trockenes Lächeln. »War er Ihr Wasserträger?«

»Er hat mir das Leben gerettet, als ich völlig am Ende war. Und für die Chance, einen Blick auf die Damenwelt zu werfen, hat er viele Beleidigungen ertragen.«

* Gunga Din: Anspielung auf das Gedicht »Gunga Din« von Rudyard Kipling, in dem der gleichnamige indische Wasserträger eines englischen Regiments als selbstloser Held gefeiert wird. – *Anm. d. Übers.*

»Klingt so, als hätte er zumindest *einen* guten Freund gehabt«, sagte Joseph mit milderer Stimme. *Ich kann direkt zusehen,* dachte Peter, *wie die Sonne diesen kühlen Menschen mit dem grauen Gesicht auftaut. Die Sonne und der Gedanke an die Totenfeier.*

»Das, was ich letzte Nacht gesehen habe, würde Ihnen bestimmt gefallen«, erklärte Joseph unvermittelt. Er starrte auf den Horizont und das von leichtem Nebel verhangene blaue Meer jenseits der Rasenflächen und Hügel. »Glauben Sie an Geistererscheinungen, Peter?«

»Sie wissen doch, dass ich an so was nicht glaube.«

»Ich hoffe, ich sehe diese Gespenster nie wieder.«

Peter lief unwillkürlich ein Schauer über den Rücken. Ihm passte diese Wendung des Gespräches ganz und gar nicht.

Wieder schwiegen sie beide.

Joseph zog eine Grimasse, als hätte er Magenschmerzen, und schwenkte die Hand. »Ich werde Michelle sagen, dass sie Ihnen ein Zusatzhonorar von fünfhundert Dollar auszahlen soll. Schauen Sie bei uns herein, wenn Sie wieder da sind.«

Während Peter sich auf den Weg zu Michelle machte, rief Joseph ihm übers Schwimmbecken hinweg noch etwas hinterher: »Michelle hat mir erzählt, dass diese verdammten Plastikdinger tatsächlich funktionieren. Sie gibt sie jetzt an ihre Freundinnen und Freunde weiter. Vielleicht hab ich diesen jungen Mistkerl ja zu früh an die Luft gesetzt.« Er winkte ihm nochmals zu. Die Welt war wieder in Ordnung.

Als Michelle Peter im Foyer fünfhundert Dollar in bar gab, war sie ungewöhnlich still. Inzwischen war es elf. *Das ganze verdammte Gebäude strahlt Traurigkeit aus,* dachte Peter.

»Wann richten Sie endlich ein Girokonto ein?« Michelle nervte ihn wieder einmal mit einem ihrer Lieblingsthemen. Peter hatte alle Kreditkarten abgeschafft und auch nie Schecks dabei. Das Einzige, was er besaß, war ein mageres Sparkonto. Mittlerweile zahlte er alles bar und beglich die Rechnungen nach Möglichkeit persönlich. Seine Überweisungen, auch die ans Finanzamt, ließ er Helen ausstellen, wenn er sie besuchte, um bei ihr das Geld für ihr gemeinsames Kind abzuliefern.

»Wenn ich wieder Yuppie-Status erworben habe«, erwiderte er.

»Sie können ein solcher Sturkopf sein!«, bemerkte Michelle. Als er aufbrach, gab sie ihm flüchtig einen Kuss auf die Wange und einen freundschaftlichen Klaps auf den Hintern und wünschte ihm alles Gute für die Reise nach Marin. »Lassen Sie sich davon nicht runterziehen«, ermahnte sie ihn.

Sein Gepäck lag bereits im Porsche. Nachdem er die gewundene Straße zum Pacific Coast Highway heruntergefahren war, bog er links ab und fädelte sich in den schwachen Verkehr ein.

In seinem bisherigen Leben hatte er sich schon mehr als genug mit Trauer, dem Gefühl unerträglichen Verlustes und hochfliegenden Erwartungen herumgeschlagen. Nachdem er ganz unten angekommen war und die manische Angst und der Alkohol ihn fast umgebracht hätten, hatte er sein Leben schließlich völlig umgekrempelt und war zum desillusionierten Abstinenzler geworden. Hatte sich einen Schutzpanzer zugelegt und sein Inneres unter vielen Schichten verborgen.

Und jetzt versuchten bestimmte Menschen aus unerfindlichen Gründen diese Schichten zu durchstoßen. Zuerst Sandaji, und nun auch Joseph.

Vergiss es am besten, sagte er sich. Als er in den Rückspiegel blickte, begegneten ihm Augen, die aufgrund des warmen Luftzugs zusammengekniffen waren und deshalb zynisch wirkten. Er fletschte die Oberlippe wie eine Wildkatze und sagte mehrmals »Gespenster der Vergangenheit« vor sich hin – wobei er den von Bert Lahr verkörperten »Feigen Löwen« aus dem alten Film »Der Zauberer von Oz« zu imitieren versuchte.

Als er sich rund achtzig Kilometer nördlich von den Weinbaugebieten befand, auf der Schnellstraße 5 immer weiter nach Norden fuhr und die Monotonie der Straße ihn einlullte, spürte er, wie sich eine seltsam tröstliche Stille im Wagen ausbreitete, die alle Geräusche filterte. Er konnte zwar immer noch den Fahrtwind, das Brummen des Motors und das Knirschen der Reifen auf der unebenen Straße hören, dennoch war es still. So etwas passierte ihm hin und wieder. Wenn er sich in einem ruhigen Raum befand, traten die Geräusche der Umgebung mitunter in den Hintergrund und wichen einem fernen, hohen Summen, das nach und nach in eine andere Art von Stille überging. Er erinnerte sich noch daran, wie er als kleiner Junge auf das Säuseln der Luft gelauscht hatte. Damals waren seine Ohren viel empfindlicher als heute gewesen.

Instinktiv strich er über die Jackentasche, in der er das grüne Trans spürte.

Während der Verkehr immer spärlicher und die schnurgerade Straße immer langweiliger wurde, ließ er die Gedanken schweifen. Irgendwann, ehe diese Welt der High-Tech-Kommunikation ihm alle leidenschaftlichen Gefühle austrieb, würde seine letzte wahre Liebe ihn ansprechen und mit ihrer Stimme das Geschnatter aller anderen Frauen in seinem Umfeld übertönen. Nur in diesem Punkt glaubte Peter noch an höhere Dinge. Er hatte die fixe Idee, dass er diese Idealfrau suchen musste und eines Tages auch finden würde, eine Schönheit, die gelassen und belustigt hinter all seinen Gedanken und Erinnerungen lauerte, sich ihm aber immer wieder entzog. Und natürlich war sie unverschämt sexy.

Peter war bislang nur einer einzigen Frau begegnet, die in etwa an dieses ziemlich hoch gesteckte Ideal heranreichte: Sascha Lauten. Sie hatte als Model und gelegentlich auch als Schauspielerin gearbeitet. Sascha war üppig und sexy, klug, fröhlich und verständnisvoll gewesen – und dennoch so verletzlich und traurig über das eigene Leben, dass er sofort dahingeschmolzen war. Phil hatte ihn vor Sascha gewarnt: »Sie durchschaut dich«, hatte er gesagt. »Deine Reize halten ihren enormen Brüsten nicht stand.« Schließlich hatte Sascha seinen Heiratsantrag abgelehnt und einen Geschäftsmann mit flachem Hintern und Hautproblemen geehelicht. Inzwischen wohnten sie in Compton und führten ein ruhiges Leben.

Er streckte die Hand durch das halb offene Fenster, um den Fahrtwind zu spüren, und sang dabei: »Pfeif drauf, setz die Straße in Flammen, *scheiß* drauf, setz die Straße in FLAMMEN.«

Kapitel 6

Um Mitternacht fuhr Peter über die Golden-Gate-Brücke und danach die lang gezogene Steigung hinauf, die in den Ortskern von Marin führte. Irgendwo musste er zu einer Straße abbiegen, die landeinwärts führte, verpasste sie aber. Er machte an einer Tankstelle Halt und nutzte das Trans, um Lydia anzurufen. Als sie sich meldete und ihm die Wegbeschreibung für die letzte Strecke zu Phils Haus in Tiburon durchgab, klang ihre Stimme wie die eines kleinen Mädchens. »Im Haus stapeln sich die Kartons«, sagte sie. »Mein Gott, was hat er nur alles gehortet.«
Peter, der müde war, bedankte sich bei Lydia und klappte das Trans zu. Er hatte sich schon lange gefragt, wo Phil all die Bücher, alten Magazine und Filme verstaut hatte, die er im Lauf der Jahrzehnte erworben hatte. Offenbar hatte Phil sein Hab und Gut schon seit einigen Jahren mit dem Wohnmobil in den Norden überführt, Teil eines langfristig geplanten, endgültigen Rückzugs aus Los Angeles. Und Peter gegenüber hatte er es mit keinem Wort erwähnt.
Auf den letzten Kilometern folgte er einer schlecht beleuchteten, gewundenen Straße, über der sich ein schwarzer, mit zehntausend Diamanten übersäter Himmel wölbte. Rechts und links der Straße konnte er schattenhaft Wiesen und teure Häuser ausmachen und im Hintergrund weitere Hügelrücken. Als er die letzte Abzweigung gefunden hatte, die zu einer Sackgasse namens *Hidden Dreams Drive* führte, warf er einen Blick nach Süden und entdeckte am anderen Ufer der Bucht San Francisco, hell erleuchtet wie ein fröhlicher Rummelplatz.
Zwischen den Umrissen knorriger, gestutzter Bäume zeich-

nete sich Phils Haus in Form dreier lang gestreckter, tiefschwarzer Rechtecke gegen den mit Sternen übersäten Himmel ab. Peter hielt neben einem neuartigen VW-Käfer, einem *Beetle*. Als er die Handbremse anzog, entdeckte er Lydia, die in einer Schaukel auf der vorderen Veranda saß. Der kurz geschnittene Bubikopf lag wie ein dunkles Komma über ihrem bleichen Gesicht. In ihrer Hand baumelte eine glühende Zigarette. Sie winkte ihm nicht zu.

Mein Gott, dachte Peter, *schon das Grundstück muss eine Million Dollar wert sein*. Er blieb auf dem Schotter vor zwei Holzstufen stehen. »Wunderschöne Nacht«, bemerkte er.

»Ich bleibe nicht«, verkündete Lydia, stand von der Schaukel auf, drückte die Zigarette in einer mit Sand gefüllten Thunfischdose aus und schleuderte die Kippe in die Dunkelheit. Peter zuckte zusammen, weil er dachte, sie könne damit womöglich ein Feuer auslösen. Aber das war typisch Lydia.

»Soll ich hineingehen?«, fragte er.

»Ganz wie du willst. Vermutlich hätte er sich das gewünscht«, erwiderte sie schroff. »Schon deshalb, damit du seine Sachen durchgehst und deine Hände die letzten sind, die das berühren, was ihm auf dieser Welt am meisten bedeutet hat. Um seine Frauen hat er sich jedenfalls einen Dreck geschert.«

Als Peter auf diesen Köder nicht anbiss, streckte sie sich. Trotz ihrer achtundvierzig Jahre besaß sie noch immer eine gewisse sorgsam gepflegte Straffheit und Anmut. Ihr Körper hatte seit ihrer Jugend kaum Fett angesetzt. Die strikte Diät und Falten, die vom Rauchen kamen, hatten ihre anderen natürlichen Reize beeinträchtigt, aber die Anmut war ihr geblieben.

Nachdem Peter sein Gepäck – er hatte nur einen Koffer dabei – auf die Veranda gebracht hatte, reichte sie ihm drei Schlüssel an einem schmutzigen Bindfaden, der an einem kleinen, von der ständigen Berührung ölig gewordenen Stück Treibholz befestigt war. Das Holz baumelte von seiner Hand herunter und schwang nach links und rechts.

»Der Beamte, der für die medizinische Untersuchung zuständig war, hat meine Adresse in Phils kleinem schwarzen Notizbuch gefunden«, erklärte Lydia. »Also haben mich irgendwelche Polizisten aufgesucht und mir mitgeteilt, er sei schon einige Tage tot.« Sie hielt ihm die Fliegengittertür auf. »Wusstest du von diesem Haus?«

Peter schüttelte den Kopf, betrat die dunkle Diele und stellte seinen Koffer ab.

»Mir hat er nichts davon erzählt. Bei unserer Scheidungsregelung kam es überhaupt nicht zur Sprache. Was glaubst du, wie viel ist es wert?«

»Keine Ahnung.«

»Na ja, lassen wir die alten Kamellen. Jedenfalls hab ich ihn in ein Krematorium in Oakland überführen lassen. Kann sein, dass ihn der Postbote gefunden hat. Er war schon einige Tage tot.«

»Das sagtest du bereits.« Peter verzog das Gesicht.

»Die vom Krematorium bringen ihn morgen zurück. Persönlich. Wir werden die Totenfeier im Garten abhalten. Ich hab einige Bekannte von Phil eingeladen. Und auch Freunde von mir, zur Unterstützung.«

»Wann bist du hier angekommen?«

»Heute Morgen. Ich habe alles so gelassen, wie ich es vorgefunden habe. Ich hoffe wirklich, dass du Phil verstanden hast, Peter, dass wenigstens irgendjemand ihn verstanden hat. Ich ganz sicher nicht.«

Peter wusste nicht, was er darauf erwidern sollte.

»Weißt du, trotz allem war er der netteste Typ, der mir je begegnet ist.« Lydia stupste ihn gegen die Brust. »Dich eingerechnet. Wir sehen uns morgen, gegen eins. Falls sie Phils Urne schon früher liefern, stell sie einfach auf den Sims über dem Kamin. Und, oh …«, sie streckte die Hand aus, »ich hab keine Ahnung, wo er sein Geld aufbewahrt hat. Hab alles bezahlt. Spenden sind überaus willkommen.«

Peter zog seinen Geldbeutel heraus und entnahm ihm die fünfhundert Dollar, die Michelle ihm in Malibu gegeben hatte. Er wollte gerade mehrere Scheine aus dem Bündel lösen, als Lydia geschmeidig wie eine Schlange mit der Hand vorschnellte und sich das ganze Bündel schnappte.

Hastig zählte sie das Geld durch. »Das deckt nicht einmal die Hälfte der Kosten«, sie strich ihm über die bärtige Wange, »aber trotzdem vielen Dank.« Über den Schotterweg spazierte sie zum VW, wobei ihre knochigen Hüften in den Jeans so weit ausschwangen, dass sie eine Acht zeichneten.

Gleich darauf verschwand der Wagen in der nur von Sternen erhellten Dunkelheit.

Peter blieben nicht mehr als zehn Dollar, die nicht mal für das Benzin für die Heimfahrt reichen würden.

Kapitel 7

Im Haus herrschte völlige Stille, nichts rührte sich, selbst draußen regte sich kein Lüftchen. Hinter dem Windfang befand sich ein Gang, der an Wohnzimmer, Bad und Küche vorbei zu drei Räumen im hinteren Bereich führte. Nachdem er das Licht in Windfang und Gang eingeschaltet hatte, schlug er einen Bogen um zwei sorgfältig zugeklebte Kartons, auf denen mit einem Markierungstift Namen und Daten notiert waren: *UNKNOWN WORLDS 1940–43, STARTLING MSYTERY 1950–56.* Selbst gezimmerte Kiefernregale voller Krimis und Science-Fiction-Taschenbücher nahmen die ganze Wand hinter der Tür ein und zogen sich um die Ecke herum bis ins Wohnzimmer, wo weitere Regale das große Vorderfenster einrahmten. Unterhalb des Fensters stand ein einzelnes Regal voller Schallplatten und alter CDs. Peter entdeckte noch weitere Regale, die bis in die dunklen Winkel eines Esszimmers reichten. Dort, wo man einen Esstisch vermutet hätte, waren Kartons aufeinander gestapelt.

Die Wohnzimmereinrichtung bestand im Wesentlichen aus einem zerschlissenen Sofa, das vor einem verkratzten Couchtisch und dem großen Fenster stand. Von oben betrachtet, hatte der Tisch die Form eines an den Ecken abgerundeten Quadrats, wie der Schirm eines alten Schwarzweißfernsehers. In den Fünfzigerjahren hatten diese geschwungenen Linien als Design der Zukunft gegolten. Peter fielen dabei die indianischen Muster der Fernsehtestbilder und das von der Monsanto-Gesellschaft gestaltete Haus der Zukunft in Disneyland ein. Wie schnell diese Träume von schnittigen Kurven doch Teil der längst vergessenen, längst begrabenen Vergangenheit geworden waren.

Ihrer gemeinsamen Vergangenheit.

Phil hatte eine Vorliebe für alte Schwarzweißfilme gehabt. Und sein Musikgeschmack war sogar noch konservativer als Peters gewesen: Bach, Haydn, Mozart, keine Rockmusik, nur Bigbands und Jazz der Fünfzigerjahre bis zum frühen Coltrane. Nicht einmal Monk hatte er gemocht.

Irgendwie musste Peter sich erst an den Gedanken gewöhnen, das Haus für sich zu haben. Immer wieder hatte er das Gefühl, Phil werde gleich auftauchen, grinsen, sich bei ihm entschuldigen, ihn anschließend durchs Haus führen, Bücher aus den Regalen ziehen und ihre Plastikhüllen entfernen, um zärtlich über seine vielen kleinen Kostbarkeiten zu streichen.

Auch Phil hatte an materiellen Dingen gehangen, aber auf andere Weise als üblich. *Was ich brauche, sind Ideen, Geschichten, Musik. Alkohol, Diamanten, selbst Frauen sind gar nichts dagegen. Seiten voller gedruckter Worte und Vinylscheiben sind für einen Kerl wie mich die besten Freunde,* hatte Phil ihm einmal anvertraut.

Nachdem Peter die Küche gefunden hatte, füllte er einen Plastikbecher mit Leitungswasser. Auf der Anrichte stand, ordentlich aufeinander gestapelt, sauberes Geschirr. Zum Glück hatte Phil keine Katzen oder Hunde gehalten, aus Haustieren hatte er sich nie viel gemacht. Die meisten Schränke in der Küche waren mit Groschenheften voll gestopft, mit *G-8 and His Battle Aces*, *The Shadow* und dicken, gebundenen Ausgaben von *Amazing Stories*. Ein kleines Eckregal hatte Phil für Schachteln mit Frühstücksflocken und drei weitere Plastikbecher reserviert. Der Kühlschrank enthielt ein Sechserpack billiges Bier, Becher mit Vanillepudding, Joghurt und eingelegte Muscheln in Plastikbeuteln. Leichte Kost.

Phil war immer ganz wild auf Kartoffelbrei gewesen.

Peter suchte nach Kaffee oder Tee, er brauchte etwas Warmes.

Schließlich fand er eine Dose mit Pulverkaffee und einen Kaffeebecher, die unmittelbar nebeneinander auf dem Fensterbrett über der Spüle standen. Nachdem er einen Topf mit Wasser zum Kochen aufgestellt hatte, zog er sich einen altmodischen Tritthocker heran, nahm seufzend darauf Platz und wischte sich mit einem feuchten Papierhandtuch die Anstrengungen der langen Fahrt aus den Augen. Eigentlich wollte er gar nicht im Haus übernachten, aber für ein Motel fehlte ihm das Geld. Das Sofa sah nicht gerade einladend aus. Längst konnte Peter nicht mehr einfach irgendwo schlafen. Seine Muskeln verspannten sich, wenn er falsch lag. Schließlich schaltete er, den Kaffeebecher in der Hand, in Küche, Diele und den hinteren Schlafzimmern die Deckenbeleuchtung ein und inspizierte jeden Raum, bis er zu Phils Schlafzimmer gelangte. Dort standen weitere Regale, die meisten noch neu und leer, als warteten sie nur darauf, Bücher und Zeitschriften aufzunehmen. Das Zimmer wirkte nicht chaotisch, sondern eigentlich recht aufgeräumt. Spartanisch. Irgendjemand hatte das Bett gemacht, das fast Doppelbreite hatte.

Phil tat das nie.

Peter knirschte mit den Zähnen. Lydia hatte nicht gesagt, wo man Phil gefunden hatte. Das Zimmer roch ganz normal. Dennoch entschied er sich dagegen, hier zu schlafen. Nachdem er sich aus dem Dielenschrank Decken geholt hatte, ließ er sich widerwillig auf dem Sofa nieder. Das Fenster ging schräg auf die Bucht von San Francisco hinaus, wobei das Sichtfeld von zwei Weiden eingerahmt wurde, die weiter unten an der Straße standen. Es war ein schöner Ausblick.

»Hergott noch mal, Phil«, murmelte Peter. »Falls du zurückkommst, vermöble ich dich eigenhändig. Ich hau dir eine runter, mitten ins Gesicht, das schwör ich bei Gott. Du hättest mir sagen sollen, dass du krank bist.«

Er war so müde. Entgegen aller Vernunft und aller guten Vorsätze hoffte er immer noch, Phil irgendwo im Haus zu finden, damit sie eine einzige, letzte Minute miteinander verbringen konnten. »Wo steckst du, Kumpel?«

Er trank den Kaffee aus, der inzwischen kalt geworden war. Koffein wirkte bei ihm zwar kaum, trotzdem bezweifelte er, dass er in dieser Nacht viel Schlaf finden würde. »Komm schon, Phil«, bettelte er, wobei seine Stimme in dem großen Wohnzimmer so zaghaft wie die eines kleinen Vogels klang. »Nur noch ein letztes Mal. Zeig dich und sorg dafür, dass mir das Herz stehen bleibt. Lass mich nicht im Stich.«

Er lehnte sich zurück und deckte sich mit einer kurzen Wolldecke zu. Immer wieder wälzte er sich auf den alten Polstern hin und her und streckte die Beine, weil es in seinen Knien kribbelte. Schließlich kam der Schlaf, allerdings ein sehr unruhiger. Als er irgendwann mit voller Blase wieder aufwachte, stand er auf, stolperte um die Kartons herum und machte sich auf den Weg durch den langen Gang. *Ich hab keine Angst im Dunkeln, hab ich nie gehabt. Da ist überhaupt nichts.* An der Wand entlang tastete er sich bis zur Badezimmertür ganz rechts vor.

Im Schein einer kleinen Nachtlampe, die an der Steckdose klemmte, entdeckte er eine alte Badewanne mit Löwentatzen als Füßen, eine Toilette mit runder Keramikschüssel und in der Ecke ein einzelnes Waschbecken, das aus den Jahren um 1910 oder 1920 stammen musste. Er klappte den Toilettendeckel hoch, zog den Reißverschluss seiner Hose auf, pinkelte und seufzte dabei vor Erleichterung, den unangenehm brennenden Druck loszuwerden. Zwar war er noch nicht so schlimm dran wie andere seines Alters, aber trotzdem. Wie ein kleiner Junge richtete er den Strahl hin und her und sah zu, wie das Wasser aufschäumte und sich trübte. *Angesichts der großen Dinge, die wir nicht im Griff haben, beschäftigen wir uns mit den kleinen*, dachte er und sang leise einen Song der Doors vor sich hin: »This is ... the end ... beautiful friend.«

Als der Strahl schließlich stockte, schüttelte er noch ein paar Tropfen ab. Jetzt, da er älter war, fiel es ihm schwerer, auch noch den letzten Rest herauszupressen – was zwar eine kleine Unannehmlichkeit bedeutete, doch angesichts des schrecklichen, endgültigen körperlichen Versagens, das irgendwann auf ihn zukam, nicht von Bedeutung war.

»My only friend … the end.«

Irgendetwas, das sich schwarz vor der nicht ganz so dunklen Umgebung abzeichnete, strich an der offenen Tür vorbei. Peters letzte Spritzer landeten auf dem Fußboden. Halb schlafend starrte er bestürzt auf die kleine Pfütze, zog schnell den Reißverschluss hoch und beugte sich herunter, um den Urin mit zusammengefaltetem Toilettenpapier aufzuwischen.

Was war das gewesen?

Während er nach links blickte, ließ er den Toilettensitz herunter; allerdings glitten seine Finger dabei ab, so dass der Sitz laut scheppernd auf die Keramikschüssel knallte.

Mist. Muss ich es gleich in alle Welt hinausposaunen, dass ich hier drinnen bin?!

Er streckte den Kopf durch die offene Tür und sah rechts und links den Gang hinunter, wobei seine Augen ihm Streiche spielten. Er wünschte, Lydia oder sonst jemand, egal wer, würde auftauchen und »Buh!« machen, nur um ihm zu zeigen, wie lächerlich er wirkte und klang. Wie sehr er gegen das verstieß, was er sich selbst versprochen hatte: irgendwelchen seltsamen Erscheinungen nicht zu trauen.

Möglich, dass er es wieder tat, sich erneut der Selbsttäuschung hingab, hoffte, wo es nichts mehr zu hoffen gab – auf irgendetwas jenseits der materiellen Welt. Dabei wusste er doch aus Erfahrung, wohin es führen würde, wenn das so weiterging, wenn er sich treiben ließ und den von Kummer und Hoffnung geprägten Rückzug aus der Welt der Vernunft antrat: geradewegs in den völligen Zusammenbruch, wenn irgendwann die gewaltsame Ernüchterung käme.

Hab versucht, den Schuldigen zu finden. Hab um Daniella gebettelt. Um ein letztes Gespräch mit meiner Tochter, oh, mein Gott.

Erneut bewegte sich etwas auf dem Gang, das eigentlich gar kein bestimmtes Geräusch verursachte, sondern eher eine Veränderung in der Luftmasse. Jetzt war Peter sicher, dass irgendjemand ins Haus eingedrungen war, während er geschlafen hatte. Natürlich nicht Phil, sondern ein Einbrecher. Er griff in die Hosentasche, um nach dem Messer zu tasten, das er manchmal mit sich führte, fand es aber nicht. Es musste im Wagen oder auf dem Sofa herausgefallen sein.

Diesmal war er bewusst laut, als er die Badezimmertür aufdrückte und auf den Gang trat. Er sah sich nach beiden Seiten um, aber es war alles dunkel. »Wer immer du bist, hau ab, verdammt noch mal!«, rief er, die Hände zu Fäusten geballt. Er hatte kein Verständnis für Einbrecher. Bei ihm war schon oft genug eingebrochen worden, vier Mal im Haus, drei Mal im Wagen. Menschen, die andere bestahlen, verdienten seiner Meinung nach keinerlei Nachsicht.

Schließlich fand er einen uralten Lichtschalter und knipste das Ganglicht an. Es war niemand da, allerdings stand die Tür am Ende des Ganges, die zu Phils Schlafzimmer führte, einen Spalt weit offen. Einen Augenblick lang blieb er stehen und horchte.

Irgendjemand weinte. Das Geräusch hätte auch von draußen, von einem anderen Haus herüberdringen können, aber hier, am Ende des *Hidden Dreams Drive*, gab es keine Häuser in unmittelbarer Nachbarschaft. Erneut spürte Peter, wie sich hinter seinen Augen Hitze entwickelte, feuchte, tropische Hitze. Was für eine verrückte Empfindung!

Er merkte, dass er leicht japsende Geräusche wie bei einem Schluckauf machte, als er am Ende des Ganges vor Phils Schlafzimmer angelangt war. Wegen der Drahtbügel, die über die Tür gehängt waren, ging diese nicht ganz zu. Er wunderte sich darüber, wie deutlich er alles im Schein der schwachen Gangbeleuchtung erkennen konnte: die pastellförmigen, zu Rauten angeordneten Blumen der Tapete, die dunkel gebeizten Bodenregale, den uralten Eichenfußboden, den zerschlissenen Perserläufer, der Falten warf und an einer *Seite* aufgerollt war, die Kartons, die sich links fast bis zur Decke türmten – *Weird Tales 1933–48* –, die Schlafzimmertür und die Bügel, die Dunkelheit jenseits des offenen Spalts.

Es klang so, als weinte eine *Frau;* die Schluchzer waren leise, samtweich, wie gehaucht. Also konnte es nicht Phil sein, natürlich nicht, und vermutlich auch kein Einbrecher. Vielleicht ein junges Mädchen, das sich hierher verirrt hatte, irgendeine orientierungslose Drogenabhängige, die mitten in der Nacht herumspazierte. Peter zwang sich, langsamer zu atmen. Möglich, dass es jemand war, den Phil kannte, eine Geliebte, die zurückgekommen war, um ihre Zahnbürste, Unterwäsche oder Schmuck abzuholen. Das war zwar wenig wahrscheinlich, aber Phil hatte ja offensichtlich jede Menge für sich behalten.

Peter postierte sich in der Haltung eines Fechters – *en garde* – an der Tür. »Ich bin hier draußen und werde dir nichts tun«, sagte er, die Hand nach vorn gestreckt. »Hab keine Angst, ist schon in Ordnung.« Er wusste, konnte buchstäblich spüren, dass das Schlafzimmer leer war, vernahm durch die Tür aber weiterhin das Schluchzen.

Zarte dunkle Linien, die Tintenspritzern ähnelten, sammelten sich am Rande seines Sichtfelds. Als er versuchte, seinen Blick darauf zu konzentrieren, verschmolzen sie wie Spinnweben mit den Schatten im Türwinkel. Dennoch bewegten sie sich außerhalb seines unmittelbaren Blickfelds blitzschnell auf die Schlafzimmertür zu und wanden sich dabei wie dunkle Aale. Offenbar wollten diese Nebelgebilde unbedingt ins Zimmer.

Ich habe einen Schlaganfall, genau wie Phil.

Doch er fühlte sich nicht krank, in körperlicher Hinsicht fehlte ihm nichts. Was nicht stimmte, konzentrierte sich hier im Haus, im Schlafzimmer.

Was da weinte, war das Schlafzimmer.

Peter war kein Feigling, so gut kannte er sich. Er konnte

Angst empfinden und dennoch handeln. Doch was er jetzt spürte, war keine Angst, sondern die Scheu davor, bestimmte Dinge zu erfahren, und das war ein großer Unterschied. Manches, das man erfährt – sei es Untreue oder der Tod eines geliebten Menschen –, kann man nicht unvergessen machen. Was man plötzlich weiß, verändert einen, zerreißt einen in kleine Stücke.

Er wollte gar nicht wissen, was sich im Schlafzimmer befand. Dennoch stieß er die Tür mit steifem Finger auf und beugte sich langsam vor, um das Licht anzuknipsen. Als die Deckenlampe aufleuchtete und das Zimmer nach und nach in kaltes gelbliches Licht tauchte, flüchteten sich die Schatten wie kleine Rußwirbel quer durch den Raum. Peter hielt sich am Türpfosten fest.

Am Fußende von Phils Bett stand eine Frau. Sie hatte das Gesicht in den grauen Händen vergraben, dennoch wusste Peter aufgrund des dunklen Bubikopfs und der honigsüßen, samtweichen Stimme, die da schluchzte, wer sie war. »Mein Gott«, sagte er, ließ die Schultern hängen, atmete tief aus und lächelte schließlich. »Hast du mich erschreckt, Lydia!«

Die Frau nahm die Hände vom Gesicht, wandte sich mit schräg geneigtem Kopf um und horchte. Nach und nach, immer noch lauschend, als hörte sie in der Ferne unliebsame Musik, drehte sie sich weiter zu ihm herum.

Erleichtert, wie er eben noch war, biss sich Peter nun plötzlich auf die Zunge, die er unwillkürlich vorgeschoben hatte. Sein Kopf explodierte geradezu vor Schmerzen. Während ihm die Augen tränten und er nach Luft schnappte, kam er sich verletzlich und überaus dumm vor. Trotz der Tränen bemerkte er, dass das Gesicht der Frau einer flachen Perlmuttscheibe ähnelte und ihre Augen in seltsamen Höhlen lagen. Sie wirkte nicht wie ein Mensch aus Fleisch und Blut, sondern eher wie eine ausgezackte, achtlos ausgeschnittene Papierpuppe. Peter konnte tatsächlich sehen, wie sich ihre Ränder kräuselten. Als er versuchte, sich zurückzuziehen, stieß er so gegen die Tür, dass sie zufiel. Einen Moment lang spürte er, wie irgendetwas an seinem Kopf, der schmerzenden Zunge und an seinen Nerven zerrte.

Ihre ausdruckslosen, leeren Augen pulsierten. Es kam ihm so vor, als blickten sie ihn nicht direkt an, sondern durch ihn hindurch auf einen Punkt hinter ihm. Dabei füllten sich die Umrisse der Erscheinung so auf, als würde ein Ballon aufgeblasen. Vorübergehend wirkte sie stofflich und wie das Ebenbild eines Menschen.

Nein, es ist nicht Lydia, aber sie sieht aus wie sie.

Als sie die Lippen bewegte, drangen die Laute mit Verzögerung an seine Ohren, als müssten sie erst eine Gelatineschicht durchstoßen. »Phil, wie konntest du mir das antun, wie konntest du einfach sterben?« Die Wehklage dieser hohen, weichen Stimme war kaum lauter als das Summen einer Fliege.

Plötzlich schossen die aalglatten Schatten wie herabstürzende Raubvögel ins Zimmer. Er spürte, wie sie, kalten, klammen Fingerspitzen gleich, seine Schulter streiften. Gleich darauf fuhr die Gestalt zurück, sprang schneller als menschenmöglich zur Seite und versuchte zu flüchten, fand aber keine Rückzugsmöglichkeit. Das Ganze erinnerte an die Szene eines schlecht geschnittenen Films, in der eine miserable Schauspielerin Angst vortäuscht.

Peter, dessen Mund völlig ausgetrocknet war, hätte am liebsten weggesehen oder sich die Augen zugehalten. Uralte, tief verwurzelte Instinkte verrieten ihm, dass er gleich etwas sehr Intimes miterleben, Zeuge von etwas sein würde, das nicht für das menschliche Auge bestimmt war. Dennoch konnte er den Blick nicht abwenden, denn er empfand ebenso viel Mitgefühl wie Neugierde.

Die aalglatten Schatten schwärmten jetzt aus, quälten und durchbohrten die Erscheinung, bissen zu, schnappten sich die zerfetzten, zerbröckelnden Teile. In zaghafter Selbstverteidigung streckte sie die Hände vor und zitterte dabei so verblüffend echt, als empfände sie tatsächlich puren Schmerz. Was immer sie sein mochte: Ihre Zeit war abgelaufen. Während sich das Ebenbild Lydias verflüchtigte und langsam auflöste, verwandelte sich die Wehklage in verzweifeltes Geschrei, das blechern klang.

Drastisch, als schälten sich einzelne Schichten voneinander ab, löste sich die Gestalt vor Peters Augen auf und zerfiel in Fetzen, wie in Wasser getauchter Zellstoff. Es dauerte nur Sekunden, bis von ihren Umrissen nichts mehr zu sehen war. Als sie ihr Ziel erreicht hatten, flohen die Schatten, versickerten wie Wasser zu seinen Füßen. Es erweckte den Eindruck, als schüttelte das Zimmer ihre letzten Spuren ab. Zurück blieben nur das ordentlich gemachte, unberührte Bett, der zerschlissene Teppich und leere Regale.

Nachdem die Erscheinung – die Sinnestäuschung, das Spiegel- oder Ebenbild von Lydia, was immer es auch gewesen sein mochte – verschwunden war, lehnte sich Peter mit der Schulter gegen den Türpfosten. Er konnte sich nicht bewegen, im Augenblick nicht einmal den Kopf wenden. Ohrensausen und ein Wadenkrampf machten ihm so zu schaffen, dass er mit den Zähnen knirschte. Selbst in schlimmsten Zeiten, als der Kummer ihn an den Rand des Wahnsinns getrieben hatte, war ihm nichts dergleichen je vor Augen gekommen.

Ein derart jämmerlicher Anblick, eine Erscheinung, die aus irgendeinem Grund in dieser Welt zurückgeblieben war, weggeworfen wie ein altes Papiertaschentuch.

Nach und nach beruhigte sich sein Herzschlag, auch die Hitze hinter den Augen schwand. Als er schließlich blinzeln musste und sich seine Augen einen winzigen Moment lang schlossen, bekam er plötzlich so schreckliche Angst, dass sich seine Halsmuskeln spannten und die Gedärme zusammenzogen.

Aber nichts geschah, niemand berührte ihn, alles war still und friedlich. Das Zimmer lag unschuldig da.

Eigentlich war ja auch gar nichts geschehen.

Jedenfalls nichts *Reales*.

Schließlich gelang es ihm, sich umzudrehen. Als müsste er das Gehen erst wieder lernen, streckte er vorsichtig den einen, dann den anderen Fuß vor und zog sich auf diese Weise langsam aus dem Schlafzimmer zurück, wobei er mit den tauben Fingern ungeschickt hinter sich griff, um die Tür zuzudrücken. Da die Kleiderbügel an der Tür klemmten, konnte er sie nicht ganz schließen und wollte sie wütend zuknallen. Einer der Kleiderbügel fiel hinunter und prallte scheppernd auf den Holzboden. Das Geräusch erinnerte ihn so sehr an die blecherne Stimme der Erscheinung, dass er erneut die Zähne zusammenbiss.

Schließlich gab er den Versuch, die Tür zu schließen, endgültig auf. Während in seinen Beinen Ameisen kribbelten, schleppte er sich bis zum Sofa im Wohnzimmer, setzte sich und faltete die Hände im Schoß. Er versuchte erst gar nicht, sich zu entspannen, sondern blickte stattdessen quer übers Wasser auf den Rummelplatz namens San Francisco, wo es jetzt, in den frühen Morgenstunden, dunkler geworden war. Sein Hals war völlig verspannt und ließ sich nicht mehr lockern.

Er war immer noch am Leben. Aber wenn er an das dachte, was er gerade gesehen hatte, wusste er nicht, ob ihm überhaupt noch daran lag.

Peter sah zu, wie sich das Licht der Morgendämmerung langsam über San Francisco ausbreitete und die Hügel im Osten in strahlendes Licht tauchte, das die Wolkenkratzer und Nebelbänke golden reflektierten. Für ihn war es der schönste Anblick überhaupt: Es wurde Tag.

Schließlich rang sich sein Erwachsenen-Ich zu einem gewichtigen Schluss durch. Es gab nur eine mögliche Erklärung der Ereignisse und zwei Dinge zu erledigen. Es konnte nur ein Albtraum gewesen sein – und jetzt musste er etwas essen und duschen. Also ging er in die Küche, füllte eine Schüssel mit Cheerios, goss sie mit Milch auf, löffelte Flocken und Milch in sich hinein und kaute mechanisch. Die Milch war wohl schon seit Tagen im Kühlschrank und kurz davor, sauer zu werden, aber gerade noch genießbar.

Danach zwang er sich dazu, im großen Badezimmer zu duschen. Argwöhnisch wie eine Katze um sich blickend, streifte er die Kleider ab, stieg in die Wanne mit den Löwentatzen, zog den Vorhang zu und gerade so weit nach innen, dass der Duschstrahl nicht auf den Boden spritzte, er aber die offene Badezimmertür im Auge behalten konnte. Das erforderte zwar enorme Willenskraft, aber es musste sein, hier und jetzt. Das Wasser war so heiß gestellt, dass es ihm den Rücken verbrannte. Phil hatte nichts von schwachen, lauwarmen Duschen gehalten und keinerlei Armaturen zur Regulierung von Temperatur und Stärke des Wasserstrahls installiert.

Keine Sperrvorrichtungen à la Bergson.

Während Peter sich mit Phils runder Seife der Marke *Ivory* schrubbte, versuchte er sich ins Gedächtnis zu rufen, was eine Bergson'sche Sperrvorrichtung überhaupt war. Er hatte den Ausdruck aufgeschnappt, als er in den Sechzigerjahren *Die Pforten der Wahrnehmung* von Aldous Huxley gelesen hatte.

This is the end ... beautiful friend.

Aldous Huxley. Irgendetwas über Drogen, die Pforten öffnen. Oder waren es Sperrvorrichtungen gewesen, die man lösen musste, damit die Ströme der Realität frei fließen konnten? Sobald er wieder zu Hause war, würde er es nachschlagen. Möglich, dass auch Phil eine Ausgabe des Buches besaß.

Nachdem er sich abgetrocknet hatte, kleidete er sich im Wohnzimmer an. Er zog seine gute Wollhose, ein langärmeliges schwarzes Hemd und das Jackett aus dem Ramschladen an, um fertig zu sein, wenn sie Phils Urne brachten. Oder wenn – und er wusste nicht, wie er darauf reagieren würde – die echte Lydia wieder auf der Veranda auftauchte.

Während er die Schüssel in der Spüle abwusch, prustete er plötzlich vor Lachen, was allerdings nicht lange anhielt. Eigentlich war es ja auch gar nicht komisch, sondern traurig. »Mir erscheinen keine Gespenster, sondern lebende Menschen«, sagte er und prustete erneut los, bis er seine Brille abnehmen und sich Nase und Augen trocknen musste.

Heute fand die Totenfeier für seinen besten Freund statt, und er konnte sich nicht einmal soweit zusammenreißen, dass er eine Nacht lang gut und fest schlief. Er hatte angefangen, Gespenster zu sehen, zwei Nächte hintereinander dasselbe Spiel. Vielleicht hoffte der durchgeknallte Peter, damit die Aufmerksamkeit auf sich zu ziehen? Der arme Peter, den der Verlust eines geliebten Menschen wieder mal in den Wahnsinn trieb.

Wirklich traurig.

Wie ein bedrohliches Wolkengebilde, das einen Sturm ankündigt, sammelte sich sein Selbsthass, um sich gleich darauf zu entladen und zu verschwinden. Normalerweise war Peters Grundstimmung eine verhaltene Art von Munterkeit, die zuweilen in große Energie umschlug. Dagegen dauerte es meistens lange, bis er jemandem irgendwelche Vorwürfe machte oder wütend wurde. Wenn sich die Dinge wirklich schlimm entwickelten, fiel er manchmal einfach in seine Grundstimmung zurück, ohne dass er eine Erklärung dafür hatte. Natürlich war das keine Lösung, die dunklen Wolken kehrten unvermeidlich zurück. Irgendwann würde er sich auch diesen neuen Problemen stellen müssen, allerdings nicht gerade jetzt.

»Es kam mir aber gar nicht wie ein Traum vor«, gestand er sich ein, als er sich, frisch gewaschen und mit seinem beigefarbenen Seidenjackett auch wohl gekleidet, für das Kommende wappnete. Mitsamt der Kleidung, dem grauen Bart, den weit auseinander stehenden, gutmütigen Augen und der Brille verkörperte er jetzt einen Mann, der Gelassenheit und maskuline Würde ausstrahlte. Nur die Pfeife fehlte noch.

Es kann losgehen.

Er trat auf die Veranda hinaus, nahm auf der Schaukel Platz und genoss die Sonne und die kühle, frische Luft.

»Was für ein schönes Haus, Phil«, sagte er. »Ganz im Ernst.«

Ein dunkelblauer Lieferwagen ohne jede Aufschrift, der eine dünne Fahne von Abgas und Staub hinter sich herzog, fuhr die Auffahrt herauf und hielt auf dem Schotter neben dem Porsche. Gleich darauf stieg ein Mann in dunkelbraunem Anzug aus, der einen sperrigen Pappkarton trug.

»Ist das Phils Urne?«, rief Peter von der Veranda herunter.

»Eine Lieferung für Ms. Lydia Richards.« Der Mann hielt den Karton mit beiden Händen weit von sich. Er hatte volles, dramatisch gewelltes graues Haar und ging und sprach mit müder, aber professioneller Würde. Peter fiel ein, dass er früher einmal eine Stripperin gekannt hatte, die einen Leichenbestatter geheiratet hatte. Schließlich war's bei beiden um menschliches Fleisch gegangen ...

»Ich nehme die Lieferung entgegen«, erklärte er.

»Sind Sie von der Familie autorisiert, die sterblichen Überreste von Mr. Philip Daley Richards entgegenzunehmen?«, fragte der würdevolle Mann.

»Ich gehöre zur Familie«, versicherte Peter und unterzeichnete die Lieferbestätigung für Phils Asche.

Kapitel 8

Vorsichtig stellte Peter den Karton auf dem Kaminsims ab, wo er kaum Platz fand.

Die Erklärungen, die er am Morgen für die nächtlichen Ereignisse gefunden hatte, schienen ihm jetzt kaum noch plausibel.

»Lydia, wo genau ist Phil gestorben?«, übte er laut, während er vor dem Kamin stand. »Lydia, ich glaube nicht, dass er im Haus gestorben ist. Bist *du* im Haus gestorben, Lydia? Denn es war nicht Phil, der heute Morgen hier auftauchte, als es noch dunkel war.«

Er fuhr sich über die Lippen, als wollte er das, was er womöglich von sich geben würde, ein für alle Mal wegwischen. Am besten, er ließ die Totenfeier einfach über die Bühne gehen. Im Unterschied zu Peter war Phil nicht zum Abstinenzler geworden; er hätte ein paar Drinks zu seinen Ehren zu würdigen gewusst. Während ihn feierliche Reden und Reihen von beklommenen, schwarz gekleideten Menschen mit Sicherheit genervt hätten.

Peter blickte auf seine Hände, die zitterten. Er war nicht dafür geschaffen, Menschen, die er liebte, zu verlieren und mit ihrem Tod fertig zu werden. Und Phil hatte er wirklich geliebt. Vielleicht war er nicht dazu ausersehen, anderen ein Freund, Ehemann oder Vater zu sein, vielleicht taugte er überhaupt nicht zum ernsthaften Menschen. Eigentlich, dachte er, und es versetzte ihm einen Stich ins Herz, war er am glücklichsten gewesen, als er es mit einer leichteren Form von Wirklichkeit zu tun gehabt hatte: mit noch jugendlichen, lebendigen Körpern, mit Obszönitäten, mit Partys an Drehorten, die sich manchmal zu fröhlichen Orgien entwickelt hatten. So viel Spaß, so viel Gelächter, wenn er mit großem Block und Markierungsstift herumspaziert war, mit nichts als einem Schlapphut à la Shakespeare bekleidet, seine Akteure und ihre jeweiligen Positionen skizziert und dabei große Reden wie Richard Burton geschwungen hatte; lockere, leichte Gespräche und Küsse, oraler Sex und manchmal auch ein sanfter Fick, so beiläufig wie ein gemeinsames Essen – nur eine Sache unter Freunden.

In den Sechziger- und frühen Siebzigerjahren hatte er bewusst Abstand zu ernsthaften und bedrückenden Dingen gehalten.

Liebend gern wäre er mit Phil auf die tollkühne *Alte-Knacker-Tour* gegangen, hätte er die nötige Zeit gehabt. Das wäre etwas gewesen, das er mit Phil zusammen hätte genießen können, es hätte wunderbar geklappt. Im Unterschied zu der Situation hier, bei der er seiner Meinung nach nur eine schlechte Figur abgeben konnte.

»Lydia, zündest du gern Räucherstäbchen an? Neigst du dazu, dich in einen Astralleib zu verwandeln?«

Er gab auf.

Als er gegen Mittag, immer noch allein im Haus, hin und her tigerte und zum Kaminsims blickte, fiel ihm auf, wie hässlich der Karton mit der Urne dort wirkte. Er ging hinüber, hob ihn vom Sims und stellte ihn an der ummauerten Feuerstelle ab. Die bronzefarbene Plastikurne im Karton sah einerseits besser, andererseits aber auch billig aus. Er zog sie heraus und stellte sie so in die Mitte des Kaminsimses, dass zwei Urnen zu sehen waren: eine auf dem Sims, die andere im Spiegel darüber. Phil positiv und Phil negativ, spiegelverkehrt.

Als es ein Uhr wurde, war Peter verärgert und machte sich überhaupt keinen Kopf mehr darum, was er später bei der Totenfeier sagen sollte. Um zwei schäumte er vor Wut. Er öffnete eine Dose mit Backbohnen, die er hinten im Schrank gefunden hatte, und aß sie kalt. Während er die süßen geräucherten Bohnen mit Schweinegrieben löffelte, dachte er an all die Speisen für den Totenschmaus, die Lydia zweifellos mitbringen würde.

Als er den letzten Bissen verschlungen hatte, meldete sich das Trans in seiner Jackentasche. Er nahm ab. »Ja?«
»Hab ich den Teilnehmer erreicht, den ich sprechen möchte?«
»Wer ist dran?«, fragte Peter.
»Stanley Weinstein. Mrs. Benoliel hat mir gesagt, dass Sie in der Bay Area sind. Ich rufe an, um mich bei Ihnen zu bedanken.«
»Wofür?«
»Dafür, dass Sie Mr. Benoliel dazu überredet haben, in unsere Firma zu investieren.«
»Hab ich das?«
»Das haben Sie tatsächlich, er hat sich dazu entschlossen. Wir sind völlig aus dem Häuschen. Ich möchte Sie zu einem Besuch in unserer Zentrale einladen, wo Sie unser Team kennen lernen können. Wir haben einen Teil Ihres Vermittlungshonorars hier und, falls Sie Interesse haben, vielleicht auch Arbeit für Sie. Ich hab meine Hausaufgaben inzwischen gemacht ... wusste ja gar nicht, dass ich es mit einer Berühmtheit zu tun habe!«
Peter starrte durchs Fenster auf die Stadt. »Wo ist Ihre Zentrale überhaupt?«
»Michelle hat erzählt, dass Sie derzeit irgendwo in Marin sind. Wir befinden uns ganz in Ihrer Nähe, falls Sie tatsächlich dort sein sollten. Das kann ich natürlich nicht wissen, denn ein Trans lässt sich nicht lokalisieren, Ihre Privatsphäre ist vollkommen geschützt.«
»Ich bin in Tiburon.«
»Das ist ja großartig, wir sind nicht mal eine halbe Stunde von Ihnen entfernt. Am besten, ich gebe Ihnen eine Wegbeschreibung durch. Eigentlich können Sie's gar nicht verfehlen. Wissen Sie, wo das alte San-Andreas-Gefängnis liegt?«
»Bin noch nie dort gewesen.«
»Jetzt haben Sie Ihre Chance. Der kalifornische Strafvollzug hat das Gefängnis vor drei Jahren geschlossen, um das Grundstück zu veräußern. Ist sehr feudal, fast hundertachtzig Hektar groß, mit tollem Ausblick auf die Bucht.«

»Das wusste ich gar nicht.«

»Wir haben Räume im ehemaligen Todestrakt angemietet, gleich neben der Gaskammer. Wann können Sie bei uns sein?«

»Heute findet hier eine Totenfeier statt. Vielleicht morgen?«

»Das mit Ihrem Freund tut mir Leid, mein herzliches Beileid.«

»Danke.«

»Selbstverständlich müssen Sie sich Zeit lassen. Wie wär's, wenn wir uns morgen Vormittag gegen elf treffen – oder ist das zu früh?«

Peter sah ein, dass er das Geld mehr als dringend für die Heimfahrt brauchen konnte. »Danke, bin um elf bei Ihnen.«

Weinstein gab ihm seine Trans-Nummer und zur Sicherheit auch die Festnetz-Nummer seines Büros. »Hin und wieder haben wir immer noch technische Probleme«, erklärte er. »Allerdings sind das nur vorübergehende Ausfälle.«

Peter notierte sich die Nummern mit Kuli auf einem alten, irgendwo herausgeschnittenen Notizzettel.

»Ich freu mich schon auf Ihren Besuch. Glaube, das Ganze wird Ihnen Spaß machen.« Weinstein legte auf, ohne dass im Trans auch nur ein Klicken zu hören war. Was nun an Peters Ohr drang, war eine umso tiefere Stille. Nachdem er den Apparat zugeklappt hatte, drehte er das Notizblatt um. Sparsam wie immer, hatte Phil ein altes getipptes Manuskript zu Notizpapier zerschnitten. Auf der Rückseite entdeckte Peter Bruchstücke eines Dialogs:

»Spielen Sie irgendwelche Spielchen?«, fragte Megan ihn und leckte sich über die Lippen.

»Eigentlich nicht, bin nicht besonders gut darin«, erwiderte Carlton mit rauer Stimme.

»Warum nicht? Haben Sie etwas gegen Spielregeln?«

Peter faltete den Zettel zusammen und steckte ihn in die Hemdtasche. Danach ging er zum fünften Mal in zwei Stunden die Auffahrt hoch, um nachzusehen, ob sich irgendwelche Wagen näherten. Einen Moment lang fragte er sich, ob Lydia vielleicht einen tödlichen Unfall gehabt hatte und er letzte Nacht tatsächlich ihrem Geist begegnet war. Vielleicht hatte sie ja Selbstmord begangen. Hatte sich seine fünfhundert Dollar geschnappt und war die Küstenstraße hinuntergefahren, um sich im kalten Wasser der Bucht zu ertränken. Jetzt fing er wirklich an zu spinnen, was für eine verrückte Idee! Hier stand er, so gut wie pleite, sah Gespenster und hoffte auf eine Abschlagszahlung von Stanley Weinstein, weil er nicht genügend Geld hatte, um wieder nach Hause zu kommen.

In Gedanken hatte er sich bereits in regelrechte Wut hineingesteigert, als er schließlich mehrere Wagen entdeckte, die den Hidden Dreams Drive entlangfuhren. Im ersten Auto, einem grünen VW-Beetle, saß Lydia am Steuer und irgendjemand neben ihr. Drei Wagen folgten ihr.

Peter strich sich das Jackett glatt und ging zum Haus zurück.

Was, zum Teufel, soll das Ganze überhaupt?, dachte er, als er die Treppe zur Veranda hochstieg. *Vielleicht hätte es dir ja gefallen, Phil, aber mir ganz bestimmt nicht. Allerdings entspricht es irgendwie deinem Stil.*

Kapitel 9

Lydia sah zwar müde und blass, aber höchst lebendig aus und verhielt sich auch keineswegs so, als wäre irgendetwas Ungewöhnliches passiert. Sie machte ihn mit den Trauergästen bekannt. Zwei davon hatte er vor längerer Zeit bereits kennen gelernt, es waren Schriftsteller einer Gruppe namens *The Mysterians*, der Phil fast dreißig Jahre lang angehört hatte. Peter war zu mehreren Treffen mitgegangen und mochte die Gruppe durchaus leiden. Zu den Mitgliedern zählten Krimi-Autoren, Reporter und auch ein paar Polizisten. Die beiden, die Lydia eingeladen hatte, waren stattliche Männer, die die sechzig sicher schon überschritten hatten. Peter hatte den Eindruck, dass sie ein schwules Paar waren, das zusammenlebte.

Zwei Frauen, die Peter nicht kannte – sie wirkten recht bieder und mochten Anfang vierzig sein –, trugen Tupperware-Schüsseln mit Kartoffelsalat und grünem Salat und ein mit Silberfolie ausgekleidetes Tablett mit Lasagne die Treppe hinauf und brachten alles in die Küche. Flüchtig tauchten vier weitere unbekannte Gesichter auf und wurden ihm vorgestellt, alles Männer Mitte bis Ende fünfzig. Nachdem die Gäste Peter mit Handschlag begrüßt hatten, standen sie verlegen im Wohnzimmer herum oder gingen auf und ab und warfen scheele Blicke auf die bronzefarbene Plastikurne vor dem Kamin.

»Ich bin froh, dass wir das mit Phil überhaupt erfahren haben«, flüsterte Lydia Peter, der sie aufmerksam beobachtete, in der Küche zu. »Sie hatten ihn schon zwei Tage bei sich, ehe sie mich anriefen. Keine Ahnung, warum sie sich nicht an dich gewandt haben.«

»Schließlich hast du seinen Nachnamen behalten«, erwiderte Peter. Lydia strich ihm mit dem Arm über die Schulter. Trotz des Tabakdunstes war ihr kühler, nervöser Geruch zu spüren. Hätte sie nicht dreißig Jahre lang geraucht, wäre sie vielleicht immer noch schön gewesen. Als sie ihn direkt ansah, nahm ihr Gesicht einen besorgten Ausdruck an. »Du siehst schlecht aus, Peter. Vielleicht hättest du hier nicht übernachten sollen.«

»Angenehm war es nicht gerade«, gab Peter zu.

»Hast du Gespenster gesehen?«, fragte sie mit pikantem Unterton.

Er dankte ihr die Stichelei mit einem dünnen Lächeln.

»Phil kann es wohl kaum gewesen sein«, sinnierte Lydia. »Er ist längst von uns gegangen. Diese Welt hat ihm sowieso nicht gepasst, genauso wenig wie ich. Aber, weißt du, trotzdem hab ich gestern irgendwie die Nerven verloren«, bekannte sie plötzlich mit schimmernden Augen. »Ich hatte einen kleinen Nervenzusammenbruch und hab seinen Namen durch das leere Haus gebrüllt. Ist das nicht merkwürdig? Hab meinem Kummer einfach Luft gemacht. Hinterher fühlte ich mich besser. Ich ahnte nicht, dass es mir so nahe gehen würde.«

Hinter Peters Augen brannte es wieder. »Wo warst du, als das passiert ist?«

»In seinem Schlafzimmer. Hab all diese leeren Regale angestarrt. Warum?«

»Hast du am Fußende des Bettes gestanden?«

»Was spielt das für eine Rolle?«

»Gar keine.«

Lydia zuckte die Achseln. »Bringen wir die Sache hinter uns«, sagte sie.

Sie rief die Gäste ins Wohnzimmer, das sie keineswegs füllten. Drei der Männer traten zum Kaminsims und lieferten Beschreibungen von Phil, die nur halb zutrafen – kurze, mit Fehlern behaftete Lobgesänge auf sein literarisches Schaffen. Der zweite Redner nannte ihn ein verkanntes Genie, der dritte würdigte mit herzlichen Worten eine Kurzgeschichte, die in Wirklichkeit gar nicht von Phil stammte.

Lydia dankte ihnen mit leiser Stimme. Danach ergriff Peter das Wort und sprach über die Freundschaft, die ihn mit Phil verbunden hatte. Er sah, wie den Umstehenden Tränen in die Augen stiegen, und spürte, wie ihm selbst dabei die Kehle vor Erschütterung eng wurde. Keiner der Anwesenden hatte Phil wirklich gut gekannt. Phil war nicht so berühmt gewesen, dass irgendjemand aus seiner Bekanntschaft hätte Vorteile ziehen können, und hatte sich zu selten in der Stadt aufgehalten, um dort einen bleibenden Eindruck zu hinterlassen. Niemand hatte von diesem Haus gewusst.

Anschließend standen sie herum und aßen Sandwiches und Kartoffelsalat von angeschlagenen Tellern, die aus Phils Anrichte stammten. Die zwei schwulen Schriftsteller nutzten die Gelegenheit, um draußen auf der Veranda zu rauchen.

Die vier Männer, die Peter nicht kannte, brachen schnell auf, nachdem sie gemerkt hatten, dass man ihnen nichts Alkoholisches anbieten würde. *Phil wäre auch gegangen*, dachte Peter. Als die beiden Schwulen von der Veranda zurückkehrten, wollten sie sich im Haus umsehen, um die Kunstgegenstände, alte Krimi-Groschenhefte und Phils Bücher zu begutachten, doch Peter hielt sie höflich davon ab, indem er erklärte, die besten Sammlerstücke seien bereits in Kartons verstaut, es gebe nicht mehr viel zu sehen. Phil hätte etwas dagegen gehabt, dass Fremde seine kostbaren Besitztümer befingerten. Lydia war so höflich, die beiden, die leicht beleidigt wirkten, die Auffahrt hinunter bis zu ihrem Wagen zu begleiten.

Die biederen jungen Frauen blieben noch, um abzuwaschen und aufzuräumen. Erst als Peter ihnen half, die alten Teller in der Geschirrablage neben der Spüle aufzureihen, stellten sie sich vor. Die Rothaarige mit dem pausbäckigen freundlichen Gesicht hieß Hanna, die Frau mit dem mausgrauen Haar und dem friedfertigen leeren Gesichtsausdruck Sherry.

»Wir haben nur ein paar Mal mit ihm geredet und kannten ihn kaum«, erklärte Hanna, was Sherry nickend bestätigte. »Er war nett. Sherry würde gern schreiben, aber bis jetzt haben wir beide kaum etwas veröffentlicht.«
»Wir führen Tagebücher«, bemerkte Sherry.
»Wir schreiben nicht so wie Phil, es sind keine echten Romane«, fügte Hanna hinzu.
Kurz darauf kehrte Lydia in die Küche zurück und nahm auf einem Hocker Platz. »Das wäre erledigt«, seufzte sie.
»Wo ist Phil eigentlich gestorben?«, fragte Peter.
»Spielt das noch eine Rolle? Mein Gott, Peter.« Lydia starrte ihn mit großen Augen ausdruckslos an. »Sie haben's mir nicht verraten – ich meine die Jungs, die die gerichtsmedizinische Untersuchung durchgeführt haben. Und die Polizisten auch nicht.« Sie fuhr sich mit der Zunge an die Schneidezähne und entfernte mit dem Fingernagel ein Salatblättchen. »Jedenfalls nicht in diesen Räumen, wie ich annehme«, fügte sie leiser hinzu.
Hanna und Sherry verzogen die Lippen und tauschten Blicke aus.
Peter nahm Lydia zur Seite und führte sie ins Wohnzimmer.
»Hast du hier gestern irgendetwas getan, das ich wissen sollte?«
»Wieder so eine seltsame Frage. Übrigens siehst du auch seltsam aus, Peter.«
»Dann heitere mich auf.«
»Ich hab, wie gesagt, von hier aus alles Nötige veranlasst. Irgendwann hat mich kurz der Kummer gepackt, und danach hab ich alles für diese Gedenkfeier, diese wirklich traurige kleine Party vorbereitet. Als du hier ankamst, war ich fix und fertig. Was ist eigentlich mit dir los?«
»Weiß ich auch nicht«, erwiderte Peter. Hanna und Sherry, die an der Durchreiche der Küche standen, warfen einander viel sagende Blicke zu.
Lydia fröstelte plötzlich. »Lass mich bloß mit deinen Schauer-

geschichten in Ruhe. Das Haus ist so schon unheimlich genug. Ich will hier nicht länger bleiben als unbedingt nötig.«

Auch Peter spürte die merkwürdige Atmosphäre, die ihn an das erinnerte, was er während der Herfahrt im Porsche empfunden hatte. Jegliche Geräusche fehlten. Es herrschte hier eine so tiefe Stille, dass einem selbst das Schweigen laut vorkam.

»Glauben Sie, dass *Phil noch hier ist?*«, fragte Sherry leise, vergeblich um Feingefühl bemüht. Sie wurde rot.

»Vielleicht wäre er gern bei seinen Büchern und Zeitschriften geblieben, nicht?«, bemerkte Hanna. »Es ist eine so wunderbare Sammlung.«

»Im Haus ist es sehr still, man hört keine Geräusche, stimmt's, Peter?«, fragte Lydia.

»Weitgehend schon.«

Lydia sah ihn mit zusammengekniffenen Augen an. »Wie immer Phil auch gewesen sein mag, still war er jedenfalls nicht.« Sie ging zum Kaminsims hinüber und strich mit ausgestrecktem Finger über die Urne. »Wenn er hier wäre, würde er uns mit diesem und jenem die Ohren voll schwatzen.«

Sie kehrten in die Küche zurück, wo die beiden Matronen die Schüsseln und das Tablett mit Speiseresten einsammelten. »Alles erledigt«, sagte Hanna in einem Ton, als wartete nun nichts als Langeweile auf sie, faltete das Küchenhandtuch zusammen und legte es weg. »Wir gehen jetzt wohl besser. Ich bin mit Lydia gekommen, aber ich kann auch mit Sherry zurückfahren.«

»Macht nur«, sagte Lydia. »Ich muss mich noch ein bisschen mit Peter unterhalten.«

Kapitel 10

Über den Hügeln dämmerte der Abend herauf. Die sanften Schattierungen von Pfauenblau, die sich in der Ferne am Himmel abzeichneten, verblassten nach und nach. Nachdem das seltsame Pärchen gegangen war, ließ sich Lydia in der Schaukel draußen auf der Veranda nieder und zündete sich eine Zigarette an. Peter blieb am Geländer stehen.

»Er hat kein Testament hinterlassen«, sagte Lydia. »Von irgendwelchen Verwandten hab ich nie gehört. Ich weiß nicht, wer das hier erbt, wahrscheinlich wird es sich der Staat irgendwann schnappen. Also solltest du alles einpacken, was du deiner Meinung nach mit gutem Recht für dich beanspruchen kannst. Ich könnte versuchen, seine Bücher in der Stadt zu verkaufen und das Geld irgendjemandem schicken, den du für geeignet hältst. Ich selbst will überhaupt nichts – weder Bücher noch Geld.«

Peter hatte Verständnis für Phils Nachlässigkeit, er selbst hatte auch nie ein Testament gemacht. »Du solltest einen Rechtsanwalt einschalten«, schlug er vor.

»Ich bin seine Ex, nicht seine Ehefrau. Wahrscheinlich gehört ein Teil des Besitzes der Gemeinde. Ich weiß zwar nicht, welcher Teil, aber sicher nicht das Haus. Ich hab's noch nie zuvor gesehen und möchte es nur loswerden.«

»Verstehe.«

»Du solltest dich hier mal umsehen. Vielleicht hat er ja irgendwo einen kleinen Schlüssel hinterlassen oder auf irgendeinem Zettel eine Zahlenkombination. Wäre auch möglich, dass er im Schließfach irgendeiner Bank ein Dokument deponiert hat, in dem er dir alles vermacht. Das wäre wunderbar, du würdest mir damit eine Last von den Schultern nehmen.« Mit der Zigarette in der Hand winkte sie ab. Es wurde jetzt schnell dunkel.

»Irgendetwas stimmt hier einfach nicht«, fuhr sie nach kurzem Schweigen fort. »Fass es bitte nicht falsch auf, Peter, aber ... kann es sein, dass es an dir liegt? Denn vor deiner Ankunft war die Atmosphäre im Haus noch ganz anders.«

Peter schüttelte den Kopf. »Ich bin nur ein durchgeknallter alter Freund des Verstorbenen.«

Trotz zunehmender Dunkelheit merkte er, dass Lydia ihm einen finsteren Blick zuwarf. »Was soll ich denn deiner Meinung nach im Haus getrieben haben? Hab ich den Laden ausbaldowert? Oder meine Juju-Zauberstäbe geschwungen, um den Geist des armen Phil zu vertreiben und hier selbst einzuziehen?«, erwiderte sie.

»Tut mir Leid, dass ich dich ausgefragt habe; das war unhöflich von mir.«

»Ich schleppe viele Dinge mit mir herum, aber das alles hat nichts mit diesem Haus, sondern allein mit Phil zu tun. Wir waren nicht gut für einander. Aber du hast nicht ohne Grund gefragt, Peter, dazu kenne ich dich zu gut.«

Da Peter sich nicht dazu durchringen konnte, ihr das zu beschreiben, was er in der Nacht gesehen hatte, wiegelte er ab. »Letzte Nacht hab ich hier im Haus deinen Kummer gespürt. Ich bin nicht übersinnlich begabt, aber es war so ... sogar ganz deutlich. Nichts weiter.«

»Ist ja nicht zu fassen, Peter Russell. Also bist du trotz allem ein Sensibelchen.«

»Einmal hab ich sogar ein Medium aufgesucht«, erklärte Peter verlegen und wagte sich damit ein Stückchen weiter vor.

Lydia drückte die Zigarette aus. Diesmal ließ sie den Stummel in der mit Sand gefüllten Konservendose liegen. »Ach ja, wirklich?«, fragte sie, offensichtlich erfreut darüber, das Peter sich ihr ein wenig öffnete. »Los, erzähl.«

»Ist schon lange her.«

»Nachdem das mit Daniella passiert ist?«

»Tja.«

Lydia nickte. »Uns allen werden Lektionen erteilt, Phil war eine von meinen. Mit netten, nervösen kleinen Männern komme ich nicht gut aus. Ich hab's eher mit den fiesen, selbstsicheren Typen.«

»Hank Wuorinos hat mich gestern besucht. Er fliegt zu Filmaufnahmen nach Prag.«

Lydias Gesichtsausdruck verhärtete sich. »Warum erwähnst du ihn ausgerechnet jetzt?«

»Weil er von dir und Phil gesprochen hat.«

»Hat er dir erzählt, dass ich mit ihm geschlafen habe?«

»Nein.«

»Damals war ich am Durchdrehen, Peter, hab Phil und die Männer an sich gehasst. Phil hat immer nur von deinen gottverdammten Filmen und Model-Aufnahmen gesprochen und davon geschwärmt, wie du ihn in diese blöde, lächerliche Playboy-Villa eingeladen hast, wo er dich mit Hef und dieser Miss Oktober oder wem auch immer bekannt gemacht hat. Das war das Höchste in seinem Leben. Kannst du dir vorstellen, wie ich mir dabei vorgekommen bin?«

»Nein.« Peter verschränkte die Arme.

»Wie irgendetwas, das vom Essen übrig geblieben ist und langsam vor sich hin gammelt. Und dann kommt dieser unschuldige schöne Junge ins Haus geschneit. Keine Ahnung, wo Phil ihn aufgegabelt hat, aber wir haben ihn bei uns wohnen lassen, und er war so lieb. Damals hab ich mir eingeredet, ich könnte noch einmal von vorn anfangen. Bei diesem Jungen hab ich wirklich etwas empfunden. Es war eine schlimme Zeit, Peter. Ich hoffe, Hank denkt gern an mich zurück, denn für mich und Phil war das der Anfang vom Ende.«

»Das tut mir Leid.«

»Armer Phil«, sinnierte Lydia und schürzte die Lippen.

»Musste mit ansehen, wie bei Peter Russell all diese nackten Damen herumspazierten.« Wie es Raucher in Gesprächen häufig tun, hing sie dem Gedanken eine Weile nach und entfernte dabei einen Tabakkrümel von ihrer Zunge. »Wie hätte es irgendjemand mit *deinem* fantastischen Leben aufnehmen sollen?«, sagte sie mit traurigem und dennoch strahlendem Lächeln. So hatte er sie noch nie gesehen. Sie leuchtete von innen heraus wie eine Glühbirne, die bald ausbrennen wird und ein letztes Mal kurz aufflackert. Sie stand auf und umarmte ihn. »Du charmanter Drecksack«, flüsterte sie ihm ins Ohr. Gleich darauf rannte sie die Verandatreppe hinunter. »Jetzt gehört alles dir, Peter.« Sie öffnete die Tür des Volkswagens, drehte sich noch einmal um und winkte dem Haus fröhlich zu. »Tschüs, Phil. LWFE. Leb wohl, fürs Erste.«

Lydia hupte zweimal kurz, während sie zurücksetzte und wendete, wobei sie fast den Porsche gerammt hätte. Und schon raste sie mit aufkreischendem Motor die Auffahrt hinauf und bog an den Weiden ab.

Am Himmel zeigten sich die ersten Sterne.

Peter stieß sich vom Geländer ab und atmete tief aus. Im Haus konnte er nicht bleiben, nicht noch eine Nacht. Aber als er Lydia zugehört hatte, war ihm etwas durch den Kopf gegangen, keine angenehme Vorstellung, aber etwas, das stärker war als nur ein unbestimmtes Gefühl. Ehe er abreiste, musste er dieser Vermutung nachgehen.

Als er im Dunkeln die Treppe hinunterstieg, erinnerte das Klappern seiner Schuhe an hohle Trommelschläge.

Jetzt glaubte er zu wissen, welchen Ort sich Phil zum Sterben ausgesucht hatte.

Kapitel 11

Das Grundstück hinter dem Haus erstreckte sich über fast hundert Meter bis zu einem durchhängenden Maschendrahtzaun, der die Grenze markierte, wie Peter annahm.

Da es eine wunderbare, recht laue Nacht war, ließ er sein Jackett im Wagen.

Der unebene Boden war von Haferhalmen und Gestrüpp überwuchert. An einem windigen Geräteschuppen vorbei führte ein fester Sandweg zu einer großen alten Scheune mit Schrägdach, die im Lauf der Zeit verwittert und nun baufällig war. Irgendjemand musste früher Pferde auf dem Grundstück gehalten haben. Hinter der Scheune zeichneten sich kleinere Hügel und viele Sterne gegen den Nachthimmel ab. Der aufsteigende Mond leuchtete in strahlendem Orange.

Während Peter den von Furchen durchzogenen Weg entlangging, fielen ihm auf dem Buckel in der Mitte Ölflecken auf. Der alte Grand Taiga hatte stets geleckt. Er entdeckte das Wohnmobil hinter der Scheune, so abgestellt, dass es vom Haus aus nicht zu sehen war, und halb mit einer blauen Plane überdeckt. Das frei liegende Heck schimmerte weiß. Peter war zwar kurzsichtig, hatte aber stets über eine gute Nachtsicht verfügt, so dass er mühelos das Nummernschild, das zusammengerollte und am Dach befestigte große Sonnensegel und die Tür erkennen konnte. Vor der Tür lag ein langer Plastikstreifen – ein Absperrband, das die Polizei hier gelassen haben musste.

Jetzt war er sicher, dass Phil zum Sterben hierher gekommen war. Vielleicht hatte er aber auch nur vorgehabt, im Wohnmobil zu übernachten und gleich am nächsten Morgen nach Süden aufzubrechen, um dort weitere Sachen abzuholen. Möglich, dass der Postbote ein paar Tage später vorbeigekommen war, um ein Paket abzuliefern. Als er angeklopft hatte, war ihm sicher aufgefallen, dass die Tür nicht abgesperrt gewesen war. Und selbst im ländlichen Umkreis von Tiburon empfahl es sich nicht, Haustüren offen zu lassen.

Bestimmt hatte der Postbote mehrmals nach Phil gerufen und war später ums Haus herumgegangen, um nach der Hintertür zu sehen ...

Den Rest der Geschichte konnte sich Peter zusammenreimen. Der kalte Metallgriff an der Tür des Grand Taiga war leicht zu bewegen. Peter ließ die Tür weit aufschwingen, hielt kurz den Atem an und schnupperte. Das Innere roch modrig, leicht faulig, als wäre der Müllbehälter nicht geleert worden. Er fuhr zurück, lehnte sich an die Metallverkleidung an der Seite und dachte nach, während die Tür automatisch zuschwang.

Quer übers Feld blickte er zum Haus hinüber. Von der Bucht her wehte eine leichte Brise, die dafür sorgte, dass der Boden schnell auskühlte. Irgendwo da draußen im hoch aufgeschossenen Hafer bemühten sich die Grillen, ein bisschen Schwung in ihr Zirpen zu bringen.

Als er die Tür wieder öffnete, zog er sich an einem stählernen Haltegriff ins Wageninnere. Eigentlich roch es gar nicht so schlimm, eher, als hätte jemand gefurzt. Jedenfalls nicht so streng, dass es ihn nach draußen trieb. Nachdem er die Innenbeleuchtung eingeschaltet hatte, fielen ihm am Fußboden Schlammspuren von Stiefeln und Strohhalme auf. Phil hatte das Wohnmobil stets peinlich sauber gehalten. Also mussten die Spuren von der Polizei stammen. Vom Untersuchungsbeamten des Bezirks und vom Gerichtsmediziner, dazu autorisiert, in eine Privatsphäre einzudringen, die nicht mehr geschützt werden musste, da der Tote sie nicht mehr für sich beanspruchte. *Macht ruhig weiter. Schaut euch um. Jetzt dürft ihr's ja, denn ich bin nicht mehr da.*

In der Nische hinter dem Ofen und dem Kühlschrank war der Geruch stärker zu spüren. Noch stärker wurde er, als Peter nach vorne ging, zu den großen, mit blauem Cord gepolsterten Vordersitzen.

Mit dem Fuß löste er den Fahrersitz aus der Halterung und drehte ihn herum. Der Sitz war mit Spritzern übersät, die dunkler und unheimlicher als Wasserflecken wirkten.

Peter schloss die Augen, um Abschied von der tollkühnen *Alten-Knacker*-Tour zu nehmen und den Traum für immer zu begraben. Er ließ sich auf den Beifahrersitz fallen, rieb sich über den kurzen Bart und spähte durch die Windschutzscheibe, während das abkühlende Wohnmobil ächzte und knackte. Der Innenraum war immer noch aufgeheizt, da der Wohnwagen den ganzen Tag über der Sonne ausgesetzt gewesen war. Wie lange hatte Phil, bereits tot, noch aufrecht hinter dem Lenkrad gesessen? Wie lange hatte er zum Sterben gebraucht?

Peter stand auf. Er hatte nicht das Herz, hier nach irgendwelchen Dokumenten zu suchen. Es war alles vorbei. Jetzt wollte er nur noch weg – weg vom Grand Taiga, weg vom Haus, das ihn daran erinnerte, dass alle kostbaren Besitztümer mit dem Tod wertlos wurden. Er wollte nur noch zurück zu seinem Wagen und irgendwo hinfahren, völlig egal, wohin. Er war bereits drauf und dran, die Schiebetür aufzureißen, als ihm etwas auf dem kleinen Schreibtisch hinter der Küche auffiel, tief im Schatten verborgen. Dort hatte Phil oft seine Schreibmaschine hingestellt, wenn er im Wohnmobil gearbeitet hatte. Peter schaltete eine weitere kleine Lampe ein, die den kurzen Gang in warmes rötliches Licht tauchte. Während er nach hinten ging, merkte er, dass auf dem Tisch keine Schreibmaschine, sondern ein hölzernes Schachbrett und Schachfiguren standen.

Er erinnerte sich an dieses Schachspiel. Phil hatte daran besonders gehangen; nahezu der gesamte Vorschuss für ein Buch war dafür draufgegangen. Es waren in Bronze und Silber gegossene Figuren, die die archetypischen Helden und Schurken von

Groschenromanen darstellten – geschaffen von dem berühmten, vielfach preisgekrönten Comic-Künstler Dale Enzenbacher. Auf einer Seite standen die in Silber gegossenen Guten: Der König, ein strammer Abenteurer in Stiefeln, Reithosen und Wams mit doppelreihigen Knöpfen, hielt etwas in den Händen, das ein Laserstrahler oder auch ein Gewehr mit überlangem Lauf sein mochte. Als Dame fungierte die Marsprinzessin Dejah Thoris in ihrer ganzen nackten Schönheit. Die Springer waren Privatdetektive mit tief ins Gesicht gezogenen Hüten und aufgestellten Kragen, deren Waffen ihre winzigen Taschen ausbeulten. Die Läufer waren als weise kahlköpfige Asiaten dargestellt: Mönche in bodenlangen Gewändern, die Hände in östlicher Demut gefaltet, die zweifellos nur darauf warteten, den brutalen, sturköpfigen Lamont Cranston alias *The Shadow* zu quälen und auszubilden. Die Türme bestanden aus niedrigen Pyramiden, an deren Spitze Augen funkelten, die alles überblickten.

Alle Bauern auf der Seite der Guten hatten die Form von Gespenstern, Geistern und Monstern, was Peter zum ersten Mal als merkwürdig empfand. Unheimliche Gestalten auf der Seite der Helden?

Zu den in Bronze gegossenen, mit dunkler Patina überzogenen Bösen zählten Kaiser Ming als König und eine weitere Prinzessin – vermutlich Buck Rogers' Ardala – als Dame. Außer einer arroganten, missmutigen Miene trug sie lediglich einen Hauch von Nichts zur Schau. Verrückte Wissenschaftler mit blitzenden Monokeln, die winzige Reagenzgläser umklammerten, waren die Läufer und böse wirkende, zwergwüchsige Kreaturen mit Buckeln die Springer, während die Türme als von Blitzen gekrönte Bergfestungen dargestellt waren. Die böse Bauernschar bestand aus Ungeheuern mit Tentakeln und hervorquellenden Augen, denen man jederzeit zutrauen konnte, sich nicht nur in den uns bekannten Dimensionen, sondern auch darüber hinaus zu bewegen.

Hinter dem Schachbrett steckten die Seiten eines getippten Manuskripts. Phil hatte die Schreibmaschine stets dem Computer vorgezogen. Peter griff nach den letzten Seiten und las sie mit zusammengekniffenen Augen durch. Was er vor sich hatte, war Phils großer Krimi, der Roman, von dem er schon seit Jahren gesprochen hatte: Ein junger FBI-Agent deckt in Salt Lake City Fälle von Korruption auf. Auf der letzten Seite brach das Manuskript mitten im Satz ab.

Phil hatte auf seiner alten Reiseschreibmaschine, einer Olympic, mehr als neunzig Worte pro Minute tippen können. Wo steckte sein wichtigstes Arbeitsgerät überhaupt?

Peter blickte zum Schlafzimmer hinüber, das weiter hinten lag. Irgendjemand hatte die Schreibmaschine aus dem silbergrauen Schutzgehäuse genommen und mitten aufs Bett gestellt. Peter glaubte nicht, dass die Polizisten solche Dinge angerührt hatten. Sicher hatten sie den recht eindeutigen Fall schnell abschließen, die losen Enden eines viel zu kurzen, viel zu chaotischen Lebens rasch zubinden wollen.

Peter kehrte zum Schreibtisch und dem Schachspiel zurück. Die Hände in die Hüften gestemmt, blieb er stehen und versuchte nachzuvollziehen, welche Vorkehrungen Phil aufgrund seiner Gewohnheiten für den Fall des Falles getroffen haben mochte. Über dem Schreibtisch befand sich ein Schränkchen, in dem Phil seine Bleistifte und Büroklammern aufbewahrt hatte. Als Peter es aufzog, entdeckte er darin zwei Schnapsgläser, die halb mit einer bernsteinfarbenen Flüssigkeit gefüllt waren. Vorsichtig hob er ein Glas hoch und schnupperte daran: Scotch. Nachdem er das eine Glas mitten auf dem Schachbrett neben einem lauernden Ungeheuer abgestellt hatte, griff er nach dem anderen und entdeckte darunter eine Seite, die jemand aus einem Notizbuch oder gebundenen Tagebuch gerissen haben musste. In Phils krakeliger Schrift stand darauf zu lesen:

Peter,
bist du's, Kumpel? Ich hoffe, dass du es bist, der das hier findet, und nicht die Polizei oder sonst jemand. Das hier ist mein letzter Wille, mein Testament. Nimm dir, was immer du willst, ich brauch's nicht mehr. Lass alles, was du nicht haben möchtest, im Haus.

Ich hab's endlich herausgefunden: Diese Welt ist schlicht und einfach grässlich, nichts als missratene Kunst. Manche von uns, die ständig versuchen, hinter die Dinge zu blicken, passen da einfach nicht hinein. Aber unter der Oberfläche gibt es etwas, das wunderschön und voller Farbe ist, etwas, das glücklich macht und sinnvoll ist, das kann ich spüren. Irgendeine Knalltüte von Gott, ein grausamer Gott, hat ein uraltes Meisterwerk, das so viel Freude darstellte, einfach übermalt. Nun ja, ich hab meine Runde hinter mich gebracht, jetzt gehe ich auf Entdeckungsreise.

Bis später, alter Freund

Phil hatte sich in der Welt der Fantasie, einer Welt voller Helden und Monster, Schurken und exotischer Frauen, stets wohler gefühlt als in der Wirklichkeit. In dieser Hinsicht ging es Peter nicht anders. Phil hatte gewusst, dass er sterben würde, es musste ihm seit mindestens einer Stunde klar gewesen sein. Er war hierher gekommen, um das zu vollenden, was er sich vorgenommen hatte. Selbst in dieser letzten Stunde voller Schmerzen hatte er die dramatische Inszenierung gewählt, indem er überall an den gemütlichen Plätzchen ihres rollenden Clubhauses Hinweise hinterlassen hatte.

Mit Tränen in den Augen las Peter Phils allerletzte Botschaft.
Beide sind wir nichts anderes als enttäuschte Jungs.

Schließlich faltete er das Blatt zusammen und verstaute es in seiner Hemdtasche. Danach hob er das Glas vom Schachbrett, prostete der leeren Luft zu und stürzte den Inhalt in einem Zug hinunter. Selbst nachdem der Scotch hier schon tagelang gestanden hatte, schmeckte er großartig – nach Rauch, Feuer und Torf und Spuren von Vanille und Eiche – und hatte auf der Stelle eine verdächtig angenehme Wirkung. Das zweite Glas sah verlockend aus, doch es war nicht für ihn bestimmt, sondern im wahrsten Sinne des Wortes Phils Geist vorbehalten. Er ließ es im Schränkchen stehen und schloss die Tür. Danach kramte er in der Küche herum, wo er eine kleine Schachtel entdeckte.

Er wickelte die Silber- und Bronzefiguren von Enzenbacher in Papiertücher aus dem Badezimmer und legte eine nach der anderen in den Karton.

Dieses Schachspiel hatte er immer gemocht.

Nachdem Peter den Karton in seinem Koffer verstaut hatte, trug er ihn zum Wagen. Gleich darauf zog er das Trans aus der Tasche seines Jacketts, das er achtlos auf den Beifahrersitz des Porsches geworfen hatte.

Das hübsche grüne Gerät schmiegte sich in seine Handfläche.

Da die Nachtluft kühl war, streifte er das Jackett über. Nachdenklich hielt er das Trans ans Ohr. Im Grand Taiga war alles so ruhig gewesen, wie es sein sollte, aber jetzt wartete hinter dieser Ruhe erneut eine tiefere Stille. Eine weitere Sinnestäuschung? Vielleicht konnte er Weinstein morgen danach fragen.

Als Peter zum Haus zurückkehrte, um dort alles zu schließen und abzusperren, sah er aus dem Augenwinkel heraus irgendetwas aufflackern. Er wandte den Blick nach links, ins düstere Wohnzimmer: Lichtflecken spielten über die Wände, tanzten im Spiegel über dem Kamin – offenbar irgendwelche Lichtreflexe, die durch das vordere Fenster drangen. Doch es hatte seit Tagen nicht geregnet, der Boden draußen war trocken, es gab dort keine Wasserpfützen. Und der Mond stand längst zu hoch am Himmel, als dass er dem Auge solche Streiche hätte spielen können.

Die Lichter funkelten im Spiegel, wurden von der Urne reflektiert.

Phils Asche, das Letzte, was von ihm geblieben war.

Peter trat vor und griff entschlossen nach der Urne. Er würde die Asche an irgendeinem schönen Ort verstreuen. Auch wenn Phil kein regelrechtes Testament hinterlassen hatte, in dem sein letzter Wille enthalten war, wusste Peter, was er sich gewünscht hätte: dass man seine Asche bei Big Sur den Wellen übergab, den Kohlenstaub der Wiederverwertungsanlage der Erde zuführte.

Soll doch ein Fisch an mir ersticken.

Er konnte fast hören, wie Phil es sagte, es klang genau richtig. Na gut, in seinem Inneren lebte immer noch ein bisschen von Phils Stimme weiter. Mit der Urne unter dem Arm blieb Peter einen Augenblick an der Tür stehen und beobachtete mit zunehmender Verwirrung die Lichtreflexionen. Er brauchte zwanzig Sekunden, um zu erkennen, dass die Lichter nicht auf den Wänden spielten, sondern nur in ihrer Nähe. Knapp unterhalb der Decke schwebten sie in der Zimmermitte.

Und es waren gar keine Spiegelungen – dazu bewegten sie sich viel zu frei –, sondern Irrlichter, die kaum wahrnehmbare Geräusche machten, wie große Motten.

Während er ihnen zusah, fühlte er sich wie nach einem Koffeinschub: hellwach, mit Energie aufgeladen, neugierig. Aber bald darauf verblassten die Lichter, und das Zimmer lag wieder düster und leer da. Jetzt fühlte er sich nur noch einsam. So als wäre er high von Drogen gewesen, deren Wirkung nun schwand, trat etwas Trübes, Bedrückendes an die Stelle der Energie, die ihn kurz zuvor noch aufgeladen hatte. Kurz überlegte er, ob er zum Wohnmobil zurückkehren und Phils Glas Scotch austrinken oder nach der Flasche suchen sollte. Phil würde es ihm nicht übel nehmen. Nur ein bisschen Trost ...

Er schloss die Haustür, sperrte sie hinter sich zu und hängte die Schlüssel wieder an einen Nagel, der sich unterhalb des Dachgebälks der Veranda befand. Anschließend ging er zum

Wagen, zwängte die Urne neben seinen Koffer, ließ die Haube des Kofferraums laut hinunterkrachen und beugte sich vor, um sie so zu schließen, dass der Riegel einschnappte.

Erst als er sich daran machte, die Zündung einzuschalten, wurde ihm bewusst, dass Lydia ihm nichts von dem Nagel erzählt und mit keinem Wort erwähnt hatte, dass er sich vorne unter dem Dachgebälk befand und die Schlüssel dort hingehörten. Man musste schon aus einem ganz bestimmten schrägen Winkel nach oben blicken, um den Nagel überhaupt zu bemerken.

Er hatte es einfach gewusst.

Und Lydia offenbar auch.

Kapitel 12

Die Nacht in Marin war zwar kalt, aber er hatte keine Lust, weiter nach Süden zu fahren, nur um am kommenden Morgen hierher zurückzukehren. Außerdem musste er mit seinen armseligen zehn Dollar sparsam umgehen. Also hielt er an einer Tankstelle an und fragte die Frau am Nachtschalter – eine junge Asiatin, die in einer von blauem Neonlicht erleuchteten Kabine saß –, wie er am besten nach San Andreas gelangen könne. Von ihrer hellen kleinen Insel aus warf sie ihm einen forschenden Blick zu. »Zum Andreas-Graben oder zum Gefängnis?«

»Ich gehe morgen ins Gefängnis.«

Kokett neigte sie den Kopf. »Sie nicht aussehen wie böser Mann. Sie erwachsen, kein Punk«, stellte sie fest, um gleich darauf hinzuzufügen: »Gefängnis geschlossen. Die bauen.«

»Ganz richtig. Bürogebäude für die Hightechindustrie.«

»Ich nicht weiß.« Sie schlug die Route in einem Autoatlas nach. Offenbar war sie froh darüber, dass ihr jemand so spät am Abend Gesellschaft leistete und es gerade Peter war. Diese Wirkung hatte er oft auf Menschen, besonders auf Frauen. Lydia hatte den Nagel auf den Kopf getroffen. Vielleicht hätte er ein anderes, produktiveres Leben geführt, wäre er ein bisschen weniger charmant gewesen.

»Außerdem suche ich nach einem schönen Strand«, sagte er. »Mit netten Wellen.«

»Das hier die Bucht, keine Wellen.«

Peter zuckte die Achseln. »Gibt's so was irgendwo in der Nähe?«

»Vielleicht Point Reyes.«

»Klingt gut. Gibt's da auch eine YMCA-Herberge*?«

»YWCA vielleicht lustiger, wie?« Sie schüttelte das kurze schwarze Haar, kicherte und schlug sich die Hand vor den Mund. »Aber ich glaube, ist eine in San Rafael. Ich finde.« Mit Hilfe des Computers, der in ihrer Kabine stand, surfte sie im Internet, bis sie die Adresse gefunden hatte. »So langweilig hier nach zehn abends, machen mich verrückt. Ich surfen überall im Netz. Besitzer nichts dagegen, er mein Bruder. Sie glauben, er mir netten Mann vorstellen? Nein! Nur arbeiten, arbeiten, arbeiten, immer lange arbeiten, erst spät frei.« Mit Hoffnung im Blick musterte sie ihn durch die kugelsicheren Acrylscheiben.

Peter belohnte sie mit einem trockenen Lächeln. »Im Kofferraum ist die Asche meines Freundes«, erklärte er. »Ich bringe ihn zum Strand hinunter.«

Das ernüchterte sie sofort. Als er, ausgestattet mit einer Wegbeschreibung zur YMCA-Herberge am Los Gamos Drive, zurück zum Wagen ging, sah sie ihm mit Eulenaugen nach.

Als Erstes jedoch musste er es ausnutzen, dass der Mond die Nacht erhellte und er noch genügend Benzin im Tank hatte. Es war an der Zeit, Phils sterbliche Überreste der Natur zurückzugeben.

---

* YMCA und YWCA: Young Men's Christian Association, Christliche Vereinigung junger Männer, und Young Women's Christian Association, Christliche Vereinigung junger Frauen und Mädchen. Beide Organisationen bieten in den USA billige Übernachtungsmöglichkeiten für Gäste jeden Alters. – *Anm. d. Übers.*

Kapitel 13

Vom Pazifik her blies der Wind über den Strand, wirbelte Sand auf und trieb ihn in durchscheinenden Schwaden vor sich her, so dass er leise durch das Gestrüpp und die geduckten Bäume rauschte. Da der Mond seinen höchsten Stand erreicht hatte, konnte Peter deutlich die Wellen erkennen – lange, aufgewühlte Brecher, die von einer tückischen schwarzen Untiefe im Meer aus grummelnd heranrollten. Ihm wirbelte Sand in die Augen.

Ursprünglich hatte er vorgehabt, sich auf einen Felsen zu stellen und die Asche seines Freundes nach und nach mit der Hand ins weite Meer zu schleudern, aber das war eindeutig nicht durchführbar.»Nicht ich, sondern die Fische sollen daran ersticken«, murmelte er und schlug den Jackettkragen hoch, um sich vor dem Sand zu schützen.

Phils Urne unter den Arm geklemmt, ging er so nahe wie möglich an die Wasserscheide heran, fuhr aber sofort zurück, als ihm die Gischt mit unerwarteter Kraft entgegenzischte. Nach mehrfachen Versuchen fand er einen Standort, der einen akzeptablen Kompromiss darstellte, beugte sich vor, schraubte den dicken Plastikdeckel von der Urne und wartete darauf, dass sich die schäumenden Wirbel langsam zurückzogen. Er hielt es für das Beste, Phils Asche nach und nach zu verteilen. Wenn er den Inhalt der Urne auf einmal ausschüttete, würde am Ende ein nasser grauer Klumpen zurückbleiben, ähnlich einem Zigarrenstummel, den das Wasser erst mit der Zeit auflösen würde – und das gefiel ihm nicht.

Peter verteilte die körnige Asche, indem er jeweils eine knappe Hand voll ins Meer warf. Als ihm nach fünf Minuten die

Knöchel und Knie wehtaten, musste er an Phils unzählige Gebrechen denken: das ständige Sodbrennen, das Anfangsstadium eines Lungenemphysems von all den Jahren, in denen er geraucht hatte – er hatte wie ein Schlot geraucht und behauptet, das gebe ihm ein Gefühl von Normalität –, und dann die großen Leberflecken am Kinn und an der Nase. Einmal war er auch an Gürtelrose erkrankt. Und bei gesellschaftlichen Anlässen hatte er leicht die Nerven verloren.

Als Phil 1987 die Playboy-Villa besucht hatte, war er zwar in bester – und aufgegeilter – Stimmung, aber auch ein Nervenbündel gewesen. Um ihn zu beruhigen, hatte Peter dafür gesorgt, dass sie einen Tisch fanden, und dort seinen Skizzenblock hervorgezogen. Bis weit nach Mitternacht hatten sie sich ein Duell mit der Waffe des Bleistifts geliefert und Karikaturen gezeichnet. Phils Figuren waren schnell dahingeworfene, ängstliche Alltagstypen mit langen Nasen und wissenden Augen gewesen, während Peter mehr ins Detail gegangen war und weltverdrossene Teufel mit kleinen Hörnern und sarkastischen Mienen skizziert hatte. Sie hatten die Karikaturen nach rechts und links weitergereicht, an eine wachsende Menge schöner Frauen und neidischer Männer. Hefner hatte sich ein paar Minuten zu ihnen gesetzt und später mehrere dieser Karikaturen veröffentlicht. Die Schecks hatten sich auf mehr als sechstausend Dollar belaufen. Phil hatte das als schönsten Moment in seinem Leben bezeichnet.

Er hatte unter einer zwanghaft-neurotischen Persönlichkeitsstörung gelitten. Zwar hatte er sich nicht ständig die Hände geschrubbt, sich aber immer wieder davon überzeugen müssen, dass die Lampen tatsächlich ausgeschaltet und bei Geräten, die sich überhitzen konnten, die Stecker gezogen waren. Einmal hatte Peter zwanzig Minuten auf Phil gewartet, während er Zimmer für Zimmer überprüft und die Tür zehn Mal auf- und wieder abgeschlossen hatte. Die Kaffeemaschine, der Fernseher, die Heizung – alles hatte er ausschalten oder von der Steckdose trennen müssen, denn man konnte ja nie wissen, ob nicht irgendein Kurzschluss ein Feuer auslösen würde ... Phil war übereifrig auf den Schutz von Hab und Gut bedacht gewesen.

Peter warf noch eine Hand voll Asche in die Gischt und stellte sich so hin, dass der Wind, der über die Wellen strich, sie ihm nicht zurück ins Gesicht treiben konnte. Anschließend stapfte er im Krebsgang den Strand entlang und schleuderte bei jedem Schritt kleine Klumpen von Asche in die Wellen.

Für den Horrorfilm, den Joseph nicht hatte finanzieren wollen, hatte er Informationen über Einäscherungen eingeholt. In älteren Krematorien kam es häufig vor, dass man die Leichen umdrehen, anstoßen und an die richtige Stelle schieben musste, damit sie auch wirklich zu reiner Asche verbrannten. Es war eine harte und schlecht bezahlte Arbeit, die heißen, schwelenden Körper mit der Zange umzudrehen. Manchmal musste man auch das Herz, diesen zähen, harten Klumpen muskulösen Fleisches, aus der Leiche lösen und es getrennt vom Rest zerhämmern oder zermahlen.

Jedenfalls hatten ihm das die Bestattungsunternehmer bei mehreren Drinks in einer Bar am Campo de Cahuenga erzählt.

»Mein Gott«, murmelte er und beugte sich hinunter, damit die Gischt seine Hände benässte, »was hab ich schon alles für dich getan, Phil. Das kann man wirklich laut sagen.«

Aber das hier kam ihm richtig vor, es war die Mühe wert. Er stellte sich Phil frei von jeglicher Nervosität, Schmerzen und schlimmen Erinnerungen vor. Doch die Wellen lösten auch Phils seltsamen, verrückten Humor auf. Und seine Augen, die geblitzt hatten, wenn er davon erzählt hatte, wie er in einem Sammlerladen ein vergriffenes Groschenheft in ausgezeichnetem Zustand aufgetrieben hatte. Das kalte Salzwasser voller Gischt, die sich brach und dabei zischte, verleibte sich auch den Phil ein, der die Arme geschwenkt und gelacht hatte, als sie besprochen hatten, wo sie auf ihrer *tollkühnen Tour der alten Knacker* Halt machen sollten. »In Pismo Beach, *Albakoykee*, Lompoc und *Cuc-A-MONGA-a*.«

Für immer verloren, wie alles andere, wie die seelische Erfahrung, die Phil dazu getrieben hatte, an Peters Verlust Anteil zu nehmen, wobei ihm Tränen über die Wangen gekullert waren. »Scheiße, Peter, so was Schlimmes hast du einfach nicht verdient, nie und nimmer«, hatte er gesagt. Peter hatte es vor Kummer fast zerrissen, als er in Phils Armen gezittert hatte. Zwei erwachsene Männer hatten einander umschlungen und geheult.

Die Gischt schimmerte schwach, als sie die letzten Aschereste hinaus aufs Meer trug. Peter rieb sich Sand, Schaum und frische Tränen aus den Augen und trottete am Strand entlang zum Parkplatz. Es war vier Uhr morgens. Abgesehen vom Porsche war der Parkplatz leer. Er war zu müde und erschöpft, um noch zur YMCA-Herberge zu fahren. Stattdessen lenkte er den Wagen zu einer Klippe, wo er vor der salzigen Gischt und dem Sand geschützt war, hielt an, rollte sich in dem engen Schalensitz zusammen und lehnte den Kopf an ein kleines Polster, das er immer dabeihatte und das ihm manchmal als Sitzkissen diente.

Jetzt, wo Phil nicht mehr da war, hatte er kaum noch einen Menschen, mit dem er reden konnte. Dass er schon so lange allein war, bedeutete für ihn die schlimmste Art von Niederlage – etwas, das er stets hatte vermeiden wollen, meistens mit beträchtlichem Erfolg. Vor seiner Heirat waren natürlich viele Frauen um ihn herum gewesen, aber auch jede Menge Freunde. Und nicht wenige waren beides für ihn gewesen.

Doch Phil war etwas Besonderes, er war immer für ihn da gewesen, selbst in den schlimmsten Zeiten. Das war nun endgültig vorbei.

Als er einschlief, träumte er von den Schlüsseln am Bindfaden und zuckte dabei immer wieder heftig zusammen. Die Schlüssel hingen vor ihm, baumelten von irgendeiner Hand herunter, einer Männerhand, nicht Lydias, wie deutlich zu erkennen war. Sie waren in goldenes Licht getaucht, selbst der dreckige Bindfaden leuchte tizianrot.

Bald darauf erwachte er, drehte den Kopf und merkte, dass

über den Hügeln hinter der Schnellstraße der Morgen heraufdämmerte. Da seine Brille zusammengeklappt auf dem Armaturenbrett lag, sah er die ganze Welt draußen wie durch einen Nebel. Das blau-graue Meer wirkte kalt. Er hatte einen widerlichen Geschmack im Mund und roch nach Salzwasser, außerdem musste er pinkeln. Aber inzwischen war die Straße wieder befahren, so dass er nicht einfach aussteigen und sich irgendwo erleichtern konnte.

Er hörte ein Klopfen am Fenster, so leise, als wäre ein Insekt gegen die Scheibe geprallt. Ein grauhaariger alter Mann beugte sich herüber, um zu ihm ins Auto zu spähen.

»Netter Wagen«, bemerkte er.

Peter blinzelte und rieb sich die Augen. »Danke«, murmelte er und griff nach seiner Brille, aber sie glitt ihm aus der Hand und rutschte zwischen die Sitze.

»Ein Porsche, stimmt's?« Die Stimme des Alten schien aus meilenweiter Entfernung zu kommen.

»Tja.« Peters Nackenhaare stellten sich auf. Wieder spürte er, wie etwas an ihm zerrte, genau wie in Phils Schlafzimmer, als das Ebenbild von Lydia dieses Drängen und Verlangen ausgestrahlt hatte.

»Sieht schon toll aus, hat viel Schliff, von hinten wie ein Straßenschiff. – Wie wär's mit einer Spritztour?«

Der Alte redete und redete. Peter, dem es noch immer nicht gelungen war, die Brille zu finden, brauchte mehrere Sekunden, bis ihm etwas Seltsames auffiel: Während er den Parkplatz im Hintergrund, das Meer und die umstehenden Bäume nur verschwommen ausmachen konnte, war der Alte glasklar zu erkennen. Jede Einzelheit hob sich so deutlich vom Rest ab, dass es den Augen fast schon wehtat. Hinter ihm standen drei Kinder, verwahrloste, dünne, blasse Kinder, kaum zu sehen.

Eines der Kinder kletterte auf das Sicherheitsgeländer, balancierte darauf herum, machte einen Luftsprung und löste sich auf wie Rauch.

»Die Kleinen wachsen im Dreierpack, hängen wie Affen vom Baum herab«, bemerkte der Alte. Peter tastete hektisch nach der Brille, die im Spalt zwischen den Sitzen liegen musste, und versuchte gleichzeitig, den Alten im Auge zu behalten, der ebenso hämisch wie nachsichtig lächelte.

»Einsam hier draußen, wie?«, fuhr der Alte fort. »Was ich brauch, is Smoky Joe, ob verschnitten oder als Stumpen. Ha'm Se was für 'nen alten Lumpen?«

Peter spürte das Zerren jetzt so stark, als hätte sich ein Angelhaken in seine Brust gebohrt. Schließlich ertastete er die Brille, stellte die Knie auf und hievte sich so in dem Sitz empor, dass er aufrecht da saß.

»Schlimme Welt, harter Trip, Smoky öffnet dir den Blick.«

Peter schob sich die Brille über die Nase, wobei er sich mit dem Bügel fast ins Auge gestochen hätte – und sofort wirkte die Szenerie da draußen erschreckend anders, als wäre aus einem Dia-Positiv ein Negativ geworden: Während die Landschaft klar und deutlich hervortrat, waren von dem Mann und den Kindern plötzlich kaum noch Einzelheiten zu erkennen. Und das betraf nicht ihre Kleidung, sondern ihre Gestalten. Sie wirkten wie unvollendete Rohlinge. Wie Tote, aber keineswegs verwest. Sie sahen überhaupt nicht wie Leichen aus, sondern eher wie Marmorstatuen, deren Gesichter vom jahrelangen sauren Regen ausgewaschen und geglättet waren.

Die Augen des Alten waren nur als trübe Schatten auszumachen, außerdem hatte er die nur mit leichtem Strich angedeutete Knollennase einer Karikatur.

»Hau ab!«, brüllte Peter mit brechender Stimme. »Du bist doch gar nicht hier!«

Als der Alte mit den formlosen Lehmhänden gegen die Scheibe drückte, zog es Peter mit solcher Kraft zur Tür, dass er dagegenknallte und sich den Arm anstieß.

»Komm schon, *Peter*«, sagte die graue Gestalt. Die Stimme

war ein penetrantes Summen, so als wollte irgendein Insekt unbedingt durch die Scheibe dringen. »Gib uns 'ne Chance, leg Tempo zu, ich will jetzt meinen Smoky Joe. Wir alle wissen, was du nicht weißt, auch wenn du in die Hosen scheißt.«

Gleich darauf fing er wieder von vorn an, genau wie eine verkratzte Schallplatte, die immer wieder zu einer bestimmten Stelle desselben Liedes zurückspringt.

»Netter Wagen.«

Jetzt klettert das verwahrloste Kind gleich wieder auf das Sicherheitsgeländer, balanciert darauf herum und löst sich auf wie Rauch.

Sie waren drauf und dran, die ganz Szene zu wiederholen, mitsamt den Reimen des Alten. Und dabei zerrten sie die ganze Zeit an ihm, wollten sich das, was er war und was er wusste, einverleiben, ihn aussaugen wie einen Lutscher, auf dessen Süße sie völlig abfuhren. Peters Gedankenstrom stockte, jetzt dachte er mit kühlem Kopf nach. Er musste hier weg, musste die Hitze hinter seinen Augen loswerden, ehe er innerlich verglühte.

Er drehte den Zündschlüssel herum. Der Motor klang so, als rasselte ein alter Ölkanister in einer Trommel. Jeder Zylinder fuhr mühsam an seinem Kolben hoch, sorgte für leichte Kompression, um gleich darauf wieder abzusacken und eine laute Fehlzündung zu produzieren. Er konnte jedes einzelne, langsam arbeitende Metallteilchen in diesem Prozess ausmachen. Seine Ohren kamen ihm so vor, als steckten sie in Wackelpudding.

Während er den Rückwärtsgang einlegte und die Kupplung durchdrückte, verlagerten die Gestalten ihre Position und schwangen neben ihm hin und her, wie durchsichtige Vorhänge vor einer Kinoleinwand.

Der Adrenalinstoß, der dabei durch seinen Körper schoss, sorgte dafür, dass sein Zeitgefühl zurückkehrte und die Minuten jetzt wieder schneller verstrichen. Die Reifen drehten sich, gruben sich in den Boden, das Heck des Porsches schleuderte herum und wirbelte Schotter auf. Peter drückte hart aufs Gaspedal und raste mit dröhnendem Motor auf die Schnellstraße zu; um ein Haar hätte er einen roten Pick-up und einen großen alten Buick gerammt. Die Fahrer hupten und zeigten ihm den Vogel, aber das war ihm egal. Während der nächsten fünfzehn Minuten fuhr er schnell, stets zwischen hundertdreißig und hundertvierzig Stundenkilometern, und vollführte dabei einen wahren Slalom durch den frühmorgendlichen Verkehr, so dass die Reifen aufkreischten und das schmorende Gummi Rauchschwaden hinterließ, was Peter sonst gar nicht ähnlich sah.

Nachdem er Zusammenstöße bei zwei Gelegenheiten gerade noch hatte verhindern können, kam er wieder zur Vernunft.

Er bog in eine altmodische Tankstelle ein, die vier runde Zapfsäulen und ein uraltes rotes Pegasus-Zeichen aufwies, hielt an, schaltete in den Leerlauf, zog die Handbremse an und versuchte verzweifelt, sein Zittern in den Griff zu bekommen, indem er sich gegen den Sicherheitsgurt stemmte.

Immer noch war hinten vom Motor ein stetes Tuckern zu hören, während der Auspuff blaue Rauchwölkchen spuckte. Er würde bald Öl nachfüllen müssen. Die schnöde Welt hatte ihn wieder und stellte ihn vor ein sehr reales Problem: Der ganze Wagen roch widerlich. So konnte er unmöglich zu einer geschäftlichen Verabredung fahren. Er war schweißnass und musste noch dankbar dafür sein – auch die kleinen Dinge zählten –, dass er sich nicht in die Hosen gemacht hatte. Immerhin war mit seiner Atmung alles in Ordnung, und er war unversehrt. Hätte ja durchaus passieren können, dass man seine Einzelteile, zermalmt von den Reifen eines Achtzehntonners, von der Schnellstraße hätte kratzen müssen.

Er war noch am Leben.

Und musste sich wieder so herrichten, dass er vorzeigbar war. Aufgrund des Restes der Energie, die die Angst erzeugt hatte, arbeitete sein Gehirn auf Hochtouren.

Er griff nach dem Trans und nannte eine Nummer – eine konventionelle Telefonnummer, keine Trans-Nummer –, die er im Gedächtnis behalten hatte, wobei seine Stimme so schwankte, dass er die Ansage wiederholen musste. *Verzweifelte Lebenslagen bringen es mit sich, dass man sich demütigen und Vergeltung ertragen muss, und vermutlich führt das Erste zum Zweiten,* dachte er.

Am anderen Ende meldete sich eine heisere, verschlafene Frauenstimme.

»Jessie, ich bin's, Peter. Verzeih mir. Ich bin auf deine Hilfe angewiesen.«

»Dir verzeihen?« Jessie klang so träge, als lehnte sie sich gerade im Bett zurück. »Nie und nimmer. Du bist ein unsäglicher Mistkerl. Wo steckst du überhaupt?«

Kapitel 14

Schon vor geraumer Zeit hatte das Show-Geschäft Peter gelehrt, dass manche Männer und Frauen besser dran waren, wenn sie nicht alt wurden. Vielleicht war es der Blick in den Spiegel gewesen und die Aussicht auf das, was kommen würde, das Marilyn und Elvis in den Drogenkonsum und den Tod getrieben hatte: die kritische Inspektion der Halslinie, der Taille, der Oberarme, des Bauches, der Oberschenkel. Für die herzergreifend schönen Menschen, die sich allzu sehr auf die Liebe eines wankelmütigen Publikums verließen, war es schlimmer, in den späteren Jahren vorsorglich ein bisschen Winterspeck zuzulegen, als in einem Sarg zu landen.

Sie ist dick geworden.
Sie ist gestorben.
Da war der Tod die bessere Alternative.

Für eine Frau wie Jessie EnTrigue galten solche Regeln nicht. Bei ihr hatte die Persönlichkeit über das Alter triumphiert. Peter hatte sie schon gekannt, als sie die reizendste Neunzehnjährige im Porno-Filmgeschäft gewesen war – ein unverbrauchtes Gesicht mit einem schönen, herausfordernden Körper und genügend Hirn, dass sie sich einen anständigen Agenten gesucht und es in anständige Filme geschafft hatte. Von einer Prinzessin der Soft-Pornos hatte sie sich auf wundersame Weise zu einer Königin des Horrorfilms weiterentwickelt und sich dort ein nachhaltiges Renommee erworben.

1970 hatte sie die Hauptrolle in einem von Peters besseren Anfängerfilmen gespielt, in *Rising Shiner*. Sechs denkwürdige Monate lang hatten sie zusammengelebt, dann hatte sie die Koffer gepackt und war weitergezogen – zu besseren Rollen und besseren Regisseuren. »Die Dinge sind einfach nicht mehr pikant genug«, hatte sie ihm mitgeteilt.

Mit *pikant* hatte sie aufregend und leicht pervers gemeint. Jahrzehnte später, inzwischen hatte sie an Oberschenkeln und Busen kräftig zugelegt, hatte sie ihre Reife als Vorzug ausgespielt und sich als reizvollste Matrone des Horrorfilms in Hollywood etabliert. Später hatte sie sich ganz aus dem Filmgeschäft zurückgezogen, und zwar zu einem Zeitpunkt, als sie diesen Schritt noch als persönliche Entscheidung hatte ausgeben können, denn ihr waren nach wie vor Rollen angeboten worden. Seitdem war Peter ihr mehrmals auf unabhängigen Filmfestivals begegnet, bei denen vor allem schräge, mit kleinem Budget produzierte B-Movies gezeigt wurden – die letzte Zuflucht für alt gewordene Stars oder Sternchen, die es nie ganz nach oben geschafft hatten. Ein- oder zweimal hatten sie einander auch Weihnachtskarten geschrieben.

Selbst jetzt, während sie im Eingang des kleinen, frisch gestrichenen Fertighauses stand, das in einem der billigsten Wohnviertel von Marin County lag, war ihr anzusehen, dass sie in Schönheit alt werden würde. Sie schwenkte leicht den Arm, um ihn ins Haus zu bitten. Schon diese Geste ließ die Frage ihres Alters völlig nebensächlich erscheinen. Immer noch gab es halbwüchsige Jungs, die ihre Schlafzimmerwände mit ihren Plakaten schmückten. Wenn man Charisma besaß, verstärkte es sich nur noch mit zunehmendem Alter.

»Wie ist es dir ergangen?«, fragte sie und huschte in ihrem purpurrot-orange gemusterten Kaftan ins Wohnzimmer.

Peter folgte ihr im Abstand von zwei Schritten. »Bis jetzt gut, aber ich glaube, ich drehe allmählich durch.«

Sie musterte ihn argwöhnisch. »Du stinkst so, als hättest du eine Schlägerei gehabt«, bemerkte sie nicht unfreundlich.

»Ich wollte dich fragen, ob ich bei dir duschen kann«, gestand er.

»Mein Gott, Peter, es ist neun Uhr morgens und von allen Duschen dieser Welt muss es ausgerechnet meine sein?! Möchtest du Kaffee?«

Als Peter sich zwanzig Minuten später auf ihre große bequeme Couch setzte, beobachtete sie ihn wie eine gelangweilte Katze. Sein Haar war frisch gewaschen und der Kopf wieder klar. In ihren langen, dicken Morgenmantel aus Samt gewickelt, hatte er die Hände sittsam im Schoß gefaltet. Seine feuchten Sachen, das Hemd und die Unterwäsche, hatte sie ihm an der Badezimmertür abgenommen und in den Wäschetrockner getan, wo sie immer noch rotierten, wie am Geräusch zu hören war.

In Jessies halb freundschaftlichem, halb distanziertem Verhalten lag wenig Wärme. »Ist jemand hinter dir her?«, fragte sie.

»Ich war auf einer Totenfeier und fahre gleich zu einem Bewerbungsgespräch, deshalb musste ich unbedingt duschen und mich wieder herrichten. Vielen Dank, übrigens.«

»*De Nader*, wie es bei General Motors heißt. Wer ist denn gestorben? Jemand, den ich kenne?«

»Phil.«

»Phil Richards?« Ihr Gesicht drückte kurz Mitgefühl aus, nahm aber schnell wieder den Ausdruck von Wachsamkeit an.

Peter nickte. »Letzte Nacht hab ich seine Asche bei Point Reyes ins Meer gestreut.« Mühsam und mit abgewandtem Blick brachte er die Geschichte heraus. Eigentlich wollte er gar nicht davon erzählen; womöglich würde er noch zu heulen anfangen. Er erzählte ihr von Lydia und dem Geld, das sie ihm abgeknöpft hatte, erwähnte jedoch nichts von dem alten Mann, der plötzlich aus dem Nichts aufgetaucht war, und den drei Kindern mit den Astralkörpern. »Die Sache hat mich sehr mitgenommen.«

»Ich erinnere mich an Phil«, sagte Jessie. »Netter Kerl mit lüsternem Blick. Wusste zwar nicht, wie man bei Frauen ankommt, war aber ganz scharf darauf – und wie er darauf scharf war!«

»Er war mein bester Freund«, sagte Peter so einfach und schlicht, dass es beide überraschte. Er wandte den Blick ab.
»Es ist schlimm, Freunde zu verlieren. Er war in deinem Alter, nicht?«
»Zwei Monate jünger.« Jessie war sechs Jahre jünger als Peter. »Nachher fahre ich zu einem Filmfestival nach Oakland«, verkündete sie. »Aber ich mache dir noch Frühstück, damit du bei diesem Bewerbungsgespräch fit bist. Und danach musst du gehen.« Mit wiegenden Hüften schlenderte sie zur Waschküche. Peter lehnte sich zurück. Er hätte sonst was darum gegeben, einfach nur zuzusehen, wie sie sich beim Gehen bewegte; es war reine Musik.
»Hat der Job mit dem Show-Geschäft zu tun?«, rief sie aus der Waschküche.
»Eigentlich nicht. Geht um eine Werbekampagne, sind wohl eher Werbespots. Ist eine Firma, die sich mit Telekommunikation befasst. Bin auf dem Weg ins Gefängnis.«
»Meinst du San Andreas? Probier den Witz bloß nicht bei Einheimischen aus.« Sie kam zurück, reichte ihm die trockenen Sachen, sah ihn viel sagend an und bog die Daumen nach unten. »All diese Typen, die in Telekommunikation gemacht haben, sollten tatsächlich im Gefängnis landen! Meine ganze Altersvorsorge ist futsch.«

Während er sich im Badezimmer anzog, machte sie ihm Eier und Toast. Er betrachtete sich im Spiegel, als er mit ihrem Elektrorasierer die Stoppeln an Hals und Wangen entfernte und sich anschließend kämmte. *Schön genug.* Allmählich fühlte er sich wieder wie ein richtiger Mensch, fast schon optimistisch.

Jessie nahm auf einem Hocker am Tresen der offenen Küche Platz, stützte das Kinn in die Hände und die Ellbogen auf die Kunststoffplatte. Immer noch hatten ihre Augen das intensivste Grün, das er je bei jemandem gesehen hatte. Wie eine satte Katze, die einen Kanarienvogel belauert, sah sie ihm beim Essen zu.

»Warum hast du gesagt, ich soll dir verzeihen?«, fragte sie. »Was gibt's da überhaupt zu verzeihen?«

Peter tat so, als hinderte ihn sein voller Mund am Reden, rang sich aber schließlich zu einer Reaktion auf ihr geduldiges, erwartungsvolles Schweigen durch. »Ist mir nur so rausgerutscht.«

»Ich hab doch *dich* verlassen, weißt du noch? Bin abgehaun, mit diesem ...«

»Das weiß ich noch.«

»Du warst ein Typ, der Abwechslung brauchte, so viel war mir klar.«

»Eigentlich stimmt das gar nicht.«

»Du bist doch nicht etwa hier, um an alte Zeiten anzuknüpfen, oder?«

Er schüttelte den Kopf.

»Ich hab nämlich jemanden, einen ziemlich netten Menschen, ein paar Jahre jünger als ich. Hab ihn bei einem Filmfestival kennen gelernt. Er verehrt mich wie eine Göttin. Steht auf üppige Frauen. Ist doch toll, oder?«

»Ganz bestimmt.«

»Damals war mir klar, dass für dich Intelligenz alles bedeutet, so lange sie auf langen Beinen und mit schönen Brüsten daherkommt. Irgendetwas hat mir gesagt, dass ich mit dir nicht alt werden würde.« Sie fuhr mit den Händen die Rundungen ihres üppigen Busens und der Hüften nach: *Schau doch nur, was aus mir geworden ist.*

»Damit tust du mir wie dir Unrecht«, widersprach er.

»Ja, aber ich verzeih dir tatsächlich.« Jetzt lag Distanz in ihrem Blick. Sein Besuch ermüdete sie, ihm fehlte der Hauch *Pikanterie.* »Erzähl mir, warum du am Durchdrehen bist.«

Peter nahm die Brille ab und putzte sie mit der unbenutzten Papierserviette. »Lieber nicht.«

»Du Undankbarer«, sagte Jessie, warf ihm aber einen Kuss über den Tresen zu. »Und jetzt mach, dass du wegkommst. Gerry sieht es gar nicht gern, wenn ich mit berühmten Fotografen herummache.«

»In letzter Zeit habe ich seltsame Dinge gesehen«, begann er, erneut von Verzweiflung gepackt, weil er mit seinen neuesten Erfahrungen nicht allein sein wollte, an keinem Ort der Welt. Das machte ihm fast so viel Angst wie der Alte und die Kinder.

»Oh?« In Jessies Augen verstärkte sich das Fünkchen *Pikanterie*.

Er erzählte ihr davon, wie ihm in dem Haus in Tiburon das Ebenbild von Lydia erschienen war, und schließlich auch von den morgendlichen Besuchern in Point Reyes, obwohl er dazu größere innere Widerstände überwinden musste.

Im Lauf seines Berichts gewann er Jessies ungeteilte Aufmerksamkeit. Letztendlich entpuppte sich Peter doch als Ablenkung vom Alltag und bot eine Geschichte, die sie ihren Freunden erzählen konnte. Mit forschendem Blick und höchster Konzentration sah sie ihn mit ihren grünen Katzenaugen an. »Ist ja toll«, bemerkte sie nüchtern, während sie seinen Teller in die Spüle stellte. »Erscheinungen lebender Menschen. Das Phänomen der Doppelgänger. Ich hab mal in einem Film mitgespielt, der davon handelte.«

»Bin ich verrückt?«

»Zweifellos«, erwiderte Jessie und verzog gleich darauf verärgert das Gesicht. »Peter, red dir doch nichts ein, du *bist* nicht verrückt.«

»Was dann?«

»Die Menschen sehen dauernd irgendwelche Dinge.«

»Ich nicht, jedenfalls bis jetzt nicht.«

Sie tat es mit einem Achselzucken ab. »Bei Erscheinungen von Lebenden spricht man von *Geistern*, bei Erscheinungen von Toten von *Gespenstern*. Ich wünschte, *ich* hätte solche Erscheinungen. Das Leben hier ist so langweilig. Vielleicht könntest du Gerry und mich nach Tiburon mitnehmen, dann könnten wir dort eine Séance abhalten. Ach, was soll's ... Eigentlich sind

125

Séancen wirklich langweilig, wenn man darüber nachdenkt, und Gerry ist sowieso Atheist.«

Sie kam um die Küchentheke herum und umarmte Peter flüchtig. »Aber du musst jetzt wirklich gehen, ganz im Ernst.« Als er durch den Kaftan hindurch ihren üppigen Körper spürte, fragte er sich, was für ein Typ von Mann Gerry wohl sein mochte, und versuchte, ihn sich vorzustellen.

Während sie zur Haustür gingen, tastete Peter mit den Augen den schmalen Gang ab, ohne selbst zu wissen, wonach er Ausschau hielt. Vielleicht nach Überbleibseln schlimmer Ereignisse. Oder nach fantastischen Ebenbildern Gerrys, die um Mitgefühl und Verständnis bettelten. Peter hatte bis jetzt nicht daran gedacht, wie schwer es seinerzeit gewesen war, mehr als nur gute Laune in Jessie zu wecken.

Aber da war nichts. Die Zimmer wirkten sauber und völlig normal, bezeugten ein ruhiges und friedliches Leben.

Am Porsche angekommen, öffnete Peter unverzüglich die Fahrertür und setzte sich hinters Lenkrad, während Jessie ihm von der Haustür aus zulächelte und zum Abschied winkte.

Als er den Sicherheitsgurt anlegte, drückte das Trans gegen seine Hüfte.

Kapitel 15

Von der Hauptzufahrtsstraße aus war der größte Teil der alten Gefängnisgebäude nicht zu sehen. Die Bauarbeiten für San Andreas hatten 1854 begonnen. Vor zwei Jahren erst war der Komplex geschlossen und geräumt worden, obwohl der Grund und Boden hier in der Bay Area dem Staat als unbebaute Fläche schon seit Jahren weit mehr eingebracht hätte.

Inzwischen waren hohe Kräne mit Abrissbirnen und Schaufelbagger im Einsatz, um die meisten der festungsartigen Mauern einzureißen oder wegzuschlagen und die riesigen Betonbrocken und das Gewirr aus Maschendrahtzäunen und Stacheldraht beiseite zu räumen. Auf der Ostseite waren gefällte Wachtürme aus grauem, von Rissen durchzogenem Beton wie Käsescheiben jeweils im Dreierpack aufeinander gestapelt worden. Die Verkleidung aus Ziegelsteinen klebte wie rötlicher Schimmel daran fest. Hinter dem Bauzaun ragten mehr als dreißig Meter hohe Schuttberge aus Ziegel- und Zementsteinen sowie Betonresten auf. Schlammige, von Lastwagen zerfurchte Schotterwege führten kreuz und quer durch einen breiten Streifen Niemandsland, in das Rasenfetzen an manchen Stellen ein wenig Farbe brachten.

Das berühmte Nordtor mit seinem hohen Bogen aus Ziegelsteinen, verewigt in Film und Fernsehen, stand noch. Viele einprägsame und oft wiederholte Sätze hatten dem Angst einflößenden Tor über die Jahre einen makabren Glanz verliehen, darunter die berüchtigte Begrüßungsformel *Schmerz ist dein letztes Bürgerrecht – willkommen in San Andreas!* und die Empfehlung *Gib nicht die Hoffnung auf – gib einfach auf!* An die Stelle dieser alten plakativen Ermahnungen war jetzt ein glänzendes, im Wind leicht wehendes Plastikbanner getreten, das verkündete: HAMPTONS SAN ANDREAS-PARK – GESCHÄFTSRÄUME ZU VERMIETEN.

Die neuen rundum verglasten Empfangsschalter waren mit Sicherheitsleuten der ansässigen Firmen besetzt, die schlichte schwarze Uniformen trugen. Sie glichen Peters Namen mit der Liste der angemeldeten Besucher ab. »Aha, Sie treffen sich also mit den Jungs von Trans«, sinnierte der Sicherheitschef, ein stattlicher Mann mit freundlichem Gesicht, und drehte seinen elektronischen Notizblock abwägend hin und her. »Bei denen herrscht schon den ganzen Tag ein Kommen und Gehen. Viel beschäftigte Leute. Können Sie sich mit einem Lichtbild ausweisen?«

Als Peter seinen Führerschein vorwies, der in einem Klarsichtfach der Brieftasche steckte, nutzte der Sicherheitschef das elektronische Notizbuch zum Scannen. Anschließend gab er ihm die Brieftasche zurück und verschwand im hinteren Teil des Raumes.

Einmal in seinem Leben wäre Peter fast ins Gefängnis gekommen. Die Anklage wegen Verstoß gegen die Sittlichkeit und Erregung öffentlichen Ärgernisses, bei der es 1973 in Los Angeles zum Prozess gekommen war, hatte damit geendet, dass sich die Geschworenen auf kein Urteil hatten einigen können. Aber selbst wenn man ihn verurteilt hätte, wäre Peter nicht in San Andreas gelandet. In diesem Knast hatte man nur die ganz harten Brocken von Kriminellen, die kaputten Typen untergebracht. »Den Abschaum vom Abschaum«, murmelte Peter gerade nervös, als der Sicherheitschef aus seinem Verschlag trat.

»Wie bitte?«

»Haben Sie hier früher schon gearbeitet?«

»Ich nicht. Hab aber ein paar Leute gekannt, die hier früher Dienst taten. Gruselig. Ich selbst bin ein Freigeist.« Er händigte Peter eine kleine elektronische Karte aus. »Alles klar bei Ihnen,

Mr. Russell. Das hier ist Ihr elektronischer Pass. Wenn Sie sich außerhalb Ihrer Zone bewegen, piepst die Karte, und Sie tauchen hier auf unserem Bildschirm auf. Dann müssen wir kommen und nach Ihnen suchen. Falls Sie die Karte verlieren, handeln Sie sich alle möglichen Probleme ein. Sie gehen zu dem alten T-Gebäude hinüber.« Er reichte Peter einen Lageplan aus festem Papier und zeichnete den Weg mit einem Markierungsstift ein. »Mitten ins Herz von San Andreas. Sehr exklusiv.« Er lächelte und zeigte dabei eine Reihe schöner, gleichmäßiger Zähne, die ganz sicher nicht seine eigenen waren.

Als sich die Sperre, eine ganz gewöhnliche Holzschranke, schließlich hob, betrat Peter mit leichtem Widerstreben das Gelände.

Kapitel 16

»Sie wirken ja so ernst«, bemerkte Weinstein, während er mit Peter den langen, glänzend sauberen Betonflur entlangging, der die einzelnen Trakte voneinander trennte. Links und rechts des Ganges lagen jeweils drei Stockwerke. Peter starrte mit finsterem Blick auf die Zellen, deren Vergitterung inzwischen entfernt worden war. Auf den Laufgängen rannten Arbeiter, die Schreibtische, Stühle oder Glasfaserkabel schleppten, geschäftig hin und her.

»Der Ort sieht ja auch nach dem Ernst des Lebens aus«, erwiderte Peter. Ihm sagte diese Umgebung nicht sonderlich zu, doch Weinstein schien sie zu gefallen. Er wirkte erschöpft, aber gut aufgelegt, sogar leicht manisch.

Weinstein starrte ihn aus rot umränderten Augen an. »In diesem Block haben wir nur ein paar Zellen angemietet, für den Fall, dass es uns zu eng wird, wissen Sie. Wir haben uns die Rosinen aus dem Kuchen gepickt. Haben den Vertrag schon früh abgeschlossen und konnten uns den T-Block sichern.«

»T-Block?«

»T steht für Todesstrafe. Der Trakt der lebenden Toten. Der Komplex gleich rechts von der Gaskammer.«

»Du meine Güte.«

»Der Tod gebiert neues Leben und der Knast Immobilien. Beides bringt Gewinn. Und die Frauen sind ganz scharf auf das hier. Ich kann Ihnen gar nicht sagen, wie oft im letzten Monat …« Er schwenkte die Hand hin und her.

»Warum haben Sie sich ausgerechnet hier niedergelassen und nicht an einem Ort wie zum Beispiel Sausalito?«

»Dieser Ort hat eine Geschichte. Mein Büro ist gleich da vorn, ziemlich nah bei der alten Gaskammer. Die haben wir mit gemietet, wissen Sie.«

Peter gefiel es gar nicht, wie die Wände auf ihn zuzurücken schienen. Er kam zu dem Schluss, dies müsse eine optische Täuschung sein – vielleicht war es aber auch bewusst so entworfen. Schließlich waren Gefängnisse dazu da, Menschen zu bestrafen.

»In der Gaskammer«, fuhr Weinstein hektisch fort, »steht ein Tisch mit Gurten und Schläuchen, kein elektrischer Stuhl. Dort haben sie die Todesspritze verabreicht. Gas wurde schon lange nicht mehr verwendet.«

Sie passierten ein offenes Tor aus dicken Eisenstangen, das in einer grässlichen Schattierung von Limonengrün gestrichen war. »Hier entlang.« Weinstein deutete nach links, auf einen anderen, kürzeren Zellenblock. Dort war die Arbeit so weit vorangeschritten, dass die Zellen inzwischen verglast und mit zweiteiligen Türen versehen waren, die sich oben und unten öffnen ließen. Als er mit seinem Ausweis über eine Kontrollplatte fuhr, klickte ein Schnappschloss. Er zog die Tür auf. »Willkommen im Büro des Meisters aller Geldbeschaffer, womit ich meine Wenigkeit meine. Selbstverständlich dank Ihrer Hilfe und der von Mr. Benoliel.«

Die Zelle war mit einem Schreibtisch, einem Aktenschrank, einem Computer und einem kleinen Kühlschrank ausgestattet. An den Wänden, die in einem modischen, aber neutralen Grauton gestrichen waren, fielen eine weiße Tafel und ein kleines Korkbrett auf, an denen jede Menge Visitenkarten und Karteikarten befestigt waren. An Decke und Fußboden wanden sich neu gelegte Isolierrohre für Leitungen und Kabelführungen.

»Die Telekommunikation ist vor wenigen Jahren den Bach runtergegangen, wissen Sie noch?«, fragte Weinstein mit nervösem Augenzwinkern, machte den Kühlschrank auf und bot seinem Gast eine Dose Pepsi an. Während Peter den Verschluss aufriss, nahm er auf dem Stuhl vor dem Schreibtisch Platz, der die halbe Zelle – das Büro – füllte.»WorldCom, einige Ableger von Enron und ein paar andere von den Großen hatten eigentlich vor, San Andreas in einen riesigen Technologiepark zu verwandeln, mit Eigentumswohnungen und Geschäften direkt am Ufer. Zweihundert Hektar in bester Uferlage, kaum zu fassen, oder? Mit dem besten Ausblick in ganz Marin. Jedenfalls waren sie mitten in den Verhandlungen, in denen es um Summen von rund fünf Milliarden Dollar ging, als klar wurde, dass ihre Geschäftsführer mit dem alten Knast besser bedient gewesen wären.« Weinstein grinste hinterhältig und lehnte sich zurück. »Die vom FBI haben die ganze Entwicklung gestoppt, aber mit dem Gefängnis konnten sie machen, was sie wollten, und dazu kam aus Marin noch das Angebot lächerlich niedriger Steuersätze, also haben gewisse Leute eine schnelle Entscheidung getroffen. Was ist der Unterschied zwischen Zellen, die aussehen wie die Hasenstall-Büros in den Karikakturen von Dilbert, und den trostlosen Nischen in Großraumbüros?«

»Kein großer.«

Weinstein nickte nachdrücklich.»Ein paar Start-up-Firmen, die überlebt haben, legten Angebote für die Räumlichkeiten vor. Google wollte rein, aber wir waren schneller.« Er hob seine Pepsidose und prostete Peter zu.»Ich muss mich bei Ihnen entschuldigen. Mir wurde erst viel zu spät klar, dass Sie der Regisseur von *Rising Shiner* und *The Private Lives of Helen and Troy* sind.«

Peter lächelte.»Ist doch Schnee von gestern.«

»Ich liebe solche Filme. Auch der *Trash*, den John Waters produziert hat, geht mir an Herz und Nieren. Immer, wenn ich irgendwie Zeit finde, was in den letzten Monaten nicht oft der Fall war, fahre ich zu diesen schrägen Filmfestivals. Was ich damit sagen will: Für die jüngere Generation sind Sie eine Legende.«

»Das wusste ich nicht«, sagte Peter. Er glaubte es auch nicht.

»Na ja, wir können es geschäftlich nutzen: Derjenige, der früher mal die Puppen hat tanzen lassen, leitet jetzt eine Werbekampagne für uns. Peter Russell, der schärfste *Sexploitation*-Regisseur aller Zeiten.« Weinstein wurde ernst. »Um ehrlich zu sein: Russ Meyer haben wir auch gefragt, doch er wollte nicht. Aber dann hat er Sie vorgeschlagen, es bleibt also in der Russell-Familie.«

»Nett von Russ, mich weiterzuempfehlen.« Peter blickte über die Schulter zur Tür. Das Büro war bemerkenswert klein.

»Das Schicksal hat Sie hierher geführt«, erklärte Weinstein und sah von rechts nach links. »Zellen für die Verdammten«, sagte er mit kaum wahrnehmbarem Frösteln. »Wann immer ich die Gelegenheit habe, versuche ich rauszugehen. Wähle jedes Mal eine andere Route, nur für den Fall des Falles.« Weinstein stieß sich so vom Schreibtisch ab, dass sein Stuhl gegen die Betonmauer prallte. »Man könnte hier ein paar Kanarienvögel brauchen, stimmt's?«

Peter kicherte, aber es lag wenig echter Humor in der Luft.

»Am besten, wir gehen jetzt, und ich mache Sie mit unserem hauseigenen *Nikola Tesla* bekannt. Hat genauso viel Genie und technischen Erfindungsgeist wie sein Vorgänger. Falls Sie miteinander klarkommen, ist die Sache geritzt. Haben Sie übrigens Ihr Trans dabei?«

Als Peter es aus der Jackentasche zog, griff Weinstein danach und verstaute es in der Schreibtischschublade. »Wir lassen die Dinger nicht näher als bis hier an den Transponder heran, der die Signale empfängt und sendet. Gibt sonst eine Art Funkstörung. Und das betrifft nicht nur die Energie, sondern auch die *Information.*« Diesmal fiel sein Grinsen außerordentlich sarkastisch aus. »Und das hat faszinierende Folgen.«

Während Peter seinem Gastgeber quer durch das Netz trostloser Gänge hinterher trottete, war er in seine eigenen Gedanken vertieft. Dass Weinstein Russ Meyer erwähnt hatte, brachte die alten Zeiten zurück.

Weinstein führte ihn in einen Trakt mit kreisrund angeordneten Zellen, der älter als die anderen Blöcke war. Das Mauerwerk bestand hier aus großen ockerfarbenen Ziegelsteinen, und die Zellen waren geräumiger. Sie gingen an mehreren Reihen von Büros vorbei, in denen geschäftige junge Männer und Frauen saßen und auf Bildschirme starrten.

Peter löste sich gerade noch rechtzeitig aus seinem Tagtraum, um durch eine Stahltür in die größte Zelle zu treten, die er bislang gesehen hatte. Sie maß mindestens zwei Meter siebzig auf drei Meter, hatte Betonwände in blassen Grün- und Blautönen und war mit einem elegant geschwungenen Schreibtisch ausgestattet, dessen Platte ein Laptop und Computerausdrucke einnahmen. Es gab hier weder Fotos noch Plakate: Er hatte soeben die Klause eines Hightech-Mönchs betreten.

Weinstein machte ihn mit einem großen, bärenhaften Mann in Golfhemd und schwarzen Jeans bekannt, der dazu seinen Platz hinter dem Schreibtisch verließ. »Peter Russell – Arpad Kreisler.«

Der Bär reichte Peter die Hand und drückte so kräftig zu, dass es schmerzte; sein aufmerksames, freundliches Gesicht wirkte im Gegensatz zu seiner Statur fast kindlich. »Freut mich, Sie kennen zu lernen.« Irgendein mitteleuropäischer Akzent war bei Kreisler ganz leicht herauszuhören. Er war über einen Meter achtzig groß, hatte ausgeprägte, kantige Züge und breite, aber hängende Schultern. Das strähnige schwarze Haar fiel ihm in die tief liegenden dunklen Augen. Seine Körperhaltung verriet lockere, aber unbeholfene Kraft und eine seltsam jungenhafte Anmut für einen Mann seiner Größe. »Stanley hat mir erzählt, dass Sie uns aus der Patsche geholfen haben.«

Peter machte freundliche Miene zum Spiel, beschloss aber, so wenig wie möglich zu sagen. Er hatte keine Ahnung, mit wem oder was er hier rechnen musste. Es vergingen Sekunden, bis er merkte, dass sie irgendeine Reaktion von ihm erwarteten.

»Danke, aber eigentlich habe ich gar nicht viel getan. Mrs. Benoliel hat die Überzeugungsarbeit geleistet. – Tut mir Leid, dass ich nicht ganz bei der Sache war«, entschuldigte er sich nachträglich, »aber ich hatte nicht gut geschlafen.«

»Keiner von uns hat letzte Zeit viel geschlafen.« Kreislers Augen verloren sich einen Augenblick in der Ferne. »Zu viel Arbeit, aber wir bekommen in Griff, stellen uns darauf ein.«

Peter spürte irgendeine Spannung in der Luft, ohne sie richtig einordnen zu können. Sie mochte daher rühren, dass die beiden mit ihrem Unternehmen noch am Anfang standen, ihren Scharfsinn und Erfindungsgeist überstrapaziert hatten oder einfach zu schwer arbeiteten und eigentlich ein Jahr Pause gebraucht hätten. *Kein Grund zur Beunruhigung*, versuchte er sich einzureden und die andere Stimme zu übertönen, die ihm eindringlich sagte, er solle so schnell wie möglich von hier verschwinden.

»Wunderbare Gelegenheit, mit solchen Leuten wie Ihnen zu arbeiten«, sagte Kreisler. »Hat Stanley Ihnen schon erzählt, was wir machen? Was Trans für die weltweite Kommunikation bedeuten wird?«

»Das Meiste hab ich für dich aufgehoben, Arpad«, bemerkte Weinstein. »Schließlich bist du Herz und Hirn des Ganzen.«

»Auch Niere und Milz«, erwiderte Kreisler trocken. »Früher hab ich für Xerox gearbeitet, haben mich noch in Ukraine angeheuert. Und danach für Forschung von Microsoft, wissen Sie. Ich bin der Beste.« Er bohrte sich den Finger in die Schläfe und zuckte zurück. »Aber auch bisschen verrückt.«

»Das kann man wohl sagen«, kicherte Weinstein.

»Deshalb kümmere ich mich auch nicht um Geldsachen. Lass mich auch nicht in Öffentlichkeit blicken.« Kreisler zog abwartend die Augenbrauen hoch. Er wollte sehen, wie Peter darauf reagierte.

Peter brachte ein Lächeln zu Stande. »Vielleicht sollten Sie mir nicht zu viel erzählen. Schließlich hab ich noch kein – wie nennt man das? – noch kein Geheimhaltungsabkommen oder Ähnliches unterzeichnet.«

Kreisler grinste durchtrieben. »Kein Problem. Wir sind anderen um hundert Jahre voraus. Wir könnten Ihnen alles zeigen und direkt vor Ihren Augen Berechnungen anstellen, und trotzdem könnten Sie nichts damit anfangen.«

»Schöne neue Welt«, warf Weinstein ein.

»Wir müssen Welt erst noch erzählen, wie schön sie durch uns wird«, sagte Kreisler. »Vielleicht tun Sie das für uns.«

Peter richtete sich auf. »Hören Sie, Stanley und Arpad – Sie heißen doch Arpad, stimmt's?«

Kreisler nickte wie ein Kind, das mit Schelte rechnet. »Natürlich haben wir noch nicht über Geld gesprochen ...«

»Darum geht es auch gar nicht. Ich habe seit zwanzig Jahren keinen Film mehr gemacht. Meine Fähigkeiten liegen eher bei Thrillern mit verrückten Wissenschaftlern als bei MTV-Spots. Mit Josephs Geld könnten Sie jeden engagieren, den Sie nur wollen. Warum ausgerechnet mich?«

»Stimmt nicht ganz«, warf Weinstein ein. »Das meiste Geld haben wir schon ausgegeben.«

»Für Rechnungen«, ergänzte Kreisler, der vor Widerwillen die Lippen verzog und die Stimme senkte.

»Wir suchen nach jemandem, der die Sache anders als üblich anpackt«, sagte Weinstein. »Ganz ehrlich. Nicht im Retro-Stil, aber auf unerwartete Weise. Warum nicht eine sexy Technologie so verkaufen, wie Sie früher Sex verkauft haben? Auf die altmodische Tour, mit ein wenig Zurückhaltung? Wir müssen jede Menge zurückhalten und haben jede Menge anzubieten. Ihre Technik lässt alles ganz natürlich wirken. Verglichen mit dem, was heutzutage in Hollywood produziert wird, sind Sie ein Unschuldsknabe. Genau wie wir. Aber wir sind auch das einzig Wahre, echte Knüller.«

»Vielleicht kann man Sie mit breiten Krawatten und Schlaghosen vergleichen«, überlegte Kreisler. »Alle dreißig Jahre holt man Sie aus dem Schrank, weil Sie wieder in Mode sind.«

»Du meine Güte, Arpad.« Weinstein drohte mit dem Finger.

Peter hörte zu, während er angespannt schwieg. Sie würden kein Nein von ihm akzeptieren. Hier ging mehr vor sich, als mit bloßem Auge sichtbar war. Arpad wirkte zwar durchaus freundlich, aber Peter bekam trotzdem kalte Füße, und das lag nicht nur an der Gefängnisatmosphäre. Er hatte Angst davor, wieder einmal auf die Schnauze zu fallen – und ein weiteres Versagen konnte er sich nicht leisten. Nur deshalb war er drauf und dran, sich selbst einen Job zu vermasseln. Die einzige Möglichkeit, die ihm blieb, war, einen vorläufigen Rückzieher zu machen, um die Sache erst einmal zu überdenken. »Möglich«, murmelte er.

»Sie sind nicht zu teuer?«, fragte Kreisler.

Peter lachte. »Das glaube ich nicht. Ich bin auf das Geld angewiesen und könnte den Auftrag ganz bestimmt brauchen. Ich will nur ehrlich mit Ihnen sein.«

Kreisler wirkte gerührt. »Vor fünf Jahren haben sich sechs unserer Leuten mit fünfzig Millionen Dollar aus Staub gemacht. Eine davon war meine Frau, schöne Dame. Sie haben uns Gefallen getan. Als Aktien und Firmen in Telekommunikation zusammenschmelzen, ist von uns sowieso nichts mehr da. Zwei Billionen Dollar in Sand gesetzt, was kümmert mich? Aber sie haben uns um Jahre zurückgeworfen. Nicht so gut, trotz allem. Ehrlichkeit ist etwas, das wir zu schätzen wissen. Ich denke, Sie sind unser Mann, Mr. Russell.«

»Hilf mir, Obi-Wan Kenobi«, sagte Weinstein und legte die Hände auf die Ohren.

»Ich will Ihnen noch was erzählen«, fuhr Kreisler mit gesenkter Stimme fort. »Als Stanley sagt, dass er Sie getroffen hat, bin ich ganz aufgeregt. Hab früher Ihre Bücher hergenommen, um Englisch lesen zu lernen. Als ich noch jung war, in Kiew. Taschenbücher von amerikanischen Fernsehfilmen. Ich bin ein Fan. Ich habe Stanley gesagt, dass Sie berühmt sind. Ist mir Ehre, Sie kennen zu lernen.«

»Was wusste ich schon?!«, bekannte Weinstein.

Peter kniff die Augen zusammen. Ob er wollte oder nicht: Er war gerührt.

»Stanley hat Ihnen schon Grundlegendes erzählt, nein?«, fragte Kreisler. »Wir sind dazu da, drohende Krise abzuwenden.«

»Amen. Rette die Welt und mach noch Geld damit«, witzelte Weinstein.

Kreisler lächelte nachsichtig. »Bis Jahr 2030 werden drei Milliarden Menschen Mobiltelefone und Computer besitzen. Häuser, Autos, Kühlschränke, Fernseher, Armbanduhren, Brillen, Ohrringe – alle werden mit Informationszentren verbunden sein und Nachrichten empfangen, Anleitungen, Unterhaltung und Verbesserungen für wesentliche Dienstleistungen. Firmen werden Ganzkörper-Sensoren verkaufen, die Daten zu Ärzten und Krankenhäusern in der ganzen Welt übermitteln. Kein Mensch muss je wieder allein und in Gefahr sein. So hat man uns versprochen. Aber Wahrheit ist ganz anders. In weniger als zwanzig Jahren wird Welt Bandbreite ausgehen. Radio, Fernsehen, Handys, Funk – alle werden aufhören, von Wachstum zu kreischen.« Er lächelte. »Aber Problem von Welt ist lösbar. Ich habe Lösung gefunden.«

Kreisler stand auf und ließ die Arme kreisen, wobei er zunächst kleine, dann immer größere Bögen beschrieb. »Man braucht gar keine Wellen, keine Ausstrahlungen mehr. Ich habe neue Quelle für Bandbreite entdeckt, nicht-erlaubte Bahnen* der Information, im eigentlichen Sinn wird gar nichts ausgestrahlt. Ist bis jetzt unbekanntes Verfahren. Bahnen in dem, was ich Bell-Kontinuum** nenne, nach John Bell. Er ist berühmter Physiker. Trans funktioniert so wie Photonen, Elektronen und Atome, wie alle winzigen Teilchen; die singen den ganzen Tag lang einander vor, Tag für Tag, sagen einander, wo und wer sie sind, um die Buchhaltung des Universums im Gleichgewicht zu halten, Gesetze zu erfüllen und unsere Wirklichkeit zu bewahren. Wir senden unsere Botschaften auf ähnlichen Bahnen. Das heißt, Sie können Trans überall benutzen. Keine Minderung von Leistung bei riesigen Entfernungen.«

Peters Augen spielten ihm schon wieder Streiche. Immer, wenn er zwinkerte, konnte er die Umrisse des Büros, der früheren Zelle, zwar auch weiterhin sehen, aber die neuen Möbel fehlten: Es gab hier nur ein Etagenbett, eine in die Wand eingelassene Toilette aus Stahl und ein ebensolches Waschbecken

* Nicht-erlaubte Bahnen: Anspielung auf Hypothesen des dänischen Physikers Niels Bohr. Danach können die Elektronen nicht in beliebigen, sondern nur in bestimmten festgelegten Entfernungen um den Kern eines Atoms kreisen. Nach den Theorien der Quantenmechanik kann man sich ein Elektron, das den Kern umkreist, als Welle vorstellen, deren Wellenlänge von ihrer Geschwindigkeit abhängt. *»Bei bestimmten Bahnen entspricht deren Länge einer ganzen Zahl (im Gegensatz zu einem Bruch) von Wellenlängen des Elektrons. Bei diesen Bahnen befindet sich der Wellenkamm bei jeder Umrundung in der gleichen Position, so dass sich die Wellen addieren: Diese Umlaufbahnen entsprechen den erlaubten Bahnen von Bohr. Doch bei Bahnen, die nicht im ganzzahligen Verhältnis zu den Umlaufbahnen stehen, wird jeder Wellenkamm bei den Umlaufbewegungen der Elektronen schließlich durch ein Wellental aufgehoben: Diese sind nicht erlaubt.«* (Stephen W. Hawking: Eine kurze Geschichte der Zeit, Reinbek 1996, S. 83) – Anm. d. Übers.

** Bell-Kontinuum: Bezieht sich auf einen konzeptionellen Durchbruch in der Quantenphysik, den 1964 Experimente des nordirischen Physikers John Bell am Genfer Forschungszentrum CERN brachten (Bell-Paradoxon; Bell-Theorem). *»Nach den Ergebnissen dieser Versuche bleiben Teilchen, die irgendwann einmal in einer Wechselwirkung zusammen waren, in einem gewissen Sinne Teilchen eines einzigen Systems, das insgesamt auf weitere Wechselwirkungen reagiert. Praktisch alles, was wir sehen und anfassen können, besteht aus Anhäufungen von Teilchen, die mit anderen Teilchen irgendwann einmal in Wechselwirkung standen, bis hin zurück zum Urknall, mit dem das Universum, wie wir es kennen, entstanden ist ... Wenn alles, was beim Urknall miteinander wechselwirkte, mit allem, mit dem es einmal in Wechselwirkung stand, in Verbindung bleibt, dann ›weiß‹ jedes Teilchen in jedem Stern und jeder Galaxie, die wir sehen können, von der Existenz jedes anderen Teilchens.«* (John Gribbin: Auf der Suche nach Schrödingers Katze – Quantenphysik und Wirklichkeit, München 1987, S. 245/246) Die Ergebnisse dieser Experimente sind – auch in philosophischer Hinsicht – eine Herausforderung an realistische Auffassungen von Welt, Raum und Zeit, denn das ›Kontinuum‹ Bells postuliert die Nicht-Trennbarkeit (›Interconnectedness‹) aller Systeme. – Anm. d. Übers.

sowie ein paar Regalbretter – die einfache Ausstattung einer Gefängniszelle. Die Zelle war nicht belegt, und nichts rührte sich darin – bis auf eine knöcheltiefe Staubschicht.

Denn zwischen den Sekunden, in denen er zwinkern musste, bewegte sich der Staub.

»Tatsächlich bedeutet für Trans Entfernung gar nichts«, fuhr Kreisler fort. »Außerdem werden unsere Daten, soweit wir es messen konnten, ohne jeden Zeitverzug übermittelt.« Er senkte seine Stimme, die mittlerweile dramatische Höhen erklommen hatte, zu vertraulichem Geflüster. »Von jetzt an wird nichts mehr so sein, wie es war.«

»Verdammt richtig«, sagte Weinstein. Unter welchem Stress sie auch stehen mochten, Peter war jedenfalls klar, dass Trans ihnen weit mehr als nur Geld bedeutete. Es war das, was bei ihnen Leib und Seele zusammenhielt, nicht weniger als eine Art Ersatzreligion.

»Trans ist schneller als das Licht?«, fragte Peter und rieb sich die Hände an der Hose ab. Er war schon wieder dabei, völlig auszurasten und sich hinter Halluzinationen zu verschanzen. Und all das diente nur dazu, sich dem, was er am meisten fürchtete, nicht stellen zu müssen: dem Versagen, dem eigenen Versagen.

»Wir geben zu, dass es in philosophischer Hinsicht Problem darstellen mag«, erklärte Kreisler. »Aber genau das ergeben unsere Messwerte. Und wissenschaftliche Beweise zählen mehr als alles andere, nein?«

Mit geschlossenen Augen sah Peter die Zelle so, als wäre sie in leuchtend blauer Tinte auf schwarzem Papier skizziert. Wenn er die Augen mehr als eine Sekunde geschlossen hielt – was die Umstände glücklicherweise nicht erlaubten –, nahmen die Farben die Schattierungen blau angelaufenen Fleisches an.

Er bemühte sich mit aller Kraft, weiter zuzuhören.

»Genau wie Handys koppeln sich Trans-Apparate stets in ein Netz ein. Sie sind immer in Betrieb. Was noch bemerkenswerter ist: Dabei verwandeln sie auch den Raum in ihrer Umgebung, vielleicht sogar auf Dauer. Sie verändern die Dielektrizitätskonstante der Information. Wissen Sie, was das ist?«

»Nein«, erwiderte Peter, doch gleich darauf fiel ihm ein, was er während der drei Jahre in der Armee über Elektrizität gelernt hatte. Er kämpfte schwer mit sich, um die Vision zurückzudrängen und kompetent und gelassen zu wirken. »Hat das etwas mit dem kapazitiven Widerstand zu tun?« Die Brust wurde ihm eng. Am liebsten hätte er die Finger unter die Rippen geschoben, doch stattdessen holte er nur mehrmals kurz Luft. Bald würde das Schwitzen einsetzen. *Ich bin dermaßen neben der Spur ...*

»Ja, aber wir verwenden Begriff wie Metapher«, erklärte Kreisler. »Kondensator speichert elektrische Ladung, Raum speichert Information. Aber mit der Zeit schwindet sie, zerstreut sich. Wenn Trans Zugang zu den nicht-erlaubten Bahnen erhält, erhöht es die Dielektrizitätskonstante des Raums. Die Information verflüchtigt sich nicht, sondern baut sich auf, bis sie wie Funke überspringt. Manchmal geschieht das bereits in Natur. Als ob der Raum verschiedene Wetterlagen hätte und Strömungen von Dielektrizität vorbeifegen. Indem Trans-Apparate den Raum verändern, werden sie auch leistungsfähiger. Irgendwann, in weniger als einem Jahr, wird unser Transponder sehr viel mehr Signale senden und empfangen als heute. Milliarden von Trans, große und kleine Apparate, werden dafür sorgen, dass unsere Revolution in der Kommunikation auf ewig andauert. Trans für jeden auf der Erde – kein Problem. Und sie werden nicht mehr Energie verbrauchen als summende Fliegen. Vielleicht werden wir mit der Zeit sogar *Energie* übertragen. Trans kann das, wissen Sie. Energie ohne physikalische Energienetze, ein ganz neuer Industriezweig. Und wir haben alle Patente darauf.«

Im Staub neben dem unteren Etagenbett waren Fußspuren zu sehen, die Abdrücke großer, altmodischer Schuhe mit flachen

Sohlen. Peter konnte nicht widerstehen: Er neigte den Kopf und rieb sich die Augen, um die Spuren besser erkennen zu können, welche Konsequenzen das auch haben mochte. Die Fußspuren bewegten sich, glitten langsam über den Beton, wobei sie nahe am Boden dunkle Staubwölkchen aufwirbelten. Schließlich nahm er die Hände von den Augen. Die Fußspuren stammten weder von Kreisler noch von Weinstein. Die Schuhe, deren Abdruck zu sehen war, kamen aus einer anderen Zeit.

»Informationen, die den Raum verändern und schneller als das Licht reisen: Das scheint nicht unmöglich – aber es könnte sich als gefährlich erweisen, oder?«, fragte Peter unvermittelt und hoffte dabei, nicht wie ein völliger Schwachkopf zu klingen.

»Wir spüren es nie«, erwiderte Kreisler, »aber Trans erreicht Dimensionen unterhalb unserer Welt, greift tiefer als Netzwerke, die von Atomen und noch winzigeren Teilchen benutzt werden, bis dorthin, wo es sehr still ist. Da unten herrscht eine tiefere Stille als wir ahnen, eine große Leere. Die Brandbreite dort ist riesig, vielleicht hat sie sogar unbegrenzte Kapazität. Sie wird mit all unserem Lärm fertig, all unserem Geschwätz, allem, was wir zu sagen haben – bis in alle Ewigkeit. Selbst, wenn wir expandieren sollten, um ganze Galaxien zu bevölkern, werden wir sie niemals ausschöpfen.« Er ging mit einem Markierungsstift zur weißen Tafel hinüber. »Sind Sie Mathematiker, Mr. Russell?«

Peter glaubte, diese beruhigende, friedliche Stille schon vernommen zu haben. »In keiner Weise, die Sie beeindrucken könnte«, antwortete er nach kurzem Zögern. Seine Augen brannten. Weinstein merkte allmählich, dass etwas nicht stimmte, schien jedoch entschlossen, die Vertragsverhandlungen nichts aufs Spiel zu setzen. Kreisler legte den Stift mit belustigter Nachsicht beiseite. »Ihnen reicht unser Wort?«

»Warum sollte es das nicht?«, erwiderte Peter. Trotz der Sinnestäuschungen, der Fußspuren, seinen Versuchen, sich selbst die Sache zu vermasseln, war ihm klar, dass dies seine letzte

Chance war, die Trophäe zu schnappen und das Preisgeld einzuheimsen. Und irgendwas an Kreislers Haltung zog ihn mehr und mehr in die Sache hinein.

»Haben Sie einen Anwalt, der Sie beim Abschluss des Vertrages vertreten kann?«, wollte Weinstein wissen.

»Ich habe einen Agenten«, sagte Peter und schaffte es gerade noch, einen Schluckauf zu unterdrücken. Weinstein beobachtete ihn aus Argusaugen. »Tut mir Leid, aber ich habe immer noch keine klare Vorstellung davon, was Sie von mir erwarten. Werbespots? Eine Messe-Präsentation? Eine Dokumentation?«

»Vielleicht alles, im Lauf der Zeit«, erklärte Kreisler, von Peters Fragen ermutigt. »Anfang machen wir mit kostengünstigem Werbevideo. Etwas, das wir Firmen präsentieren können, mit denen wir ins Geschäft kommen möchten. Kann sein, dass wir später aufreizenden Werbespot herausbringen, Spot von dreißig Sekunden. Wir stellen universellen Bedarf und praktische Vorteile heraus und betonen Solidität unserer Patente.« Er lächelte. »So eine Kampagne zur Produkteinführung haben wir noch nie konzipiert, deshalb würden wir gern Vorschläge von Ihnen hören.«

»Wir starten mit einer kurzen Produktion und werden sie mit der Zeit zu einer ganzen Kampagne ausbauen«, erklärte Weinstein, immer noch auf Peter konzentriert. »Wie Arpad schon gesagt hat: mit einer Produktion, die dazu dienen soll, neue Geschäftspartner und Geldgeber zu gewinnen. Bargeld wird noch etwa einen Monat knapp sein. Aber Sie erhalten Ihr Vermittlungshonorar als Vorschuss ... Wir schreiben Ihnen noch heute, ehe Sie uns verlassen, den Scheck aus. Eine ordentliche Summe: fünf Riesen.«

»Zehn«, berichtigte Peter.

»Richtig«, sagte Weinstein, ohne mit der Wimper zu zucken. »Können Sie damit ein Weilchen auskommen? Nur während der Planungsphase. Wenn wir unsere Geschäftsbeziehung erst einmal geklärt haben und den Vertrag abschließen, können wir das alles auf eine etwas professionellere Grundlage stellen.«

Peter mochte diese Art von Vereinbarungen nicht, doch er hatte keine Wahl. Aufzutrumpfen war ihm zuwider, und Betteln fand er noch schlimmer. »Der Scheck wird mich eine Weile über Wasser halten«, erwiderte er. »Aber ich brauche einen Vorschuss in bar. Bin ziemlich knapp bei Kasse.« *Habe nämlich gerade einen Teil der Kosten für die Einäscherung eines Freundes übernommen,* dachte er, sprach es jedoch nicht aus.

Die Spannung war handgreiflich zu spüren, bis Kreisler zu kichern anfing. Schließlich brach er in schallendes Gelächter aus, in das Weinstein einstimmte.

Wirklich großartig, dachte Peter. *Ich hab rote Augen, führe mich auf, als wäre ich angetrunken oder verrückt, und frag dann auch noch, ob sie mir mit Barem aushelfen können. Für sie muss ich wie ein richtiges Original der hiesigen Szene wirken, ein Original mit dem echten Flair des alten Hollywood.*

»Wir haben etwas Bargeld da«, sagte Weinstein, als ihr Gelächter abebbte, und streckte die Hände hoch. »Sein Freund ist letzte Woche gestorben«, erklärte er Kreisler. »Er ist auch wegen der Gedenkfeier hier, macht gerade harte Zeiten durch.«

»Tut mir Leid«, sagte Peter.

»Dazu besteht kein Grund. *Uns* tut es Leid«, sagte Kreisler. »Ist das Schlimmste, wenn Freunde sterben.«

Weinstein klappte seine Brieftasche auf und gab ihm dreihundert Dollar. »Alles, was ich noch habe, außer Kleingeld zum Einkaufen von Lebensmitteln.«

Auch Kreisler zog seinen Geldbeutel hervor.

»Das ist mehr als genug, vielen Dank.« Peter faltete die glatten neuen Zwanziger zusammen. »Ich werde nach Hause fahren und mich an die Arbeit machen. Wann sollen wir weitere Einzelheiten durchsprechen?«

»Bald. Mit Trans können wir Sie gut erreichen, nein?«

»Selbstverständlich.«

»Und wenn wir uns das nächste Mal treffen, in einer Woche oder so, kommen wir für die Flugtickets auf. Allerdings nur für Economy, fürchte ich.«

Kreisler verabschiedete sich und kehrte zu seinem Schreibtisch und den Papierbergen zurück, während Weinstein Peter aus der Zelle und dem Büroblock begleitete.

»Kreisler mag Sie«, stellte er fest. »Das ist gut, denn er kann recht widerborstig sein. Ist schon verdammt schwierig, tollen Leuten beizubringen, wie sie auch tolle Dinge bewirken können.« Weinstein klopfte an seine Schädeldecke und setzte eine verschwörerische Miene auf. »Möchten Sie etwas echt Cooles sehen?«

Er führte Peter tiefer ins Gebäude hinein, einen langen Flur entlang, dessen Fenster mit dickem Maschendraht gesichert waren. Sie kamen an weiteren Mitarbeitern von Trans vorbei, die in umgewandelten Zellen saßen oder sich in früheren Räumen des Wachpersonals, die inzwischen als Besprechungszimmer dienten, an Tischen niedergelassen hatten und gemeinsam Pizza aus offenen Schachteln verzehrten. Ihre Gespräche und Aktivitäten sorgten für ein leises Hintergrundrauschen. Mit einigen jungen Männern und Frauen, die von Zimmer zu Zimmer eilten, tauschte Weinstein Grüße aus. Alle hatten tiefe Ringe um die Augen.

»Der Ort, den ich Ihnen zeigen will, gehört zu dem Block, den wir angemietet haben. Liegt sozusagen zentral für uns, ist leicht zugänglich, derzeit nicht belegt und … na ja, steht eigentlich leer. Ein Ort, dessen finstere Geschichte handgreiflich zu spüren ist. Könnte einen wunderbaren Hintergrund für eine Werbeproduktion abgeben. Außerdem wüssten wir auch nicht, was wir sonst damit anfangen sollten. Schließlich wollen wir ihn ja nicht für Touristen öffnen, nicht wahr?«

Peters Augen brannten von der Anstrengung, jedes Zwinkern zu unterdrücken. Er ging hinter Weinstein her, der schon wieder abbog. Gleich darauf kamen sie an einer alten Stahltür vorbei, auf der die Aufschrift ZUTRITT NUR FÜR DEN AMTSARZT prangte. An der nächsten Tür, sie lag an einer Stelle, an der der Gang eine leichte Kurve beschrieb, klebte das Schild BEOBACHTER. Die dritte Tür, unmittelbar daneben, war mit der Aufschrift GOUVERNEUR/GEFÄNGNISDIREKTOR gekennzeichnet. Alle drei Türen waren mit Vorhängeschlössern gesichert.

»In diesen Räumen haben wir Serverstationen untergebracht«, sagte Weinstein. »Wir verdienen zusätzliches Geld damit, dass wir Internet-Auftritte und Datenpflege für Fremdfirmen übernehmen, außerdem auch Werbung.«

»Spams?«, fragte Peter.

»Spams«, bestätigte Weinstein ohne jedes Anzeichen von Verlegenheit.

Als sie an einer mobilen Trennwand auf Rädern angekommen waren und Weinstein den Vorhang zur Seite schob, wirbelte eine Staubwolke auf. Durch ein schweres Eisentor, gesichert mit einer Kette und einem Vorhängeschloss, das Weinstein öffnete, traten sie in einen kleinen Vorraum. Im Vorbeigehen strich Weinstein so über die Kette, dass sie rasselte und noch mehr Staub aufstob. »Toller Ort für einen Halloween-Streich, finden Sie nicht?«

Peter ging jetzt langsamer und blieb schließlich überrascht stehen, denn der Vorraum ging in ein hohes Turmgewölbe über. Nachdem er es von oben bis unten gemustert hatte, drehte er sich langsam im Kreis, um den achteckigen Turm, der von einer Kuppel gekrönt wurde, genauer zu betrachten. Die Höhe schätzte er auf fast fünfundzwanzig Meter, den Durchmesser auf mehr als zwanzig. Dunkle Eisenträger stützten das spitz zulaufende Kupferdach. Dazwischen waren überall kleine Fenster eingelassen, die dafür sorgten, dass der obere Turmabschnitt in diffuses Licht getaucht war, in dem Sonnenstäubchen tanzten.

»Früher hat man das hier den Altarraum genannt«, bemerkte

Weinstein mit einer Ehrfurcht, die ihm gar nicht ähnlich sah, und trat zur Seite. »Wirkt wie der Chorraum in einer Kirche. Sind Sie Katholik?«

Widerwillig wandte Peter den Blick vom dürftigen Tageslicht ab, das sich oben an der Kuppel gesammelt hatte. An der gegenüberliegenden Wand, im Schatten kaum zu erkennen, befand sich eine sechseckige Kammer, die auf einem Betonsockel ruhte und ebenfalls von einer spitz zulaufenden Kuppel im Miniaturformat gekrönt wurde. Ein Eisengeländer, das einen Halbkreis vor der Kammer beschrieb, grenzte den absonderlichen Bau – auf Peter wirkte er wie eine winzige Kathedrale – vom Rest des Raumes ab. In den Fußboden hinter dem Geländer waren Abflussroste aus schwarzem Eisen eingelassen, die wie unheimliche Ornamente wirkten. Die Wände der Kammer bestanden aus vernieteten, gehämmerten Stahlplatten, die in einem grässlichen Grünton gestrichen waren. Drei Fenster aus dickem Glas, deren Rahmen mit Bolzen gesichert waren, gewährten Einblick in den dunklen Innenraum. Irgendjemand hatte das mittlere Fenster mit einem Autoaufkleber versehen, auf dem zu lesen war: WENN DU JESUS LIEBST GIB HUPZEICHEN. Bis auf einige Lämpchen, die rot, weiß und grün blinkten, konnte Peter in der Kammer nichts entdecken.

Drei lange, ungeteilte Aussichtsfenster, die einen Blick auf die Kammer boten, nahmen den größten Teil der inneren Betonmauer zu Peters Linken ein. Alle hatten innen Vorhänge, die jetzt zugezogen waren. Peter schloss daraus, dass die Türen an der gewölbten Außenwand zu den Räumen führen mussten, die hinter diesen Fenstern lagen. Er malte sich aus, wie ausgewählte Besucher diese Räume betraten und den Blick so lange konzentrierten, bis sie nur noch die Kammer wahrnahmen – den Tod ins Visier nahmen, dessen Zeugen sie bald sein würden.

»Voilà«, sagte Weinstein. »Welchen Effekt können wir damit erzielen? Ade, barbarische Vergangenheit – willkommen in der strahlend hellen Zukunft. Miteinander vernetzte Stimmen lösen das Schweigen des Todes ab. Irgendetwas in der Richtung. Sie sind hier der Künstler.«

Peter sah auf, vergrub die Hände tief in die Taschen und drehte sich nochmals um. Er wusste nicht, was er sagen sollte.

»Früher hat man diesen Ort wie eine Kirche behandelt«, erklärte Weinstein, dessen Augen immer noch funkelten. »Nur, dass die Priester Sam-Brown-Gürtel und Achtunddreißiger getragen haben und die armen Sünder orangefarbene Anzüge und Fesseln. Feierliche Prozessionen, bei denen man Schritt für Schritt vorrückte. Alles da, bis auf die Orgelmusik. Jetzt gehört das alles uns ... Na ja, jedenfalls zahlen wir die Miete dafür.«

Peter versuchte sich diesen schrecklichen Ort als letzte Station eines Menschen auf dieser Erde vorzustellen, als letzten Anblick, den ein Gefangener von dieser Welt mitnahm: uralt, leicht korrodiert, voll grausamer, von Wissenschaftlern ausgetüftelter Effizienz. »Reißen Sie das hier ab«, sagte er und schluckte an dem Kloß in seinem Hals.

»Wie bitte?«

»Ich würde die Abrissbirne holen und alles niederreißen.«

»Sie glauben nicht, dass wir den Ort nutzen können?«

Peter verzog angewidert das Gesicht. Er wusste ein wenig über die Todesstrafe, hatte einiges darüber gelesen, als er Ideen für Horrorfilme gesammelt hatte. Hatte zugesehen, wie Susan Hayward genau in diese Kammer – oder eine ganz ähnliche, rekonstruiert an irgendeinem Drehort in Hollywood – geführt worden war.

Ich will leben. Hier hatte man Angestellte des öffentlichen Dienstes dafür bezahlt, menschliche Wesen in lebloses Fleisch zu verwandeln.

Einen Augenblick lang vergaß er, dass er nicht zwinkern durfte. Als er die Augen schloss, weil sie so trocken waren und er sich von den Schmerzen und dem Anblick der Kammer erholen wollte, sah er ... nichts. Nur das diffuse, herabsinkende Sonnenlicht, rötlich eingefärbt von dem Blut, das immer noch in seinen

Augenlidern pulsierte. Aber jenseits der Stille lag wie Magma unterhalb eines schlafenden Vulkans ...

Hör auf damit, verdammt noch mal. Er zwinkerte mehrmals. Nichts. Noch nichts. Er holte tief Luft. Der Anblick dieser Todeskammer musste ja dazu führen, dass er alles in einem grausigen Licht sah. *Du bist noch am Leben. Also komm gefälligst damit klar.*

»Na ja, Scheiße, was soll man denn sonst mit so einem Ort anfangen?«, fragte Weinstein. »Man muss ihm mit Hilfe von Spitzentechnologie den Stinkfinger zeigen, würde ich sagen. Also haben wir unser Herzstück hier rein verlegt, das Herz von Trans, das technologisch am höchsten entwickelte elekronische Gerät auf Erden – Arpads Transponder. Wir mussten die Energieversorgung nicht einmal aufrüsten. Und wissen Sie was? Den elektrischen Stuhl haben die in Wirklichkeit nie benutzt. Die haben die Leute entweder aufgehängt, vergast oder ihnen die Todesspritze gegeben.« Weinstein schwenkte herum und klopfte auf das dick verglaste Fenster der Kammer. »Man kann sie fast darin sehen, nicht wahr?«

Peter wandte den Blick ab.

»Man hat sie festgebunden.« Weinsteins Augen weiteten sich nachdenklich, während sein Adamsapfel auf und ab hüpfte. »Und dann haben sie diese Kügelchen fallen lassen – das hat man damals doch so gemacht, oder? Gas, das aus Behältern voller Säure ausgeworfen wurde. Das Salz der Blausäure. Oder man wurde auf einen Tisch geschnallt und musste zulassen, dass der Arzt einem die Arterie zusammenkniff und die Nadel einführte. Tat der Einstich weh? Haben die erst Alkohol benutzt, um die Einstichsstelle zu desinfizieren? Wozu überhaupt? Schließlich brauchte sich der Patient um Infektionen nicht mehr zu sorgen, stimmt's?« Weinstein war jetzt richtig in Fahrt gekommen.

Mit einiger Verlegenheit stellte Peter fest, dass sich in Weinsteins Schritt eine kleine, aber deutlich sichtbare Wölbung abzeichnete.

Weinstein deutete auf die eisernen Bogen. »Ich glaube nicht, dass hier jemals irgendjemand gehängt worden ist.«

»Hier drinnen nicht«, erwiderte Peter, dem übel war. »Die Galgen haben sie draußen aufgebaut.«

Als sie in Weinsteins Büro zurückgekehrt waren, schrieb er Peter den Scheck über die restliche Summe aus, gab ihm mit der schwungvollen Geste eines Magiers sein Trans zurück und versicherte, sie würden ihr Gespräch bald fortsetzen.

Die Zusammenarbeit galt als abgemacht.

Während Weinstein ihn nach draußen zum Empfang begleitete, zwinkerte Peter mehrmals, ohne dass er es zu unterdrücken versuchte. Im Tageslicht war von der blassen, schwärzlich-blauen Welt nichts zu erkennen. Nachdem Peter dem Sicherheitschef den Firmenpass zurückgegeben hatte, verabschiedeten sie sich mit festem Händedruck voneinander.

»Wir müssen kühn an die Sache herangehen«, verkündete Weinstein.

»Richtig«, erwiderte Peter.

»Trans ist wie ein Spaziergang auf dem Mond – sagt jedenfalls Arpad.« Weinstein schüttelte bewundernd, fast schon verzückt den Kopf. »Das sollten Sie sich notieren. Ein durch und durch genialer Mensch.«

Kapitel 17

Mit dem Geld in den Taschen und einem voll getankten Porsche fuhr er auf der 5 zügig nach Süden, da er so schnell wie möglich nach Los Angeles wollte. Die mühelos zu bewältigende gerade Schnellstraße und das gleichmäßige, reibungslose Rattern des luftgekühlten Motors hatten eine ähnlich beruhigende Wirkung wie ein in Einsamkeit genossenes Musikstück – oder hätten so wirken können, wäre Peter nicht sicher gewesen, den Verstand zu verlieren. Je mehr Kilometer er hinter sich brachte, desto weniger war ihm klar, ob er auf etwas zusteuerte oder vor etwas davonfuhr, etwas suchte oder vor etwas floh.

Um die Situation zu klären, ehe er es womöglich satt bekam, die Dinge oder seine Wahrnehmung der Dinge immer wieder durchzukauen, sprach er die jüngsten Ereignisse mit sich selbst durch und betrachtete dabei seine Augen im Rückspiegel.

Angefangen hatte alles mit Sandaji in Pasadena – oder noch früher, in Salammbo.

Angefangen hatte alles mit Phil.

Der von Lastwagenspuren zerfurchte Asphalt spielte so teuflisch mit den Wagenrädern, dass sie im steten Rhythmus drei Silben zu wiederholen schienen: *San-da-ji, Sa-lamm-bo. San-da-ji, Sa-lamm-bo.* Er rekapitulierte:

Lydia, die ihren Gefühlen freien Lauf gelassen hatte. Ihre Emotionen waren so gegenwärtig gewesen, als könnten auch Lebende Geistererscheinungen erzeugen.

Die aalglatten Schatten, die so scharf darauf gewesen waren, in Phils Schlafzimmer einzudringen.

Die ausgewaschene Gestalt des Alten, die Phantome der Kinder am Strand.
Plötzlich verlangte es ihn nach Musik, er versuchte irgendeine Melodie zu summen. Das Autoradio war schon seit Jahren kaputt, aber jetzt vermisste er das Geschwätz und den Lärm der geschäftigen Welt da draußen, die Talkshows, die Popmusik, die Predigten. Es lagen jede Menge Informationen in der Luft, man brauchte lediglich einen Empfänger; aber seiner funktionierte nicht.
Oder hatte bis vor kurzem nicht funktioniert.
»Ich weiß ja selbst nicht, worauf all das Grübeln hinauslaufen soll, verdammt noch mal«, brüllte er und kurbelte das Fenster hinunter, nur um den Luftzug aus Central Valley zu spüren. Sogleich verwandelte sich das Wageninnere in einen rauschenden, heftig pulsierenden Blasebalg. »Ich bin kein Empfänger, ich versuche keineswegs, mich auf die Wellenlänge irgendeiner anderen Welt einzustellen.«
An einem Rastplatz hielt er an, stieg aus, streckte die Beine und sah zu, wie Leute ihre Vierbeiner auf die Hundewiese führten. Dabei bemühte er sich voll innerer Unruhe und böser Vorahnung, den Blick nicht zu lange auf eine bestimmte Person oder Stelle zu richten.
Was, wenn manche Dinge, die man täglich sieht, in Wirklichkeit gar nicht existieren? Was, wenn sie lediglich normal scheinen? Man tauscht ja nur selten Eindrücke mit einem anderen Menschen aus, oder? Man hat auch keine Videokamera dabei; man kann nicht jede Minute des täglichen Lebens aufzeichnen und nachprüfen, ob man irgendetwas gesehen hat, das eigentlich gar nicht da war.
Er senkte den Kopf, weil er schon wieder dabei war, sich in solchen Gedanken zu verlieren. »Ach, Quatsch«, murmelte er fast unhörbar, »ist doch alles Unsinn. Ich verlier nur deshalb den Faden, weil ich Angst davor habe, mir wieder mal was Neues aufzuhalsen.«

Als eine ältere Dame in Hörweite kam, biss er die Zähne zusammen. Die weißhaarige Frau trug ein Kleid mit Blumenmuster und altmodische weiße Halbschuhe – orthopädische, wie Krankenschwestern sie bevorzugen. In beiden Ohren steckten rosa Hörgeräte, die wie kleine Plastikpilze aussahen. Ein Spitz an einer kurzen, straff gespannten Leine zog sie vorwärts.
»Einen schönen Tag«, bemerkte sie und nickte freundlich. Dem Hund, der wie wild das Gebüsch beäugte und schnell darauf zustrebte, hing die Zunge heraus. Die alte Frau bedachte Peter mit der gütigen Miene einer Großmutter: Ihr Mund verzog sich zu einem erfreuten, einfältigen Lächeln, während sie ein Nicken andeutete und einen Punkt hinter seinem linken Arm fixierte. Der Spitz hechelte und zerrte weiter an der Leine. Als die Alte den Blick wieder Peter zuwandte, strahlte ihr Gesicht vor großmütterlicher Herzlichkeit, als wollte sie ihm gratulieren. »Ganz reizend«, sagte sie, riss gleich darauf so heftig an der Leine, dass der Hund würgen musste, und ging weiter.

Peter blieb stehen und wandte sich halb herum: Die Frau war ebenso stofflich und real wie der lächerliche Spitz mit seinem flauschigen, orangefarbenen Fell. Während er so dastand, machte sich seine Verzweiflung in einem leisen Gelächter Luft, das tief aus seinem Innern kam. Das Leben war einfach zu verrückt. Die Frauen flogen auf ihn, Phil hätte es auch in diesem Fall sofort gemerkt. Fast konnte er Phils Stimme in seinem Kopf hören: *Du erinnerst sie an irgendjemanden. Vielleicht an einen alten Liebhaber. Und an die besten Orgasmen, die sie je erlebt hat, auch wenn das schon sechzig Jahre her ist, alter Mistkerl.*

Was das Übrige an diesem Morgen betraf, wirkte alles völlig normal: nur Betonwege, Rasenflächen, kleine Bäume, Toilettengebäude aus Ziegelstein, ein Kaffeestand, an dem zwei fit wirkende Männer bedienten. Sie mochten in seinem Alter sein, sahen aber reifer und fröhlicher aus als er. Menschen, die auf und ab spazierten, Hunde, die hin und her liefen, rennende Kinder. Ein Rastplatz, real und stofflich, nichts weiter.

Am liebsten hätte er die Schultern gereckt, holte aber nur tief Luft und atmete leicht durch. Er hatte einen Job. Endlich hatte er wieder Arbeit, eine anständige Arbeit, die ihm vielleicht wieder Auftrieb geben würde.

Möglich, dass sein Ausrasten nichts als der Versuch gewesen war, sich selbst zu boykottieren. Oder auch nicht. Doch was es auch gewesen sein mochte: Immerhin bestand die Chance, dass es jetzt ausgestanden war.

Kapitel 18

Der Porsche stand sicher in der Garage; er hatte die lange Fahrt so elegant wie in alten Zeiten hinter sich gebracht, worauf Peter stolz war. Am liebsten hätte er dessen edle Nase in einen großen alten Hafersack gesteckt. Auch das Haus war in gutem Zustand; niemand war eingebrochen, alles war still und ruhig. Phils Asche war im Meer verteilt, dem Zyklus des Lebens zurückgegeben – das Beste, was man für ihn noch hatte tun können. Peter ging in Gedanken verschiedene Pläne durch, wie das neue Telekom-Produkt zu bewerben sei, war aber zu träge, um eine seiner Ideen weiterzuspinnen. Er war so aus allem raus, dass er vielleicht wirklich wieder in Mode kommen konnte, wie die Siebzigerjahre-Krawatten aus getrockneten Bohnen. Auf der Veranda roch es nach spätsommerlichem Jasmin. An der Tafel bei der Soleri-Glocke hingen keine neuen Mitteilungen, auch auf dem Anrufbeantworter waren keine Nachrichten eingegangen. Es gab also nichts, was ihn nach der langen Fahrt davon abhalten konnte, sich einfach aus den Klamotten zu schälen und ins Bett zu steigen. Müde wie er war, würde er sich sogar das Duschen verkneifen. Eigentlich roch er ja gar nicht so schlimm, sondern duftete tatsächlich noch nach Jessies Seife. In seinem Herzen würde er ein warmes Plätzchen für den guten alten Phil bewahren. Ach, verdammt, schließlich hatte er getan, was er seinem Freund schuldig gewesen war. Er würde ihn vermissen, später vielleicht auch wieder Tränen um ihn vergießen, aber dieser Teil seines Lebens war vorbei, damit musste er sich abfinden.

Als er das Hemd ausgezogen hatte und die Hosen auf Halbmast hingen, blieb er vor dem großen Wandspiegel stehen. Seine Brusthaare waren grau, und er trug inzwischen lieber Boxershorts als eng sitzende Slips, die seine Hoden quetschten; er hatte einen strammen kleinen Bauch, der nicht mehr schwinden wollte, aber das Leben war noch nicht vorbei, ganz und gar nicht. Er war nur müde. Er hatte sich gut geschlagen, verdammt noch mal, schließlich hatte er einen Job an Land gezogen!

Er kroch ins ungemachte Bett und griff gleich darauf nach unten, um sich der Socken zu entledigen. Er war immer noch beweglich, konnte bis zu den Knöcheln greifen. Konnte eine Frau, mit der er schlief, immer noch auf vier oder fünf verschiedene Arten befriedigen – oder weitere, falls sie beide Lust auf kreative Stellungen hatten, und das war gut.

Es würde schon wiederkommen. Alles, was gut war, würde wiederkehren. Peter Russell würde einen zweiten Sommer erleben.

Er zog das Laken hoch, das war alles, was er in dieser warmen Nacht zum Zudecken brauchte. Draußen ging eine leichte Brise, frisch und ihm sehr willkommen; hinten bimmelten die Glöckchen im Wind. Ach, wie angenehm es im Bett war.

Er war mitten in einem Traum, in dem es um den Aufbau des Drehorts und um Schauspieler ging, als jemand an die Eingangstür klopfte und die Soleri-Glocke anschlug. Peter hatte einen leichten Schlaf. Das war auch gut so, denn das Haus war alt und für Einbrecher leicht zugänglich. Diebe waren ihm zuwider. Er streifte einen Bademantel über und schlurfte mit nackten Füßen über das Parkett und die Fliesen, um nachzusehen, wer da war. Er starrte durch das Glas, erkannte Carla Wyss, rieb sich die Augen und öffnete.

Carla erwiderte seinen starren Blick und sah gleich darauf wie ein kleines Mädchen, das unsicher ist, auf ihre Füße und Knie. »Dieser Scheißkerl«, sagte sie. »Es ist aus.«

»Was ist aus?«

»Ich bin ein Schwachkopf, bin einfach zu alt für so was.«

»Du bist nicht zu alt«, versicherte Peter, gähnte und machte die Tür weiter auf. »Was ist passiert?«

»Das, was immer passiert. Diesmal wusste selbst ich dumme alte Kuh, dass es passieren würde, und war darauf vorbereitet. Ich hab ihn verprügelt, ihm die Wange zerkratzt und getobt, hab mich echt wie eine Furie aufgeführt, Peter.« Jetzt begannen die Tränen zu fließen und rannen feucht an ihren Wangen herunter, während sie mit einwärts gedrehten Zehen in Ledermini, weißer Bluse, Netzstrümpfen und hochhackigen schwarzen Pumps auf den Fliesen stand. »Bin ich wirklich so ein Miststück?«

»Nur, wenn du gar nicht anders kannst«, erwiderte Peter, der immer noch abwartend dastand. Er würde sie nicht wegschicken. Schließlich war sie einmal seine Geliebte gewesen und immer noch eine Freundin. Er wusste nicht, wie ihr im Augenblick zu helfen war, und noch weniger, was sie von ihm wollte.

»Du bist der einzige Mann, der jemals anständig zu mir gewesen ist«, sagte Carla mit bebenden Lippen. »Und ich hab dich so schlecht behandelt.«

»Das entspricht aber gar nicht meinen Erinnerungen.«

Sie sah ihn direkt an. »Ist ja auch egal jetzt, spielt sowieso keine Rolle mehr. Aber bin ich wirklich so was wie eine alte Hexe?«

»Du bist wunderbar, und das weißt du auch.«

»Ich fühle mich wie eine Abfalltüte, die irgendjemand am Rinnstein hat stehen lassen. Ich bemühe mich wirklich, mich nicht runterziehen zu lassen«, fuhr sie nach einem verschluckten Schluchzer fort, »aber die Welt versetzt mir einfach einen Schlag nach dem anderen.« Sie sprach leise und in vernünftigem Ton, ließ jedoch die Hände baumeln und hatte im Gesicht jede Farbe verloren.

Das machte ihn nervös. Gesichter ohne jede Farbe waren ihm inzwischen suspekt.

»Tee!«, verkündete Peter.

»Was?«

»Du brauchst jetzt einen schönen heißen Tee.«

Ihre traurige, finstere Miene hellte sich auf, und sie wischte sich über die Wangen. *Keine Streifen von Wimperntusche, Gott sei Dank.* »O ja«, sagte sie. »Und Schokolade. Hast du Schokolade da?«

»Reicht dir die von Godiva?«

Als sie erfreut aufsah, wirkte sie mehr denn je wie ein kleines Mädchen. »Wirklich? Du hast Godiva-Schokolade da?«

»Tee, die beste Schokoladensorte und Mitgefühl.«

»Ach, Peter.« Sie bemühte sich um ein durchtriebenes Grinsen. »Ich bin ein regelrechter Schokoladen-Vampir, und du bist mein Opfer. Du bist wirklich einmalig!« Gleich darauf kamen ihr wieder die Tränen. Peter legte ihr den Arm um die Schulter und schob sie in die Küche.

»Ich halte die Schokolade unter Verschluss«, bemerkte er. »Die Putzfrau stiebitzt sie sonst.«

Es war deutlich zu merken, dass Carla nicht der Sinn nach Sex stand, aber Peter machte das nichts aus. Ursprünglich hatte er zwar durchaus Lust gehabt, aber ihm war schnell klar geworden, dass er eigentlich viel zu müde dazu war. Er war schon froh, überhaupt Gesellschaft zu haben.

Sie holte ein Blackberry-Handy mit Internetanschluss aus der Handtasche – Blackberry war die unerlässliche Marke für Schauspielerinnen und Schauspieler, die auf Anrufe oder E-Mails von Agenten hofften –, schaltete den telefonischen Empfang ab, zog sich im Badezimmer aus und streifte sich eines seiner alten Hemden über. Normalerweise fand er das bei Frauen überaus aufreizend. Aber als sie sich neben ihn ins Bett legte, zog sie ein solches Gesicht, dass ihm das letzte bisschen Erektion verging. Sie wirkte völlig verloren und verunsichert.

Peter schmiegte sich an sie.

»Kein Sex«, erinnerte sie ihn.

»Ist doch klar.«

»Aber nimm mich in die Arme.« Was er tat.

»Ich lern's nie«, sagte sie einige Minuten später, als er gerade einzunicken begann. Die roten Ziffern auf dem Wecker besagten, das es vier Uhr morgens war. Obwohl sie ihm den Rücken zudrehte, war ihm klar, dass ihre Augen weit geöffnet waren.

»Können wir später darüber reden?«, fragte Peter. »Ich habe einen sehr langen Tag gehabt.«

»Mhmm.«

Um neun Uhr morgens war er hellwach, blieb aber noch kurz neben Carlas dunkler Silhouette liegen, die leise Schnarchtöne von sich gab. Sie hatte sich wie eine Bettwurst eingewickelt und ihm fast die ganze Überdecke geklaut.

Nur mit Boxershorts und T-Shirt bekleidet, schlüpfte er aus dem Bett und trottete in die Küche, wobei er einen Arm streckte und beugte, um sich zwischen den Schulterblättern zu kratzen. Er setzte einen Kessel mit Wasser auf und inspizierte den Kühlschrank, in dem er noch fünf Eier fand. Er roch an der offenen Packung mit Frühstücksspeck und stellte fest, dass er noch essbar war, auch wenn das kalte Fett weiße Streifen an der Plastikfolie hinterlassen hatte. Und die Milch war zwar nicht mehr frisch, aber noch nicht sauer. Dagegen war die Sahne im Becher inzwischen zu Käse geronnen. Außerdem fand er noch zwei Äpfel, Marmelade und etwas Brot. Wenn er den leichten Schimmel abkratzte, würde er damit einen schönen Toast machen können. *Langt durchaus für das Frühstück, mit dem ich sie überraschen will.*

Er musterte den Herd, dessen rostfreie Stahlplatten zwar leicht angekohlt wirkten, der ansonsten aber sauber war. Der saubere Herd eines Junggesellen. Irgendetwas läutete leise von weit her, und es war nicht die Soleri-Glocke. Er rätselte, was es sein könne, bis ihm das Trans in seiner Jackentasche einfiel.

Bis er die Jacke gefunden hatte, die über dem knallroten Sessel hing, den Apparat herausgekramt und aufgeklappt hatte, verging ein Weilchen, so dass er erst beim siebenten Läuten abnahm. »Peter am Apparat.« Halb rechnete er damit, dass es Michelle, vielleicht auch Weinstein sein könne.

»Hallo Peter, ich bin's, Hank. Dachte, ich sollte dich mal anrufen oder so. Dieses Trans-Ding ist ja toll, du bist glasklar zu hören.«

»Tja, du auch.« Peter freute sich, zur Abwechslung mal eine männliche Stimme zu hören. »Wie ist es in Prag?«

»Nass. Die ganze Stadt steht bis zum Arsch in Dreckwasser. Sechs Produktionen, einschließlich unserer eigenen, mussten wegen der Überschwemmungen und Stromausfall verschoben werden, aber morgen geht's bei uns weiter. Ich hab im Speisesaal des Hotels große Scheinwerfer installiert und sie an den hauseigenen Generator angeschlossen. Die ganze Nacht haben wir Lieder gesungen und Kaffee und Bier getrunken. Wegen der Scheinwerfer war es da drinnen so heiß wie in der Sahara. Sogar die Gepäckträger des Hotels sind hereingekommen, um sich aufzuwärmen und zu trocknen. Alle haben sich prächtig amüsiert.«

»Klingt ja toll«, sagte Peter und fuhr in etwas gedämpfterem Ton fort: »Die Totenfeier für Phil ist gut über die Bühne gegangen. Lydia war auch da.«

»Aha.«

»Ich hab Phils Asche am Strand von Point Reyes ins Meer gestreut.«

»Das hätte ihm gefallen.«

»Tja, vielleicht hab ich immer noch Reste davon unter meinen Fingernägeln. Soll ich ein Stäubchen für dich aufbewahren?«

Hank lachte nervös. »Ich würde Phil als Diamanten vorziehen, weißt du, zum Edelstein zusammengepresst. So was gibt's tatsächlich.«

»Na ja, er war ja auch ein Juwel.«

»Als ich als Kind zum ersten Mal das Wort *Kremation* gehört hab, da hab ich gedacht, es bedeute, dass man in eine Creme verwandelt wird.«

Peter seufzte. »Klingt ja grässlich.- Carla ist gerade hier. Ist wieder mal mit einem ihrer Agenten zusammengerasselt.«

»Hast du ihr von der Godiva-Schokolade gegeben?«

»Und Tee. Sie schläft noch. Ich mache ihr gerade Frühstück. Schön, deine Stimme zu hören. Und gut zu wissen, dass wenigstens irgendjemand Arbeit hat.«

»Erst, wenn der Wasserspiegel wieder sinkt. Im Augenblick sitze ich in einem Hotelzimmer und lese einen Stapel *Asterix*-Hefte. Hab sie mir von einem italienischen Double ausgeliehen.«

Phil hatte früher einmal jedes *Asterix*-Heft in Französisch und Englisch besessen. Vielleicht lagen sie immer noch in den Kartons in seinem Haus. »Kann sein, dass ich auch bald wieder Arbeit hab«, sagte Peter. »Soll Werbespots und Präsentationen für Trans produzieren.«

»Ist ja prima. Gegen Bezahlung oder gegen Gewinnbeteiligung?«

»Bezahlung, sagen sie. Ich bin dermaßen außen vor, dass ich schon wieder *in* bin.«

»He, wenn du kein heißer Tipp bist, bist du erst richtig cool«, erwiderte Hank. »Übrigens haben alle hier ein Trans. Die müssen ganz L.A. damit überschwemmt haben, jeder hier im Team schleppt so ein Ding mit sich herum, ohne Scheiß. Ich pass da genau rein, selbst Bishop hat ein Trans. Der ruft jeden Tag seine Frau an und sagt ihr, sie soll ihm trockene Socken schicken.«

»Kingt ja richtig abenteuerlich, ich werd schon ganz neidisch.«

»Na ja, beneide mich lieber erst, wenn ich meine Kabel durch eine Pfütze verlegt und den Aufnahmeleiter gegrillt habe. Er ist ein richtiger Fuchs, ein wahrer Licht- und Schatten-Fanatiker. Hetzt uns ganz schön durch die Gegend. In einer Woche sind meine Schuhsohlen sicher durchgelaufen.«

Peter war vertraut mit dem speziellen Jargon, den ein Aufnahmeteam während der Dreharbeiten entwickelte. Filmaufnahmen waren wie Scharmützel. Jedes Team trug in diesem Gefecht seine besonderen Medaillen und Narben davon und machte sich dabei spezielle Phrasen zu Eigen.

»Aber, he, Prag ist toll. Allerdings gibt's hier keine Gespenster, wir sind alle ganz enttäuscht.«

»Lass den Gespenstern noch ein bisschen Zeit«, sagte Peter nicht ganz so locker.

»Klar ...«

Plötzlich brach das Gespräch ab, es war nur noch ein lautes Zirpen wie von Grillen zu hören.

»Hank?«

Keine Antwort. Die Verbindung war tot.

Als Peter am anderen Ende nur noch tiefe Stille gewahrte, nahm er das Trans vom Ohr. »Nichts ist perfekt«, murmelte er und lauschte auf die Geräusche, die Carla im Schlafzimmer machte. Er klappte das Trans zusammen und legte es auf den Esstisch.

»Frühstück für Dornröschen ist fertig«, rief er hinüber. »Kaffee, aber ohne Sahne, und Rührei mit Speck.«

Carla, die immer noch sein altes Hemd trug, trat aus dem Schlafzimmer. »Mann, hab ich seltsam geträumt«, bemerkte sie.

»Setz dich und iss.«

Sie musterte den gedeckten Tisch mit traurigem, weisem Blick. »Du bist der Beste von allen«, erklärte sie.

»Erzähl mir mal was Neues«, erwiderte Peter trocken.

Sie bewegte und setzte sich so langsam, als watete sie durch Schlamm. Peter war durchaus in der Lage, die Symptome richtig zuzuordnen.

»Warum bist du eigentlich so fertig?«, fragte er und nahm ihr gegenüber am Tisch Platz, um ihr Raum und Zeit für eigene Entscheidungen zu lassen.

»Hab mich dermaßen selbst ins Knie gefickt«, sagte sie und legte beide Hände auf den Tisch. Immer noch war sie erstaunlich schön, wenn auch nicht auf die Art, die bei Werbespots für Kreditkarten gefragt war.

»Sch-sch. Du führst den heiligen Namen Sex unnötig im Munde.«

Wie ein aufgezogenes Spielzeug, dessen Mechanismus immer langsamer wird, bewegte sie den Kopf hin und her. »Ich bin zweiundvierzig Jahre alt, hab nie geheiratet und nie Karriere gemacht. Manchmal schlafe ich in der Gegend herum. Meine Erfahrung sagt mir, dass es in der ganzen Stadt keinen einzigen Mann gibt, der nicht gern mit mir ins Bett ginge. Aber auch keinen, der es länger als eine Woche mit mir aushält.«

»Ich schon.«

»Ja, aber damals war ich jünger und hab für dich gearbeitet.«

Carla sah ihn mit leicht gerunzelter Stirn an. Ihre Augenbrauen wölbten sich sanft, aber entschieden über den dunklen blauen Augen bis zur hohen, aber nicht allzu dominierenden Stirn. Die nicht nachgezogenen Brauen liefen am Rand immer noch in zartem Flaum aus, wie die eines jungen Mädchens. Peter musterte ihr Gesicht mit professioneller Anerkennung und überlegte automatisch, wie er es ausleuchten würde. Wo würde er den Schirm aufstellen, wo diffuses Licht und die kleinen Scheinwerfer einsetzen, um das Gesicht stärker zu akzentuieren? Dass sie unter dem Hemd keine Unterwäsche trug, war gut. So würde er keine roten Linien und Abdrücke vom Verschluss des Büstenhalters retuschieren müssen. Und es war noch früh am Morgen, also würde ihr Bauch vom langen Liegen immer noch flach sein. Am Nachmittag musste man die Beleuchtung stets verändern und die Aufnahmewinkel sorgfältig festlegen, um die Auswirkungen der Schwerkraft auf ein Minimum zu beschränken. Am Nachmittag sackte alles ab und hing durch.

»Es ist so schrecklich, Peter.« Unvermittelt streckte Carla die

Hände vors Gesicht, nicht um zu weinen, sondern um es zu verbergen. »Wäre ich doch nie in dieser Branche gelandet.«

»Eine Zeit lang lief es doch gut«, wandte Peter ein.

»Es ist eine Sackgasse.«

»Nicht für alle.«

»Aber für dich und mich.«

»Oh ... na ja.«

»Ich war einfach nicht gut genug. Jedenfalls nicht lange genug gut.«

»Du musst nur eine bessere Sorte Männer finden und deine Reize richtig ausspielen. Du bist doch umwerfend.«

Das brachte sie dazu, die Hände vom Gesicht zu nehmen. »Ich bin ein ehrlicher Mench«, sagte sie. »Ich vertraue Männern und mag sie. Was soll daran falsch sein? Ich hatte einen wunderbaren Vater, und das hat mich wohl verwöhnt.«

Peter, der diesen Aspekt zum ersten Mal aus ihrem Munde hörte, musste lächeln.

»Ich weiß einfach nicht, was ich von Männern erwarten soll.«

»Ich hab dich nie schlecht behandelt.« Ehe sie Einwände erheben konnte, sagte er schnell: »Die Eier werden kalt.«

Carla aß ein wenig, was ihre Traurigkeit und den Zorn ein bisschen vertrieb, da der Geschmack der Speisen alles andere überlagerte. Als sie einen Schluck Kaffee trank, verzog sie das Gesicht. »Mr. Coffee, Maxwell House.«

»Nein, Folgers. Ich bin nicht reich, Carla.«

»Kona-Kaffee oder Espresso mag ich lieber.«

»Ich auch.«

Sie saßen ein Weilchen schweigend da, während sie ihr Rührei verspeiste und sich an die Speckstreifen machte. Eines, was Peter über Carla wusste, war, dass ihre Traurigkeit, selbst wenn sie tief ging, nie länger als ein paar Stunden anhielt. Von Natur aus war sie ein fröhlicher Mensch.

»Heute Nacht hatte ich seltsame Träume«, bemerkte Carla mit vollem Mund und richtete den Blick auf das Küchenfenster.

»Ach ja?«

Sie hörte auf zu kauen. »Ich hab geträumt, jemand, der wie du aussah, sei geil gewesen und habe von Mädchen und Sex geträumt. Und als du aufgewacht bist, hingen die Mädchen wie alte, nackte Ballons von dir herunter.«

Peter machte ein angewidertes Gesicht. »Das ist ja echt ...« Ihm fehlten die Worte.

»Und das ist noch längst nicht alles. Die Bücher in deinen Regalen haben schlaffe weiße Säckchen abgeworfen. Als ich mich umsah, baumelten diese sackförmigen Dinger von ihnen herunter. Wie Kondome, weißt du. Oder wie die Haut, die man mit dem Löffel von heißer Milch fischt.«

»Igitt.« Peter stand auf, um das Geschirr in die Spüle zu stellen. Nie zuvor hatte Carla irgendein Talent für kreative oder surreale Beschreibungen gezeigt. Er fand die Bilder, die er sich überaus deutlich vorstellen konnte, ziemlich beunruhigend.

Während er eine Weile damit zubrachte, die Pfanne zu schrubben, spürte er ihre Augen im Rücken.

»Es war so real«, sagte Carla, deren Gesicht wieder nachdenklich wirkte. »Du bist aufgestanden, um auf die Toilette zu gehen. Ich hab mich im Bett herumgewälzt und dir nachgesehen. Als du diese schlaffen Frauen hinter dir herzogst, hat sich irgendetwas Dunkles auf sie gestürzt und sie aufgefressen, einfach so. Es hat die Frauen von dir losgezerrt, und du hast es nicht einmal bemerkt. Mein Gott, jetzt kann ich mich wieder ganz deutlich daran erinnern. Ist das nicht ein verrückter Traum?«

Peter war zweimal aufgestanden, um auf die Toilette zu gehen. Neben Carla zu liegen, ohne sich zu rühren, war nicht leicht gewesen, aber er erinnerte sich nicht daran, von Sex geträumt zu haben.

Deshalb entgleiten dir die meisten Träume. Irgendjemand frisst sie auf, wie Lydias ungezügelte Emotionen.

Peter fuhr zusammen, als hätte ihn eine Wespe gestochen. Auch Carla schreckte hoch. »Was ist los?«, fragte sie.

»Nichts.« Er drehte sich um und betrachtete die Essensreste in der Spüle, abgeschnittene Ränder von knusprigem Eiweiß. Er stieß alles in den Abfluss und schaltete den Abfallzerkleinerer ein.

»Verdammt, jetzt hab ich dich mit meinem Geschwätz runtergezogen«, sagte Carla, als das Zermahlen der Essensreste beendet war. »Da haben wir's mal wieder, typisch für mich.«

Peter wusch sich die Hände. Sie hatte ihn keineswegs heruntergezogen. Obwohl er wie benommen darauf wartete, dass noch mehr Verrücktes passierte, hatte Carlas Traum ihn eher aufgegeilt.

Sie schlich sich von hinten an ihn heran.

»Darf ich?« Sie griff nach seinen Schultern und drehte ihn herum. »Ich brauche zum Ausgleich mal einen guten Typ, Peter. Für das, was uns beiden so heilig ist.«

Während sie miteinander schliefen, konnte Peter sich nicht von dem Gedanken lösen, dass das, was ihn erwischt hatte, ansteckend sein musste. Aber es spielte keine Rolle. Die Lust, die seinen ganzen Körper erfasste, war so drängend und heftig, dass er sich wieder wie ein Sechzehnjähriger fühlte, der den ganzen Tag hätte weitermachen können. Er hatte schon seit sechs Monaten mit keiner Frau mehr geschlafen. Peter Russell abstinent. Seit einem halben Jahr. Seit dem Verlust seiner Unschuld hatte er niemals eine so lange Zeitspanne ohne jeden Sex verbracht.

Daran musste es liegen, das erklärte alles.

Kapitel 19

Das leise Läuten des Windspiels unter dem Schlafzimmerfenster weckte ihn aus einem leichten Schlummer. Ein Blick auf die roten Ziffern des Weckers sagte ihm, dass es zwei Uhr nachmittags war. Er fühlte sich völlig erfrischt.

Alles fing an diesem Punkt neu an. Sex hatte ihm immer schon dieses Gefühl vermittelt. Wenn er auf eine nackte Frau herunterblickte, verspürte er stets so etwas wie ein freudiges Staunen, ein Gefühl von Privileg, von Lust und – nicht ganz so ausgeprägt – von Selbstwert, der ihm bestätigt wurde. Dieses Selbstwertgefühl hing stark davon ab, in wieweit er den Frauen, mit denen er schlief, Lust schenken konnte.

Als er sich herumwälzte, setzte sich Carla im Bett auf, seufzte und lächelte. Ihr Lächeln zeigte ein bisschen mehr von Zähnen und Gaumen auf der rechten Seite, und das ließ sie noch schöner wirken. »Stimmt es, dass eine Frau dich mal gebeten hat, zu ihr nach Hause zu kommen, damit du ein paar Jungs was über oralen Sex beibringst?«, fragte sie.

»Stimmt.«

»Ist ja irre.«

»Das war in den Sechzigerjahren.«

»Trotzdem ganz schön mutig. Hatte sie so was wie eine schriftliche Genehmigung von ihren Eltern?«

Peter schob sein Kopfkissen neben ihres. »Weiß ich nicht. Sie hielt es für ihre Bürgerpflicht, den jungen Männern beizubringen, wie sie ihre Frauen glücklich machen können. Auf diese Weise wollte sie dazu beitragen, dass ihre Ehen später hielten.«

Carla musterte ihn. »Ich brauche auch jemanden, der mich

glücklich macht, aber du wirst das niemals sein. Obwohl du mich wirklich aufmunterst.«

»Vielen Dank – oder auch nicht, wenn ich's recht bedenke. Aber du munterst mich auch auf.«

»Angesichts deiner Miene vorhin in der Küche hatte ich schon Angst, dass ...«

Peter drehte sich herum und legte ihr sanft einen Finger auf die Lippen. Carla neigte dazu, schöne Momente durch ihr Geschwätz zu verderben. Nur ein unbedeutender Fehler an ihr, aber Peter genoss diesen Neuanfang allzu sehr, um auf ihre Bemerkung eingehen zu wollen.

Sie knabberte an seiner Fingerspitze. »Ich wette, du hast es den Jungs gut vermittelt. Aber wie hast du ... Ich meine, wie hast du's ihnen veranschaulicht?«

»Hab Karten hervorgezaubert«, erwiderte Peter mit weitschweifender Handbewegung. »Anatomische Karten. Hab eine Kappe und ein langes Gewand getragen.« Er machte den Arm steif, schwang ihn herum, tat so, als zöge er eine Karte herunter und deutete auf die wichtigsten imaginären Punkte: »Labia, Vulva, Klitoris. Hab denen gezeigt, wo der Bartel den Most holt, wo man den Stier bei den Hörnern packt und wo das Bienchen den Honig saugt.« Mit flinken Fingern führte er eine wahre Pantomime auf und griff gleich darauf zu ihr herüber, um ihr seine Kenntnisse zu demonstrieren. Carla, die leicht schockiert wirkte, wälzte sich kichernd aus seiner Reichweite.

Peter hob den Kopf. »Es war Jahre, ehe jeder Pornofilm in der christlichen Welt den jungen Leuten gezeigt hat, wie man Zunder gibt.«

»Haben die Jungs später geheiratet? Und haben die Ehen gehalten?«

»Weiß ich nicht.«

»Ich fühl mich so viel besser, ganz vielen Dank. Und jetzt muss ich gehen.« Sie stand auf und holte ihre Kleider aus dem Korb, in den sie sie in den frühen Morgenstunden der letzten

Nacht geworfen hatte. Während sie in ihre schwarze Netzstrumpfhose stieg, betrachtete sie ihn aufmerksam. »Still«, sagte sie.

»Was?«

»Du denkst zu laut.«

»Deine Beine sind zu lang.«

Sie streifte erst die Bluse über, dann den Rock, wobei sie den Reißverschluss vorne halb zuzog, den Rock drehte und hinten ganz zuzog. Mit den Händen auf ein Knie gestützt, zwängte sie sich in die schwarzen hochhackigen Pumps, winkelte den Ellbogen an, bedachte ihn mit einem gespielt schüchternen Blick aus den Augenwinkeln und fuhr sich mit den Fingern durch das lange schwarze Haar.

Peter lächelte.

»Und jetzt?«, fragte sie.

»Komm wieder ins Bett.«

»Du könntest nicht, und ich sollte nicht«, entgegnete Carla mit süßem Lächeln und warf ihm einen Kuss zu. »Am besten, wir verabschieden uns hier drinnen«, bemerkte sie steif, während sie das Schlafzimmer verließ.

Durch das große Wohnzimmerfenster strömte die Sonne, drang mit ihren Strahlen bis zur Rückenlehne der Couch vor und zeichnete einen goldenen Streifen auf den Boden. Als Carla bei der Haustür stehen blieb, ging Peter ihr im Bademantel nach und beugte sich vor, um ihr einen Abschiedskuss zu geben, ebenfalls sehr formell.

»Mein Hochglanzfoto hätte ich immer noch gern.« Carla klang jetzt wieder völlig sachlich. »Ich hab keine Abzüge mehr.«

»Hast du sie an deine Lover verteilt?«

Sie verzog das Gesicht. »An Agenten und Halunken. Manche waren auch Geliebte. Ist das nicht pervers, Andenken an Affären einzusacken?«

»Schätze schon.«

Während Carla die Tür aufschloss und öffnete, hörte Peter eine andere Frau kommen. »Entschuldigung.« Carla trat von der Tür zurück.

Hereinspaziert kam Helen, die den Blick sofort durch das Zimmer schweifen ließ, feststellte, dass Peter nur einen Bademantel trug, und Carla von oben bis unten taxierte. Sie wirkte keineswegs konsterniert, sondern lächelte.

»Ist schon lange her seit dem letzten Mal, stimmt's, Peter?«, bemerkte Helen, während Carla irgendetwas murmelte und sich nach draußen verzog. »Laufen Sie nicht so zornig weg, draußen ist's eh schon heiß«, rief Helen ihr nach. Sie schloss die Tür, holte tief Luft und setzte nach: »Hauptsache, du verschwindest überhaupt.«

Helen schien seine Verlegenheit zu genießen. Sie nahm auf der Couch Platz, breitete die Arme lässig über die Rückenlehne und betrachtete Peter, der, die Hände tief in die Taschen des Bademantels vergraben, in der Mitte des Zimmers stehen geblieben war. »Immer noch kein Bier?«, fragte sie.

»Nein. – Wo ist Lindsey?«

»In der Schule, du Dummerchen. Aber heute Abend bist du an der Reihe, ich bin nämlich sehr auf deine Unterstützung angewiesen. Gegen neun bringe ich Lindsey vorbei. Diesmal könnte es wirklich klappen, Peter.«

»Ein neuer Freund?«

»Seit einem Jahr habe ich mich immer wieder mit ihm getroffen, zwischendurch war auch mal Funkstille. Mittlerweile haben wir einige Stolpersteine aus dem Weg geräumt, und er will mich offenbar wirklich … Kann sein, dass er heute Abend sogar eine kleine Samtschachtel dabei hat …«

»Gratuliere, alles Gute.«

»Wirst du auch wirklich hier sein?«

»Ich hab meine Tochter seit Monaten nicht gesehen, Helen. Ich würde mich riesig freuen, wenn sie hier übernachtet.«

»Ich frag ja nur, weil ich es manchmal überhaupt nicht einschätzen kann.«
»Ich werde hier sein.«
»Und nicht etwa in Salammbo, um irgendwelche Aufträge für Michelle und Joseph zu erledigen?«

Helen war überzeugt davon, dass Peter etwas mit Michelle hatte und seinen vergreisten Chef betrog. Als sie Michelle einmal begegnet war, es war drei Jahre her, hatte sie sofort Verdacht geschöpft. Allerdings war Helen immer schon jeder Frau in Peters Umfeld mit Argwohn begegnet. Und das, obwohl sie diejenige gewesen war, die ihn betrogen und in der dunkelsten Stunde ihres gemeinsamen Lebens verlassen hatte. Natürlich nicht ohne entsprechende Schutzbehauptungen. Trauer und Zorn hatten ihren Zoll verlangt.

»Heute Abend nicht. Ich hab hier zu arbeiten. Soll ich Lindsey was zu essen kochen?«

»Nein, das mach ich noch vorher.«

»Ich werde hier sein«, wiederholte Peter und biss die Zähne zusammen.

»Bisschen alt für dich, findest du nicht?« Helen deutete mit der Nase zur Tür. »Allerdings recht hübsch. Wie heißt sie? Ist sie ein Model?«

»Nein und ein doppeltes Ja. Sie heißt Carla Wyss. Findet zurzeit aber keine Arbeit, jedenfalls keine, die ihr zusagt.«

»Und ich wette, das gilt auch für ihre Männer«, sagte Helen.

»Aber zur Not reichst auch du.«

Peter war darauf angewiesen, mit Helen auf gutem Fuß zu stehen. Selten zeigte sie offene Wut, aber sie brachte es fertig, ihm Dinge vorzuenthalten, die er eigentlich hätte erfahren müssen, manchmal über Monate hinweg. Er hatte schon vor langer Zeit eingesehen, dass Helen, was seine Person betraf, gern an ihren negativen Überzeugungen festhielt. Wann immer sich ihre Vorurteile bestätigten, und sei es bei noch so unwesentlichen Dingen, verschaffte ihr das innere Befriedigung.

Er bedachte sie bewusst mit dem blöden Lächeln eines kleinen Jungen. »So bin ich nun mal.«

Helen verblüffte ihn damit, dass sie zu Boden blickte und einräumte: »Dabei hilfst du mir ja wirklich, jetzt, wo's drauf ankommt. Tut mir Leid. Ich hab kein Recht, so zu reden. Bin einfach schrecklich nervös.«

»Macht doch nichts. Bring Lindsey vorbei. Um neun heute Abend, ja?«

»Sie macht gerade eine schwierige Phase durch, was ja nicht weiter verwunderlich ist. Ich kann es auch nicht immer von ihr fern halten ... Sie braucht einen Vater«, stellte Helen fest, den Blick nach wie vor auf den Boden gerichtet.

Beide fuhren herum, als sie einen Lieferwagen die Einfahrt heraufkommen hörten. Für den Augenblick war Helens Wagen blockiert. Sie sah zu, wie Peter eine Empfangsbestätigung für ein Päckchen aus Marin unterschrieb. Das erinnerte ihn an Weinsteins Scheck: Er zog ihn aus der Brieftasche und fuchtelte damit vor Helen herum.

»Regelrechte Arbeit«, sagte er. In ihrem Gesicht spiegelten sich Verblüffung und Anerkennung. »Ich bin beeindruckt.«

»Ich werde ihn dir überschreiben. Nimm dir davon das Geld für Lindsey für die nächsten zwei Monate und gib mir den Rest zurück.«

»Kann eine Woche dauern, bis die den Scheck geprüft haben und ich ihn einlösen kann. Ich hab nicht genug auf dem Konto, um ihn zu decken.«

»Ich werd's überstehen.« Als er ihr den Scheck überschrieb, kam er sich sehr großzügig vor. Gleich darauf streckte er einen Finger hoch, damit sie eine Sekunde wartete, und holte großmütig ein Trans aus dem Karton auf der Diele. »*Pour vous.* Kostenlose Telefongespräche von jedem Punkt der Erde zum anderen.«

»Und was ist der Haken?«

»Das Ding hält nur ein Jahr. Wenn du nett zu mir bist, bekommst du danach vielleicht ein anderes.«

Helen musterte den Apparat, ohne ihn entgegenzunehmen. »Sehr hübsch, aber ich mag keine Sachen, die mich binden.«

»Die gibt's hier auch nicht. Der Vertrieb der Dinger ist Teil einer großen Einführungskampagne. Nur ausgesuchte Leute bekommen sie.«

Helen verzog die Lippen, nahm das Trans und verstaute es in ihrer Handtasche. Im Weggehen rief sie ihm über die Schulter zu: »Ich gratuliere dir zu dem Job. Aber denk daran: Lindsey. Deine Tochter. Heute Abend um neun.«

Peter sah ihr nach. Auf Helens Wagen prangte inzwischen ein Aufkleber, der verkündete, dass sie, vor die Wahl zwischen Männern und Hunden gestellt, die Hunde allemal vorzöge. Peter weigerte sich zu glauben, dass er sie so weit gebracht hatte. Im Gegenteil war er sich ziemlich sicher, dass, soweit es die Männer in Helens Leben betraf, er trotz allem das Beste war, was ihr je passiert war.

Nicht zu vergessen, dass er der Vater ihrer Kinder war.

Ihres Kindes.

Er riss das Päckchen auf und musterte den Inhalt: ganz oben ein dicker Vertrag, darunter Briefe von Arpad und Stanley und ein zusammengeheftetes Bündel von Skizzen. Skizzen von den Geschäftsräumen im Gefängnis, von der Gaskammer und von lächelnden Männer und Frauen, die ein Trans in der Hand hielten. Irgendjemand hatte mit silbernem Filzstift professionell gezeichnete Spruchbänder über drei Darstellungen der Gaskammer angebracht, so dass sie eine Folge ergaben. Der Text lautete:

VOR WENIGEN JAHREN HAT WALL STREET
TELECOM EXEKUTIERT. /
JETZT IST SIE AUFERSTANDEN VON DEN TOTEN
UND BIETET IHNEN DIENSTE WIE NIE ZUVOR /
TRANS

Peter überflog die Sequenz mehrmals und war entsetzt.

Stanleys Notiz lautete: »*Mittlerweile haben wir THROUGHPUT engagiert, eine großartige Agentur in Palo Alto. Die Leute werden mit Ihnen zusammen am Videodesign, Layout usw. arbeiten, über den Inhalt und das Drehbuch wird einvernehmlich entschieden. Wir sind freudig-gespannt.*«

Arpad hatte geschrieben: »*Ich überlasse alles Stanley und Ihnen. Plötzlich aufgetretene Pannen im System nehmen meine ganze Zeit in Anspruch. Diese Skizzen sind nur ein paar Ideen. Schlechte, wie ich meine.*«

»Allerdings, Scheiße noch mal!«, sagte Peter laut. Bei jedem Projekt kam eine Phase, in der man auf schmerzliche Weise Federn lassen musste. Er fragte sich, was sie THROUGHPUT dafür zahlten, ihn zu nerven.

Na ja, vielleicht konnte er sie seinerseits auch nerven. Alles, was er konzipierte, war bestimmt besser als das hier. Arpad schien vernünftige, sogar kreative Seiten zu haben; wenigstens konnte er Schlechtes von Gutem unterscheiden.

Plötzlich fühlte sich Peter wieder voller Energie, so widersinnig das auch sein mochte. Das hier war genau wie im Filmgeschäft: Es wurde viel Dung aufgehäuft, bis das Pflänzchen Blüten trieb.

Zumindest mischte er wieder mit.

Kapitel 20

Er holte einen Messingschlüssel hervor, der mit den Jahren schwarz angelaufen war, und schloss die Tür zu seinem Büro im Untergeschoss auf. Hinten im Keller hatte er den Fußboden und einen Teil der Wand mit Plastik abgedeckt, denn nach heftigen Regengüssen sickerte dort manchmal Feuchtigkeit durch. Mittlerweile hatte sich das Klebeband gelöst, mit dem die Plastikfolie am Beton befestigt gewesen war, so dass sich die Folie zu seinem Leidwesen hochgerollt hatte und das Wasser in einen Karton mit alten Zeitungen eingedrungen war. Vor Zeiten war Peter ein Sammler gewesen, der alles aufgehoben hatte: jede Menge Zeitschriften und Zeitungen, die er irgendwann durchforsten wollte, um bestimmte Artikel auszuschneiden und sie in eine seit langem geplante Zusammenstellung von Zitaten, Bonmots und philosophischen Essays aufzunehmen. Doch vor zwei Jahren hatte das ein Ende gefunden. Sein Büro hatte er seit einem Jahr nicht mehr betreten.

Ein großer Stahlschreibtisch aus ausgemusterten Armeebeständen nahm eine ganze Ecke des Büros ein. Auf der Platte thronten ein alter IBM-Computer, eine Reiseschreibmaschine der Marke Olivetti und Papierstapel, die er ebenfalls mit Plastikfolie abgedeckt hatte. Dahinter stand ein leicht verzogenes Holzregal, voll gestopft mit Taschenbüchern, die zum Teil feucht geworden waren und sich bereits wölbten. Der ganze Raum roch modrig. Um ein bisschen Luft hereinzulassen, machte er das Oberfenster in der Nordwand auf.

Auf dem riesigen Zeichentisch an der Südwand lag immer noch ein aufgeklebter Fotocomic, an dem er vor Zeiten gearbeitet hatte. Aufkleber mit Dialogen hatten sich vom Papier gelöst und waren bis zur Metallschiene gerutscht, die vorn am Tisch als Schutzleiste angebracht war. Die zufällige Anordnung ergab witzige Aussagen:

*He, hier hat jemand Feuer gefangen /
mit ganzer Leidenschaft / eine gekochte Zwiebel.
Du siehst aus wie / knirschendes Metall auf der Schnellstraße.
Mach dir keine Sorgen, Kleiner / lass deine H's weg.*

Peter starrte auf das alte Projekt. Schnee von gestern. Er wusste, dass hier irgendwo noch ein Block sein musste, der speziell für Storyboards, wie sie beim Fernsehen verlangt wurden, vorstrukturiert war; im Design sicher völlig veraltet, aber immer noch brauchbar. Er kramte so lange in halb vermoderten Blöcken und Zeichenpapier herum, bis er diesen speziellen Block gefunden hatte, räumte den Zeichentisch leer und verstaute die losen Textaufkleber in einem kleinen Beutel. Nachdem er die unvollendete Seite in den hohen Eckschrank gelegt hatte – einen metallenen Aktenschrank, in dem er Entwürfe aufbewahrte, schaltete er das Deckenlicht und die Lampe über dem Zeichentisch ein.

Peter war sechzehn Jahre alt, als er von Buffalo im Staate New York nach San Francisco floh, um den Schrecken seines Elternhauses und der Schule zu entkommen. Er landete dort genau rechtzeitig, um die Licht- und Schattenseiten von Haight-Ashbury voll mitzuerleben. Das Wunderbare dieser Zeit, aber auch ihre von Drogenkonsum bestimmten, abstoßenden Aspekte – nicht zu vergessen der Sex – hatten ihn nachhaltig geprägt und ihm grundlegende Tricks zum Überleben vermittelt, von denen er bis heute profitierte.

Als ihm das Geld ausging und sein Vater sich weigerte, die R-Gespräche anzunehmen und zu zahlen, die Peter sowieso nur widerstrebend anmeldete, entschloss er sich dazu, der Einberufung zum Militärdienst nicht länger aus dem Weg zu gehen. Die Voraussetzung für den Aufschub – die Einschreibung an einer Universität – erfüllte er längst nicht mehr; er hatte tricksen müssen, um die Verlängerung durchzusetzen. An einem regnerischen Novembertag des Jahres 1966 stellte er sich der Musterung und wurde bald darauf zur Grundausbildung nach Camp Lejeune in North Carolina geschickt. Mit der für die Armee typischen Effizienz verfrachtete man ihn unmittelbar danach wieder nach Kalifornien, wo er zweieinhalb Jahre in Fort Hunter Liggett dienen sollte. Ein relativ intelligenter Sergeant, der Peters Vorliebe für Comics teilte, sorgte für seine Immatrikulation an der Hochschule für Geschichte und Journalismus. Dort gab es einen kleinen Studienzweig, der darauf abzielte, Autoren zu fördern, die dem kulturellen Gift der protestierenden Hippies entgegenwirkten.

Peter fand sich in einem Umfeld wieder, das größtenteils von verwöhnten Söhnen aus Familien der Mittelschicht bestimmt wurde. In der Regel waren deren Eltern Anhänger der Demokratischen Partei und lebten an der Ostküste, die meisten in New York. Weit davon entfernt, Hippies als gesellschaftliches Gift zu betrachten, verbrachte Peter seine ganze Freizeit in Berkeley und Oakland. Dort ging er allen Drogen, die härter waren als Bier oder Haschisch, aus dem Weg, hatte aber eine erotische Beziehung nach der anderen. Die Frauen, mit denen er für gewisse Zeit zusammenlebte, waren alle leicht chaotisch, künstlerisch interessiert und Ende zwanzig. Eine dieser Freundinnen, die ihm sowohl Nachhilfe in gesunder Ernährung als auch in der Kunst des Cunnilingus erteilte, verkaufte ihm seine erste Kamera, eine gebrauchte Nikon mit zwei schon recht lädierten Objektiven. Peter gab ihr zwanzig Dollar für den Apparat, der ihrem Verlobten gehört hatte, einem Fotojournalisten, der in Mexiko ums Leben gekommen war. Irgendwo musste diese Kamera immer noch bei ihm herumliegen.

Irgendwann ließ sie sich darauf ein, für ihn auf der Couch vor dem großen Erkerfenster ihrer Altbauwohnung in Oakland zu posieren. Sie hatte Klasse. Mit ihrem blassen, aristokratischen

Gesicht, den großen, tiefschwarzen Augen und dem krausen, kastanienbraunen Haar wirkte sie auf aparte Weise schön und geschmeidig, auch wenn ihr Körper nicht nur Assoziationen an Werke Gustav Klimts, sondern auch an Magersucht weckte. Peter gelang es, sie so zu fotografieren, dass sie betörend schön und aufreizend wirkte.

Sobald er dieses neue Talent an sich entdeckt hatte, legte er die hundert vollendeten Seiten seines ersten Romans beiseite und schickte Fotoserien an verschiedene Verlage.

Beeindruckt von Peters künstlerischer Ader, seiner Fähigkeit, »eine Bohnenstange in das klassische Ideal feuchter Männerträume zu verwandeln«, wie sie es ausdrückte, brachte Peters Geliebte drei Freundinnen mit ins Spiel, die mehr über »künstlerische Fotografie« erfahren wollten. Außerdem ermutigte sie Peter nicht nur dazu, sie alle zu fotografieren, sondern auch mit ihnen zu schlafen.

Eine erstaunliche Frau, eine erstaunliche Zeit.

1969 kam sie durch einen Verkehrsunfall ums Leben. Peter, inzwischen aus der Armee entlassen und ohne feste Arbeit, verlor damit auch seine Bleibe. Irgendwann im selben Jahr landete er mehr oder weniger zufällig in einem Filmstudio, das, vor den Augen der Öffentlichkeit verborgen, in einem ehemaligen Lagerhaus residierte. Es war eine zugige, düstere Höhle voller Staub, die nur hin und wieder von Filmscheinwerfern erhellt wurde. Auf den schmutzigen Gängen zwischen den miesen, zusammengestoppelten Kulissen schlenderten Schauspielerinnen und Schauspieler hin und her, die unter ihren offenen Bademänteln nackt waren, Badeschlappen trugen und selbst gedrehte Joints rauchten. Was hier im Entstehen begriffen war, war ein billiger Pornofilm. Es war der zweite Drehtag.

Während der Kameramann erschöpft und verzagt in einer Ecke hockte, sah Peter zum ersten Mal durch das Objektiv einer Sechzehn-Millimeter-Arniflex. Er bot an, einen neuen Film einzulegen, behauptete, er habe in der Armee als Kameramann gearbeitet, was schlichtweg gelogen war. Der Produzent, ein kleiner, magerer Dandy mit Stetson-Hut, der sich Brock Werst nannte, schreckte daraufhin aus einem von eintönigen Flüchen unterbrochenen Hustenanfall hoch und schlug ohne jede Ironie vor, Peter könne als Kulissenschieber arbeiten oder für die Feineinstellungen der Kamera sorgen, vielleicht sogar selbst filmen. Was er denn von einem Job als Leiter des Kamerateams halte? Als der Regisseur am nächsten Tag nicht auftauchte, übernahm Peter auch dessen Job. Werst, der sich gerade mit den Folgen seiner Kokainsucht herumschlug und voll damit beschäftigt war, sein ständiges Nasenbluten zu stillen, vertraute ihm schließlich auch noch das zehnseitige Drehbuch an.

Am Abend, als Peter in seinem winzigen Hotelzimmer an der Shattuck Avenue saß, machte er sich daran, das Manuskript zu dreißig Seiten aufzublasen und auf dem vorstrukturierten Zeichenblock der Marke Walter T. Foster ein Drehbuch zu erstellen. Pflichtbewusst erschien er am nächsten Tag im Lagerhaus, eine weiße Baseballkappe auf dem Kopf. Mit Filzstift gekritzelt, stand vorne über dem Schirm: *Ab sofort bin ich der Regisseur* und hinten *Steckt euch den Film sonst wohin*. Die Schauspieler waren begeistert, Werst lachte und verkündete: »Du bist unser Mann, Scheiße noch mal!«

Der Film kam tatsächlich heraus – witschte durch die Zensur, wie manche behaupteten – und firmierte als ein Werk des Regisseurs *Regent King*. Für den nächsten Film, Peter drehte ihn in der Folgewoche ab, zeichnete der Regisseur *King Regent* verantwortlich.

In juristischer Hinsicht herrschten damals schlechte Zeiten für erotische Filme, und es sollte sogar noch schlimmer kommen, aber man konnte Geld damit machen und mit hübschen Frauen ins Bett gehen. Außerdem war es eine aufregende Sache, den Schauspielerinnen und Schauspielern unter den heißen Scheinwerfern ihre Positionen zuzuweisen, und natürlich träumte Peter, wie jeder in Hollywood, von größeren Dingen.

Zwischen 1969 und 1983 drehte Peter insgesamt einundzwanzig Filme, davon fünfzehn unter seinem eigenen Namen. In derselben Zeit verkaufte er mehr als hundert Fotoserien, anfangs nur an Männer-Magazine, die unter dem Ladentisch gehandelt wurden, wie *GRR* oder *Tuff*. Später schaffte es eine seiner Serien in die Zeitschrift *Rogue,* 1972 brachte auch *Oui* zwei Serien erotischer Fotos von Peter Russell.

Die Fotohonorare und das Bargeld, das er für drei innerhalb eines Monats abgedrehte Filme kassierte, verschafften ihm die Grundlage für den Kauf des gebrauchten Porsches und des Hauses in den Hügeln von Glendale.

Angezogen von seinem Einfluss, wie gering er auch sein mochte, und auf der verzweifelten Suche nach etwas, das man *Charme* nennen mochte, standen mit der Zeit so viele Frauen mit üppigen Brüsten und langen Beinen bei Peter Schlange, dass selbst er vor dem Andrang kapitulieren musste. Doch im Vergleich zu dem, was er sich erträumte, hatte das alles kaum Bedeutung.

Später folgten die drei Monate mit Sascha und, zufällig zur selben Zeit, die Anklage wegen eines »Verbrechens gegen die Sittlichkeit« vor dem Bezirksgericht von Los Angeles. Der Prozess brachte Peter zwangsläufig zur Einsicht, dass seine Glückssträhne sich ihrem Ende näherte. Er war eigentlich nur ein kleiner Fisch, den sich die Justiz am örtlichen Strand geschnappt hatte, um den Haien der Tiefsee eine Lektion zu erteilen. Beim Geschäft mit Pornofilmen setzten sich immer mehr die Hard-Core-Streifen durch, was heftige, aber nutzlose Versuche der Justiz nach sich zog, solche Filme zu verbieten. Gleichzeitig erregten sie auch den Zorn des Pöbels.

Irgendwann schaffte es Peter, fünf Karikaturen an den *Playboy* zu verkaufen. Doch sämtliche Romane und Kurzgeschichten, an denen er in Arbeitspausen am Drehort und zu Hause schrieb, wurden von den Verlagen abgelehnt. Wohin mit all der überschüssigen Energie? Und wie sollte er die ganzen Rechnungen bezahlen? Schließlich ließ er sich darauf ein, die Romanfassung von *Canine Planet*, einer populären Fernsehserie, zu schreiben. »*Auf dem Planet der Hunde herrschen die Köter, und die Menschen sind Sklaven* ...«

Das zumindest war unter seinem eigenen Namen erschienen ...

Peter staubte den Hocker vor dem Zeichentisch ab und nahm seufzend darauf Platz. Das alberne Storyboard mit den altmodischen Schablonen für Fernsehfilme lag leer vor ihm.

Er versuchte, irgendeinen Anfang für einen Werbespot über Trans zu finden, egal ob Film, Video oder sonst etwas; er dachte an Carlas Traum, skizzierte Kästen mit Menschen, die Sprechblasen hinter sich herzogen und Spuren von Gesprächen zurückließen.

Das Menschliche herausstellen. Reden ist menschlich. Zuhören ist göttlich. Wenn man's auf billige Weise tun kann, ist das nichts anderes als ein gutes Geschäft.

Er lächelte, schüttelte die Hand aus und skizzierte zügig eine Karikatur in Phils Stil. Sie zeigte einen Alltagsmenschen mit dümmlichem, breitem Lächeln, der viele Stangen mit Sprechblasen in der Hand hielt und sie an Menschen austeilte. Die Menschen, Männer und Frauen, stiegen in Taxis und U-Bahnen oder waren auf Fahrrädern zu sehen, schwätzten dabei grinsend vor sich hin und tauschten ihre Sprechblasen mit anderen aus.

Phil und er hatten jederzeit in den Stil des anderen schlüpfen können. Jetzt schien eine Figur nach Phils Art die bessere Wahl.

Was wir tun, ist reden. Reden, um andere Menschen zu erreichen. Berühre sie mit deiner Stimme, ehe es zu spät ist. Sprich mit deiner Mutter, deinem Vater, deinen Freunden ...

Nutze die Zeit, solange sie noch am Leben sind.

Das ließ ihn innehalten. Er starrte auf Phils Figur mit der langen Nase und dem breiten, unbekümmerten Grinsen, der klammheimlich Sprechblasen verteilte – kostenlose Gespräche.

Die nächsten zehn Minuten verbrachte Peter damit, einen

Kreis an den Papierrand zu tüpfeln. Danach sah er zum Kellerfenster hinauf und lauschte auf die Vögel im Garten. So verstrich eine ganze Stunde. Schließlich grunzte er missmutig, stand vom Hocker auf und legte den Bleistift aus der Hand. Er wusste nicht, wo und wie er anfangen sollte, hatte schon seit Jahrzehnten keine Übung mehr darin. Diese Ideen hatten nichts mit den Filmen gemein, die er früher gedreht hatte. Falls sie den alten Russell wollten, den Russell schräger Sexfilme, stand er auf verlorenem Posten. Diesen Mann gab es schon lange nicht mehr.

Kopfschüttelnd stieg Peter die Treppe hoch. Auf dem Anrufbeantworter in der Küche blinkte eine große rote Zwei auf. Im Keller hatte er das Telefon gar nicht läuten hören. Leicht außer Atem zog er einen Stuhl heran und rief die Nachrichten ab.

»*Mr. Russell, hier ist Detective Scragg, Polizei Los Angeles. Irgendeine Sache hat mich mal wieder auf Sie und Ihre Frau gebracht. Wir haben schon länger nicht mehr miteinander gesprochen. Ich bin noch mal einige Unterlagen durchgegangen und wollte mich nur erkundigen, wie es Ihnen inzwischen geht. Es gibt nichts Neues, ich hab nur über ein paar Einzelheiten nachgedacht und noch ein paar Fragen an Sie. Wir sollten uns noch einmal über Grundlegendes unterhalten. Ich rufe von ...*«

Peter schloss die Augen und drückte auf die *Stopp*-Taste. Auch der nächste Anruf kam von Scragg. Zuletzt hatten sie vor sechs Monaten miteinander gesprochen, ohne dass irgendetwas Neues dabei herausgekommen war. Ein Fall, der in einer Sackgasse geendet war. Peter hatte keine Lust darauf, sich weiter mit diesen Dingen zu befassen, die ihn nur weiter herunterzogen. Nachdem er beide Mitteilungen gelöscht hatte, wich er vor dem alten Apparat in der Küche zurück, als könnte er Gift verbreiten. Gleich darauf griff er nach dem Trans und gab eine normale Telefonnummer ein, von der er hoffte, dass sie immer noch stimmte.

Mit Karl Pfeil hatte er schon seit Jahren nicht mehr gesprochen.

Kapitel 21

Wenn er in Strümpfen dastand – und das war in diesem Fall wörtlich zu nehmen –, maß Pfeil mehr als einen Meter neunzig. Sein langes blondes Haar fiel ihm über die Augen, als er sich über den breiten gläsernen Schreibtisch beugte, um Peter die Hand zu reichen.

»Acht Jahre, ich hab nachgesehen! Wir haben seit acht Jahren nicht mehr miteinander gesprochen«, sagte er. »Unglaublich, wie die Zeit an einem vorbeirast.«

Die Wände von Karls schlauchartigem, fensterlosem Büro waren mit gerahmten Plakaten und Fotos übersät, außerdem waren drei große Bildschirme in die Wand eingelassen. Zwei waren ausgeschaltet, während einer immer noch Entwürfe von Computeranimationen zeigte – Schleifen von echsenartigen Figuren, die herumspazierten.

»Du hast dich wirklich toll gemacht«, bemerkte Peter mit aufrichtiger Bewunderung.

»Schau nicht hin«, warnte Karl ihn fröhlich und drückte auf eine Taste am Schreibtisch, um den Bildschirm auszuschalten. »Jim Camerons neuer Film. Na ja, vielleicht. Ist noch streng geheim. Was führt dich nach Santa Monica?«

»Ich werde langsam alt.«

Karl verzog das Gesicht. »So ein Quatsch.«

»Ich bin schon so lange aus dem Geschäft, dass ich nicht mal mehr ein Objektiv von einem Pixel unterscheiden kann. Ich brauche deinen kollegialen Rat.«

Karl setzte sich und stützte die Ellbogen auf den Schreibtisch. »Wenn ich mich damit bei dir revanchieren kann …«

Als Jugendlicher, noch völlig unerfahren, hatte Karl an Peters letztem Film mitgearbeitet, bei *Q. T., the Sextraterrestrial*, und zwei Sequenzen mit gezeichneten Standbildern montiert. Für ein lächerlich niedriges Honorar hatte Karl mit Computerprogrammen ein anatomisch korrekt gezeichnetes außerirdisches Monster animiert, das durch einen College-Campus getobt war und Studentinnen gejagt hatte, die einen LSD-Würfel zu viel geschluckt hatten.

Inzwischen leitete Karl ein Studio für Computergrafik, das als eines der besten an der ganzen Westküste galt.

»Ich hab einen Auftrag an Land gezogen«, erklärte Peter.

Karl, gebräunt, geschniegelt und gestriegelt, trug ein Seidenhemd und Leinenhosen. Sein geckenhaft langes Haar und das Gesicht waren mittlerweile Teil einer flotten persönlichen Note. Plötzlich fröstelte Peter innerlich.

»Wahrscheinlich werde ich ein Video mit Hochauflösung drehen«, fuhr er mit klebriger Zunge fort. »Ich hab aber noch nie eine Beta-Cam oder was man heute dafür nimmt verwendet. Ich würde mir gern ein paar Geräte ansehen, nur damit ich weiß, was ich mieten muss.«

Karl zuckte die Achseln. »Ach was, so wie's derzeit bei der Elektronik aussieht, kannst du die Ausrüstung genauso gut kaufen. Für ein paar Tausend bekommst du schon was ziemlich Tolles.«

Peter schüttelte den Kopf. »Hier geht's um einen Auftrag, Karl.«

»Das meine ich ja gerade. Wenn du so ein Ding, nicht viel größer als deine Faust, auf ein Hundert-Dollar-Stativ montierst, fährst du wunderbar damit. Um welches Budget geht's denn?«

»Ist noch nicht festgelegt, aber es geht um eine Einführungskampagne für ein Start-up-Unternehmen in der Telekommunikation.«

Karl bemühte sich, nicht das Gesicht zu verziehen. »Und die

wollen tatsächlich was Schräges?«, fragte er, die Augen skeptisch zusammengekniffen.

»Sieht ganz so aus.«

»Aha. Dann wollen die sicher was, das richtig nach Film aussieht, mit schlechtem Farbausgleich, Kratzern und Flecken, wie in den guten alten Zeiten. Ich hab eine tolle Arri Super 16, die bei mir auf dem Speicher eh nur Staub ansetzt. Kannst du jederzeit haben.«

Peter nickte dankend, schlenderte durchs Zimmer und musterte die Plakate. »Ich hab deinen letzten Film gesehen. Schöne Arbeit.«

»Hat nicht viel dazugehört«, bekannte Karl. »Wir haben Robin Williams in einen sprechenden Elefanten verwandelt. Wusstest du eigentlich, dass er ein Fan von dir ist?«

Peter lachte.

»Nein, ganz im Ernst. Er hat für mich ein paar Zeilen aus *Q.T.* zitiert.«

»Das wusste ich nicht.«

Karl schob seinen Stuhl zurück und stand auf. »Komm, ich zeig dir was. Die Computergrafik-Industrie ist drauf und dran, all deine hübschen Mädchen arbeitslos zu machen.«

Karl machte mit Peter einen Rundgang durchs Studio. Nachdem sie einen von weiteren Plakaten gesäumten Gang durchquert hatten und an einem Vorführraum mit fünfzig Plätzen vorbeigekommen waren, öffnete Karl eine schwere weiße Metalltür. Sie betraten einen stillen, abgedunkelten Raum mit langen Reihen kleiner Nischen.

»Hier werkeln unsere genialen Schöpfer«, bemerkte Karl.

Weinstein hatte Recht gehabt: Es bestand kaum ein Unterschied zwischen einer solchen Arbeitsnische und einer Gefängniszelle. In jeder Nische stand ein Schreibtisch mit einem einundzwanzig Zoll großen Bildschirm, einer Maus und einer

Tastatur. Bücher, Betriebsanleitungen und Spielzeuge aus Plastik füllten die Regale. Eine junge Frau in Jeans und T-Shirt war gerade dabei, an ihrem Arbeitsplatz im Umfeld einer nicht kolorierten menschlichen Figur mit Farbe zu experimentieren. Sie griff sich ein Körperteil heraus, schob es so lange hin und her, bis sie zufrieden war, wirbelte auf dem Stuhl herum und lehnte sich zurück, um Karl anzulächeln, wobei sie alle Zähne zeigte.

Gnädig wie der Boss gegenüber seinem Lohnsklaven, erwiderte Karl ihr Lächeln. »Tracy, das hier ist Peter, ein alter Freund.«

»Schön, Sie kennen zu lernen«, sagte Tracy mit glasigen Augen, gähnte und streckte sich. »Entschuldigung, aber ich arbeite schon seit vier Uhr früh daran.«

»Dann machen Sie mal Pause.«

»Ist nicht nötig.« Mit schicksalsergebener Bedächtigkeit wandte sie sich wieder dem Bildschirm zu und ließ die animierte Figur eine Grimasse ziehen.

»Tracy ist zweiundzwanzig«, sagte Karl, als sie zum Ende des Ganges schlenderten, der rechts und links von Nischen gesäumt wurde. »Hat gerade das Massachusetts Institute for Technology hinter sich und ist eine der Besten bei uns.«

»Das MIT? Nicht die University of Southern California?«

»Sie entfernt Viren, Würmer und alle Macken aus unserer Slicer- und NextMove-Software«, erklärte Karl, während er mit Peter eine Treppe hinaufstieg, die zu einem lang gestreckten Dachraum führte. Dort befanden sich weitere Plakate, Figuren, die Drachen und Dinosaurier darstellten, und ein mit Chromplatten verkleideter Roboter in menschlicher Größe. »Iiich biin Eisenschwengel«, sagte der Roboter mit monotoner Stimme, als sie vorbeigingen. Er warf den Kopf herum und schwenkte drohend die Arme. »Kratz mir den Buuuckel.«

»Sheila, meine Frau – ich bin jetzt verheiratet, kannst du dir das vorstellen? – hat mir das Ding zum Geburtstag gebastelt«, sagte Karl, ließ sich auf einen roten Ledersessel fallen und schaltete einen Flachbildschirm von vierzig Zoll ein. »Das hier ist streng geheim, nicht mal Sheila weiß davon, nur ein paar der Jungs. Wird dir sicher gefallen.« Er stülpte sich ein Kopfmikro und Kopfhörer über.

Auf dem Bildschirm nahm Jean Harlow flimmernd Gestalt an, in Schwarzweiß und von den Schultern aufwärts. Das Haar floss ihr in glänzenden silbernen Wellen auf den Rücken, ein Strahlenkranz hob ihren Kopf hervor.

»Hallooo, Jean«, sagte Karl. »Wo hast du denn mein ganzes Leben lang gesteckt?«

Jean Harlow wandte sich zu ihm um. »Bist du das, Karl?«, fragte sie und belohnte ihn mit einem gelangweilten Lächeln.

»Kein anderer. Ich möchte dir Peter vorstellen.«

»Ist er *reich*?«

»Sehr reich.«

Die Harlow starrte Peter direkt in die Augen. Er lachte nervös, als sie blinzelte und ihm einen Kuss zuwarf. »Warum gehen wir zwei nicht tanzen und überlassen Karl seinen Monstern? Ich bin schon den *ganzen Tag* in dieser Kiste eingesperrt.«

»Mein Gott«, sagte Peter. »Sie wirkt völlig real. Ist da drüben ein ...?«

»Ein Model im anderen Zimmer?«, ergänzte Karl spöttisch. »Glaubst du etwa, ich bin ein Goldesel?« Er klopfte sich an die Nase. »Jean, könntest du uns Jane holen?«

Die Harlow warf ihr blondes Haar zurück und setzte eine verächtliche »Na, was soll's«-Miene auf. Als sie zur Seite trat, kam Jane Russell ins Blickfeld. Karl drehte das Rädchen an der Maus, um einen Weitwinkelausschnitt zu bekommen. Jane Russell stand in einem Filmstudio, das mit einer Windmaschine und einer Kulisse ausgestattet war, die einen Sonnenuntergang am wolkenverhangenen Himmel zeigte. Sie trug die Bluse und den Büstenhalter, die durch den Film *Geächtet* aus den Vierzigerjahren berühmt geworden waren.

»Jane, mein Liebling, wie wär's, wenn du uns ein bisschen mehr Dekolletee zeigst?«

Sie zuckte die Achseln, zitierte ihr berühmtes »Boys will be boys« – Jungs sind unverbesserlich – und beugte sich langsam nach vorne. Die Hände in die Hüften gestemmt, die Ellbogen abgespreizt, wackelte sie leicht hin und her. Ihr Hüftschwung wirkte sehr überzeugend.

»In anatomischer Hinsicht sind sie alle perfekte Ebenbilder«, sagte Karl. »Und sie sind sehr entgegenkommend. Wir haben Marilyn, Bettie …«

»Davis?«, fragte Peter.

»Nein, Bettie Page, du Spaßvogel. Und etwa ein Dutzend andere. Sie werden alle von einem einzigen Betriebssystem gesteuert. Nicht mal ich weiß, was sie als Nächstes sagen werden.«

»Ist ja toll«, sagte Peter, klang aber nicht sonderlich überzeugt. In Wirklichkeit gab ihm die ganze Sache inzwischen ein ungutes Gefühl.

Als Nächstes führte Karl Bettie Page mit ihrem Markenzeichen vor, dem stumpf geschnittenen schwarzen Pony. Sie trug einen Rock mit Leopardenmuster und war gerade dabei, Netzstrümpfe an einer Wäscheleine voller Reizwäsche festzuklammern. Hinter ihr stand eine rosafarbene Couch. Sie hob den Kopf, um strahlend und viel versprechend zu lächeln. »Meine Güte, das ist ja Karl. Wer ist dein Freund?« Sie schlängelte sich vor, bis ihr Gesicht den ganzen Schirm ausfüllte. »Könnt ihr Jungs mir mal helfen, ein paar Möbel herumzurücken?«

»Heute Nachmittag nicht, Bettie. – Hübsch, nicht?«, fragte Karl, an Peter gewandt. »Die Nächste ist … Sascha Lauten. Das große Los. Ich muss zugeben, dass deine Fotos uns inspiriert haben. Eigentlich gibt der Stoff über sie am meisten her – wenn man das, was du festgehalten hast, als Stoff bezeichnen kann.«

Ehe Peter etwas einwenden konnte, tauchte Sascha auf dem Schirm auf. Und es war tatsächlich Sascha, einschließlich der Art, wie sie die Arme verschränkte. Karl war immer ein Meister darin gewesen, winzigste Details zu erfassen. Bis auf einen hauchdünnen Schal war sie nackt. Peter merkte, wie er rot wurde.

»Schön, dich zu sehen, Sascha«, sagte Karl.

»Schön, gesehen zu werden, besonders wenn es sich um solche Kenneraugen handelt.«

»Peter Russell will dich auch begrüßen.«

»Bist du's wirklich, Peter? Was für eine Überraschung!« Sie nahm sittsam auf einer Art Bürostuhl Platz und zog den Schal weiter herunter. Sascha war das schönste Model gewesen, das je für ihn gearbeitet hatte: Sie hatte Klasse gehabt und mit ihrer üppigen Figur umwerfend ausgesehen; außerdem hatte ihr einladender Blick nicht nur natürlich, sondern auch wie zufällig gewirkt. Auf Peters Fotos hatte sie immer überrascht ausgesehen und gleichzeitig voller Freude darüber, dass überhaupt jemand sie sexy finden konnte. Und das hatte ihr eine Naivität und Verletzlichkeit verliehen, die ihre üppigen Reize Lügen straften.

»Überspringen wir Sascha«, schlug Peter vor. Aber Karl war so beschäftigt, dass er ihn nicht hörte. Sascha war zum Standbild erstarrt; knallrote Pixel marschierten wie ein Heer von Ameisen über den unteren Bildrand.

»Verdammt.« Karl drückte mehrere Befehlstasten und ging einige digitale Hilfsvorschläge durch. »Tracy weigert sich, diese Software auf Fehler und Viren zu durchforsten. Deshalb haben wir jetzt den Schlamassel.«

Peter konnte den Blick nicht von Saschas Gesicht wenden. »Weißer Mann hat Seele geraubt«, bemerkte er mit trockenem Mund. Selbst als Standbild wirkte Sascha gesund und natürlich. Und sie sah auf dem Schirm keinen Tag älter aus als damals, als Peter die letzten Aufnahmen von ihr gemacht hatte. »Ich mein's ernst, Karl. Bitte.«

Karl blickte auf. »Mein Gott, du siehst ja schrecklich aus. Geht's dir nicht gut?«

»Ich will sie nicht so sehen.«

»Tut mir Leid.« Karl war verblüfft. »Lass mich noch schnell zwischenspeichern.«

Als er auf die Tastatur klopfte, machte das Bild plötzlich einen Satz und franste an den Rändern aus. Die Augen wurden milchig-trübe und verschwanden danach völlig von der Bildfläche, ließen nur schwarze Höhlen zurück. Peter sah zu, wie Saschas Bild immer schwächer wurde. Ihre Farben verblassten, als wären sie ausgeblichen. Saschas Ebenbild starrte Peter aus leeren Augenhöhlen an, sah ihm direkt in die Augen und wisperte mit ausgefransten Lippen in dünnem Pfeifton: »Du solltest mich nicht allein in dieser Kiste lassen. Ich bin ein Mädchen, das viel Liebe braucht. *Wo hast du gesteckt, Peter? Warum hast du mich ganz allein in dieser Kiste gelassen?*«

Plötzlich fuhr Peter ein scharfer Schmerz durch Backenzähne und Arm. Er griff nach seiner Schulter und beugte sich vor.

»Tut mir Leid, sie steckt in einer Schleife fest.« Karl klopfte wie verrückt auf die Tastatur, ließ das Rädchen der Maus erneut vor und zurück rollen und streckte schließlich die Hand nach dem Bildschirm aus, um ihn einfach auszuschalten. Aber ehe er es erledigen konnte, machte das Bild erneut einen Sprung, spulte die letzten Bewegungen im Rückwärtslauf ab, vibrierte und erstarrte erneut. Karl ließ den Finger über der Taste schweben, ohne auszuschalten, da er neugierig war, was als Nächstes passieren würde. »Ups«, sagte er, »böses Mädchen. Na ja, sie ist am Arsch. Scheiße.« Er schaltete den Bildschirm aus. »Tut mir Leid. Gute Nacht, meine Damen!«

Immer noch vorgebeugt, zog sich Peter vom Computer zurück. »Hast du ein Wasser für mich?«

•

Als sie ins vordere Büro zurückgekehrt waren, reichte Karl Peter eine Flasche Evian und zwei Aspirin und nahm auf der Schreibtischkante Platz, während Peter sich den Arm massierte.

»Du siehst ziemlich fertig aus, Peter, wenn du mir die Bemerkung nicht übel nimmst. Tut dir der Arm weh?«

»Geht schon wieder.«

»Mein Vater hatte Angina-Pectoris-Schmerzen in Kopf und Armen. Er musste deswegen …«

»Es ist nur eine Magenverstimmung«, erwiderte Peter und spülte die Tabletten mit einem großen Schluck Wasser herunter. Das Tafelwasser aus der Flasche schmeckte schal. Eigentlich konnte er Evian nicht ausstehen, aber die Flüssigkeit tat seiner Kehle gut.

»Hast du mal ein EKG machen lassen?«

»Erst letzten Monat«, log Peter. »Ich hab einfach zu viel zu Mittag gegessen, und jetzt drückt's mir auf den Magen.«

Karls Miene verdüsterte sich. »Unsere Damen gefallen dir nicht.«

»Doch, sie sind ganz reizend.« Zu reizend. Bilder von Toten, Erinnerungen an Tote – bis auf Bettie Page und Sascha, die noch am Leben waren, aber dennoch so beunruhigend wie Geistererscheinungen wirkten. Bits und Bytes an Information, die nicht anders konnten, als durch eine Endlosschleife feuchter Männerträume zu tanzen … Perfekt abgestimmt auf männliche Geilheit. Er spürte, wie ihm eine Gänsehaut über den Rücken kroch. Das alles wirkte allzu sehr wie eine albtraumartige Verzerrung seiner eigenen Filme und Fotografien, seines Lebenswerks.

Wieder einmal ein wichtiges Treffen, das völlig schief läuft.

»Es ist nur so, dass du mir das Gefühl gibst, das fünfte Rad am Wagen zu sein«, sagte er. »Allein der Gedanke daran, was ich bringen muss, um mit Meistern wie dir mitzuhalten, macht mich nervös.«

»Sicher«, erwiderte Karl keineswegs überzeugt. »Nun ja, die Damen sind ja auch nicht für den Markt bestimmt, sie sind nur ein Hobby. Wir sind nun mal unverbesserliche Freaks, haben nicht mal Lizenzen für die Darstellungen.« Karl sah Peter so durchdringend an, als täte es ihm um den ganzen Nachmittag

Leid. »Wir könnten Probleme kriegen, wenn uns jemand auf die Schliche kommt, verstehst du?«

»Mach dir deshalb keine Sorgen.«

Karl ging um den Schreibtisch herum und legte Peter die Hand auf die Schulter. »He, die wollen *dich*, Mann, nicht irgendeine MTV-Version von Ridley Scott. Die wollen genau das, was du so gut konntest, und nichts spricht dagegen, dass du es wieder schaffst, stimmt's?«

Peter nickte, die Hand um die Plastikflasche geklammert.

Als Karl Peter zur Tiefgarage begleitete, gelang es ihm nicht, seine Erleichterung zu verbergen. »Wenn du Geräte oder sonst was brauchst, egal was, gib mir Bescheid«, sagte er, während er neben dem Porsche stehen blieb. »Wir bekommen in der ganzen Stadt Sonderkonditionen. Ich würde dir wirklich gern helfen.«

»Danke.«

Peter öffnete die Wagentür. Karl wollte zurück an die Arbeit und zuckte schon vor Nervosität.

»Mann, wirklich schön, dass du mich besucht hast«, sagte er, während Peter auf den Sitz rutschte. »Genau wie in alten Zeiten. He, erinnerst du dich noch an den Unterricht, den du seinerzeit gegeben hast?«

Peter blickte auf. »Unterricht?«

»Lektionen in oralem Sex. Cunnilingus.«

»Kann mich gar nicht erinnern, dass du dabei warst.«

Karl grinste blöde. »Ich war damals sechzehn und ein völlig unbelecktes Unschuldslamm. Wir haben zu dir wie zu einem Gott aufgesehen. Meine Güte, was du alles gewusst hast. Na ja, es hat funktioniert. Sheila und ich sind jetzt schon sechzehn Jahre verheiratet. Danke, Mann. Ich schulde dir was.«

Trotzdem war Peter klar, dass Karl sich beim nächsten Anruf verleugnen lassen würde.

Kapitel 22

Er bog ab und hielt in der Nähe des Piers von Santa Monica. Mittlerweile war es achtzehn Uhr. Ihm blieben noch drei Stunden, bis Helen bei ihm zu Hause aufkreuzen würde. Er kurbelte das Fenster herunter und holte tief Luft. Langsam und mit prächtigem Farbenspiel näherte sich die Sonne dem Horizont und sorgte für das besondere Licht, das die Küste am Abend wie ein seidenes Gewand umschmeichelt.

Vielleicht sollte er wirklich ein EKG machen lassen. Schließlich hatte er Pflichten und sich allzu lange in Ausreden geflüchtet. Außerdem war es eine außerordentlich harte Woche gewesen. Da er nichts Besseres zu tun hatte, zog er sein schwarzes Adressbuch aus der Brusttasche des Jacketts, blätterte es durch und suchte nach alten Kollegen – solchen, die nicht so erfolgreich und beschäftigt waren wie Karl. Es gab so etwas wie ein Netz alt gewordener, vom Leben enttäuschter Jungs, deren Verfallsdatum bereits abgelaufen war, so dass nicht vorhersehbar war, was bei ihnen gerade passierte oder noch passieren würde.

Dann aber schloss er die Augen und klappte das Adressbuch zu. Er spürte, wie er in eine neue Welle der Verzweiflung eintauchte. *Stell dich.*

Wem? Wem sollte er sich stellen? Seinem eigenen Versagen? Er hatte ja noch nicht einmal angefangen, zum Scheitern noch gar keine Zeit gehabt. Stell dich dem Mangel an Selbstvertrauen? Selbst auf dem so genannten Gipfel seiner Karriere hatte Peter bei neuen Filmprojekten nie Selbstvertrauen gehabt.

Er konnte die obszönen Bilder von Sascha einfach nicht wegdrängen. Auf diese Weise auf dem Bildschirm verewigt, so dass alle Welt sie sehen konnte, gezwungen zu tun, was immer man von ihr verlangte, *auf immer und ewig ...*

Was, wenn jedes Foto, das Peter je aufgenommen hatte, jede Filmsequenz, die er je geschossen hatte, den Schauspielerinnen und Schauspielern ein Stück von ihrer Seele geraubt hatten? Konnte das als Erklärung dafür herhalten, dass so viele Schauspieler und Models mit der Zeit zu verblassen schienen und gleichzeitig immer exzentrischer und verzweifelter wirkten?

Und einen solchen Hunger nach Liebe und Leben entwickelten?

Drängte man sie irgendwann bis an einen Punkt, an dem sie nichts mehr zu geben hatten, an dem nichts mehr übrig war, das man aus ihnen hätte heraussaugen können? Und war es möglich, *dass die Kamera diesen Zustand erkannte?*

Angewidert von seinen eigenen Vorstellungen – es gab nun mal Gedanken, die man besser nicht dachte –, legte er den Sicherheitsgurt an. Für heute Abend war er fertig. Er würde ein bisschen früher als geplant nach Hause kommen, das Abendessen zubereiten und auf Helen und Lindsey warten. Das Wiedersehen mit Lindsey würde ihm helfen.

Und derzeit brauchte Peter jede Hilfe, die er bekommen konnte.

und knöpfte den Knopf zu. Sie fuhr über den Stoff, strich die Falten glatt. Das Kostüm war maßgeschneidert und würde noch eine Weile halten müssen.

Einige Investitionen waren schon bestellt – zum Beispiel Fernseher für alle Zimmer, ansonsten waren in diesem Abrechnungsjahr keine größeren Ausgaben vorgesehen. Das Personal mit neuen Uniformen auszustatten, verschlang Unsummen, und deshalb musste man die alte Kleidung so lange wie möglich tragen. Die aktuellen Uniformen waren drei Jahre alt, und da die Mode sich so radikal veränderte, konnte manches über Nacht unmodern werden, besonders bei der Garderobe der Frauen. Aber diese Ausgaben hatte Linda erst im nächsten Jahr eingeplant, deshalb müsste es auch jetzt Spielraum für das Budget des Restaurants geben.

Es war, als hätte sie gespürt, dass Fred dort stand, deshalb war sie weder überrumpelt, noch geriet sie in Panik. Es hatte ihr gutgetan, Marys Sicht der Dinge zu hören, aber trotz des Rats der Freundin, ihn lieber nicht zu treffen, war Linda nach wie vor neugierig, was er ihr mitteilen wollte.

Er stand da an die Bürotür gelehnt und hob zur Begrüßung die Hand, als er sie im Flur kommen sah.

Sie spürte nur, als sie sich näherte, dass sie es hinter sich bringen wollte.

»Du siehst hervorragend aus«, sagte er und ging nach ihr ins Büro. »Danke.«

Sie ging direkt zu ihrem Schreibtisch und nahm Platz. Dann beobachtete sie ihn, wie er näher kam. Er sah noch fast so aus wie früher. Mehr Falten um die Augen, aber noch

Jahren gemieden. Bei den wenigen sozialen Kontakten, die er pflegte, war es auch nie nötig gewesen, sich ins Getümmel zu stürzen.

Ja, ja, gib Los Angeles die Schuld, schieb es auf alles und jeden.

Nachdem Peter zehn endlose Minuten lang wütend vor sich hin gegrübelt hatte, fuhr er schließlich im Schritttempo an der traurigen Ursache des Staus vorbei. Der gesamte Verkehr wich auf die rechte Fahrspur aus. Knallrote Blinklichter markierten das Entree zu einer Bühne voller Wagen, die zusammengedrückt waren und sich teilweise gedreht hatten. Peter musste bei dieser Szenerie an Gaslaternen denken, die ein Theater in der Hölle ausleuchten. Feuerwehrleute und Polizisten winkten mit rot strahlenden Taschenlampen den Verkehr durch. Zwei immer noch rauchende Autowracks waren mit weißem Löschschaum überzogen.

Obwohl er sich fest vorgenommen hatte, nicht hinzuschauen, starrte Peter auf die Wracks und dachte einen schrecklichen Moment lang, Helens Wagen könne betroffen sein, so dass er sie und Lindsey womöglich eingeklemmt oder auf Bahren liegend entdecken würde. Gerade wurden zwei mit Laken verhüllte Bahren in einen großen weißen Kastenwagen geschoben. Alle Fahrzeuge hatten inzwischen angehalten, um einen Krankenwagen vorbeizulassen, der vom Randstreifen der Schnellstraße zur Unfallstelle vorstoßen wollte.

Selbst nachdem Peter die Wracks hinter sich gelassen hatte, stockte der Verkehr noch weiter. Wieder und wieder schaltete er, drückte die Kupplung, fuhr im ersten Gang an, ließ die Kupplung los, drehte das Lenkrad millimeterweise hin und her und sah dabei zu, wie sich der Temperaturanzeiger immer weiter zum roten Feld hinüber bewegte – das passierte immer, wenn Peter über einen längeren Zeitraum sehr langsam fuhr. Die letzten anderthalb Kilometer kroch er im Schneckentempo dahin, bis er an der Ausfahrt den zweiten Gang einlegen konnte.

Fünf Minuten später bog er mit einem Seufzer der Erleichterung zum Pacific Drive ab und sah zu, wie der Temperaturanzeiger wieder auf den Normalstand zurückfiel. Hier herrschte nur spärlicher Verkehr. Vielleicht würde er es trotz allem noch rechtzeitig nach Hause schaffen.

Als er die Hügelstraße hinauffuhr und kaum mehr als einen Kilometer von seinem Haus entfernt war, fiel der Öldruck auf Null. Einen Moment lang knatterte der Porsche verzweifelt und spuckte dabei ein blaues Rauchwölkchen aus, dann erstarb der Motor. Dadurch, dass Peter schnell reagierte und den Gang herausnahm, schaffte er es gerade noch, den Wagen auf den Randstreifen zu lenken.

Inzwischen war es 21 Uhr 5.

Peter machte die Heckklappe auf und sah sich den Motor an, obwohl ihm bereits klar war, dass er den Schaden nicht allein würde beheben können, schon gar nicht an Ort und Stelle. Er würde den Wagen abschleppen lassen müssen, danach hatte er mit einer mehrtägigen, kostspieligen Reparatur zu rechnen. Seit einem Motorschaden vor fünf Jahren hatte der Porsche nie wieder derartige Zicken gemacht.

So vorsichtig, als ließe er ein totes Haustier ins Grab hinunter, senkte er die Heckklappe, sorgte dafür, dass sie einrastete, und gab auf dem Trans Helens Handynummer ein. Als er das Besetztzeichen hörte, probierte er es auf dem Festnetzanschluss ihrer Wohnung, empfing aber nur durchdringende muntere Zwitschertöne. Sein eigenes Handy hatte er zu Hause gelassen. Nach drei weiteren Versuchen kurbelte er mit grimmiger Miene das Autofenster hoch, schloss den Wagen ab und machte sich auf den langen Heimweg.

Um 21 Uhr 37 ging er außer Atem, aber glücklicherweise ohne jede Schmerzen in der Brust – das bewies doch, dass er nur an einer Magenverstimmung litt, nicht wahr? – die asphaltierte Auffahrt hinauf und an der gähnend leeren Garage vorbei. Die Grillen zirpten eifrig, die Luft war wunderbar mild und kühl, und das Haus, das verlassen wirkte, lag still und dunkel da.

Sie sind hier gewesen und wieder gegangen, dachte Peter. Er hatte nicht einmal das Licht über der Veranda angelassen. Während er unter den Kettenranken des Jasmins auf das Haus zuging, empfand er eine tiefe, schwer auf ihm lastende Traurigkeit, ein Gefühl, das entschlossen schien, ihn völlig herunterzuziehen, und dabei ging es nicht nur um Helen und Lindsey. Diese Traurigkeit betraf etwas Grundsätzliches, die Summe eines unbekümmerten Lebens, in dem er so vieles versäumt hatte, dass er es niemals wieder gutmachen konnte.

Peter Russell vor dem Bankrott.

Er zog den Schlüssel heraus und wollte ihn gerade ins Messingschloss stecken, als er merkte, dass die Flügeltür offen stand. Bestimmt war Helen hier gewesen, wieder gegangen und hatte die Tür nicht hinter sich abgeschlossen. Vielleicht hatte sie sogar gehofft, dass jemand ihn ausraubte, denn das würde ihm schließlich eine Lehre sein!

Doch was sollten die Räuber ihm schon klauen – Bücher? Vinyl-Schallplatten? Vielleicht das alte Fernsehgerät samt Stereoanlage, das noch hundert Dollar wert sein mochte. Aber die noch älteren Magazine? Oder den Inhalt der Aktenschränke im Keller, die vermodernden Aktfotos, die längst nicht so aufreizend waren wie das, was man sich jeden Abend im Kabelfernsehen reinziehen konnte?

Peter drückte die Tür auf, deren obere Angel leicht quietschte, und blieb einen Augenblick stehen. Forschend blickte er zu dem stillen, abgedunkelten Wohnzimmer hinüber, das die Sonne, die tagsüber immer wieder durch die Wolken gebrochen war, aufgeheizt hatte. Er spürte den schwachen Modergeruch, der aus staubigen Winkeln drang, Ecken, die er bei seinen halbherzigen Putzversuchen immer wieder übersah. *Ein leeres Leben, ein leeres Haus.*

Mit hängenden Schultern durchquerte er den düsteren Gang und machte sich gar nicht erst die Mühe, die Lampen einzuschalten. Als er im Schlafzimmer über ein Paar Laufschuhe stolperte, besann er sich eines Besseren und zog an der Strippe der ausziehbaren Wandlampe. Sofort war das Zimmer in Licht getaucht. *Ein ganz normales Licht, ein ganz normaler Abend.*

Er hatte das von Enzenbacher entworfene Schachspiel unter den Spiegel auf die Kommode gestellt und alle Figuren ordentlich aufgereiht; das Spiel konnte jederzeit beginnen. Von seinem Standort aus war Alices-Wunderland-Kopie des Schachspiels spiegelverkehrt im Rahmen zu sehen. Er trat einen Schritt vor, um sich das reale Schachbrett anzusehen. Auf der Seite der silbernen Figuren, der guten Menschen und Geister, war der Bauer des Königs zwei Felder vorgerückt. Phils liebster Eröffnungszug.

Hatte er vielleicht mit der Figur hantiert, nachdem er das Spiel aufgestellt hatte? Doch er erinnerte sich genau daran, dass er alle Figuren in Reih und Glied hatte stehen lassen.

Stille, absolute Stille. Und plötzlich das Ächzen eines Dachbalkens, der sich leicht verlagerte, eine Unterbrechung, die ihn fast zum Lachen brachte. Danach ein heftiges Knacken, das von irgendwelchen Möbeln oder Wandverstrebungen herrühren mochte. Geräusche, die ihm seit Jahrzehnten vertraut waren, die er oft zu dieser Abendstunde wahrnahm. Holz, das gegen Holz drückte, froh darüber, sich von der Hitze des Tages erholen zu können.

Aus dem Schlafzimmer der Zwillinge drang ein Rascheln, als bewegte sich jemand im Bett.

Als er hörte, wie es vom Ende des Flures her »Daddy?« rief, klopfte ihm das Herz bis zum Hals, und seine Kehle verengte sich vor Sehnsucht.

Plötzlich war alles verändert: Er war glücklicher als seit Jahren. All sein Versagen, all seine Versäumnisse wurden ihm von den Schultern genommen, lösten sich auf in Schall und Rauch.

Helen war tatsächlich gekommen, hatte Lindsey dagelassen und sie ins Bett gesteckt.

»Ich bin hier, Liebes«, rief er, eilte durch den Flur, machte die

Tür auf und trat leise ins Schlafzimmer der Mädchen. Lindsey hatte sich das rechte Bett ausgesucht und lag dort so, dass nur ihr Gesicht unter der Bettdecke hervorlugte, ein kleiner Mond, der die Dunkelheit über dem blassen Grau der Überdecke erhellte. Darunter das hellere Grau des ordentlichen, stramm gezogenen Lakens, auf dem zwei magere, ineinander verschränkte Arme ruhten. So, wie sie im Dunkeln im Bett dalag, wirkte sie kleiner und jünger, klang auch jünger. Vielleicht hatte sie sich im Dunkeln gefürchtet und ängstlich darauf gewartet, dass er endlich nach Hause kam.

Das gab ihm etwas in die Hand, das er seinerseits Helen vorwerfen konnte: Wie konnte sie ihre Tochter allein im Haus lassen, ohne die Haustür abzuschließen?! Durfte irgendeine Verabredung so wichtig sein, ein solches Risiko in Kauf zu nehmen?

Natürlich würde sie ihm diese Bemerkung heimzahlen und ihm vorhalten, dass er Schuld daran habe, weil er nicht wie verabredet zu Hause gewesen sei. Wieder einmal habe er sie im Stich gelassen, als sie seine Hilfe so dringend gebraucht hätte ...

Peter verscheuchte all diese Gedanken, als er sich neben seine Tochter kniete.

»Wo warst du denn?«, fragte sie.

»Hab im Stau gesteckt.« Er strich ihr das dunkle Haar über der Stirn zurück. Ihre Haut fühlte sich weich und kühl an. »Es war ein schrecklich großes wildes Tier, das mich in den Fängen gehabt hat. Nichts sonst hätte mich von dir fern halten können.«

»Ein Stau«, wiederholte sie in genau demselben Tonfall. »Ein wildes Tier.« Sie drehte sich auf die Seite und wandte sich ihm zu. Er hätte sie gern deutlicher gesehen, auch wenn ihm schon die Berührung ihrer Haut ein Glücksgefühl gab, das den ganzen Körper durchströmte. Was zählte, waren die Kinder. Der Sex, der sie erzeugte, war gar nichts dagegen. Es waren die eigenen Kinder, die einem das Gefühl von Größe und gleichzeitig von Unwürdigkeit vermittelten. Am liebsten hätte er den Kopf in den Schoß seiner Tochter gelegt, um Vergebung gebeten und seine Sorgen mit ihr geteilt. Aber als Vater durfte er so etwas nicht tun.

Er würde für sie da sein, wenn sie am Morgen aufwachte, würde zum Markt gehen, um Milch und Frühstücksflocken zu besorgen; nein, er würde einfach auf sie warten, dann konnten sie zusammen gehen.

»Deine Mutter hat dich also hier gelassen«, sagte er.
»Ja.«
»Na ja, ist schon in Ordnung so. Hauptsache, du bist jetzt hier. Du hast mir sehr gefehlt.«
»Du mir auch. Ist schon viel zu lange her.«
»Und jetzt schlaf schön.«
Sie nickte eifrig, während er widerwillig aufstand. Als er sie noch einmal betrachtete, ein wunderbarer Moment, schwand jedes Gefühl von Einsamkeit. Sein Leben war wieder erfüllt.

Er drehte sich um und blickte in das etwas hellere Zwielicht der linken Zimmerseite, wo sich vage die Umrisse eines leeren Bettes abzeichneten. Mittlerweile betrat er dieses Zimmer nur noch selten, aber irgendwie war das leere Bett nicht mehr so schwer zu ertragen, wenn im anderen jemand lag.

So war das Leben nun mal: Überall auf der Welt gab es Eltern, die mit dem Tod eines Kindes fertig werden mussten. Nur änderte diese Erkenntnis nichts an seinem eigenen Kummer. Aber Lindseys Anwesenheit im Haus tat ihm gut. So gut, dass er sogar wieder das Gefühl hatte, das Leben werde schon irgendwie weitergehen.

»Schlaf schön«, flüsterte er und zog die Tür zu, ließ aber einen kleinen Spalt offen.

Als Peter sich in die Küche setzte, hätte er gern ein Bier da gehabt, nur ein einziges, um diesen Augenblick zu genießen. Es war nur so eine plötzliche Idee.

Kein Bier, kein Schnaps, keine Rauschmittel – nicht, dass er je viel mit illegalen Drogen zu tun gehabt hätte. Bei seiner früheren Arbeit hatte ihn allzu oft das Gefühl begleitet, die Bundes- und Landesbehörden säßen ihm im Nacken, um ihn zu überwachen. Und so hatte er es nie für sonderlich klug gehalten, harte Drogen zu konsumieren – abgesehen davon, dass sie ihn sowieso nie gereizt hatten.

Nein, es war der Alkohol gewesen, der ihm wie ein sicherer Hafen vorgekommen war. Bis er sich nach und nach als Gegenteil erwiesen und sechs Monate seines Lebens umnebelt oder sogar ausgelöscht hatte. Irgendwann hatte Phil ihn in diesem Haus aufgestöbert, wo er, einsam und allein, ohnmächtig in der Badewanne gelegen hatte, noch mit dem Schlafanzug bekleidet. Helen war einige Tage zuvor ausgezogen und hatte Lindsey mitgenommen. Phil hatte zwar Anteilnahme gezeigt, aber auch kein Hehl aus seinem Ekel gemacht. *»Mein Gott, Peter, schließlich hast du immer noch Frau und Kind.«*

»Ich hatte mal eine Frau. Und ein zweites Kind.«

»Also gut, das ist echt Scheiße. Aber du hast immer noch eine Tochter. Und das ist jetzt das Einzige, was zählt.«

Bis auf den Scotch in Phils Wohnwagen, den Peter völlig vertretbar fand, hatte er seit achtzehn Monaten keinen Alkohol mehr angerührt. Er setzte einen Wasserkessel auf, um Tee zu machen, gab einen kleinen Löffel Earl Grey ins Tee-Ei, das er in einen Becher hängte, und goss kochendes Wasser darüber.

Mein Gott, wie sehr er sich nach der Zeit sehnte, als sie noch alle zusammen in diesem Haus gewohnt hatten. Es war in so vieler Hinsicht falsch gelaufen, und er trug daran ebenso Schuld wie Helen ... Aber weder ihm noch Helen konnte man das zum Vorwurf machen.

Er überlegte, ob er ins Schlafzimmer zurückkehren sollte, um nach seiner Tochter zu sehen, beschloss jedoch, sie nicht zu stören, sondern einfach nur Tee zu trinken, den Augenblick zu genießen und sich zur Abwechslung einmal nicht wie ein Taugenichts zu fühlen – welch ein Wort! Ein Verlierer. Ein Mann, der sein Leben nicht auf Knopfdruck neu beginnen konnte. Aber zumindest, und das war das Wichtigste, war er immer noch Vater.

Jedenfalls für den Augenblick.

Helen hatte deswegen das Sorgerecht für Lindsey zugesprochen bekommen, weil sie dem Richter über ihren Rechtsanwalt mitgeteilt hatte, womit Peter früher seinen Lebensunterhalt bestritten hatte. Nicht, dass Peter vor Gericht dagegen angekämpft hätte. Schließlich reichte ja schon ein Blick auf seine gegenwärtige Arbeitssituation, um all seine Chancen zunichte zu machen. Nach dem ersten Schluck Tee brachte er sogar ein Schmunzeln zustande. Es war ein lächerliches Leben, aber immerhin sein eigenes. Dass es lachhaft war, konnte er nicht bestreiten. Nach der Heirat hatte er all seine Fotomappen im Keller eingeschlossen, und für Helen war die Sache damit erledigt gewesen.

Um sich neben den Honoraren von den Benoliels noch eine zusätzliche Einkommensquelle zu erschließen und die freie Zeit zu nutzen, hatte Peter Ende der Neunzigerjahre wieder angefangen, Romanfassungen von Filmen und Fernsehproduktionen zu schreiben. Er war so schnell gewesen, dass er ein oder zwei Bücher im Monat geschafft hatte. Damals hatte er auch vorgehabt, einen Krimi zu schreiben, und mit Helen die Möglichkeit erörtert, ganz vom Schreiben zu leben. Da sie wieder für eine Baufirma tätig gewesen war, diesmal in einem Büro, hatten sie zusammen eine Zeit lang mehr als genug zum Leben verdient. Sie hatten sich sogar etwas zusammengespart und Geld für das spätere Studium ihrer Kinder angelegt. Damals hatte es durchaus im Bereich des Möglichen gelegen, dass er sich als Schriftsteller etablieren würde.

Sie hatten als Familie zusammengelebt, und er war glücklich gewesen, wenn auch ruhelos. Die Unruhe hatte ihn nie verlassen.

Was würde er darum geben, noch einmal so zu leben wie damals, und wenn es nur für eine Stunde wäre.

Den brennenden Schmerz spürte er jetzt nur noch wie ein leichtes Sieden, kühler als das Wasser im Kessel, wenn das Pfeifen verklungen war.

»Morgen rufe ich den Abschleppdienst an«, sagte er laut, »und bringe mein Leben wieder in Ordnung. Schluss mit den Ausflüchten, Schluss mit den Wahnvorstellungen, Schluss mit der Selbstzerstörung.«

Nachdem er den Tee ausgetrunken hatte, überlegte er, ob er zu Bett gehen sollte. Vielleicht nutzte er es besser aus, dass er jetzt einen klaren Kopf hatte und sich gut fühlte, und ging erst noch einmal in den Keller und sah die Notizen durch. Es war die Depression gewesen, die ihn so mutlos gemacht und daran gehindert hatte, klar zu denken und neue Ideen zu produzieren. Da dieses Gewicht nun nicht mehr auf ihm lastete, würde er sicher vorankommen, zumindest ein paar Schritte.

Glücklich.
Mein Gott, er war tatsächlich glücklich.

Barfuß marschierte er die Kellertreppe hinunter, öffnete die Tür zum Büro und machte gerade das Licht an, als er oben in der Küche das Telefon läuten hörte. Um zu verhindern, dass Lindsey aufwachte, hastete er die Treppe hinauf und nahm jeweils zwei Stufen auf einmal. Außer Atem und mit vor Ärger gerötetem Gesicht griff er nach dem Hörer. »Hallo?«

»Peter, ich bin's, Helen.«

»Tut mir Leid, dass ich nicht rechtzeitig zurück war und du mich nicht angetroffen hast«, sagte er schnell. »Sie ist ...«

»Ich wollte eigentlich schon früher anrufen«, fiel ihm Helen ins Wort. »Dieser Mistkerl hat mich versetzt. Der Teufel soll sie alle holen, hab ich nicht Recht? Der Teufel soll die Männer holen, allesamt. Darauf läuft's in meinem Leben hinaus. Offenbar bin ich nicht mehr so umwerfend schön, dass mir die Männer zu Füßen liegen, oder?«

»Jedenfalls bin ich froh, dass du ...«

Helen unterbrach ihn sofort wieder. Ihre Stimme klang zwar

immer noch bitter, doch sie versuchte sich zu beherrschen. »Lindsey war traurig, dass sie nicht zu dir konnte, aber ich bin mit den Nerven wirklich am Ende und auf keinen Fall in der Stimmung, noch irgendwo hinzufahren. Lindsey sieht jetzt fern und schmollt. Na ja, vielleicht bringe ich sie am Wochenende vorbei. Wir könnten ja zusammen irgendwo hinfahren, ein Picknick machen, das wäre schön. Hast du am Wochenende überhaupt Zeit?«

»Peter?«

»Peter?«

»Verdammt noch mal, ich kann doch nichts dafür, Peter!« Sie legte auf.

Peter hatte den Hörer einfach baumeln lassen. Mit steifen, bedächtigen Schritten ging er zum Schlafzimmer der Mädchen hinüber. Der Wahnsinn war nicht von ihm gewichen, hatte nur auf der Lauer gelegen, um ihn erneut zu packen, als er überhaupt nicht darauf gefasst gewesen war.

Lindsey hatte immer im linken Bett geschlafen. Wie war es möglich, dass er das vergessen hatte?

Im rechten Bett hatte stets Daniella geschlafen.

Kapitel 24

Irgendetwas veranlasste ihn, auf dem Gang stehen zu bleiben. Er wagte es nicht, das Licht einzuschalten, um nachzusehen, was es war. Aber er spürte, wie es ihn aus dem Dunkeln heraus beobachtete. Fast hatte es schon Form und Geruch angenommen – er dachte an verknäulte Aale oder lange, geschmeidige Echsen, eng miteinander verschlungen, die nach Kohle und feuchter Erde rochen.

Mehrere Wesen, verschmolzen zu einem einzigen Geschöpf.

Das Geschöpf war sehr alt und dennoch in diesem Haus geboren – oder wiedergeboren. Es war hungrig, aber es bewahrte Geduld. Er wagte nicht, sich zu rühren oder ins Schlafzimmer zu gehen, denn er hatte Angst, das Wesen damit zu reizen. Auf keinen Fall wollte er seine Tochter – seine *tote* Tochter, wie er sich ins Gedächtnis rief – der Gefahr aussetzen, die von diesem Geschöpf ausging, worin sie auch bestehen mochte.

Während ihm am ganzen Körper der Schweiß ausbrach, spürte er etwas in der Hand und merkte, dass er die sechzig Zentimeter lange Stahlstange zur Fenstersicherung umklammert hielt, die er in der Küche aufbewahrte. Unterm Herd versteckt, so dass sie im Falle eines Einbruchs griffbereit war. Gegen wen oder was hatte er sich damit verteidigen wollen, womit hatte er gerechnet? Diesmal ganz sicher nicht mit Einbrechern.

Vor wem oder was konnte er seine Tochter jetzt noch schützen?

Sie waren zum Fressen ausgeschwärmt, hatten sich Lydias Ebenbild einverleibt. Raubtiere.

Nein.

Aasfresser. Aasfresser verfolgen die Toten und alles, was sie zurücklassen.

Peters Kopf war eiskalt und glasklar. Als er lautlos einen Schritt nach vorn tat, spürte er, wie die Dunkelheit am Ende des Ganges darauf reagierte und sich verdichtete. Jetzt roch es weniger nach Kohle als nach Moder, nach einer feuchten, verschimmelten Wandverschalung. Was immer in der Ecke da hinten auf der Lauer liegen mochte, jedenfalls ahmte es zur Tarnung die Gerüche eines alten Hauses nach. Peter konnte den Unterschied zu den echten Gerüchen des Hauses ausmachen. Es war so, als hätte er die Tarnfarben eines Jaguars erkannt, der sich im Dschungel zu verbergen suchte.

Um die Kehle, die ihm wie zugeschnürt war, frei zu bekommen, räusperte er sich. »Ich weiß, dass du da bist«, sagte er laut. »Hau ab, mach, dass du rauskommst!« Er konnte fast sehen, wie sich das Knäuel verkrampfte, wie sich der Aasfresser wieder in die Ecke verdrückte. *Wie kann sich ein Schatten winden? Wie kann ein Schatten wissen, dass ich hier bin?* Der Schatten war nicht gerade froh darüber, dass Peter nach ihm Ausschau hielt und ihn direkt ansprach. Endlich einmal hatte Peter das Gefühl, tatsächlich etwas ausrichten zu können. Zwar würde ihm die Stahlstange nichts nützen, aber solange er hier stand, würde das Raubtier nicht angreifen können.

Würde seiner Tochter nichts antun können.

Seiner Tochter, die bereits tot war.

Irgendwo im Haus knackte es wieder, diesmal so laut, als entlüde sich eine Waffe. Vielleicht war es derselbe Wandpfosten oder Dachbalken wie vorhin, vielleicht auch irgendeine andere Holzbohle. Nach kurzer Stille antworteten die Möbel darauf.

So plötzlich, als wäre eine Tür zugeschlagen, änderte sich die Situation. Der Gang war jetzt leer, das Knäuel, das im Dunkeln lauerte, verschwunden. Der Gestank von Kohle, Moder und Schimmel wich dem vertrauten, anheimelnden Geruch eines alten Hauses, das ruhig und gemütlich am Ende einer Sackgasse in den Hügeln von Glendale lag. Peter fuhr sich mit dem Handrücken übers Gesicht. Blitzartig flammte Zorn in ihm auf – Zorn, gepaart mit Angst. Er streckte die Finger nach dem Lichtschalter aus und drückte ihn mit einem Ruck hoch, wobei es ihm so vorkam, als bewegte der Schalter sich in Zeitlupe, bis er endlich knackend einrastete. Sogleich ergoss die Deckenlampe aus Milchglas ihr tranfunzeliges Licht über den Gang, erfasste Winkel und Wände. Wie eine dicke Farbschicht legte sich Helligkeit über die ganze Szenerie, Peter aber war dennoch nicht wirklich beruhigt: Farbe konnte so manches überdecken, auch wenn es noch da war. Deshalb wartete er eine Weile, bis er nur noch die Gerüche des Hauses wahrnahm und zu schwitzen aufhörte.

Die Tür zum Schlafraum der Mädchen war immer noch bis auf einen Spalt geschlossen. Er zog sie auf und trat ins Zimmer.

»Liebling? Schätzchen?«

Im Licht, das vom Gang hereindrang, sah er, dass beide Betten unberührt und ordentlich gemacht waren. Niemand hatte die Bettwäsche und die passenden Überdecken mit den Harry-Potter-Motiven angetastet. Alles war glatt gezogen, genau so, wie Helen es vor zwei Jahren hinterlassen hatte, abgesehen von ein paar Falten, die daher rührten, dass Peter hier hin und wieder abstaubte.

Er ließ die Stahlstange los, die auf einer Kante landete und gleich darauf laut scheppernd auf den Flickenläufer zwischen den Betten fiel. Zitternd holte er Luft und ging in die Hocke. »Ich bin hier«, teilte er dem Zimmer mit. »Bitte, Daniella, gib mir eine zweite Chance.«

Natürlich antwortete ihm niemand.

Die Welt hatte wieder Realität angenommen.

Kapitel 25

Manchmal ist das Einzige, was uns rettet, ein Fantasiegebilde, eine Erinnerung, etwas, das wir aus der Bibliothek des Vergangenen haben mitgehen lassen. Und obwohl die Leihfrist längst abgelaufen ist, bewahren wir diese Erinnerung dankbar und ohne jedes Schuldgefühl auf.

Peter brachte seine morgendliche Dusche hinter sich, zog sich an und dachte (sofern er überhaupt etwas dachte): *Mir fehlt nichts, es geht mir gut.*

Was ihn hätte erschüttern können, erschüttern sollen, wirkte sich keineswegs so aus. Er hatte keine Halluzinationen, war nicht verrückt und hatte auch nicht die Absicht, sich dergleichen als »Freiheit eines Künstlers« einzuräumen. Tatsache war, dass er monatelang nichts lieber getan hätte, als sich Daniella noch einmal deutlich ins Gedächtnis zu rufen oder plastisch von ihr zu träumen. Wie gern hätte er sich ihr Bild vor Augen gehalten, ohne auf Fotos zurückgreifen zu müssen, aber es war ihm nie gelungen.

Es war nicht die eigene Einbildungskraft, die ihm Daniella zurückgebracht hatte. Seine Tochter war in diesem Haus, steckte in irgendeiner Klemme und hatte sich an ihn gewandt. In seiner Gegenwart würde ihr nichts passieren; er bot ihr Schutz.

Das alles waren nur vage Ideen – vage, nebulös und nicht sonderlich einleuchtend –, aber sie reichten aus, um Peter durch den Vormittag zu bringen und ihm seine Handlungsfähigkeit zu erhalten. Er rief den Abschleppdienst an und danach die Porsche-Werkstatt, mit der er die besten Erfahrungen gemacht hatte. Er würde im Tageslicht zum Wagen gehen; bei Tag würde nichts schief laufen. Vielleicht herrschte, wenn hier Tag war, drüben, auf der anderen Seite der Welt, Nacht, und alles schlief dort oder verbarg sich irgendwo. Die Dinge fügten sich allmählich zusammen. Vielleicht hatte Phils Tod oder Lydias Anruf dies alles ausgelöst und ihn aus dem Gleis der Normalität geworfen.

Als Teenager hatte er *Twilight Zone* geliebt und in der aufregenden Vorstellung geschwelgt (mit der es ihm halb ernst gewesen war), es müsse noch mehr geben als dieses normale Leben. Nun ja, jetzt hatte er es direkt vor der Nase, hatte Beweise dafür, die das Zünglein an seiner Waage stark in eine bestimmte Richtung ausschlagen ließen. Peter Russell, der alte Skeptiker, war zur Leichtgläubigkeit umgeschwenkt, aber diesmal hatte er reale, wenn auch völlig subjektive Anhaltspunkte. Jetzt hatte er es nicht mehr nötig, verzweifelt nach irgendwelchen Strohhalmen zu greifen, denn er konnte ja gar nicht anders, als die vorbeitreibenden Baumstämme zur Kenntnis zu nehmen.

Während er alles Nötige in einem Zustand völliger Benommenheit veranlasste, wartete er auf den Abend und eine weitere Chance, wenige Augenblicke mit Daniella zu verbringen. Und sie diesmal so zu beschützen, wie es ihm früher nicht gelungen war.

Als er den Abhang hinunterging, entdeckte er den Porsche unversehrt an derselben Stelle, an der er ihn abgestellt hatte, was an sich schon ein kleines Wunder war. Gleich darauf bemerkte er das gestreifte Absperrband der Polizei und am Heckfenster, mit Kreide aufgetragen, Datum und Aktenzeichen der Sicherstellung des Fahrzeugs.

Voll der strahlenden Sonne des späten Vormittags ausgesetzt, lehnte er sich gegen das Wagendach und wartete auf den Abschleppdienst. Der heutige Tag erinnerte ihn sehr an jenen, an dem er Lydias Anruf erhalten hatte – einen Anruf, der ihm die Augen für eine umfassendere Wirklichkeit geöffnet hatte. Er stellte sich vor, wie der Sonnenschein das ganze Haus durchflutete, selbst die dunkelsten Ecken des Ganges erfasste und damit die Aasfresser fern hielt. Und seine Tochter in ihrem Versteck beschützte.

Als der Abschleppdienst pünktlich eintraf, brauchte er ein paar Minuten, bis er in der zerfledderten, ölverschmierten Betriebsanleitung des Porsche 356 C nachgeschlagen hatte, wie und wo die Abschlepphaken befestigt werden mussten.

Kapitel 26

Nach einem frühen Abendessen holte Peter einen der kleineren Rattan-Sessel aus dem Garten, stellte ihn ans Ende des Ganges, nahm, bewaffnet mit der Stahlstange, darauf Platz und wartete. Die Tür zum Schlafzimmer hatte er offen gelassen, aber nur einen kleinen Spalt. Vielleicht waren die aus der Schattenwelt ja so scheu wie Rehe, wie Damkitze, die sich ängstlich hüteten, aus der Deckung zu brechen. Er hatte sich vorgenommen, auf deren Instinkte zu setzen. Und darauf, dass seine Tochter schon wissen würde, was am besten war. »Wann immer du so weit bist, Liebling«, murmelte er. »Ich bin für dich da.«

Gegen zweiundzwanzig Uhr schlief er im Sessel ein. Mit steifen Gliedern, aber erfrischt wachte er bei Anbruch des Morgens auf. Dass er eingeschlafen war, machte ihm weder Sorgen noch ein schlechtes Gewissen, denn er wusste, dass er bei der geringsten Störung aufgewacht wäre; er wäre sofort hochgeschreckt und hellwach gewesen, hätte sich irgendjemand – oder irgendetwas – hier gezeigt.

Im Haus hatte völlige Stille geherrscht.

Er konnte nicht jede Nacht Wunder erwarten.

Peter streckte sich, duschte, ging danach in den Keller und begann zu zeichnen – ganz automatisch, wie es ihm vorkam. Schleusen öffneten sich. Die Ideen schienen ihm durchaus passabel.

Um elf nahm er den Anruf der Autowerkstatt entgegen. Bemühte sich, gefasst zu reagieren, als man ihm einen Kostenvoranschlag von zweitausendvierhundert Dollar und eine lange Liste nötiger Ersatzteile und Reparaturen präsentierte.

Selbst in einer Notlage wie dieser brachte es Peter nicht fertig, seine Vergangenheit oder einen Teil davon einfach aufzugeben, im Moment schon gar nicht. Im Gegenteil, er musste die Vergangenheit schützen und bewahren. Also sagte er dem Mechaniker, er solle ruhig mit den Reparaturen anfangen, er werde bald wieder flüssig sein und die Rechnung in der kommenden Woche begleichen.

In dieser Werkstatt war er bereits seit zwanzig Jahren Kunde, sie hatten dort auch seinen letzten Motorschaden behoben und kannten ihn gut. Nie hatte er sich um eine Rechnung gedrückt. Wenigstens eine gute Beziehung war ihm in seinem Leben geblieben, dem Himmel sei Dank.

Um vier Uhr nachmittags hatte er dreißig Seiten Handlungsaufriss und zwanzig Manuskriptseiten geschafft. Genau wie in alten Zeiten. Der Entschluss, sich auf keinen Fall von einem Teil seiner Vergangenheit zu trennen, hatte ihn beflügelt und einen anderen, jüngeren Peter Russell auferstehen lassen, der flexibler war und mehr Selbstvertrauen hatte. Zufrieden mit sich, sortierte er die Seiten, stapelte sie ordentlich aufeinander und verstaute sie in einer schwarzen Heftmappe.

Welchen Unterschied machte es schon, ob er von Geistern verfolgt wurde oder in eine andere Welt eintauchte, während er schrieb – für kurze Zeit in einen anderen Raum und in eine andere Zeit überwechselte? Vielleicht bedeuteten Kunst und Schreiben ja genau das: eine andere Form von Wirklichkeit zu erfassen.

»Klar«, sagte er kichernd. »*Canine Planet*. Hunde, die Motorrad fahren und Frauen in Pelzbikinis jagen.«

Siehst du, sagte er sich, *du hast Perspektive, kannst blödsinnige Ideen von solchen unterscheiden, die Sinn machen.*

Und dass meine Tochter zurückgekehrt ist, macht Sinn.
Meine tote Tochter.

Er arbeitete fast die ganze Nacht durch, schlief nur kurz und machte am Sonntagmorgen weiter. Das Ergebnis waren Dutzende von Zeichnungen, Manuskriptseiten und skizzierte Szenarien – eine Flut von Ideen.

Nur einen Augenblick lang fühlte er sich verloren und hoffnungslos zerbrechlich.

Es ist zu schön, um wahr zu sein. So kann es unmöglich weitergehen.

Kapitel 27

Um halb sechs am Sonntagabend stürzte der seltsame persönliche Schutzraum rund um Peter Russell ein, genau wie er vorhergesagt hatte.

Er war schon einmal an einem solchen Punkt gewesen, voll verzweifelter Hoffnung, die Vergangenheit oder wenigstens einen kleinen Teil davon retten zu können. Vor achtzehn Monaten hatte er sich eines Abends fast bis zur Besinnungslosigkeit betrunken und Phil überredet, ihn nach Sherman Oaks zu einem Medium zu fahren. Der Abend hatte ihn fünfhundert Dollar gekostet und mit einer absoluten Katastrophe geendet.

Phil hatte ihn als völliges Wrack, das unbeherrscht geweint hatte, nach Hause gebracht, ihm Kaffee gekocht und die ganze Nacht bis zum Morgen mit ihm zusammengesessen.

Peter konnte nicht zulassen, dass so etwas noch einmal passierte.

Während es dunkel wurde und weder das Trans noch irgendein anderes Telefon läutete, als der Sonntag ohne einen Anruf von Helen verstrich, setzte sich Peter in den Garten hinaus. Er ließ sich in den einsamen Rattan-Sessel fallen – der andere stand immer noch auf dem Gang – und faltete die Hände über dem Bauch. Der Himmel, anfangs noch zartblau, zeigte nach und nach unterschiedliche trübe Schattierungen, bis er schließlich einen dunklen Braunton annahm.

Hinter dem Haus, kaum drei Meter entfernt, bimmelte das Windspiel.

Alle vernunftmäßigen Erklärungen kamen ihm inzwischen fadenscheinig vor. »Was hast du gesehen?«, fragte er sich mit bleischwerer Stimme. »Vielleicht hast du sie ja gar nicht gesehen, sondern dir das, was du sehen wolltest, nur eingebildet.«

Aber er hatte sie für Lindsey gehalten, die ihr zwar sehr ähnlich sah, aber nicht in allen Einzelheiten. Lindsey und Daniella waren keine Zwillinge gewesen, die sich aufs Haar glichen. Nach ihrer Geburt – sie waren drei Minuten nacheinander zur Welt gekommen – hatten die Ärzte ihm und Helen, die nach dem Kaiserschnitt aus der Vollnarkose aufgewacht war, von einer dritten Zwillingsart erzählt, die zwar nicht eineiig sei, dennoch mehr Ähnlichkeitsmerkmale aufweise als bei bloßen Geschwistern üblich.

Aufgrund dieser winzigen Unterschiede hatten er und Helen (und auch Phil und viele ihrer Freunde) Lindsey und Daniella stets auseinander halten können, selbst als sie noch Babys gewesen waren und auch wenn sie die gleichen Sachen getragen hatten.

War ihm womöglich ein Geist von Lindsey erschienen – eine übrig gebliebene Inkarnation von Lindseys Emotionen aus früheren Jahren, aus der Zeit unmittelbar nach der Beerdigung?

Peter nickte, weil es ihm auf schreckliche Weise einleuchtend vorkam. Ob er nun geistig gesund war oder nicht, jedenfalls war ihm bislang noch kein regelrechtes Gespenst, kein Spuk, kein Toter erschienen. Aber was war mit dem alten Mann, der wie von einem Sandstrahler bearbeitet ausgesehen hatte, und den Kindern, denen er in der Nähe von Point Reyes begegnet war?

Und doch ... Das fahle Gesicht, das er so deutlich über der dunklen Bettdecke im Mädchenschlafzimmer wahrgenommen hatte, hatte sich eindeutig als das von Daniella in seine Erinnerung eingeprägt. Nur hatte die Tatsache, dass er mit Lindsey gerechnet hatte, seine Wahrnehmung beeinflusst.

Aber selbst ein Geist oder Ebenbild von Lindsey hätte niemals in Daniellas Bett geschlafen.

Kummer und Verwirrung packten ihn immer heftiger.

Um sieben Uhr abends stieg er die kurze Verandatreppe hinauf und ging durch die hintere Tür in die Küche. Einen Augenblick lang lauschte er auf das Ächzen und Knacken des aufgeheizten Gebälks, leise Geräusche. Keine Startschüsse, die ankündigten, dass sein Verstand auf Urlaub ging oder die Welt sich zu etwas Neuem wandelte.

Da er keinen Hunger hatte, ging er in sein Schlafzimmer und suchte in den Bücherregalen nach Huxleys *Die Pforten der Wahrnehmung*, bis er das Buch gefunden hatte. Es war ein dünner, blau kartonierter Band mit schwarzem Leinenrücken, dessen Schutzumschlag fehlte. Die Seiten waren ziemlich zerfleddert. Er hatte das Buch 1969 in einem alternativen Buchladen in Laguna Beach erworben und es nur einmal ganz durchgelesen, aber der frühere Besitzer musste es so oft in die Hand genommen haben, dass es regelrecht ramponiert war. Er setzte sich auf die Bettkante und blätterte die Seiten durch, bis er den Verweis auf den Philosophen Henri Bergson gefunden hatte. Bergson behauptete, eine Art Sperrvorrichtung bewahre das Gehirn davor, von den Einzelheiten der Wirklichkeit überflutet zu werden. Die Sperrvorrichtung halte übersinnliche Täuschungen von uns fern, sorge für unsere geistige Gesundheit und die Konzentration auf das wirklich Lebenswichtige ... so dass man das im Auge behielt, was einem tatsächlich lebensgefährlich werden konnte, anstatt sich von allen möglichen Dingen ablenken zu lassen.

Huxley war am selben Tag gestorben, an dem John F. Kennedy ermordet worden war, am 22. November 1963. Er hatte einen Zettel hinterlassen, auf den er nur drei Buchstaben gekritzelt hatte: *LSD*. Vielleicht hatte Huxley nur deshalb LSD genommen, um seine Entdeckungsreisen fortzusetzen und die Sperrvorrichtung des alten Bergson weit zu öffnen, selbst über den Tod hinaus.

Allerdings konnte Peter, wenn er es auf die eigene Situation bezog, nicht viel mit dieser Vorstellung anfangen. Was mit ihm geschah, ähnelte weniger dem Öffnen einer Sperrvorrichtung als dem Lecken eines undichten Zapfhahns. Es war das nüchterne, traurige *tropf, tropf, tropf* von Stoffwechselstörungen im Hirn. Sein Onkel mütterlicherseits hatte unter Schizophrenie gelitten. Allerdings hatte Peter – bis jetzt – nie irgendwelche Symptome davon gezeigt. Doch aus dem Gleis geraten war er auch früher schon. Als er versucht hatte, eine bestimmte Sache aufzuklären. Als er versucht hatte, in Erfahrung zu bringen, wie man etwas ins Leben zurückholen konnte.

Er ließ das Buch sinken und starrte auf die Wand, auf die zwanzig mal fünfundzwanzig Zentimeter großen Bilder der Mädchen in ihren schlichten Messingrahmen. Auf Daniella im letzten Jahr ihres kurzen Lebens, die ihm ein strahlendes Kamera-Lächeln zuwarf, während sie sich mit dem Zeigefinger ein kleines Grübchen in die runde Wange bohrte. Auf Lindsey, am selben Tag aufgenommen, die mit ihren großen blauen Augen und den bewusst gleichgültig zusammengekniffenen Lippen ernsthafter wirkte als ihre Schwester.

Nein, du bist weder verrückt, noch flüchtest du dich in irgendwelche Erklärungen, sagte sich Peter. *Als Vater hast du einen schlimmen Verlust erlitten, mit dem man nur schwer weiterleben kann. Aber du siehst reale Dinge und bemühst dich derzeit herauszufinden, was es damit auf sich hat und was am ehesten irgendeinen Sinn ergibt.*

Gleich darauf verzog er ironisch das Gesicht. *Und warum siehst dann nur du solche Dinge, Schlaumeier?*

Huxleys Buch, das hier auch nicht weiterhalf, lag immer noch aufgeschlagen auf dem Bett.

Als das Telefon in der Küche klingelte, ging er hinüber, nahm den Hörer von der Gabel und zerrte an der langen gedrehten Schnur, um ihn frei zu bekommen. »Russel am Apparat.«

»Mr. Russell, hier ist Detective Scragg, Raub- und Morddezernat. Ich hab schon mal angerufen. Wir haben schon recht lange nicht mehr miteinander gesprochen. Ich hoffe, es passt Ihnen jetzt oder kommt zumindest nicht völlig ungelegen.«

Peter drehte sich um. In der Küche war es dunkel, das einzige Licht drang durch das Fenster über der Spüle von der Veranda herein. Die Holzjalousie über dem Fenster warf Schattenstreifen über die Schränke und die Anrichte.

»Ich wollte nur einen Termin für ein weiteres Treffen mit Ihnen ausmachen«, fuhr die Stimme am anderen Ende fort. »Um ein paar Dinge zu erörtern, falls es Ihnen nichts ausmacht.«

»Es ist Sonntagabend«, bemerkte Peter.

»Tja, schon gut, aber für mich gibt es eigentlich keine Wochenenden. Ich nutze die Zeit dazu, ungelöste Fälle durchzugehen, Fälle ohne irgendeine heiße Spur. Das mache ich regelmäßig. Irgendwann werd ich's auch noch lernen, aber derzeit arbeite ich noch durch. – Mrs. Russell hat auf meine Anrufe nicht reagiert.«

»Ja, richtig.« Peter war nicht danach, Scragg von der Scheidung zu erzählen.

»Ich nehme es ihr auch nicht übel, aber es gibt da ein paar Dinge, die ich mit Ihnen durchgehen muss, nichts Neues, nur, um mein Gedächtnis aufzufrischen. Um das Uhrwerk des Falles am Laufen zu halten.«

Peter hatte keine Ahnung, was er mit dem *Uhrwerk des Falles* meinte. »Was kann ich tun?«

»Wissen Sie, heute ist es genau zwei Jahre her.«

Während Peter einen Blick auf den Wandkalender warf, krampften sich seine Finger um den Hörer.

»Ich möchte den Fall nur noch einmal aufrollen und Ihnen ein paar Fragen stellen. Möglich, dass ich einige der Fragen auch schon früher gestellt habe, vielleicht auch nicht. Ich möchte noch mal neu an die Sache herangehen. Auch Polizisten verändern sich und lernen dazu. Könnte ja sein, dass mir diesmal noch andere Aspekte auffallen.«

Zwei Jahre waren seit ihrem Tod vergangen. Plötzlich stand Peter das Bild seiner Tochter überaus deutlich vor Augen. Er sah, wie sie über die Veranda ging, mit Helen lachte, als sie die

Wäsche zusammenlegten, nach einem Streit mit Lindsey schmollte. Er versuchte, sie in seinem Kopf wieder lebendig zu machen. Darum ging's doch, oder nicht? Sie so lebendig zu machen, als wäre sie ihm nie genommen worden. Er wollte es so sehr, dass es schmerzte.

»Und es ist nichts Neues aufgetaucht?«, fragte er.

»Nein, nichts Neues. Jedenfalls nichts Konkretes.« Peter wandte sich langsam in der dunklen Küche um und wickelte die Telefonschnur dabei um seinen Arm. »Wenn ich irgendwie helfen kann …«

»Das können Sie ganz bestimmt, Mr. Russell. Tut mir Leid, wenn ich mich so aufdränge, aber wonach ich Sie fragen wollte, ist Folgendes: Haben wir auch wirklich jeden befragt, der uns weiterhelfen könnte, mit jedem gesprochen, egal mit wem, ich meine selbst solche Leute, die wir unmöglich als tatverdächtig betrachten konnten … Haben wir jeden verhört, der an Masken interessiert ist …? Auch ich tappe hier im Dunkeln.«

Peter schloss die Augen. Der Mörder hatte rund um Daniellas Augen und Nase mit einem Gemisch aus Blut und Staub eine Maske gezeichnet, die an einen Waschbären erinnerte. Er spürte, wie sein Blutfluss zu stocken begann, überall im Körper kühl und träge durch die Adern rann, bis auf die Stelle hinter den Augen.

Seine Augen.

»Wir haben überall nach einem vergleichbaren Fall gesucht und nichts gefunden, Mr. Russell. Aber wir sind uns sicher, dass diese Person schon früher getötet hat. Fällt Ihnen dabei irgendjemand ein, vielleicht jemand mit einem ausgeprägten Hobby oder ein Sammler, vielleicht auch irgendein Künstler? Jemand, der Sie kennt, Ihnen vielleicht ganz besondere Aufmerksamkeit schenkt … Ich spreche hier von einer Person, die schon früher getötet hat, aber ihre Verbrechen vertuschen konnte. Diese Person würde einen sicheren Ort brauchen, wo sie die Leichen lagern kann, vielleicht sehr viele Leichen …«

Peter versuchte immer noch, seine Tochter so zu sehen, wie sie im Leben gewesen war. Er wehrte sich damit gegen die Bilder, die sich jetzt auf so schreckliche Weise erneut vor ihm abspulten, und hörte Scragg nicht länger zu. Er konnte und wollte sich nicht auf diese Stimme einlassen, die so unerträgliche, wenn auch unbestreitbare Tatsachen von sich gab. Schließlich machte er die Augen auf, drehte sich in die Gegenrichtung und löste die Telefonschnur von seinem Arm.

Im Zwielicht der offenen Tür, die von der Küche auf den Gang führte, zeichnete sich der Schatten eines zehnjährigen Mädchens ab. Es war Daniella, nicht Lindsey, da war er sich sicher. Ihr Haar war länger, sie war kleiner, dünner und jünger. Ihr Umriss war deutlich zu erkennen, die Gestalt völlig dreidimensional. Ein blassgelber Lichtfleck schien ihre Körpermitte zu umhüllen. Sie beobachtete ihn, genoss die Beachtung, die er ihr schenkte.

Scraggs Stimme, die weiter und weiter redete, drang nur noch als fernes Gemurmel an Peters Ohr. Gemurmel aus einer Realität, die in diesem Fall zwar Anteil an ihm nahm, aber dennoch grausam war.

Jetzt streckte Daniella eine Hand hoch, als wollte sie auf etwas hinweisen. Während Peter hinüberstarrte, spürte er hinter den Augen eine so starke Hitzewelle, als strömte plötzlich tropische Luft herein. Je intensiver er hinsah, desto realer wirkte seine Tochter.

Seltsamerweise packte ihn Scraggs Stimme jetzt wieder so, dass er zuhörte.

»… jemand, der ihr vertraut war, jemand, den sie wiedererkannte«, sagte Scragg gerade. »Fällt Ihnen dabei irgendjemand ein, den wir noch nicht verhört haben?«

»Ich werde sie fragen«, erwiderte Peter.

»Wie bitte?«

»Sie ist hier, sie ist wieder da«, murmelte Peter voller Ehrfurcht.

Was ihn bewegte, war nicht nur die Wiederkehr seiner Tochter, sondern auch das, was aus ihr geworden war: Sie wirkte durchscheinend, hauchzart und schön wie ein Kristall. Peter konnte das, was er hörte, nicht mit dem verbinden, was er sah. Der Detektiv sprach von Tod, Verdächtigen und Mord, aber Daniella war hier und verlangte, dass er sie beachtete.

Sie lächelte.

Er runzelte die Stirn und schüttelte den Kopf, fest entschlossen, sich zu konzentrieren. Denn falls er es nicht täte, würde er vielleicht die einzige unglaubliche Chance verpassen, die ihm viel wichtiger als alles andere war. »Ich kann im Augenblick nicht sprechen.«

»Mr. Russell ...«

Peter legte auf.

Diese Erscheinung war nicht nur ein äußeres Bild von Daniella, nicht nur ein von außen sichtbares Gespenst. Während die Sekunden verstrichen, konnte er tiefer blicken, durch die Fetzen dessen hindurch, was ein Rest von Kleidung sein mochte. Sogar noch tiefer, bis unter die Haut, auf die nur leicht angedeuteten Umrisse von Knochen und Organen, die aufgrund irgendeiner sklavischen Abhängigkeit von der sterblichen Hülle immer noch an Ort und Stelle saßen. Sicher erfüllten sie keine Funktionen mehr, denn sie wurden ja nicht mehr gebraucht. Dem Äußeren entsprach das Innere: Sie sah wie das gläserne Modell eines Menschen aus, das man an der medizinischen Hochschule zu Lehrzwecken benutzt. Oder, genauer ausgedrückt, wie ein menschliches Fossil, durchscheinend und glänzend wie Perlmutt.

»Gespenster haben also Knochen«, murmelte Peter.

Sie sah nach links, leicht beunruhigt über etwas, das am Ende des Ganges wartete, und wandte den Blick dann wieder Peter zu.

»Hallo, Daniella ... ist das *Ding* noch da?«, fragte er sanft, als redete er von einer Spinne oder anderem kleinen Ungeziefer, das ihr Kummer machte. *Warte eine Minute. Ich hole ein Glas und setze das Ding nach draußen.*

Sie bestätigte seine Vermutung mit mädchenhaftem Nicken. Es war immer noch da, was immer *es* sein mochte. Peter fragte sich, ob sie überhaupt in der Lage war, ihm in irgendeinem Punkt zu widersprechen. Vielleicht waren Gespenster wie Marionetten: gezwungen, das zu tun oder zu glauben, was man ihnen einredete.

Im Kopf spielte er verschiedene Bemerkungen durch: *Ich hab dich lieb. Wo bist du jetzt, mein Liebling? Was ist mit dir geschehen?* Er fragte sich, ob sie seine Gedanken lesen konnte. In Gedanken redete er schon seit Jahren mit Daniella und sagte dabei all die Dinge, die zu sagen ihm nicht die Zeit geblieben war, als sie noch am Leben gewesen war.

Schließlich begnügte er sich mit der Aufforderung: »Sag mir, ob du real bist.«

Sie belohnte ihn mit einem Schritt nach vorn. Offenbar beunruhigte sie das, was auf dem Gang lauerte, nicht allzu sehr – falls sie überhaupt so etwas wie Beunruhigung empfinden konnte. *Sie hatte doch alle Sorgen der Sterblichen hinter sich, oder nicht? War es denn möglich, dass sie jetzt andere – posthume – Sorgen hatte? Was, zum Teufel, konnte das bedeuten?*

Peter fühlte sich so, als hätte er sechs Tassen starken Kaffee hintereinander getrunken. Sein Puls raste, auch wenn er nicht schwitzte. Er empfand keinen Kummer, nur eine Aufregung, die sich kaum in Worte fassen ließ; er war vor Freude außer sich.

»Ich hab dich unheimlich lieb«, sagte er. »Danke, dass du mir eine zweite Chance gibst. Ich danke dir.«

Sonnenstäubchen stiegen vom Fußboden hoch und setzten sich auf ihr ab. Je näher sie kam, desto fester wirkte ihr Körper. So fest, dass er fast die Hand hätte ausstrecken und sie berühren, umarmen können.

Besser nicht.

»Du bist real«, sagte Daniella. Ihre Stimme klang wie ein Instrument aus Schilfrohr, das mit seinem Ton meterdicken Mull durchdringt. Oder wie eine schlechte Fernverbindung über unglaublich weite Meere hinweg. Sie hob den Kopf und spreizte die Finger so, als wollte sie die Hände gegen seine Brust stemmen. Erneut fiel Peter auf, dass ihre Körpermitte so funkelte wie in Licht getaucht. Sie sah aus, als hätte sie sich eine kleine schimmernde Wolke einverleibt, als strahlte das Innere dieser Geistererscheinung wie bei einem Sonnenuntergang.

»Was möchtest du, Liebes?«, fragte er.

»Sieh hin«, forderte sie und machte einen weiteren Schritt auf ihn zu. Diesmal merkte er, wie abrupt ihre Bewegungen waren, so ruckartig wie bei einem Videoband, das man im Schnelldurchlauf vorspulte. Unter der Gesichtshaut nahm er die Umrisse von Venen und Arterien wahr, hinter den Lippen das Gebiss, unter der Kopfhaut die Schädelknochen. *Wir gehen davon aus, dass die Toten als zusammengeschrumpfte, verweste Gestalten wiederkehren, und das ist ja auch kein Wunder. Sie aber ist wie ein Kristall, weder hässlich noch deformiert, sondern schön.*

Daniella war jetzt so nahe herangekommen, dass er sie berühren konnte, wenn er wollte. Er stöhnte laut, beugte sich vor und spürte sofort Widerstand, einen Widerstand, wie er zwischen zwei gleichgepolten Magnetenenden entsteht, wenn man versucht, sie gegeneinander zu drücken. Seine Haut prickelte. Sie lehnte sich gegen seine Brust, seufzte kaum wahrnehmbar, schloss die Augen und umschlang ihn mit ihren durchscheinenden Armen. Von jedem Punkt aus, den sie berührte, durchströmte ihn angenehme Mattigkeit. Und diese Mattigkeit war nicht nur innere Ruhe, sondern reichte viel tiefer, war das allmähliche Loslassen eines Menschen, der stirbt, umfasste Traurigkeit, Distanz und Entsagen, den Verlust der Antriebskraft, der Funktionsfähigkeit, der Verbindung zur Welt. Seine Muskeln erschlafften. Viel zu spät erkannte er, dass das hier falsch war, zu nichts Gutem führen konnte, und schnappte nach Luft.

»Daddy«, sagte sie, streckte die Arme hoch und umfing ihn.

Kapitel 28

Wenn man in Mexiko Totenschädel aus Zuckerguss herstellt, dann nicht, um die Toten zu verspotten, sondern um sie zu besänftigen und freundlich zu stimmen. Die alten Stämme pflegten speziell ausgebildete Schamanen damit zu beauftragen, ihre Toten zu beschwichtigen, denn die Schamanen waren geübt darin, durch Anteilnahme und Magie auf sie einzuwirken. Ihre Rituale dienten dazu, sie zu umzingeln, zu verwirren, behutsam vom Leben und den Lebenden zu trennen und, wenn irgend möglich, dafür zu sorgen, dass sie nicht wiederkehrten. Falls die Toten dennoch erschienen, taten die Schamanen alles, um sicherzustellen, dass ihnen jede Macht über die Lebenden genommen war. Damals herrschte tiefere Dunkelheit als bei uns, und die Nächte waren länger; die Menschen hausten im wahrsten Sinn des Wortes im Schatten der Erde. Und an manchen Abenden – Abenden, an denen die Toten umgingen – hätte sogar die Sonne am liebsten ihr Gesicht auf ewig vor ihnen verhüllt.

Das, was für die Lebenden Liebe ist, bedeutet für die Toten, noch nicht von der Welt Geschiedenen, ein Festklammern, um sich weiter vom Lebenssaft nähren zu können. In den Überlieferungen aus alter Zeit heißt es, die Toten hätten ein gefährliches Verlangen, das nicht gesättigt oder gestillt werden könne. Weise Mütter pflegten ihre Kinder vor *mal occhio* zu schützen, vor der blinden Zuneigung – der Gier –, die bei Lebenden von der Verzweiflung und bei Toten vom Neid genährt wird.

Er hätte damit rechnen, sein Kind davor beschützen müssen. *Vor* mal occhio – *dem bösen Blick.*

Die Zeit ist ihm entglitten; er selbst ist sich entglitten und zu Fall gekommen.

Ich habe sie so deutlich gesehen, sie ist wirklich da gewesen.

Beinahe ahnt er jetzt, warum sie gekommen ist. Die Toten können niemals so, wie sie waren, nach Hause zurückkehren. Man muss sie loslassen, vergessen, ihnen die Freiheit geben.

(Steht dafür der Sonnenuntergang im Innern der Erscheinung …?)

Und doch wird er auf immer und ewig um sie weinen. Er will seine Tochter zurückhaben, nur das zählt für ihn.

Kapitel 29

Er lag auf der schräg abfallenden Auffahrt vor dem Haus und starrte auf einen verkrusteten alten Ölfleck, der mit Lehmbrocken übersät war. In den Ohren spürte er den rasenden Puls, im Körper das Blut, das vom Herzen wie Benzin durch einen absterbenden Motor gepumpt wurde. Er konnte sich nicht daran erinnern, nach draußen gegangen und hingefallen zu sein, aber seine Knöchel und Knie waren aufgeschürft. Schmerzen wären ihm durchaus recht gewesen, aber ihm tat nichts weh.

Sein Gesicht war nass, offenbar hatte er seinen Gefühlen freien Lauf gelassen, aber anfangs konnte er sich nicht an die Ursache erinnern. Er fragte sich, ob es ihn schließlich erwischt hatte, ob die Angina Pectoris oder was es auch sein mochte, seine Herzmuskeln zerrissen hatte.

Er wälzte sich herum und starrte in den Himmel, der sich eintrübte. Dämmerte der Abend herauf, oder war es der Morgen? Da der Himmel heller und heller wurde, musste es wohl der Morgen sein. Hatte er die ganze Nacht draußen in der Einfahrt zum Haus gelegen?

Drinnen läutete das Telefon, nicht das Trans, sondern der alte Apparat an der Küchenwand. Kommunikation. Gespräche aus fernen Ländern. Er zählte sieben Mal, bis das Läuten aufhörte. Rappelte sich mit steifen Gliedern auf die Knie hoch, blickte zum Haus hinüber wie ein armer Sünder, der vorhat, auf den Knien zum Allerheiligsten zu rutschen. Nach und nach kehrten die Erinnerungen zurück. Wieder und wieder sprach er den Namen seiner Tochter vor sich hin. Sah an sich herunter. Hemd und Hosen waren mit einer dünnen Staubschicht überzogen, und es war kein Dreck von der Auffahrt. Ein Weiß, das ins Graue spielte. Auch an seinen Fingern: Hausstaub, als wäre er unter ein Bett gekrochen. Er stand auf und schnüffelte an seinen Fingern. Unverkennbar hing der Duft an ihm, den er seit Daniellas frühester Kindheit mit ihr verbunden hatte, ein lieblicher, urtümlicher Geruch. »Gott helfe mir.« Er lehnte sich gegen die Garagenwand. Allmählich beruhigte sich sein Puls, auch das Atmen fiel ihm jetzt leichter, die Lebenskraft kehrte zurück. Er fühlte sich auf gefährliche Weise wohl, es war das Gefühl von Erleichterung und Wohlbefinden, das sich einstellt, wenn das Herz einen Moment lang ausgesetzt hat. Aber das reichte ihm nicht. Er wollte zurück ins Haus und nachsehen, ob Daniella immer noch da war. Diesmal würde er nicht wieder erwachen, falls sie einander umarmten, das war ihm klar. Und damit war er ganz und gar einverstanden.

Schon wieder das Telefon.

Immer noch benommen, ging Peter auf das Haus zu, stolperte über den niedrigen Randstein der Auffahrt und überquerte die Veranda, wobei er sich den Zeh anstieß. Als er ins Schlingern geriet und die Soleri-Glocke streifte, löste sich der Hausschlüssel von der Schnur und fiel mit dumpfem Scheppern auf die Fliesen. Er ließ das Telefon klingeln und starrte auf den Boden: Auch der Schlüssel war mit einer Staubschicht überzogen.

Er beugte sich hinunter, um ihn aufzuheben, roch daran und verstaute ihn in seiner Hosentasche.

Kapitel 30

Beim zehnten Läuten nahm er ab.
»Ich fühl mich schrecklich«, platzte Helen heraus, ohne ihn überhaupt zu Wort kommen zu lassen. »Du kannst nichts dafür. Ich nehm's dir nicht übel, wenn du jetzt sauer bist ... Peter!«, hakte sie nach, als er darauf nichts erwiderte. »Verdammt noch mal, bist du dran?«
»Ich bin nicht sauer.«
»Warum gehst du dann nicht ans Telefon? Ich weiß, dass du sauer bist.«
»Ich fühl mich nicht besonders.« Das Glas des Küchenschranks reflektierte sein Ebenbild. Ehrlich gesagt hatte er den Eindruck, dass es leicht flimmerte.
»Lindsey und ich wollen's wieder gutmachen«, verkündete Helen.
»Ich würde euch beide liebend gern sehen«, erwiderte Peter. Er hatte Fragen, so viele Fragen an so viele Menschen.
»Ich finde wirklich, wir sollten zusammen ein Picknick machen.«
So vorsichtig, als streckte er die Hand nach einem Rettungsring aus, tastete er sich vor: »Kann Lindsey hier übernachten?«
»Klar doch«, sagte Helen ein wenig scharf. Offenbar war sie immer noch wütend, hatte ihm gegenüber zwar ein schlechtes Gewissen, fühlte sich aber dennoch im Recht. Das Picknick als Versöhnungsangebot würde ihre Laune wohl ein bisschen heben. Nun ja, er würde auf alles eingehen, das sie ihm anbot, alles akzeptieren, das ihn von diesem gefährlichen Ort völliger Leere weglockte, der ihn so viele Stunden umfangen hatte.

»Warum rufst du überhaupt so früh am Tag an?«, fragte er.
»Wie bitte? Ist doch schon zehn durch, alte Schlafmütze.«
Er sah nach draußen: strahlender Sonnenschein. »Der Wecker ist wohl stehen geblieben.«
»Was, dein elektrischer Wecker?«
»Ich meine, der Strom ist ausgefallen.«
»Alles in Ordnung bei dir?«
»Ich glaub schon.«
Übers Telefon hörte er, wie ein Föhn summte. »Entschuldigung, nur eine Sekunde.« Helens Stimme verschwand vom Apparat. »Lindsey«, brüllte sie laut, »komm und sag deinem Vater hallo.«
Kurze Stille, ein Scheppern, dann war Lindsey am Apparat. »Hi, Dad, wir müssen miteinander reden«, sagte sie ohne jede Einleitung.
»Klar.«
»Mom holt gerade die Wäsche heraus und ist im anderen Zimmer«, fuhr Lindsey mit gedämpfter Stimme fort. »Wir müssen miteinander reden, auch wenn ich dir jetzt nicht sagen kann, worum es geht.«
»Ich weiß. Du fehlst mir, Lindsey.«
»Irgendetwas geht hier vor, eine Veränderung«, flüsterte sie.
»Hier ist Mom«, sagte sie gleich darauf mit normaler Stimme.

Kapitel 31

Hungrig wie ein Wolf, machte sich Peter ein spätes Frühstück aus Haferflocken. Während er aß, spürte er, wie die Nährstoffe in die Blutbahn drängten. Er empfand dabei Wärme und sinnlichen Genuss, als löffelte er heiße Soße auf Kartoffelbrei. Nach dem körperlichen Kontakt mit den Toten konnte selbst Haferbrei sündhaft gut schmecken.

Als er hinten im Küchenschrank auf ein uraltes Glas Sirup stieß, löste er die verkrusteten Klumpen des Orangenextrakts in Leitungswasser auf, rührte mit dem Löffel kräftig um, stellte drei gefüllte Trinkgläser in einer Reihe auf und stürzte sie alle hinunter. Der Zucker wirkte elektrisierend. Seine Sinne schärften sich, so dass er alles mit erfrischender, aber auch quälender Deutlichkeit empfand.

Lindsey musste mit ihm reden.

Er ließ den Löffel sinken, da ihm schlagartig übel wurde. Es vergingen einige Minuten, bis er sicher war, dass das, was er gegessen hatte, nicht Wiedersehen mit ihm feiern würde. Essen konnte er jetzt nichts mehr. Er blickte zum Telefon hinüber, danach auf den Anrufbeantworter, der darunter auf der gekachelten Anrichte stand. Das Lämpchen leuchtete stetig, also waren keine neuen Nachrichten eingegangen. Wie auch? Er hatte den Empfangsmodus lahm gelegt, ohne dass er sich daran erinnerte, auf die Taste gedrückt zu haben. Er streckte die Hand aus und schaltete die Funktionstaste wieder ein.

Würde Daniella ihm so wie das Gespenst in einer Folge von *Twilight Zone* Nachrichten zukommen lassen? Indem sie vom Friedhof aus eine vom Sturm gekappte Telefonleitung anzapfte?

Aber Daniella lag natürlich gar nicht auf irgendeinem Friedhof. Helen hatte ihre sterblichen Überreste einäschern lassen. Ihre Urne stand in der Nische einer Gedenkhalle. *Nein, geh da nicht hin.*

Bin nie dort gewesen. Was ich für Phil getan hab, hab ich bei ihr versäumt: Hab sie dem Meer nicht zurückgegeben. Helen hat mir verboten, meine Tochter dem Kreislauf der Natur zu überantworten.

Scragg. Detective Scragg, der nach all der Zeit immer noch am Ball ist, den Fall nicht zu den Akten gelegt hat. Zwei Jahre her, sagt der Kalender. Reiner Zufall. Was für ein pflichtbewusster, engagierter Polizist. Menschen, an die wir bisher nicht gedacht haben. Jeder kommt als Täter in Frage.

Er beugte sich über den Tisch in der Frühstücksecke, umklammerte die stählerne Randleiste und starrte mit leerem Blick auf die glänzende Kunststoffplatte mit Marmormuster, ohne irgendetwas wahrzunehmen.

Biss sich auf die Lippen, sog die Wange ein und kaute darauf herum.

Sie war bereits drei Wochen als vermisst gemeldet, drei Wochen tot, als ein Jogger sie in hohem, trockenem Gras fand, verscharrt unter einem Blätterhaufen.

Zehnjährige Tochter des früheren Pornoregisseurs Peter Russell tot aufgefunden, im Griffith Park verscharrt.

Wer immer sie entführt und ermordet hatte, er hatte einfach ein bisschen Gras und Erde aufgekratzt und sie dort abgeladen. In seiner Raserei hatte der Mörder viele Male auf sie eingestochen. Peter und Helens einziger Trost – schwacher Trost – war, dass Daniella nicht vergewaltigt worden war.

Geister zeigen keine Spuren der Gewalt, die man ihnen im Leben angetan hat, keine Spuren des Krankhaften, der Mordtat.

All diese Gedanken sprudelten in so schneller Folge tief aus seinem Innern hervor, dass es ihm so vorkam, als verränne die Zeit jetzt langsamer als zuvor.

Nein, so ist es ja gar nicht gewesen. Sie ist an Leukämie gestorben, war monatelang krank. Sei ist überhaupt nicht ermordet worden. Mach dir doch nichts vor, Schwachkopf.
Sie ist bei einem Autounfall ums Leben gekommen.
Bei einem Busunglück.
Sie starb während eines Schulausflugs, denn sie stürzte von einem Felsen ab und brach sich das Genick; wie schön sie aussah, als sie mit all den Blumen im Sarg lag.
Wer in dieser überaus schrecklichen Welt würde denn ein so reizendes kleines Mädchen abschlachten und dann draußen liegen und verrotten lassen?

·

Manchmal, wenn auch selten, kehren die vermissten Kinder lebendig zurück – und mit ihnen die Fernsehkameras. Aber wer würde einem Bericht Glauben schenken, in dem es heißt, ein totes Kind sei zurück nach Hause gekommen? *Peter Russells Tochter kehrt von der anderen Seite zurück. Das ganze Land freut sich mit ihm. Nach der Werbung: Vater ist überglücklich.*

Diese schrecklichen drei Wochen der Ungewissheit. Helen, die im Badezimmer kreischt und sich die Arme blutig kratzt. Lindsey, die sich in ihrem Zimmer oder unter der Kellertreppe versteckt, mit knapp elf Jahren noch zu jung, um wirklich zu verstehen, was Tod bedeutet. Und wer, egal wie alt, würde den Tod eines geliebten Menschen je verstehen oder akzeptieren können?

Als Nächstes in Oprahs Talkshow: Trauern oder vergessen? Kummer ertragen oder sich in den Wahnsinn flüchten?

Wochen waren vergangen, Monate.

Als die Polizei nichts hatte tun, nichts hatte finden können, hatte Peter die Sache selbst in die Hand genommen. Hatte Bücher über die Lösung von Kriminalfällen gekauft, war wieder und wieder zum Fundort zurückgekehrt, hatte in der Oktobersonne und im Dezemberregen dagestanden, war mit lehmverschmierten Schuhen nach Hause gekommen. Heftiger Zorn und Optimismus hatten sich miteinander vermischt, und des Abends hatte er völlig aufgedreht verkündet, was er am nächsten Tag tun, welchen Dingen er nachgehen würde.

Nachts hatte er neben Helen gelegen und ihr laut aus den kriminologischen Lehrbüchern vorgelesen, bis sie sich die Decke geschnappt und zum Schlafen ins Wohnzimmer umgezogen war.

Und dann der letzte, kurze Schritt in den Wahnsinn, sein Besuch bei dem Medium ... Die ganze Zeit über hatte er Unmengen getrunken, und nur aus einem einzigen Grund: weil er gehofft hatte, sich dadurch wenigstens fünf oder zehn Minuten des unerträglichen Tages wie ein normaler Mensch zu fühlen.

Tage und Wochen hatte er im Blindflug hinter sich gebracht, gesteuert vom Autopiloten.

Wer hat dir das angetan, Liebling? Und warum?

Seine Schultern bebten, er weinte still vor sich hin. Dann rieb er sich mit steifem Finger über das Brustbein und holte tief Luft.

»Humpty-Dumpty*-Zeiten, Peter Russell«, sagte er laut.

---

* Humpty Dumpty: Anspielung auf die Figur des Humpty Dumpty in Lewis Carrolls *Alice hinter den Spiegeln*. Dort heißt es im englischen Original: *Humpty Dumpty sat on a wall / Humpty Dumpty had a great fall / All the King's horses and all the King's men / Couldn't put Humpty Dumpty in his place again.* Im Amerikanischen eine Allegorie für all das, was unwiederbringlich vergangen oder zerstört ist. – *Anm. d. Übers.*

Kapitel 32

Mit zwei großen Papiertüten, in denen sich Milch, Zutaten für einen Salat, Dosenfleisch, Brot und ein Sechserpack Ginger Ale befanden, verließ Peter den kleinen Lebensmittelladen und machte sich auf den Heimweg den Hügel hinauf. Als er auf der Einfahrt vor dem Haus einen roten Mercedes 500 SL entdeckte, blieb er kurz stehen und ging dann weiter, die Papiertüten in der Hand.

Das Autokennzeichen des Mercedes, ausgestellt vom Bundesland Kalifornien, lautete TRANS4U2.

Stanley Weinstein drehte kurze Runden auf der Veranda und hielt jetzt an, um mit dem Finger gegen die Soleri-Glocke zu stupsen. Als Peter ihn begrüßte, fuhr er zusammen. »Hab Sie gar nicht kommen hören. Was für ein schönes Haus. Das klassische kleine Landhaus. Hoffe, ich störe Sie nicht gerade bei etwas Wichtigem.«

Weinstein war ein Nervenbündel, und das hatte nichts mit nervöser Energie zu tun. Die Tränensäcke unter seinen Augen waren seit ihrem Treffen in Marin noch dunkler geworden.

»Kein Problem«, erwiderte Peter und schloss die Eingangstür auf. »Kommen Sie herein. Ich will das hier nur schnell abstellen. Möchten Sie ein Ginger Ale?«

»Haben Sie vielleicht was Stärkeres da? Weißwein oder Whisky?«

Peter schüttelte den Kopf. »So was will ich nicht im Haus haben. Außerdem müssen Sie doch noch fahren, oder nicht?«

»Ein verantwortungsbewusster Mensch«, stellte Weinstein fest, folgte ihm ins Haus und ließ den Deckel des Pappkartons, der auf dem Gang stand, kurz hochschnappen. »Wie ich sehe, haben Sie immer noch ein paar Apparate da.«

»Stimmt. Ich komme nicht viel herum. Ein paar habe ich allerdings an Freunde weitergegeben.«

»Na, dann ist ja alles in Ordnung«, bemerkte Weinstein, was in Peters Ohren so klang, als hätte Weinstein nur mit halbem Ohr hingehört. »Heute Abend«, sagte Weinstein gleich darauf, »treffe ich mich in Santa Monica mit weiteren potenziellen Geldgebern, die viel Kohle auf der Kante haben. Geld beschaffen hat irgendwie Ähnlichkeit mit dem Showbusiness, stimmt's? Sehen und gesehen werden, darum geht's dabei.«

»Im Showbusiness dreht sich alles nur um Geldbeschaffung«, bestätigte Peter, während er die Einkaufstüten in die Küche brachte.

»Ehrlich gesagt«, fuhr Weinstein fort, »wollte ich auch sehen, wie Sie mit der Arbeit vorankommen. Es sind bestimmte Fragen aufgetaucht.«

»Welche Fragen?«, erkundigte sich Peter, der gerade dabei war, den Salat in einem verbeulten Sieb über der Spüle zu waschen.

»Kluge Köpfe behaupten, ich sei ein gewisses Risiko eingegangen. Manche der Geldgeber, die jetzt hinzugekommen sind, fragen sich, ob Sie wirklich die beste Wahl sind. Ich bin hier, um mir Munition zu holen – Proben Ihrer konzeptionellen Arbeit. Haben Sie sich angesehen, was unsere Design-Firma entworfen hat?«

Peter, der sich gerade die Hände mit einem Handtuch abtrocknete, kam von der Küche ins Wohnzimmer. »Das ist furchtbar«, erklärte er.

Weinstein schnaubte. »Wir haben denen eine ganze Menge für die ersten Entwürfe bezahlt. Ehrlich gesagt gehören die zu den Leuten, die an Ihrer Kompetenz Zweifel angemeldet haben.«

»Nun denn, lassen Sie uns immer ehrlich miteinander sein«,

erwiderte Peter und merkte, wie er rote Backen bekam. *Pass auf, was du sagst. Die Situation ist prekär. Leg dir nicht wieder selbst Steine in den Weg.*

»Nehmen Sie's nicht persönlich«, bat Weinstein. »Aber wir müssen vorwärts kommen.«

»Gibt's noch weitere Probleme?«

»Bis auf die Mühe, den ganzen Laden zusammenzuhalten, keine«, erwiderte Weinstein, mied jedoch Peters Blick. »Wenn's um Geschäftspartner geht, sind mir Genies nicht gerade die liebsten. Sie weichen immer wieder vom eigentlichen Thema ab, verlieren sich in der Theorie. Wir müssen dies noch berücksichtigen, müssen das noch berücksichtigen. Sie wissen schon: das ewige Nachbohren, das In-den-Zähnen-Herumstochern.«

»Ich kann Ihnen noch nicht viel zeigen. Arpad hat den Skizzen des Designerteams einen Zettel beigelegt. Ihm gefallen die Entwürfe genauso wenig wie mir.«

Weinstein starrte ihn jetzt mit einem Blick an, der offenbar vorwurfsvoll gemeint war. »Nun ja, Arpad. Der ist wirklich unser Tesla, nicht? Und hat ähnlich viel Geschäftssinn. Falls ich für Sie kämpfen soll, brauche ich ein bisschen echtes Peter-Russell-Material. Material, das inspiriert.«

»*Falls?*«, fragte Peter.

Weinstein ruckte mit dem Kopf, offenbar hatte sich sein Nacken verspannt. Einen Augenblick lang starrte er wild um sich. »Wir haben eine Woche, um unsere Kompetenz zu beweisen, und keine Stunde länger. Falls ich *Arpad* davon abhalten kann, sich dem Trübsinn zu ergeben, und unsere Geldgeber davon, sich in ein Rudel von Hyänen zu verwandeln ... Bitte geben Sie mir irgendetwas in die Hände, egal was.«

Peter kam zu dem Schluss, dass Weinstein auch nicht viel schlimmer war als die meisten Produzenten, für die er gearbeitet hatte. Je niedriger das Budget, desto heftiger die Klagen. Aber normalerweise hatte er immer geliefert, was sie verlangten, und das würde er auch jetzt versuchen.

»Sprechblasen, die verteilt werden«, bot er an, während er sich das Handtuch wie ein Kellner über den Arm legte.

Weinstein zog eine Augenbraue hoch. »Wie bitte?«

Peter tat so, als entkorkte er eine Sektflasche, und setzte die Pantomime damit fort, dass er seiner Faust einschenkte. »Menschen auf der Straße, die Ballons mit Sprüchen aufblasen und sie einander überreichen. Sie nehmen sie mit nach Hause, wo die Ballons platzen ... Heraus kommen Botschaften. *Wir sind auch nur Menschen. Alles, was wir tun, ist reden.*«

»Klingt wie das genaue Gegenteil von Werbung«, bemerkte Weinstein. »Kein bisschen sexy oder schräg.«

»Daran arbeite ich noch. Fans, die tanzen. Nackte Männer und Frauen, die Sprechblasen vor ihre Geschlechtsteile halten und auf der Straße Walzer tanzen.«

Weinstein kicherte. »Nun ja«, sagt er unverbindlich. Die Hand ans Kinn gelegt, ging er am großen Vorderfenster auf und ab.

»Laienschauspieler«, fuhr Peter fort. »Alte und Junge, nicht nur modisch-hübsche Jugendliche. Auch Nackte, an denen schon alles leicht hängt. Aber Spaß haben sie alle. Vielleicht fallen ihre hautfarbenen Trikots ein bisschen zu sehr auf. Das müssen wir in Super 8 drehen. Oder Sie kaufen mir eine gebrauchte Arriflex Super 16; mit der können wir's besser steuern und im Labor retuschieren. Kostet etwa dreißig Riesen. Billiger, als eine zu mieten, falls wir mehrere Werbespots oder Promotionsfilme nacheinander drehen.«

Peter wollte Karl Pfeil nicht bitten, ihm eine Kamera auszuleihen, nicht in dieser Situation.

»Wie wär's mit einem Digitalvideo?«, fragte Weinstein, der leicht zusammengezuckt war.

»Hat nicht die Wirkung, die Sie erzielen wollen, wenn ich Sie richtig verstanden habe. Aber vielleicht sieht die Sache ja jetzt anders aus.«

»Nein, nein«, beeilte sich Weinstein zu sagen. Er schürzte die Lippen. »Wir können eine mieten.«

Peter spürte, dass Weinstein einlenken wollte. »Bewilligen Sie mir ein bestimmtes Budget, dann stelle ich ein Team zusammen. Für fünfzig Riesen kann ich Wunder wirken. Falls wir eine Kamera ausleihen. Und das beinhaltet noch nicht mein eigenes Honorar. Zwanzig Riesen pro Promotionsfilm, fünfzig für einen Werbespot. Falls wir schnell arbeiten, kann ich Ihnen in zwei Wochen was Kurzes liefern.« Insgeheim holte Peter tief Luft.

Weinstein ging weiter auf und ab. »Sie glauben gar nicht, unter welchem Druck wir stehen. Sechs von unseren wichtigsten Leuten haben gestern das Handtuch geschmissen. Das bringt uns echt in größte Schwierigkeiten.«

»Vielleicht würde es besser laufen, wenn die Leute nicht in einem Knast arbeiten müssten.«

Weinstein warf ihm einen Blick zu, den Peter nicht deuten konnte, und wandte sich gleich darauf ab. »Wer ist Ihr Agent?«

»Ich arbeite mit einem Rechtsanwalt«, erwiderte Peter. Mit einem Rechtsanwalt, den er seit mehr als sieben Jahren nicht gesprochen hatte.

»Gut. Leiten Sie die Unterlagen an mich weiter. Sie mögen die anderen Ideen nicht, wie?«

»Die hatten vor, die Gaskammer zu nutzen.«

»Das hab ich vorgeschlagen. Ist doch schräg, oder?«

»Reiner Selbstmord.« Peter merkte, wie er eine seltsame Stärke entwickelte. »Sie wollen doch Gespräche verkaufen und nicht Videospiele. Aber wenn Sie Trans an halbwüchsige Jungs verkaufen wollen, die eh schon abgestumpft sind ...«

Mit ausdrucksloser Miene dachte Weinstein darüber nach. »Also gut«, sagte er schließlich und streckte die Hand aus, wobei er wie ein Bettler die Finger auffordernd spielen ließ. »Ein Beispiel, egal was. Sonst bin ich am Ende.«

Peter nahm einen Skizzenblock und einen Markierungsstift und zeichnete eine große Karikatur, auf der vier von Phils Alltagstypen zu sehen waren, die ihre Sprechblasen nach unten hielten. *Nimm den Ballon stets mit hinaus, dann gehn dir nie die*

Worte aus, sagte er und verteilte den Text auf die einzelnen Ballons. Dann kritzelte er über die Zeichnung: *Gespräche, die wenig kosten, machen das Leben schön. Und das ist die nackte Wahrheit.* Er reichte Weinstein das Blatt. Der musterte es und zog gleich darauf eine Grimasse.

»Nackte, die wie schlaffe Säcke aussehen? Die nackte Wahrheit? Wissen Sie, mit welchen Leuten ich es zu tun habe, Peter? Die sind doch auf Supercooles abonniert. Stechen einander damit aus, dass sie superteure Sportwagen kaufen, nur um damit anzugeben. Ihre Frauen erfüllen alle Idealmaße, von der Taille bis zu den Hüften, als hätten sie die aus dem Katalog bestellt. Die können Blut aus meilenweiter Entfernung von Wasser unterscheiden. Und sie können es regelrecht *schmecken*, wenn jemand versagt, so wie Aale Krankheit und Tod herausschmecken.«

Wo kommt das jetzt her?, fragte sich Peter.

Weinsteins Wangen spannten sich so, dass sie tiefe Gruben rund um seine Lippen bildeten. Über Wut war er längst hinaus, er war verzweifelt. »Falls ich zulasse, dass unsere Geldgeber Arpad in seiner jetzigen Verfassung kennen lernen, ist die Sache gelaufen – für uns alle. Er macht gerade eine Krise durch.«

»Was für eine Krise?«

Weinstein tat es mit einem Achselzucken ab. »Was ich jetzt brauche, ist jemand, der den Geldgebern ein sicheres Gefühl gibt, jemand mit kühlem Kopf, der stabil ist und gewandt im Auftreten. Ich glaube nicht, dass plumper Witz und schlaffe nackte Säcke das Ruder herumreißen.«

»Warum haben Sie mich dann überhaupt gefragt?« Peters Stimme versagte. »Sie kennen doch meinen Ruf. Zu mehr hab ich doch nie getaugt.« Er hatte die Nase voll.

»Weil ich dachte, Sie hätten vielleicht noch immer was drauf, das uns weiterhilft.«

Als Peter Anstalten machte, das Blatt in der Mitte durchzureißen, schnappte Weinstein danach. »Ach, verdammt. Heute Abend ist ein Treffen, bei dem es um mehr Geld geht, als selbst

Mr. Benoliel sich träumen lässt. Und dann das hier.« Weinstein rollte das Blatt geschickt und ordentlich zusammen. »Haben Sie ein Gummiband?«

Eine halbe Stunde, nachdem er Weinstein zur Tür begleitet hatte, setzte Peter sich in die Küche. Er bebte vor Zorn und fragte sich, was, zum Teufel, er überhaupt mit Leuten wie Weinstein oder sonst jemandem in seinem Leben am Hut hatte. In was war er da hineingeschlittert? Er wollte sein Ginger Ale trinken, aber seine Hand zitterte so heftig, dass er es verschüttete.

Als das Telefon läutete, musterte er es einen Augenblick, denn er hatte das Reden, jegliches Gerede, gründlich satt; dennoch setzte er das Glas ab, um nach dem Hörer zu greifen. »Hallo?«

Es war Michelle. »Joseph geht's nicht gut«, sagte sie. »Er will sich mit Ihnen treffen, verrät mir aber nicht, warum. Können Sie kommen?«

Peter riss sich zusammen. »Selbstverständlich. Mein Auto ist aber noch in der Werkstatt. Ich werd's abholen und dann sofort zu Ihnen fahren.«

Die Werkstatt schickte ihm einen Jeep; der Porsche war fertig repariert und startbereit. Aber Peter würde sehen müssen, dass er vor Einbruch der Dunkelheit wieder zu Hause war.

Falls er den Mut aufbrachte.

Kapitel 33

»Gott sei Dank, dass Sie kommen konnten«, begrüßte ihn Michelle, während er die Treppe hochstieg.

Sie saß auf der lang gestreckten, schattigen Veranda in einem Korbsessel, der wie ein Pfauenthron geformt war, und hatte die Beine übereinander geschlagen. Obwohl es erst drei Uhr nachmittags war, hielt sie einen Martini in der Hand.

»Um was geht's?«, fragte Peter.

Sie zuckte die Achseln. »Er will's mir nicht sagen. In emotionaler Hinsicht geht es schon seit einer Woche bergab mit ihm.« Mit verkniffenem Mund setzte sie nach: »Manchmal frage ich mich, ob ich den Mann überhaupt kenne.« Sie warf den Kopf hoch und stellte den Drink auf dem runden Glastisch ab. »Aber das muss unter uns – Ihnen, mir und dem Alkohol – bleiben.«

»Ist doch klar.« Peter sah, dass sie neben dem Glas viele silberne Cocktailspieße zu einem grinsenden Clownsgesicht angeordnet hatte, das einem ausgehöhlten Halloween-Kürbis ähnelte.

»Ich sollte damit aufhören«, sagte sie und griff gleichzeitig wieder nach dem Glas. »Ich trinke nicht viel, aber ich sollte ganz damit aufhören. Es ist nicht richtig, den Stress auf diese Weise abzubauen, oder? Denn er ist ja trotzdem noch da.«

»Man spürt ihn nur nicht mehr so«, erwiderte Peter.

»Sie haben schon vor langer Zeit damit aufgehört«, stellte sie fest und sah ihn mit ihren stark geschminkten grünen Augen forschend an. Er hatte sie noch nie so stark geschminkt gesehen: Auf die Wangen hatte sie Rouge aufgetragen, die Augen mit falschen Wimpern und Mascara betont. Es grenzte schon ans Groteske.

»Weil es mich umgebracht hätte«, erklärte Peter.

»Sie sind stark.« Ihr Gesichtsausdruck wechselte schlagartig, die Miene hellte sich auf. Eben noch trübsinnig, im nächsten Augenblick freundlich und neugierig. »Wie ist das Vorstellungsgespräch gelaufen?«

»Ich hab einen Job«, erwiderte Peter mit einem Lächeln. »Dank Ihnen.«

»Ich hab nur mein Bestes versucht«, wehrte Michelle ab. »Vielleicht freut sich Joseph, wenn er das hört. Er mag Sie, wissen Sie.«

»Ja, ich weiß. Ich würde ihn nur ungern enttäuschen – und Sie auch nicht.«

»Wie, zum Teufel, sollten Sie uns enttäuschen können?«, fragte Michelle ehrlich erstaunt.

»Kann sein, dass ich den Job wieder verliere. Es ist so, als versuchte ich dauernd, mir selbst alles kaputtzumachen.«

»Wie beim letzten Mal?« Michelle beugte sich vor.

»Schlimmer als beim letzten Mal. Ich habe Erscheinungen.«

Als sie die Hand ausstreckte, um ihm über den Handrücken zu streichen, kratzte einer ihrer langen Fingernägel kurz über seine Haut und hinterließ eine weiße Spur. »Wie kommen Sie darauf, dass Sie deshalb den Job verlieren werden? Joseph hat dauernd irgendwelche Erscheinungen.« Sie lächelte so, dass schwer zu ergründen war, ob es als Scherz gemeint war. »Er will sich mir nicht anvertrauen. Mir kommt's so vor, als könnte ich Sturmwolken spüren, ohne zu wissen, aus welcher Richtung sie kommen. Manchmal redet er im Schlaf. Na ja, wir werden wohl alle mal alt.«

Peinlich berührt blickte Peter über die weite grüne Rasenfläche. »Nun … bei mir ist es schlimmer.«

Wolkenschatten jagten über Salammbo hinweg.

»Erzählen Sie mir davon«, forderte Michelle ihn auf. Sie beugte sich vor, stützte die Ellbogen auf die Knie und sah ihn aus den Augenwinkeln an. »Es liegt mir viel daran, Peter. Ich hab früher zugehört, ich kann auch jetzt zuhören.«

»Ich wüsste gar nicht, wo ich anfangen sollte.«

»Beginnen Sie mit dem gestrigen Tag. Ist als Anfang genauso gut wie alles andere.«

»Was ich sehe oder nicht sehe, ist noch nicht das Schlimmste. Es ist das Muster, das sich wiederholt. Das Muster, für jemanden zu sorgen, der einem am Herzen liegt, diesen Menschen zu verlieren und danach zusammenzubrechen. Bekommen Sie bloß nie Kinder, Michelle.«

»Das werde ich nicht«, gelobte Michelle.

»Man mag sich noch so sehr für einen egoistischen Dreckskerl halten: Wenn Kinder da sind, nehmen sie einen Stück für Stück auseinander, um einen danach neu zusammenzusetzen. Man legt alles, was man selbst ist, in sie hinein, alle Hoffnungen, alle Ängste. Und dann kommt es einem so vor, als müsste man die Hände ausstrecken und alles und jeden beschützen – die ganze Familie, die ganze Welt. Oft hab ich im Bett gelegen und Angst gehabt, ich könnte eines oder beide meiner Kinder verlieren. Angst davor gehabt, was so etwas mir, mir und Helen, antun würde.«

»Nun ja, das ist sicher ganz normal«, bemerkte Michelle.

»Ja, aber ich hab trotzdem nicht Acht gegeben, nicht auf meine eigenen Ängste gehört. Hab das Wesentliche aus den Augen verloren. Ich war damals unterwegs ... hab Material für ein Buch gesammelt, ein blödes, unbedeutendes Buch, mit dem ich sowieso nicht weiterkam, so viel Material ich auch sammelte. Und dann brach ein Teil der Schattenwelt herein und holte sich meine Tochter.«

Helen am Telefon, die sagt, dass Daniella spurlos verschwunden ist. Mit dem Nahverkehrsflugzeug sofort von San Francisco zum Flughafen Burbank. Helen, die ihn draußen am Wartestreifen abholt und mit ihm nach Hause rast ... Sitzen, abwarten, Gespräche mit den Polizeibeamten, die Suche nach Fotos, Personenbeschreibungen für die Bereitschaftspolizei, der langsame Marsch durch die einzelnen Dienststellen, bis sie nach vier Tagen an Detective Scragg geraten.

Nur vier Tage, bis sie mit dem Morddezernat sprechen.

»Schattenwelt?«, wiederholte Michelle ungläubig. »Teufel und Dämonen? Sie ist doch ermordet worden, Peter.«

»Es ist eine Metapher. Von Kipling.« Das hier brachte ihn kein bisschen weiter.

»Trotzdem würde ich gern wissen, was das für Erscheinungen sind. Vielleicht hilft es mir dabei, Joseph zu verstehen.«

Peter sah mit zusammengekniffenen Augen über den Rasen. »Ich weiß nicht, auf was Sie hinauswollen. Es hat überhaupt nichts zu bedeuten, denn es kann ja gar nicht real sein, oder?«

Sie zuckte die Achseln. »Manchmal wandelt er im Schlaf. Schreit mitten in der Nacht. Der Arzt sagt, es könnte eine Reaktion auf die Medikamente sein, die er zur Senkung des Bluthochdrucks einnimmt. Nachts ist es schlimmer, aber mittlerweile passiert es auch tagsüber. Wenn Sie nicht da sind. Wenn Sie da sind, zeigt er sich von seiner besten Seite.« Michelle rieb sich die Hände und starrte auf ihre Fingerknöchel. »Er redet von Ihnen wie von einem Sohn.« Ihr Gesicht verlor jeden Ausdruck. »Und das bedeutet wohl, dass ich Ihre Mutter sein muss, also verantwortlich bin für Sie wie für ihn. Sehen Sie? Auch ich kann mich für jemanden verantwortlich fühlen.«

»Er hat mir überhaupt nichts davon erzählt.«

»Na ja, das würde er auch nie tun, hab ich Recht? Diese besondere Last muss ich schon selbst tragen, wenn Sie gegangen sind.« Sie lehnte sich mit funkelnden Augen im Korbsessel zurück. »Ich glaube eigentlich nicht, dass hier irgendjemand dabei ist, verrückt zu werden, weder Sie noch Joseph. Trotzdem ist die Sache wirklich rätselhaft: Zwei ausgewachsene, gestandene Männer, die an ihrem Verstand zu zweifeln beginnen und irgendwelchen Gurus in Pasadena einen Haufen Geld in den Rachen werfen.« Sie stand auf. In ihrer kurzärmeligen weißen Bluse und der Bundfaltenhose wirkte sie wie ein Schützling von Howard Hughes – eine Nachwuchsschauspielerin, die Amelia Earhart verkörpern soll, die erste Frau, die im Jahre 1928 mit dem Flugzeug ganz allein den Atlantik überquerte. Michelle hätte gut und gern selbst als Gespenst durchgehen können, als eine Schauspielerin aus Salammbos Vergangenheit, aus den Dreißigerjahren, die kurz vorbeischaute. »Gehen Sie zu ihm.«

»Natürlich.« Er stand auf und machte sich auf den Weg zur Tür.

»Ich kann mit meinem Trans immer noch nicht im Haus telefonieren, im Bereich hinter der Veranda funktioniert's nicht«, rief Michelle ihm nach. »Fragen Sie mal Weinstein danach.«

»Ja, mach ich.«

Joseph, bekleidet mit Sweatshirt und irgendeinem Teil, das nach Skihosen aussah, saß vor den offenen Flügelfenstern im oberen Zimmer. »Na, Jagdglück gehabt?«, fragte er, ohne sich umzudrehen, als er hörte, wie sich die Tür schloss.

»Ganz anständiges«, erwiderte Peter. »Die geben mir Arbeit, und das verdanke ich Ihnen und Michelle.«

»Michelle hat die Beinarbeit gemacht, darin ist sie am besten. Kommen Sie, setzen Sie sich, damit ich mir nicht den Hals verrenken muss. Heute bin ich sowieso am ganzen Körper steif.«

»Warum gehen Sie nicht hinaus und machen ein paar Übungen?«

»Weil ich …«

Einen Moment lang glaubte Peter zu wissen, was Joseph gleich sagen würde: *Weil ich dabei bin, den Verstand zu verlieren.* Aber Joseph führte den Satz nicht aus, sondern sagte stattdessen: »Diese Assistentin von Sandaji hat mich seit Ihrem Besuch ständig genervt.«

»Will sie mehr Geld?«

»Nein. Offenbar haben Sie Sandajis Gehilfin oder wie sie sich nennen mag schwer beeindruckt.«

»Jean Baslan«, sagte Peter, dem der Name wieder eingefallen war. »Daran habe ich erhebliche Zweifel.«

»Na ja, jedenfalls war irgendjemand beeindruckt. Sandaji würde nie selbst zum Telefon greifen, sie würde nicht mal mich, ihren Gönner, persönlich anrufen.«

»Hat sie irgendwelche Skrupel wegen des schnöden Mammons?«

»Nein, sie genießt ihr Geld. Aber sie verbringt zu viel Zeit damit, sich Menschen anzunehmen, die Probleme haben. Wahrscheinlich möchte sie ihre Privatsphäre schützen. Was halten Sie von meinem Einfühlungsvermögen, Peter?« Joseph bedachte ihn mit einem schwachen Lächeln.

»Es ist recht gut.«

»Das sind meine Produzenteninstinkte. Und jetzt dürfen Sie mich aufheitern. Erzählen Sie mir von Ihrem Job.«

Peter skizzierte die allgemeinen Bedingungen des Auftrags und erzählte ihm von dem grässlichen Entwurf der Berater in Palo Alto und der heiklen Besprechung mit Weinstein in seinem Haus in Glendale. Er hatte nicht die geringste Lust, Joseph mit seinen Geistererscheinungen zu belasten. Hier in Salammbo, in dem sauberen alten Zimmer mit dem dunklen, teuren Mobiliar und dem Ausblick auf die endlosen Rasenflächen, kam ihm das Leben wieder normal vor. Er konnte sich beinahe einreden, alles sei eine innere Angelegenheit, eine rein psychische Geschichte. Der Rückfall in ein uraltes Muster. Nun ja, er hatte es schon früher überlebt und konnte es erneut schaffen ... All das und mehr ging ihm durch den Kopf, während er ausführlich von seinem Besuch in San Andreas berichtete.

»Mein Gott«, sagte Joseph, als Peter zum Ende gekommen war, und verzog das Gesicht. »Und die haben ihre Schaltanlage tatsächlich in der Gaskammer untergebracht?«

»Die sind verrückterweise auch noch stolz darauf. Derzeit versuche ich sie davon zu überzeugen, dass Werbung mit dieser Holzhammermethode ein bisschen zu pubertär für den freien Markt ist. Wenn man mit den Großen mitmischen will, verlangt das ein gewisses Maß an Respekt.«

»Die Worte sind eines wahren Königs des Pornogeschäfts würdig«, bemerkte Joseph. »Sind das Technik-Freaks, die sonst nichts im Kopf haben?«

»Sie scheinen durchaus gewisse soziale Kompetenzen zu besitzen. Arpad Kreisler ... ist ein recht interessanter Mensch.«

»Und hat einen Kopf zwischen den Schultern?«

Peter nickte.

»Immerhin ein Anfang«, sagte Joseph.

»Kann sein.«

»Nun ja, vielleicht brauchen wir Sie hier nicht mehr lange. Das würde Ihnen die Freiheit geben, über meine Investition zu wachen.« Er schluckte. »Über Michelles Investition.«

»Ich kann hier immer noch aushelfen, wenn Sie mich brauchen«, sagte Peter, der sich plötzlich so unbehaglich fühlte, als würde er gleich aus einem angenehmen Traum erwachen. »Ohne Honorar. Sie waren beide gut zu mir.«

Joseph forderte Peter mit einer Geste auf, seinen Stuhl vorzurücken und sich direkt vor ihn zu setzen, in den Sonnenschein, der durchs Fenster drang.

»Sind Sie sicher, dass bei Ihnen alles in Ordnung ist?«, fragte Joseph.

»Ziemlich sicher.« Peter war zwar bereit, seine Sorgen Michelle anzuvertrauen, nicht aber Joseph. So war es nun mal.

Als Joseph ihn mit zusammengekniffenen Augen musterte, fragte sich Peter kurz, was hier eigentlich vor sich ging. Denn so deutlich, als hätte er es ausgesprochen, fragte Josephs Blick: *Wie viel wissen Sie?*

»Nun ja«, sagte Joseph mit schleppender Stimme und beendete die eingehende Musterung, »noch ein letzter Auftrag, und dann wäre es mir recht, wenn Sie alles hier hinter sich ließen. Gegen Sie durchs Tor und kommen Sie nicht zurück.«

Das verschlug Peter für einen Moment die Sprache.

»Hat nichts mit Ihnen zu tun«, fuhr Joseph fort. »Es ist nur so, dass meine Vergangenheit mich wieder einzuholen beginnt

und sich bei mir breit macht. Und das ist keine schöne Sache. Ich habe einige recht große Fehler gemacht, einer wiegt besonders schwer. Ich hätte es besser wissen müssen ... schon wegen meiner Instinkte als Produzent. Aber die *cojones* haben regiert.«
»Das klingt ja geradezu beängstigend, Mr. Benoliel.«
»Wie gesagt, es hat nichts mit Ihnen zu tun«, beteuerte Joseph so sanft, als redete er mit einem Kind, das ihm besonders lieb war. »Tun Sie noch dieses Eine für mich: Fahren Sie noch einmal zu Sandaji. Offenbar hat sie einige Fragen. Ihre Gehilfin hat sich nicht näher darüber ausgelassen, was das für Fragen sind. Vielleicht braucht sie auch nur das, was Sie ihr als Mann geben können. Selbst Mutter Teresa muss ihre schwachen Momente gehabt haben.«
»Das bezweifle ich doch sehr«, sagte Peter und runzelte die Stirn.
»Sie haben also Zeit, mir zuliebe hinzufahren?«
»Ich denke schon.«
»Heute Abend?«
»Geht in Ordnung.«
»Und was machen Sie, falls die beiden Sie in irgendein kosmisches Geheimnis einweihen und meine ursprüngliche Frage ausführlicher beantworten?«
»Dann erzähle ich Ihnen alles. Falls Sie die Tore nicht verriegeln.«
»Sie werden die Tore immer offen finden, Peter, auch wenn es jetzt an der Zeit ist, dass Sie weiterziehen. Trotzdem, falls die beiden Sie wirklich ins Bild setzen ...« Er nickte und presste den Kiefer zusammen. »Rufen Sie mich an, geben Sie mir Bescheid. Und falls mir irgendetwas zustößt ... Haben Sie ein Auge auf Michelle.«
»Selbstverständlich, aber es ist doch gar kein Grund ...«
»Es ist mir ernst. Versprechen Sie einem alten Mann, seinen Wunsch zu erfüllen und ein Auge auf Michelle zu haben.«
Peter nickte hilflos, während Joseph ihm mit einem Wink zu

verstehen gab, dass er jetzt gehen sollte. Er wandte den leeren Blick zum Fenster. »Man muss die losen Enden miteinander verknüpfen. Und danke, Peter.«

»Gern geschehen.« Als Peter die Tür öffnete, gab ihm Joseph wie so oft noch ein paar dramatische Abschiedsworte mit auf den Weg: »Und glauben Sie bloß nicht, was in den Zeitungen steht.«

»Alles klar«, gab Peter zurück.

Während sie die lange Vordertreppe hinuntergingen, die von der Veranda in den Hof führte, warf Michelle einen Blick hinter sich, auf Peter. »Joseph und ich haben schon seit Jahren nicht mehr miteinander geschlafen«, sagte sie. »Das macht mir auch gar nichts aus. In meinem Leben hat der Sex sowieso immer eine viel zu große Rolle gespielt. Aber diese andere Sache, dieses Vor-sich-hin-Brüten, macht mir wirklich zu schaffen.«

»Danke für die Mitteilung.«

»Wie bitte? Haben Sie etwa Angst vor dem Schicksal, das auf alle Männer zukommt, wenn sie alt werden?«

Peter rümpfte die Nase.

»Ich nehme an, Sie brechen bald auf, um diese Sandaji aufzusuchen. Können Sie mich zu *Jesus weinte* rüberfahren?«

»Klar. Wir können aber auch laufen.«

Sie sah auf. »Wird gleich regnen. Diese Frau ist irgendwie unheimlich, finden Sie nicht?«

»Kann ich nicht recht beurteilen«, wehrte Peter ab, denn er hatte einen Unterton herausgehört, den er bislang von Michelle nicht kannte: Besitzgier. Michelle machte Ansprüche auf ihn geltend. *Ist denn derzeit jeder ein bisschen neben der Spur? Phil hat den Startschuss gegeben. Dann hat es Sandaji gepackt und danach mich selbst. Jetzt Joseph und Michelle. Als wären wir alle im Wunderland.*

»Ist ja auch egal. Fahren Sie rüber und von dort aus weiter, ich möchte nämlich Ihre Meinung zu dem Haus hören. Ich komm schon zu Fuß zurück.«

Peter fragte sich, wie viel Zeit Michelle in dem anderen Haus verbrachte. Es war das erste Mal, dass sie ihn einlud, sich ihr Werk anzusehen – ihn in das einweihte, womit sie ihre Zeit verbrachte, wenn Joseph mieser Stimmung war ...

Trotz seiner eigenen Vorlieben bei Frauen – er stand zu seiner Ansicht, dass fünfundzwanzig bis dreißig das perfekte Alter war – hatte er nie viel Vertrauen in Mai-Dezember-Beziehungen gesetzt – Beziehungen mit großem Altersunterschied.

Er hielt Michelle die Tür des Porsches auf.

»Ich habe diesen Wagen immer geliebt«, sagte sie, während sie geschmeidig wie ein Otter in den niedrigen Beifahrersitz glitt und die Beine nachzog. »Unseren Arnage kann ich nicht ausstehen, der ist wie ein Schiff.« Sie zog eine Schnute. »Es ist mir peinlich, den Arnage zu fahren.«

»Dann verkaufen Sie ihn doch. Sie könnten dafür zehn oder zwanzig Porsches bekommen, und ich könnte die Ersatzteile brauchen.«

Michelle lächelte. Eine plötzliche Brise ließ ihr Haar flattern. Von der Küste her zog eine Wolkenbank in verschiedenen Farbschattierungen landeinwärts. Es tröpfelte bereits, als sie um die sanften Hügel bogen und bei der riesigen Bronzestatue von El Cid die Haarnadelkurve nahmen. Die Skulptur wirkte wie der Punkt unter dem Ausrufungszeichen, das die lange Hecke von Oleanderbüschen bildete. Über die steil abfallende Zufahrtsstraße näherten sie sich jetzt dem Herrenhaus, das dem Stil einer alten Missionsstation nachempfunden war.

»Wussten Sie, dass man mit dem Gift dieser Oleanderhecke eine ganze Kleinstadt ins Jenseits befördern könnte?«, fragte Michelle. »Notieren Sie sich das für Ihren nächsten Krimi.«

»Ich hab schon seit Jahren keinen Krimi mehr geschrieben«, sagte Peter. Das war Phils Stärke gewesen. Verwickelte, komplizierte Kriminalromane, deren Auflösungen dem Durchschnittsleser oft so vorkamen, als wären etliche Fäden nicht miteinander verknüpft worden. Sie hatten sich nicht gut verkauft.

»Ich könnte ja helfen«, bot Michelle an. Während sie vor der Fünferreihe der Garagentüren hielten, bedachte sie ihn mit einem Blick, der ebenso nachdenklich wie nichts sagend war. Sie warf ihr Haar auf eine Weise zurück, die Peter aus Erfahrung deuten konnte: Sic spielte mit dem Gedanken, ihn anzumachen. Ihr Blick verriet, wie er annahm, nur deshalb nichts, weil sie die Karten nicht zu früh auf den Tisch legen wollte, vielleicht auch nicht sicher war, ob sie den Vorstoß wirklich machen sollte. Möglicherweise hatte sie auch kein gutes Gefühl dabei. Jedenfalls trieb sie irgendetwas aus der Reserve. »Sie sollten endlich tun, was Sie tun müssen«, erklärte sie. »Jetzt kenn ich Sie schon seit Jahren, Peter, wir sind alte Freunde. Und das mein ich in diesem Fall wörtlich: *alte* Freunde. Die Zeit wird knapp.«

Er musste sich wohl wirklich im Wunderland befinden. Zum ersten Mal fühlte er sich in Michelles Gegenwart äußerst unwohl. Schon vor langer Zeit hatte er gelernt, offene oder verdeckte Vorstöße von Frauen in jeder Lebenssituation so abzuwehren, dass sie es ihm nicht allzu übel nahmen. Trotzdem nervte ihn schon die Tatsache an sich, dass er jetzt im Geiste sein Repertoire höflicher Zurückweisungen durchgehen musste. Er hatte immer angenommen, Michelle sei zu klug und habe zu viel Klasse, eine solche Karte auszuspielen.

Joseph hatte einen Riecher für so was, er würde es ihm wie Michelle anmerken, selbst wenn es bei einem harmlosen Flirt bliebe. Seine so genannten *Produzenteninstinkte* würden es ihm sofort verraten.

Dennoch war Peter seit eh und je gefährlich neugierig, wenn es um Frauen ging. Hinter Michelle stieg er die zwei Treppenabsätze bis zu der riesigen schmiedeeisernen Tür hoch, die nicht verschlossen war. Mit ihrer feingliedrigen Hand und den langen Fingern drückte Michelle sie schwungvoll auf.

»Willkommen in der Höhle des Ungeheuers«, sagte sie, während sie ins Haus traten. Als sie über den schwarzen Schieferboden gingen, wurden ihre Schritte vom Widerhall der Eingangshalle so verzerrt, dass sie messerscharf klangen. »Ich weiß einfach nicht, was ich mit diesem Haus anstellen soll. Je mehr ich dafür investiere und je mehr Mühe ich mir damit gebe, desto hässlicher wird's.«

Durch die hohen Fenster über der Eingangstür drang so viel Licht, dass sie ihren Weg finden konnten, aber die kreisrunde Empfangshalle wirkte dennoch nicht einladend, sondern durch und durch düster. Auf jeder Seite flankierten schwere geschwungene Treppenfluchten den Raum. Die eisernen Geländer entlang der Treppen und der Brüstung waren zwar Wunderwerke komplizierter Konstruktion, aber wirkten erschlagend und taten dem Auge weh.

Michelle schwenkte den Arm zur Brüstung: »Sehen Sie, was ich meine? Ich könnte dort oben Jupiterlampen anbringen lassen, und das Haus würde mich immer noch niederdrücken. Aber Sie hätten sehen sollen, wie's hier früher war. Das Feuer hat ein solches Chaos angerichtet. Ich habe Wände eingerissen, Platz geschaffen, indem ich Räume zusammengelegt habe, neu gestrichen, die Fußböden repariert ... Wie die meisten alten Damen kann man diese Lady zwar liften und straffen, aber die kranken Knochen nicht unsichtbar machen. Trotzdem war ich stets der Meinung, dass irgendwas in ihr steckt, meinen Sie nicht auch?«

Peter versuchte, sich nicht anmerken zu lassen, wie unwohl er sich hier fühlte.

Michelle schlenderte zum Mittelpunkt der Empfangshalle hinüber. Ihre Stimme schien sich auszubreiten und aus allen Richtungen zu kommen, als sie sagte: »Joseph hat mir mal erzählt, hier sei irgendwas Schreckliches passiert. Aber er will mir nicht verraten, was.«

»Vielleicht ein ganz übler Mord.«

»Na ja, wohl eher eine Orgie, die ausgeartet ist. Verführung

von Jungfrauen, Drogen, Kokain. So wie bei Fatty Arbuckle.«
Sie lächelte. »Aber es steht weder in den Geschichtsbüchern noch in den Zeitungen, wie kann man's also wissen? Vielleicht können Sie's aus Joseph herauslocken.« Gleich darauf zog sie einen Schmollmund. »Wenn ich genauer darüber nachdenke, lassen Sie's lieber. Traurigen Geschichten ist er derzeit nicht gewachsen.«
Joseph hat ihr nichts davon erzählt, dass er das Arbeitsverhältnis mit mir beendet hat.
»Kennen Sie den Tunnel zwischen den Häusern? Mit den Schienen und den kleinen Waggons?«
»Ich bin noch nie da unten gewesen.«
»Ich denke, wir werden ihn wieder instandsetzen – alles säubern und die Bahn wieder zum Laufen bringen.« Michelle bedachte ihn erneut mit einem nichts sagenden Blick. Zum ersten Mal spürte Peter, dass sie log, und er hatte nicht den leisesten Schimmer, warum.
»Kommen Sie mit in die Küche«, schlug Michelle vor. »Da ist es noch am gemütlichsten.«
»Besser nicht.« Peters Neugier hatte sich erschöpft. »Ich muss meinen Auftrag erledigen.«
»Reisende soll man nicht aufhalten«, sagte Michelle durchaus locker, kam zurück und stellte sich dicht neben ihn. »Haben Sie Ihr Trans dabei?«
Er hatte es nicht mitgenommen. »Ich glaube, die haben irgendwelche Probleme mit dem Netz«, sagte er. In Wirklichkeit hatte er es schlicht vergessen, als er von zu Hause aufgebrochen war.
»Na ja, vielleicht liegt es *daran*«, überlegte Michelle. »Ich hab's Joseph nicht gesagt, aber die Apparate funktionieren in keinem der Häuser. Wir wollen doch nicht, dass er denkt, wir hätten sein Geld auf einen lahmen Gaul gesetzt. – Alles in Ordnung mit Ihnen?«
»Mir ist nur kalt. Ich fahr jetzt wohl besser.«

Michelle schlang die Arme um sich. »Ist tatsächlich kühl hier drin. Bei Sonnenlicht kommt das Haus wirklich besser zur Geltung.«

Draußen verwandelte sie sich wieder in Josephs Michelle, verhielt sich kameradschaftlich und offen. Sie strich ihm über den Arm. »Lassen Sie sich von dieser Frau bloß nicht unterkriegen«, mahnte sie und blieb an der Fahrertür stehen, während er sich angurtete. »Sandaji hat Joseph in dieses willenlose Häufchen Elend verwandelt, da bin ich mir sicher. Auf diese Weise versucht sie, noch mehr Geld aus ihm herauszuholen, das könnte ich wetten. Ich mag sie einfach nicht.«

Peter versicherte ihr, er werde sein Bestes tun, um Joseph vor habgierigen Gurus zu schützen. Er bemühte sich um ein Lächeln, aber sein Gesicht wollte einfach nicht mitmachen, deshalb verzog er es nur zu einer leicht ironischen Grimasse und zwinkerte ihr zu. Gleich darauf setzte er zurück und ließ Michelle auf der langen Einfahrt stehen, deren Beton von Rissen durchzogen war ... vor dem riesigen alten Haus mit dem hohen Giebel, im Stil der Alamo-Mission errichtet. Im zweiten Stock fielen ihm mehrere Reihen schmaler, zurückgesetzter Fenster auf, die wie dunkle Höhlen wirkten.

Nicht wie Augen, sondern wie Lücken zwischen verfärbten Zähnen.

Kapitel 34

Es war Jean Baslan, die öffnete. Ohne ein Wort ließ sie Peter ins Haus und bedeutete ihm, im Wohnzimmer zu warten. Vorsichtig ließ er sich auf dem antiken Sessel im Morris-Design nieder und faltete die Hände. Er hörte, wie ihre flachen harten Absätze durch das Esszimmer und über den Gang klapperten.

Als er hinter sich ein leises Geräusch vernahm, drehte er den Kopf. An einer der Ecksäulen, die den Torbogen zum Wohnzimmer stützten, stand ein uralter Mann. Er trug eine blaue Strickjacke, die auf Höhe des Gürtels zugeknöpft war, locker sitzende, ausgebeulte Hosen und ein weißes Hemd. Das graue Haar über der hohen Stirn war zu einem Bürstenschnitt geschoren. Hinter runden Brillengläsern schimmerten trübe graue Augen. Die schmalen Schultern fielen nach vorn wie zusammengefaltete Flügel, während die langen Arme locker herunterbaumelten; die Ellbogen hatte er leicht angewinkelt und die Hände so verkrampft, als übte er sich in einem Golfschlag.

Mit leichtem, schüchternem Lächeln ging er vorsichtig um eine große Keramikvase mit Trockenblumen herum und schlängelte sich danach am Rand des Kaffeetisches entlang.

»Sandaji wird gleich bei uns sein«, sagte er mit leiser, tiefer Stimme. »Mein Name ist Edward Schelling.«

»Schön, Sie kennen zu lernen.« Peter stand auf und bot ihm die Hand.

Schelling schüttelte entschuldigend den Kopf: *Bitte kein Händedruck.* »Spröde Knochen. Verglichen mit Ihnen bin ich wie ein Stück Glas.« Er löste die verspannten Gelenke, um sich auf der Couch niederzulassen, wobei er auf alarmierende Weise zur

Seite fiel, ehe er sich wieder aufrecht hinsetzte. All das tat er mit großer Würde.

»Ist schon viele Jahre her, dass Sandaji mit mir gesprochen hat«, sagte er. »Inzwischen ist es schon fast ein Privileg, dass sie uns eine Audienz gewährt.«

»Kostet manche Menschen eine schöne Stange Geld«, bemerkte Peter.

Schelling zog zustimmend die buschigen weißen Augenbrauen hoch. »Für eine Frau, die sich so viel mit spirituellen Dingen befasst, ist ihr sehr an materieller Sicherheit gelegen. Trotzdem sollten wir nicht gehässig sein.« Er schwieg und lehnte den Kopf zurück, um die Holzverzierungen an der Zimmerdecke zu betrachten. »Wissen Sie noch, dass sie Ihnen gesagt hat, sie sei kein Medium?«

»Ja, ich erinnere mich.« Peter musste in Erfahrung bringen, was hier gespielt wurde. Vertrat er immer noch Joseph, oder war das Verhältnis zu seinem Auftraggeber inzwischen belanglos geworden? »Sind Sie ein alter Freund von Sandaji?«

»Ich bin keiner ihrer Jünger, falls Sie darauf hinauswollen«, antwortete Schelling, hob kurz die Schultern und ließ sie wieder sinken. Es sah so aus, als wären sie durch Sprungfedern miteinander verbunden. Oder als hätten die Jahre sie niedergedrückt. »Wir waren mal miteinander verheiratet, in einem anderen Leben. Entschuldigung, ich habe mich nicht klar ausgedrückt: in diesem Leben, aber ehe sie zu Sandaji wurde.«

Peter sperrte wortlos den Mund auf: *Ach so!*

»Sie bleibt nicht mehr lange hier. Das Haus und sein Innenleben sind ihr über den Kopf gewachsen. Trotzdem ist der Umzug überaus lästig für sie, denn um diese Zeit des Jahres ist immer viel los, sie hat viele Besucher.«

»Tut mir Leid, das zu hören«, sagte Peter.

»Darf ich Ihnen eine seltsame Frage stellen?«

Peter zog die Mundwinkel hoch.

»Sind *Sie* übersinnlich begabt?«

Peter fuhr zurück. »Nein.«

»Haben Sie in jüngster Zeit irgendwelche Dinge erahnt, merkwürdige Gefühle … Empfindungen gehabt? Oder so etwas bei anderen Menschen ausgelöst?«

»Tut mir Leid, Mr. …« Peter hatte sich den Namen nicht gemerkt.

»Schelling.« Der alte Mann hatte sehr wache Augen. Irgendwie erinnerte er Peter an einen in die Jahre gekommenen Dashiell Hammett, vielleicht auch Faulkner.

»Mir ist nicht recht klar, warum Sie mich das fragen.«

Beide Männer wandten die Köpfe, als Sandaji bedächtig und würdevoll eintrat, so als brauchte sie erst noch Zeit und Distanz, um Peter zum mustern. Schellings Halswirbel knackte. Resoluter als vorhin nahm er die Schultern zurück und stand auf. Peter folgte seinem Beispiel.

Sandaji trug ein grünes Samtkleid mit einem Gürtel aus dunkler Bronze, als wäre sie zur Kostümprobe für die Rolle der Ophelia angetreten – in einer Fassung des *Hamlet* speziell für Altenheime. Und sie sah dünner aus. Und älter. Das wunderbare Strahlen, das beim ersten Treffen von ihr ausgegangen war, hatte sich verflüchtigt. Zwar hatte ihre Präsenz viel von der ursprünglichen Wirkungskraft verloren, dennoch brauchte Peter mehrere Sekunden, bis er merkte, dass Jean Baslan mit verkrampften Händen neben Sandaji stand.

Nachdem Sandaji Peter gründlich gemustert hatte, kam sie ganz ins Wohnzimmer hinein und bot ihm die Hand. »Hat Edward Sie angemessen mit Fragen gelöchert?«, fragte sie, wobei ihre Körperhaltung den leichten Plauderton Lügen strafte. Als Peter ihre Hand ergriff, spürte er, dass sie ihm so etwas wie eine Bestätigung vermittelte, ihn beruhigen wollte. Aber ihm war nicht wohl dabei, so dass er den Vorstoß instinktiv zurückwies. Er hatte schon früher mit charismatischen Frauen zu tun gehabt, hatte auch schon zugesehen, wie sie sich auszogen und in Stellungen posierten, die jede Würde vermissen ließen.

Mit trüben, traurigen Augen beobachtete Schelling, wie ihre Hände einander berührten.

Sandaji ging am Tisch vorbei zur Couch und nahm darauf Platz – als ihr Ex-Mann zur Seite trat, wobei seine knochigen Knie knackten.

»Wir kommen wunderbar miteinander klar«, erklärte Schelling. Beide starrten mit zusammengekniffenen Lippen, die Hände im Schoß gefaltet, auf Peter. Sie wirkten wie Kinder, die man ins Büro des Schulrektors zitiert hat – zwei schüchterne, kluge Kinder, die bestens zueinander passten. Figurinen in einem bizarren Antiquitätenladen.

»Joseph Benoliel hat mich gebeten, ihn zu Hause aufzusuchen«, bemerkte Sandaji. »Allerdings habe ich mich nach meinem beunruhigenden Erlebnis mit Ihnen, Mr. Russell, gefragt, ob es wirklich weise wäre, seiner Bitte zu entsprechen.«

»Mr. Russell sagt, er sei nicht übersinnlich begabt, meine Liebe«, erklärte Schelling. »Und das heißt wohl, dass er für die unerklärlichen Dinge, die hier fortwährend passieren, nicht verantwortlich zu machen ist.«

Sandaji hob die Hand, um diese Bemerkung recht schroff abzutun, und wandte ihre Aufmerksamkeit Peter zu, wobei sie sich mit geradem Rücken leicht vorbeugte.

»In den letzten zwei Tagen habe ich Gespenster gesehen«, sagte sie, die schönen Augen fest auf Peter gerichtet. »Es waren Erinnerungen, die wie Rauch an mir vorüberzogen, aber sehr eindringliche. Eindrücke von Orten außerhalb des Hauses. Fetzen eines inneren Gesprächs, weniger Worte als Bilder oder Gerüche, selten Geräusche. Und andere Empfindungen, die ich überhaupt nicht erklären kann. Mein Körper erlebt Phasen von Hochstimmung und von Traurigkeit, die mein Inneres bewegen, obwohl sie Momente im Leben anderer Menschen darstellen. Außerdem habe ich auch Phantasmagorien anderer Körper – Empfindungen, die ich mit meinen Organen, meinen Muskeln, meiner Haut empfange.«

Trotz seines heimlichen Kummers, vielleicht auch gerade deswegen, musste Peter lachen. »Das ist wirklich verrückt«, sagte er.

Einen Augenblick lang stimmte Sandaji, charmant wie sie war, in sein Lachen ein, doch gleich darauf flatterten ihre Lider, und sie wurde wieder ernst. »Ich habe mich selbst in diesem Haus gesehen, wobei ich nicht weiß, ob es in der Vergangenheit oder Zukunft war. Und das macht mir Angst – wegen der Geschichten, die mir meine Urgroßmutter erzählt hat, als ich noch ein kleines Mädchen war. Sie hat mich davor gewarnt. Denn wenn man sich selbst erscheint, ist das ein Hinweis darauf, dass man bald sterben wird, wie sie sagte.«

»Bemerkenswert«, sagte Peter, dessen Nackenhärchen sich jetzt ganz aufgestellt hatten.

»Mr. Benoliel hat uns eine weitere große Geldsumme dafür angeboten, dass wir ihn auf seinem Anwesen besuchen. Offenbar bedrückt ihn etwas. Nachdem ich meine Entscheidung traf, habe ich mir die Unterstützung von Mr. Schelling gesichert. Hat er Ihnen erzählt, dass er tatsächlich übersinnlich begabt ist?«

»So gut kennen wir uns ja noch nicht«, erwiderte Peter und sah Schelling an. »Fahren Sie hinaus?«, fragte er.

»Oh, wir haben den Besuch schon hinter uns. Wir waren gestern da«, erklärte Schelling.

Peter starrte mit offenem Mund von einem zum anderen. »Ich komme gerade von dort. Joseph hat überhaupt nichts von Ihnen erwähnt.«

»Ich nehme an, er möchte all das weitgehend unter Verschluss halten«, sagte Sandaji. »Da er Sie jedoch hierher geschickt hat, gehe ich davon aus, dass er uns autorisiert hat, mit Ihnen darüber zu reden. Er hat einiges Vertrauen zu Ihnen. Irgendetwas hat ihn in jüngster Zeit verstört, aber er konnte uns nicht sagen, was oder warum.«

»Was hat er gesehen?«, fragte Peter.

Angesichts dieser Wortwahl zog Sandaji eine Augenbraue hoch, gab aber keine Antwort.

»Sandaji und Mr. Benoliel sind nicht die Einzigen, die *verstört* sind«, unterbrach Schelling. »Heute waren Jean und ich Zeugen davon, dass ein Kind direkt hier in diesem Wohnzimmer stand. In den Händen hielt der Junge ein Spielzeug, ein Feuerwehrauto. Er war nicht nach unserer Mode gekleidet und ganz bestimmt nicht lebendig oder leibhaftig präsent.«

Peter sah zu Jean Baslan hoch, die mit bleichem Gesicht nickte.

»Selbst wenn ich meine Fähigkeiten bis zum äußersten Grad einsetze, sehe ich normalerweise nicht mehr als Fetzen, Hinweise, Umrisse im Augenwinkel«, fuhr Schelling fort. »Aber diesmal war es so, als sähen wir alles durch eine neue Brille. Jean ging's genau wie mir. Dieser kleine Junge vor uns war so deutlich zu sehen wie Sie jetzt. Bei dem, was ich sah, hätte ich am liebsten geweint. Es wirkte so persönlich, so echt ...« Schelling schüttelte den Kopf, während seine Augen noch wässeriger wurden. »Höchst bemerkenswert.«

Peter schluckte schwer. Die Pause zwischen dem letzten Satz und dem nächsten kam ihm unerträglich lang vor. Er wusste nicht, was schlimmer war: darauf zu warten, was Schelling sagen würde, oder das mit anhören zu müssen, was als Nächstes von seinen eigenen Lippen kommen mochte.

Der alte Mann senkte die Stimme zu einem leisen, knurrenden Bühnenflüstern. Jetzt klang er so wütend, als beschriebe er einen Affront gegen ihrer aller Würde. Er griff in seine Jackentasche, zog etwas Längliches heraus, das in Stanniolpapier gewickelt war, und legte es auf den Tisch. »Als wir Mr. Benoliel besucht haben, hat uns seine Frau – wir nehmen an, dass es seine Frau war – das hier beim Abschied mitgegeben.«

Da seine langen dünnen Finger nicht geschickt genug waren, das Stanniolpapier zu entfernen, tat es Sandaji an seiner Stelle. Noch ehe sie die letzte von drei Schichten heruntergezogen hatte, konnte Peter deutlich erkennen, dass es sich um ein Trans handelte – einen knallroten Apparat.

»Es ist irgendeine Art von Telefon, nicht wahr?«, wollte Sandaji von Peter wissen.
»Ja.« Er ließ die Zunge in der kleinen Zahnlücke spielen. »Joseph hat Geld in die Firma investiert.«
»Und Sie hatten so ein Ding dabei, als Sie Sandaji zum ersten Mal besucht haben, stimmt's?«, fragte Schelling.
»Ich denke schon.« Peter fiel ein, dass er das Trans in der Jackentasche gespürt hatte, neben der Rolle mit Hundert-Dollar-Scheinen. »Ja, ich hab's dabeigehabt.«
»Das könnte eine Menge erklären«, sagte Schelling und blinzelte langsam. »Sie bestätigen meine schlimmsten Vermutungen.«
»Sie verbergen etwas, Mr. Russell«, mischte sich Sandaji ein. »Sind Sie wirklich sicher, dass Sie nicht ebenfalls Geistererscheinungen hatten?«
Schelling wartete die Antwort nicht ab. Während er das Trans so ans Ohr hielt, als lauschte er einer Meeresmuschel, richtete er den Blick noch fester auf Peter. »Diese Apparate haben eine bemerkenswerte Wirkung«, sagte er. »Sie erzeugen eine bestimmte unnatürliche *Stille*. Und danach irgendetwas gänzlich Unerwartetes ... Als höbe sich ein Vorhang vor einer bis dahin verborgenen Bühne. Ich jedenfalls habe große Angst vor dem, was uns allen dadurch widerfahren kann.«
Peters Mund war so trocken, dass er das Gefühl hatte, seine Zunge wäre am oberen Gaumen festgeklebt. *Jeder verbirgt irgendetwas. Und manche Dinge bleiben jetzt keinem mehr verborgen.*
Jean Baslan, die inzwischen auf Ellbogenhöhe neben Peter stand, bot ihm zuvorkommend eine Flasche Evian an. Er öffnete den verschweißten Verschluss, nahm einen Schluck und bedankte sich mit einem Nicken. Was Jean betraf, beäugte sie ihn immer noch so, als wäre er ein seltsames, bedrohliches Tier, das man im Haus losgelassen hatte.

Kapitel 35

Sandaji fasste Schelling am Ellbogen und geleitete ihn durch Küche und Hintertür nach draußen. Peter folgte ihnen. Dort, wo sich zwei Wege im rechten Winkel kreuzten, blieben sie vor einer orientalischen Steinlaterne stehen. »Nur wenige, ganz besondere Menschen«, sagt Sandaji, »haben die Fähigkeit, in die Tiefe aufgewühlter Gewässer zu sehen. Manchmal liegt es an ihren Persönlichkeiten, manchmal auch daran, dass sie in außergewöhnliche Ereignisse verwickelt gewesen sind.«

Peter erinnerte sich an die Empfindung, die er verspürt hatte, ehe er die Tür zu Phils Schlafzimmer geöffnet hatte. *Ich will es gar nicht wissen.*

Jean Baslan schloss die Verandatür, streifte einen blauen Pullover über und rannte die Stufen hinunter, um sich zu ihnen zu gesellen. Im Augenblick regnete es nicht mehr, aber der Himmel war immer noch bedrohlich von Wolken überzogen. Den großen Hintergarten zierten sorgfältig arrangierte Gruppen von Schwertgras und Papyrusstauden, die in geschwungenen Steinkübeln wuchsen. Im hintersten Winkel zeichnete sich über dem Gras ein japanisches Teehaus ab, das Aussicht auf den Garten bot. Die Türen aus Reispapier standen offen; drinnen und entlang der Treppe leuchteten Laternen. Ordnung, Schönheit, Ruhe und Frieden – und nichts davon konnte Peter derzeit nachempfinden und genießen.

»Es sind besondere Menschen«, fuhr Sandaji fort, während sie Schelling die Stufen zum Teehaus hinaufhalf. »Manche sind wie Heilige. Andere ... nicht. Sie haben außerordentliche Fähigkeiten, aber manchen ist gar nicht bewusst, was sie damit vermögen. Edward kennt solche Menschen. Und zufällig ist er einer davon.«

Auf den Tatamimatten, mit denen der Fußboden ausgelegt war, stand vorsorglich ein Liegestuhl, auf dem Schelling mit steifen Gliedern Platz nahm. »Sie haben unsere Fragen noch nicht beantwortet«, sagte er zwischen zwei pfeifenden Atemzügen. Während Sandaji sich auf den Kissen am Boden niederließ, blieb Peter stehen, die Arme wie zur Abwehr verschränkt. Einerseits empfand er die Situation als peinlich, andererseits machte sie ihm Angst.

»Ich wüsste gar nicht, was ich darauf sagen sollte.«

»Wir sind keine Feinde, Mr. Russell«, erklärte Sandaji.

»Ich weiß einfach nicht, was wahr ist und was nicht.«

Schelling zog die Augenbrauen hoch und studierte Peters Gesicht.

Sandaji wirkte bekümmert. »Warum trauen Sie uns nicht, Mr. Russell?«

»Weil Sie Geld von einsamen Menschen nehmen, von Menschen, die Kummer haben.«

»Auch Krankenhäuser und Ärzte nehmen Geld«, erwiderte Sandaji. »Auch ich behandle Krankheiten, nur sind sie anderer Art.«

»Nun ja, und Sie kleiden Ihre Therapie in aufgesetzten Charme und geheuchelte Pietät. Mag sein, dass ich Ihnen deshalb nicht traue.«

Schelling schien drauf und dran aufzustehen, um seine Ex-Frau zu verteidigen, doch Sandaji legte ihm beruhigend die Hand aufs Knie, ehe das Gelenk herausspringen konnte. »Ich verdiene meinen Lebensunterhalt damit«, sagte sie mit flackerndem Blick. »Ich glaube an das, was ich den Menschen sage. Ich lindere tatsächlich ihre Schmerzen und gebe ihnen Frieden. Und wovon leben *Sie*, Mr. Russell?«

»Ich mache Fotos von nackten Damen«, erwiderte Peter. »Und Filme.«

Schellings Kiefer sackte herunter. Er hatte auffällig ebenmäßige, gelblich verfärbte Zähne, offenbar alle noch seine eigenen. »Ist ja nicht zu fassen«, sagte er und wandte den Blick entrüstet oder vielleicht auch peinlich berührt ab.

»Aha«, stellte Sandaji völlig ungerührt fest, so als hätte er ihr gerade mitgeteilt, er sei Anwalt. »Weißt du noch, wie ich für deine Boxkamera posiert habe, Edward?«

»Wir kommen vom Thema ab«, mahnte Schelling.

»Wie alt warst du damals, mein Lieber?«

»Zweiundsechzig«, erwiderte Schelling, dessen Adamsapfel auf und ab hüpfte.

»Eine wunderbare Zeit«, sagte Sandaji. »Ich war damals noch recht jung und schön. Und du, mein Lieber«, sie strich Schelling wieder übers Knie, »warst ganz schön durchtrieben, genau wie ein anderer Edward, den ich mal gekannt habe, der Fotograf Edward Weston. Ihre Bilder, Mr. Russell, sind was für junge Männer, denen es an weiblicher Gesellschaft mangelt.« Wie ein Schulmädchen sah sie zu Peter auf. »Fördern wir nicht beide Träume von Glück?«

Peter war nur zu bewusst, wie es wirken musste, dass er so mit verschränkten Armen und vorgerecktem Kinn in *Il-Duce*-Positur dastand – ein ergrauender Dschinn in Hawaii-Hemd und vom Regen durchnässtem beigefarbenem Jackett. Sie durchschaute ihn völlig und ließ es ihn auch merken. »Ich diene der Kunst um ihrer selbst willen«, sagte er.

Sandaji lachte. Gleich darauf stimmte auch Edward, der den Blick immer noch abgewandt hatte, in ihr Gelächter ein. Peter bemühte sich, ernste Miene zu bewahren, aber die Spannung, die ganze Situation – und Sandajis Charme – lockten ihn aus der Reserve. Mit Michelle hatte er bereits einen Anfang gemacht; warum sollte er nicht auch diesen beiden ungewöhnlichen, antiken Figurinen alles erzählen? *Weil sie auch nicht besser sind als die Leute, die einem aus der Hand lesen. Da darfst du nie mehr landen, es würde dich umbringen.*

Und trotzdem bist du hier und hast dir dies alles selbst eingebrockt.

»Vielleicht tut Mr. Russell ganz recht daran, uns nicht zu trauen, meine Liebe«, sagte Schelling. »Was hätten wir ihm anzubieten, das ihm weiterhilft?«

»Mr. Russell *muss* mit irgendjemandem darüber reden, und zwar bald, sonst platzt er noch«, erwiderte Sandaji. »Aber vielleicht sollten wir beide den Anfang machen.«

»Das haben wir doch bereits getan, oder nicht?«, fragte Schelling verblüfft.

»Wir haben nicht an dem Punkt angesetzt, an dem es bei *dir* begonnen hat, mein Lieber. Und wie lange hat's bei dir gedauert, bis du mit dieser Geschichte herausgerückt bist?«

»Jahrzehnte«, erwiderte Schelling, dessen Kiefer mahlte.

Jean Baslan, die zwischenzeitlich ins Haus gegangen war, kehrte mit einem Tablett zurück, auf dem eine Teekanne im gestrickten Wärmer und vier Tassen aus feinem Porzellan standen.

»Offensichtlich verstehen Sie was vom Leben«, sagte Sandaji zu Peter. Lautlos stellte Jean Baslan das Tablett auf einem kleinen Tisch aus Sandelholz ab. »Und was wissen Sie vom Tod?«

Es dauerte nicht lange, bis sich der Regen, anfänglich ein Nieseln, zu einem kräftigen Schauer auswuchs, der das Teehaus einhüllte und laut aufs Dach prasselte. Vom Rand der Dachziegel und von der Rinne aus ergossen sich Kaskaden von Regenwasser auf den Boden, sammelten sich zu aufgewühlten Pfützen und fegten das Schwertgras und den Papyrus nieder. Seit Monaten hatte es nicht mehr so heftig geregnet.

»Ich habe meine Tochter verloren und gerade meinen besten Freund bestattet und weiß trotzdem kaum etwas über den Tod«, sagte Peter schließlich, während er die kräftigen, fleischigen Finger an der Teetasse wärmte.

»Ich auch nicht«, erwiderte Sandaji. »Aber Edward.«

Durch dünne graue Wände herabstürzenden Wassers von der Welt isoliert und Jasmintee schlürfend, fühlte sich Peter wie ein kleiner Junge. Trotz aller Bedenken ließ er sich im Schneidersitz auf dem Kissen vor Schelling nieder. Allmählich wurde ihm bewusst, dass er diese beiden Menschen eigentlich sehr mochte, ihnen vielleicht sogar trauen konnte.

Wem er nicht traute, nie wieder trauen konnte, war er selbst. Diesem Ego mit all seiner Fehlbarkeit, all seinen Schwächen angesichts letzter Dinge.

»Sag Mr. Russell als Erstes, wie alt du bist, Edward«, schlug Sandaji vor.

»Ich habe heute Geburtstag«, erklärte Schelling mit breitem Lächeln. »Bin hundertfünf Jahre alt geworden.«

Peter war genau so beeindruckt, wie es von ihm erwartet wurde. Er konnte sich nicht vorstellen, jemals so alt zu werden. Es war ja schon schwer genug, sich das eigene Lebensalter von achtundfünfzig Jahren vorzustellen.

Sandaji strahlte Schelling an. »Und jetzt erzähl Mr. Russell von Passchendaele.« Sie stupste ihn am Ellbogen, als wollte sie einen Kassettenrekorder in Gang setzen.

»Ich habe mal einen Mann gekannt, der in Frankreich den Ersten Weltkrieg mitgemacht und überlebt hat«, begann Schelling mit seiner Geschichte. »Selbstverständlich war ich selbst dieser Mann, jedenfalls in gewisser Hinsicht. Aber dieser schmucke Junge voller Idealismus bin ich längst nicht mehr; verzeihen Sie mir also, dass ich nicht in der ersten Person erzähle. Dieser junge Mann also erlebte unsägliche Kriegsgräuel mit, eines schlimmer als das andere. Er sah Tausende sterben. Wochenlang lag er mit seinen Kameraden in schlammigen Gräben, nur Meter von den Leichen der Freunde entfernt, die schon seit Stunden oder Tagen tot waren, niedergemäht in der endlosen Folge vergeblicher Vorstöße. Als die Leichen sich aufblähten und von Ratten angenagt wurden, gaben die Überlebenden ihnen komische Namen, machten Witze und schlossen Wetten darauf ab, wann diese oder jene aufgrund der Verwesung platzen oder von einem Granatwerfer zerfetzt werden würde. Das alles diente dazu, sich gegenüber den Schrecken abzustumpfen. Eine Zeit lang klappte das auch. Menschen können erstaunlich viel von sich abprallen lassen.

Doch nach einer Woche schlug das Klima um ... und ich meine damit nicht den Regen, der auch weiter als Dauerregen niederging, sondern etwas anderes. Dieser junge Mann war der Erste, der die Veränderung bemerkte, vielleicht weil er immer ein bisschen empfindlich reagierte. Anfangs sah er, wie sich Schimären, die Nebelwirbel ähnelten, über die Felder bewegten, bis in die Gräben hinunter. Später am Abend konnte er die Silhouette eines längst gefallenen Freundes ausmachen; die Körperhaltung, in der er dastand, war ihm vertraut. Während er schlief, hatte er den Eindruck, dass ein nur in Umrissen angedeutetes Gesicht über ihm schwebte und ihn aus leeren Augen flehend ansah. Sporadisch bemerkte er auch ganze Gestalten – die Gestalten toter Kameraden, die zurückkehrten und zwischen den Lebenden herumspazierten. Sie wirkten nicht weniger real als die Soldaten, die leibhaftig im Feld lagen, und setzten alles daran, normal zu erscheinen und das zu tun, was sie immer getan hatten. Erinnerungen sind zäh, Mr. Russell. Sie sind der Klebstoff, der das Universum zusammenhält, und binden die Toten an ihre Freunde und Familien ... jedenfalls für eine gewisse Zeit.

Auch andere haben diese Toten gesehen. Einige der Mutigeren versuchten, Gespräche mit ihnen anzufangen, vielleicht weil sie davon ausgingen, dass die Regeln der Normalität in dieser Hölle sowieso nicht mehr galten – ich meine damit Klassenzugehörigkeit und Etikette, Grausamkeit und Freundlichkeit, die Trennung von Lebenden und Toten. Anfangs reagierten die Wiedergänger nicht darauf. Sie waren *leere Hüllen,* die nur selten sprachen. Und wenn sie es taten, wiederholten sie nur das, was man zu ihnen gesagt hatte, mit seltsamen Wortverdrehungen.«

Schelling starrte in den Regen hinaus. Seine Hand, die über der Stuhllehne hing, zitterte. »Das ist nicht gut«, bemerkte er. »Die Erinnerung ist allzu plastisch … Nun, letztendlich untergrub das Zusammensein mit diesen seelenlosen Gespenstern den eigenen Lebenswillen. Nachdem ich an einem Abend lange versucht hatte, einem meiner früheren Kameraden eine Antwort zu entlocken – seinen Leichnam konnte ich deutlich sehen, er hing etwa dreißig Meter entfernt im Stacheldraht fest –, und nur traurige Echos meiner eigenen Worte erhalten hatte, war ich mit den Nerven am Ende. Ganz allein rannte ich los, aus dem Graben heraus. Einige aufmerksame Freunde reagierten schnell, packten mich bei den Knöcheln und zerrten mich in den Graben zurück. Ich habe mich nicht bei ihnen bedankt.«

Schelling strich Sandaji, die leise in ihr Taschentuch schluchzte, über die Schulter. »Nach einigen Tagen waren die Wiedergänger fast nur noch als huschende Schatten oder Umrisse auszumachen, so als müssten sie noch einen weiteren Zyklus der Verwesung durchlaufen. Vielleicht war das Schrecklichste daran, dass sie mittlerweile dunkle Wesenheiten anzogen – gespenstische Würmer, düstere Erscheinungen, die sich auf sie stürzten, wie Schwingen ohne Körper.«

Jetzt hatte Schelling Peters ganze Aufmerksamkeit. Er konnte sich dem Bann dieser Erzählung nicht entziehen, ja nicht einmal mehr bewegen.

»Nach einem Tag heftigen Artilleriefeuers hörten wir nachts in den Gräben das laute Schreien und Stöhnen der Verwundeten. Es drang von der deutschen Seite herüber, es mussten Hunderte sein. Und zwischen diesen Schreien hörten wir alle – alle, die in diesen Gräben lagen, vielleicht auf beiden Seiten –, ein unbeschreibliches *Pfeifen*. Es klang so, als hätten sich Vögel in langen Stahlrohren verfangen. Im Dunkeln, bei dem schrecklichen, grellen Licht der Leuchtkugeln, die an Fallschirmen heruntergingen, sahen wir Schatten ausschwärmen und die Wiedergänger peinigen. Es gab kein Entkommen. Dieses Grauen hielt die ganze Nacht an; niemand wagte zu schlafen, es war die schrecklichste Nacht in einem unglaublich schrecklichen Krieg. Und dennoch ging auch diese Nacht zu Ende. Die Lebenden hielten durch. Und als der Morgen anbrach, war der ganz Spuk vorüber.

Während des ganzen Krieges blieb all das eine einmalige Episode; weder ich selbst noch die anderen jungen Männer haben derart seltsame Dinge ein zweites Mal erlebt. Aber jetzt ist diese Zeit erneut angebrochen, wirkungsvoller und seltsamer als je zuvor. Denn mittlerweile haben wir alle Geistererscheinungen – und nicht nur auf den Schlachtfeldern. Hab ich Recht, Mr. Russell?«

Peter, der die Kiefer so fest zusammengepresst hatte, dass ihm der Kopf wehtat, barg Schläfen und Schädel in den Händen.

Schelling fühlte sich durch Peters Reaktion ermutigt. »Alle, die diesen furchtbaren Krieg überlebten, waren bei ihrer Heimkehr gebrochene Menschen. Auf diese oder jene Weise. Ihr Leben hatte sich verändert, und nicht zum Guten. Ich habe mir einzureden versucht, meine Erscheinungen seien nur durch den Wahnsinn des Krieges ausgelöst worden. Aber wo immer ich später auch landete, selbst noch nach dreißig, vierzig Jahren, tauchten die Gesichter der Toten in meinen Träumen auf. Hin und wieder, ganz selten, begegnete ich ihnen auch auf der Straße, wo sie, völlig verloren, nach etwas suchten und mich aus leeren, lebensgierigen Augen ansahen, als könnte ich ihnen helfen.

Ich weiß nicht, warum mir Sehergaben gewährt wurden, aber manchmal frage ich mich ... ist es deshalb, weil ich Zeuge eines Vorgangs wurde, den kein Lebewesen jemals miterleben sollte? Weil ich zusehen musste, was aus uns wird, wenn wir sterben? Und wie wir ein zweites Mal sterben?«

Schelling sah mit zusammengekniffenen Lippen zu Peter hinunter. »Verwechseln Sie Tod nicht mit dem Schlaf, Mr. Russell«, sagte er mit seiner Stentorstimme, die allmählich heiser wurde. »Eher ähnelt der Tod einer Geburt. Es ist ein langwieriger, schwieriger Prozess, bei dem man Wärme für etwas aufgibt, das man nicht kennt. Die Lebenden umgibt ein zum Verzweifeln schöner Glanz, und eine Zeit lang glauben die Toten, dass sie in dem Spiel immer noch mitmischen. Sie klammern sich an jede Erinnerung ihres Lebens – je deutlicher und stärker sie ist, desto besser. Die Toten trauern. Sie trauern um die Lebenden und das, was sie verloren haben, ihr Zuhause, ihr Hab und Gut, ihre Lieben, um alles, was ihren Platz in dieser Welt bestimmt hat. Ihr kummervolles Verlangen bindet sie an die Erde. Und deshalb muss man sie abschütteln, wie Fetzen abgestorbener Haut.« Bei diesen Worten zitterte er so heftig und unvermittelt, dass er seine Teetasse umwarf. Sie fiel zu Boden, zerbrach aber wundersamer Weise nicht. Mit ächzenden Gelenken beugte er sich langsam vor, um sie trübselig zu betrachten. »Falls Sie selbst solche Dinge gesehen haben, verstehe ich völlig Ihr Widerstreben, darüber zu sprechen.«

Nachdem Sandaji ihm die Tasse wieder gereicht hatte, sahen beide sinnierend zu einer Steinlaterne direkt vor dem Teehaus hinüber. Es wurde jetzt schnell dunkler. Der Regen tropfte nicht mehr so heftig und hörte schließlich ganz auf. Automatisch schalteten sich rund um die wohl gepflegten Büsche die Lichter im Garten ein, und schließlich flammte auch die Laterne auf.

»Bitte sagen Sie uns, was Sie wissen«, ermutigte ihn Sandaji. »Es könnte überaus wichtig sein.«

Peter verrenkte sich fast den Hals, um zum Himmel, der immer dunkler wurde, und zu den wenigen Sternen hinaufzublicken. Er fragte sich, was er gleich tun und welche Folgen es nach sich ziehen würde. Dachte an Michelles Misstrauen und Josephs körperlichen und seelischen Verfall.

Ich hab sie gesehen, das weiß ich genau. Ich bin nicht verrückt. Es liegt nicht nur daran, dass mich der schlimme alte Kummer wieder gepackt hat.

Sie ist wirklich da gewesen.

Er ballte so heftig die Fäuste, dass Schelling und Sandaji zusammenzuckten, denn es wirkte wie die Drohgebärde eines Gorillas. »Es schmerzt zu sehr, wenn man's wirklich glaubt.«

»Wie wär's mit der Wahrheit?«, fragte Sandaji.

Peter rümpfte die Nase. »Die Wahrheit ist der Jäger, der einen zur Strecke bringt. Die Wahrheit ist das, was einen umbringt, wenn man die Lebenslügen aufgibt.«

»Eine scharfsichtige Beobachtung«, sagte Sandaji. »Aber muss das unbedingt Ihr letztes Wort sein? Wenn Sie bereit sind …«, begann sie, aber Peter fiel ihr ins Wort.

»Für was halten Sie diese Schatten?«

»Ich weiß es nicht«, erwiderte Schelling.

»Falls sich Erinnerungen wie abgestorbene Haut von einem lösen …«, sagte Peter, »nun ja, es gibt Käfer, die abgestorbene Haut fressen, nicht wahr?«

Sandaji bedachte ihn mit einem angewiderten Blick.

»Es könnten Aasfresser wie Ratten oder Aale sein. Oder auch Würmer oder Aasgeier, wie Sie vorhin sagten«, stellte Peter mit ruhiger Stimme fest.

»Also haben Sie es tatsächlich miterlebt«, bemerkte Sandaji.

»Es könnten auch Wesenheiten sein, die trotz des äußeren Scheins Freunde sind«, meinte Schelling. »Opfern kann auch befreien bedeuten, Mr. Russell. Wir reden hier über einen Vorgang und eine Situation, über die wir so gut wie gar nichts wissen. Wenn wir also Schlüsse daraus ziehen, werden sie zwangsläufig mit Fehlern behaftet sein. Und falls wir uns einmischen, wird das zwangsläufig zu Katastrophen führen.«

Mittlerweile war es fast dunkel. Peter musste jetzt unbedingt nach Hause fahren, um seine Tochter vor den Schatten zu beschützen. Um sich wieder dem eigenen Wahnsinn zu überlassen. Doch er konnte seinen Körper nicht dazu bringen, sich zu rühren. Also blieb er sitzen. Was immer aus ihr geworden war: Daniella war jetzt in Gefahr – und gefährlich für ihn selbst.

Ich weiß nicht, wie ich ihr helfen kann.
Nachdem sich die Grillen davon überzeugt hatten, dass es mit dem Regen aus und vorbei war, stimmten sie im Garten ihr Zirpen an.

»Gehen wir mal davon aus, dass ich Ihnen glaube«, sagte Peter mit rauer Stimme. »Gehen wir davon aus, dass ich auch selbst solche Dinge gesehen habe. Was kann den Wandel verursacht haben? Und wie können wir den Toten helfen, zu entkommen, weiterzuziehen oder was immer sie tun müssen?«

Angesichts dieses Durchbruchs bei Peter strahlte Sandajis Gesicht auf, wurde aber gleichzeitig wieder traurig, weil ihr bewusst war, welcher Kummer damit verbunden sein mochte.

»Das ist schwer zu vermitteln«, erwiderte Schelling. »Wenn wir sterben, schütteln wir all unsere Erinnerungen auf einen Schlag ab – das auf Zeit angelegte psychische Äquivalent des physischen Körpers. Aber eingebettet in diese so genannte immaterielle Hülle ist noch etwas anderes, das nicht auf eine bestimmte Zeit befristet ist. Letztendlich verschwindet auch das, allerdings nicht immer unmittelbar. Bei all meinen Erfahrungen mit spirituellen Dingen ist es mir nur zwei Mal begegnet, aber es hat einen nachhaltigen Eindruck bei mir hinterlassen: Es ist eine Art goldener Glanz, als vollzöge sich im Innern ein Sonnenuntergang.«

»Um was handelt es sich dabei?«, fragte Peter.

»Einige Leute nehmen an, dass so mancher Geist, gefangen in seinen Erinnerungen wie ein Vogel im Dornbusch, seine Seele auch weiterhin mit sich herumschleppt. Es mag sein, dass ein Trauma, verursacht durch Krieg oder andere Gewalttaten, die Erlösung verzögert. Oder dass diese Geister nicht loslassen können, weil wir uns mit allzu heftigen Gefühlen an unsere Lieben erinnern. Dieser Wandel, den wir gerade erleben, diese Änderung im spirituellen Klima, trägt nur noch zu ihren Problemen – und unseren eigenen – bei. Falls wir den Wandel rückgängig machen können …«

Als Sandaji das inzwischen ausgepackte Trans hochstreckte, starrte Peter es verblüfft und voller Entsetzen an.

»Dieser Apparat ist dafür verantwortlich, Mr. Russell«, erklärte Schelling. »Sie haben einen mit ins Haus gebracht und genau zu diesem Zeitpunkt Sandajis Visionen ausgelöst. Die Visionen kehrten wieder, als Mrs. Benoliel uns einen weiteren Apparat gab. Aufgrund meiner fast neun Jahrzehnte umfassenden Erfahrung mit spirituellen Dingen bin ich überzeugt, dass diese Kommunikationsmittel die Toten und ihr übernatürliches Gefolge aus dem Dunkeln ins Licht zerren, vielleicht sogar die Wege zu unserer endgültigen Erlösung blockieren. Sagen Sie Ihren Freunden, den Leuten, die diese Dinger konstruiert haben und für die Sie arbeiten, dass sie damit aufhören müssen. Es kann sein, dass sie uns alle damit in eine Gefahr bringen, die schlimmer ist als der Tod.«

Peter starrte auf das Oval aus Kunststoff. »Wie ist das möglich?«

»Vielleicht hat man es Ihnen erzählt, und Sie haben die Zusammenhänge schlicht nicht erkannt.«

Nicht-erlaubte Bahnen ... Da unten herrscht eine tiefere Stille als wir ahnen, eine große Leere. Die Bandbreite dort ist riesig, vielleicht hat sie sogar unbegrenzte Kapazität. Sie wird mit all unserem Lärm fertig, all unserem Geschwätz, allem, was wir zu sagen haben – bis in alle Ewigkeit. Genau das hatte Kreisler ihm mitgeteilt.

Doch die nicht-erlaubten Bahnen waren keineswegs so leer wie angenommen.

Was den Startschuss ausgelöst hatte, war nicht die Nachricht von Phils Tod gewesen. Und auch nicht die Angst vor einem neuen bezahlten Job. Sondern der Erwerb des Trans.

»Ein derart intimer Kontakt mit den Toten ist weder gut noch richtig.« Schellings Gesicht nahm angesichts von Peters Schweigen, das sich in die Länge zog, und der Halsstarrigkeit, die er bei ihm vermutete, einen grimmigen Ausdruck an. »Ich habe Sandaji geraten, aus der Stadt und von der ganzen Westküste fortzuziehen. Es ist an der Zeit; hier zu bleiben schadet der Gesundheit.«

Vielleicht hatte Joseph tatsächlich Geistererscheinungen, und Sandaji und Schelling ebenfalls. Falls Peter wirklich krank oder verrückt war, musste es also ansteckend sein. Aber sie alle besaßen Trans-Apparate. »Und nicht nur hier«, sagte er mit ausgedörrtem Mund. »Die haben Trans in alle Welt verschickt.«

Sandaji griff nach seiner Hand. »Dann ist höchste Eile geboten.« Sie sah noch verletzlicher aus, als er selbst sich fühlte. »Ihre Tochter. Als Sie mich zum ersten Mal besucht haben, sah ich sie neben Ihnen. Nur ein Gesicht, offensichtlich das Gesicht eines jungen Mädchens, nur leicht angedeutet, aber es war eine Ähnlichkeit da. Sie selbst sind kein ausgesprochen schöner Mensch, wenn ich so sagen darf, aber sie sah schön aus, in kindlicher Weise schön.«

Peter stiegen Tränen in die Augen, die er mit dem Handrücken hastig wegwischte. »Daniella ...«, war alles, was er herausbrachte. In seinem Kopf überschlugen sich die Erinnerungen an verschiedene Wahrnehmungen. *Die alte Frau mit dem verrückten Hund auf dem Rastplatz. Sie hat jemanden angelächelt, der unmittelbar neben mir stand. Sie hat wie eine in ihre Enkelin vernarrte Großmutter gelächelt.*

»Es war ein Schock, auf den ich überhaupt nicht vorbereitet war«, sagte Sandaji. »Bis dahin hatte ich nie irgendwelche Geistererscheinungen.«

Schelling streckte die Hand aus und griff nach Peters Schulter. Einander umfassend, bildeten sie einen kleinen Kreis. »Nur Mut«, sagte der alte Mann. »Wir haben das Mädchen noch einmal gesehen, aber nicht mit Ihnen. Und nicht in diesem Haus.«

»Wo dann?«

»In Salammbo«, antwortete Sandaji. Ihr Blick flehte um sein Verständnis. »Wir haben sie beide gesehen, Edward genau wie ich selbst. Und wir haben auch andere, so viele andere gesehen.

Auf dem Anwesen drängen sich die Toten. Wir haben Angst um Ihre Tochter und um Sie, Mr. Russell. In Salammbo gibt es etwas überaus Böswilliges, Bösartiges mit langer Geschichte. Und es wird jetzt stärker.«

»Hat Mr. Benoliel jemals etwas sehr, sehr Übles getan?«, fragte Schelling. »Hat er womöglich irgendein Verbrechen begangen?«

Kapitel 36

Peter bog von der 10 auf die National Avenue ab und fand sich irgendwo in den Cheviot Hills wieder. In der letzten Stunde war er ziellos umhergefahren, wobei er sich bemüht hatte, nicht in den dichten abendlichen Verkehr zu geraten. Er hielt an einer breiten Straße an und zog die Handbremse. Atmete tief aus. Spähte durch die Windschutzscheibe, die mit Regentropfen übersät war. Nach dem Sturm klärte sich der Himmel jetzt auf. Er befand sich in einem Viertel mit schönen alten Häusern, die nicht allzu prunkvoll, aber gut in Stand gehalten und sorgfältig gepflegt waren. Ein Ort, an dem Ordnung und Schicklichkeit herrschten. Peter hatte diesen Teil von Los Angeles immer besonders gemocht, eine Oase gutnachbarschaftlicher Beziehungen und heiler Welt am Rande der ausgedehnten grauen Industriegebiete.

Wonach er sich sehnte, war ein Ort jenseits ausgetretener Pfade, an dem er das, was er zu wissen meinte, zusammensetzen und bestimmte Schritte vorbereiten konnte.

Die ganze Zeit über hatte er vorgehabt, vor Einbruch der Dunkelheit zu Hause zu sein. Jetzt machte dieser Gedanke ihm Angst. Ein hübscher kleiner Schatten, ein Schritt hinter ihm, wo immer er auch hinging, wartete darauf, ihn zu umarmen, zu umfangen. Er wollte nicht noch einmal auf allen vieren in der Einfahrt landen, in einem Zustand, in dem ein kleiner Teil des Lebens glatt von ihm abgetrennt worden war.

Zitternd warf er einen Blick auf den rechten Sitz des Porsches. Keine Vertiefungen im Polster, keine wandernden Stäubchen.

Bestätigung von objektiver Seite, die dieselben Dinge gesehen hat. Du weißt, dass du nicht verrückt bist. Und ganz bestimmt er-

findest du's auch nicht einfach, damit du wieder einmal scheiterst.
Peter verschränkte die Arme und schloss die Augen.
Du musst nur wissen, was du zu tun hast. Falls Schelling Recht hat, sitzt Daniella in der Falle ...
Plötzlich japste er überrascht auf, wie bei einem Schluckauf. Möglich, dass in Wirklichkeit Joseph den Mittelpunkt seiner unmittelbaren Probleme darstellte. Peter hatte keine Ahnung, was er jetzt in Bezug auf die Trans-Apparate unternehmen sollte, die überall auf der Welt verstreut waren. Aber was er sofort tun konnte, war, im Dunkeln nach Malibu zurückzufahren, Joseph im oberen Zimmer aufzusuchen und ihn zu fragen, was, zum Teufel, hier vor sich ging. Ihn zu fragen, was er ahnte oder vermutete, ihn, falls nötig, in die Mangel zu nehmen und aus ihm herauszuquetschen, was er schon seit längerem wusste, bereits zu einem Zeitpunkt gewusst hatte, als die Trans-Apparate noch gar nicht in Salammbo aufgetaucht waren.

Weder Sandaji noch Schelling waren in der Lage gewesen, Peter die Natur des Bösartigen zu beschreiben, das sie in Salammbo verspürt hatten. Sie hatten nur deutlich gemacht, dass sie damit nichts zu tun haben wollten. Ein Mann, der während des Ersten Weltkriegs unvorstellbare Schreckensszenen gesehen hatte und sich jetzt dem Ende eines langen und seltsamen Lebens näherte ... so verängstigt wie ein Kind.

Aber die Kernfrage wagte man sich kaum zu stellen: Warum sollte Daniella ausgerechnet in Salammbo vor Fremden erscheinen?

Scragg hatte sich nach Menschen erkundigt, die während der Ermittlung nie erwähnt worden waren. Nach Menschen, auf denen keinerlei Tatverdacht lastete.

Joseph.

Peter fröstelte, obwohl es warm im Wagen war. Auch er selbst empfand eine tiefe, alles beherrschende Furcht, wie er sie bei Mäusen und Kaninchen vermutete, wenn sie gejagt wurden, fühlte sich plötzlich wie ein kleines Tier, das trotz allem darauf hofft, einer höheren Gewalt zu entkommen. Einer Gewalt, die darauf aus ist, es bei lebendigem Leibe zu fressen.

Doch für ihn gab es keinen Schlupfwinkel. Selbst wenn er in Salammbo etwas Wichtiges erfahren sollte, war da immer noch die Sache mit den Apparaten, mit den Trans, die den Toten die Wege verstellten – was immer das auch bedeuten mochte.

»Was soll ich nur tun, bei allem, was mir heilig ist?«, fragte er laut. Allerdings hatte er bis jetzt nichts Heiliges an der Situation entdecken können. Schreckliches, Angst Erzeugendes, Gefährliches, ja, aber Heiliges schien nicht in dieses Schema zu passen. Was Peter sich am meisten wünschte, während er in seinem alten Wagen in diesem gepflegten Wohlstandsviertel saß, war ein verlässlicher, gütiger Gott, der für Antworten und Führung sorgte. Der graubärtige Gott seiner Kindheit, der ihn willkommen hieß, der Wärme und Verständnis bot.

Und nicht diesen spirituellen Abgrund.

Peter streckte die Hand aus, um den Zündschlüssel herumzudrehen. Er war zu einer Art Entscheidung gekommen: nicht nach Salammbo. Noch nicht. Dafür musste er besser vorbereitet sein, auf festerem Boden stehen. Er musste erst einmal zum wahren Mittelpunkt seines Lebens zurückkehren, zu allem, was ihm noch geblieben war.

Zu Lindsey und Helen.

Er schlängelte sich durch die sauberen, dunklen Straßen mit ihren alten Straßenlampen aus Milchglas, die ein so warmes Licht wie kleine Monde verbreiteten, und kehrte schließlich zur Schnellstraße zurück. Nach dem Sturm war die Verkehrssituation fürchterlich: überall verstopfte Spuren und Straßen, überall Gehupe, überall Menschen, die aus ihren Wagen ausstiegen und herumstanden, während andere die Scheiben herunterkurbelten, um ihrem Ärger gemeinsam mit den anderen Luft zu machen.

Überall Staus.

Keine gute Zeit zum Sterben.

Kapitel 37

Lindsey rannte als Erste zur Haustür, nachdem Peter geklingelt hatte. Durch die Fliegengittertür getrennt, blieben beide stehen und tauschten einen Blick aus, der bestätigte, was Peter vermutet hatte. Zumindest für Lindsey hatten sich die Dinge auf ähnliche Weise verändert wie bei ihm zu Hause.

Sie sah ihn zerknirscht an: »Warum kommst du erst jetzt?«

»Nun bin ich ja hier, Liebes«, sagte er. »Wo ist deine Mutter?«

Helen, die in der Küche gewesen war, bog um die Ecke, schaltete das Außenlicht ein, blieb neben Lindsey stehen und musterte Peter argwöhnisch. »Es ist zehn Uhr abends.«

»Lindsey und ich müssen miteinander reden.«

»Über was?«, fragte Helen. »Wer hat dich eingeladen?«

»Sie weiß es nicht?«, fragte Peter seine Tochter.

Lindsey schüttelte den Kopf.

»Was weiß ich nicht?«

»Ich muss mit meiner Tochter reden«, wiederholte Peter. Als Lindsey fragte: »Kannst du nicht ein Weilchen irgendwo anders hingehen, Mom?«, duckte Peter sich innerlich.

»In diesem Haushalt habe immer noch *ich* das Sagen, mein Fräulein«, explodierte Helen. »Ich lass mir von niemandem befehlen, aus meinem eigenen Haus zu verschwinden!«

»Ich platze ja nicht oft so herein«, sagte Peter, um ein gewinnendes Lächeln bemüht.

»Es ist wichtig, Mom. Und es geht überhaupt nicht um das, was du denkst.«

Helen trat entgeistert einen Schritt zurück. »Wer hat sich hier je darum geschert, was ich denke, verdammt noch mal? Selbstverständlich habe ich mal wieder keine Ahnung«, sagte sie fuchsteufelswild.

»Du würdest auch nur ausrasten«, gab Lindsey zurück. Bei diesen Worten traten Helen schier die Augen aus den Höhlen; sie schob Lindsey in die Wohnung und knallte die Tür zu.

Peter hörte beide herumbrüllen, aber wegen der dicken, gegen Einbruch gesicherten Tür konnte er nicht verstehen, worum es ging. Zwar fühlte er sich irgendwie grässlich und wäre am liebsten gegangen, aber er blieb, lehnte sich gegen die Stuckwand und vergrub die Hände fest in den Hosentaschen.

Das Geschrei im Innern des Hauses ging fast fünf Minuten so weiter. Er sah gerade auf die Armbanduhr, als die Tür wieder geöffnet wurde. Helen entriegelte die Fliegengittertür und ließ sie auf der Rollschiene zurückgleiten.

»In *meinem* Haus habe *ich* das Sagen«, wiederholte sie nachdrücklich, trat hinaus und machte die Tür hinter sich bis auf einen kleinen Spalt zu. Den Tränen nahe gab sie sich geschlagen. »Es ist das Letzte, was mir geblieben ist. Gnade mir Gott, wenn ich auch das noch verliere. Stimmt doch, oder?« Sie bedachte Peter mit einem Verständnis heischenden Blick, der auf die einzige Weise, in der sie es vermochte, um Unterstützung bat: wortlos. Helen hatte in den letzten zwei Jahren so viele Schläge erlitten, dass sie kaum noch Mumm hatte. Zurückgeblieben waren nichts als Falten und eine tiefe seelische Müdigkeit. Er wusste nicht, was er ihr noch sagen sollte, konnte ihr keine Sicherheit geben, solange er selbst sich in keinem Punkt mehr sicher war. Trotzdem musste er es versuchen.

Er richtete sich auf. »Es geht nur um einige Dinge, die wir miteinander klären müssen – Vater und Tochter. Ich muss mich wieder auf den letzten Stand bringen, was Lindsey betrifft, das weißt du doch.«

»Das weiß ich, stimmt.«

»Nichts, was dich beunruhigen müsste«, fügte Peter lächelnd hinzu. Es tat ihm weh, wie Helen ihn ausforschte, prüfte, ob sein

Lächeln noch irgendwelche Gefühle für sie verriet. »Wenn alles vorbei ist, werde ich's dir erklären.«

Wie's aussieht, werde ich nicht einmal wissen, wo ich ansetzen soll.

Lindseys Arm schob sich durch den Türspalt und winkte ihn herein.

»Versprochen?«, fragte Helen und klang dabei jünger als Lindsey.

»Versprochen.«

Helen ging zurück ins Haus. Als sie zurückkehrte, hatte sie ihre Handtasche dabei und einen leichten Pullover locker um die Schultern geschlungen. »Ich bin in zehn Minuten wieder da«, verkündete sie und schob sich schroff an Peter vorbei. »Regnet es?«, fragte sie mit bitterer, schicksalsergebener Miene.

»Es hat aufgehört«, erwiderte Peter. »Ich danke dir.«

»Ihr zwei verdient einander«, bemerkte Helen. »Sperrt die Tür ab. – Zehn Minuten!«

»Zwanzig!«, rief Lindsey ihr nach.

Peter gesellte sich zu Lindsey ins Wohnzimmer. Sie bot ihm ein Glas Wasser an. »Mom trinkt nur Wasser aus der Flasche, aber mir macht Leitungswasser nichts aus, und dir?«

»Ist schon in Ordnung.«

»Mom erlaubt keine Soft Drinks oder Alkohol.«

»Inzwischen trinke ich sowieso nicht mehr.«

»Stimmt ja«, sagte Lindseys so, als behielte sie sich ein Urteil darüber noch vor. »Mom ist ziemlich fertig wegen der Sache mit ihrem Freund.«

Peter nahm auf der Couch Platz. Mit einigem Schuldgefühl bemerkte er, dass aus einer Ecke der Armlehne die Polsterung herausquoll; Schuldgefühl deswegen, weil er ihnen keine neuen Möbel kaufen konnte. Aber eigentlich war das ja Unsinn, Helen hatte ihn nie darum gebeten.

Der mögliche Schadensgrund, ein junges Kätzchen mit orangefarbenem Fell, tigerte gemächlich ins Wohnzimmer, streckte die Tatzen mit den Krallen aus und hockte sich hin, um Peter abschätzend zu mustern.

»Das ist Bolliver«, erklärte Lindsey. »Mom nennt ihn *Bolliver Slingshit.* Im Badezimmer müssen wir aufpassen, wo wir hintreten, denn da steht sein Katzenklo, und er macht viel daneben.« Sie baute sich vor Peter auf und holte tief Luft. »Wie habt ihr euch eigentlich kennen gelernt, du und Mom?«

Peter blickte von der Couch auf.

»Ich meine, ihr seid doch so verschieden.«

»Sie hat damals in einem Bautrupp gearbeitet. Wir sind einfach von Anfang an glänzend miteinander ausgekommen. Ein Jahr später haben wir geheiratet.«

Helen, aus dieser Distanz heraus nicht wiederzuerkennen, hatte neben der Schnellstraße in der Sonne gestanden und einen gelben Schutzhelm getragen, unter dem hinten höchst eigenwillig ein Pferdeschwanz hervorgelugt hatte. Ihr professionelles Lächeln hatte den vorbeikommenden Autofahrern signalisiert, dass mit ihr nicht zu spaßen war. Streng blickende braune Augen, dunkelrotes, auffällig stark gelocktes Haar, kein Fett am Körper, sondern Muskeln, hübsche Figur, aber eher durch Arbeit gestählt und mehr gesund als aufreizend. Er war an ihr vorbeigefahren, LANGSAM, wie es das orangefarbene Schild verlangte, das sie hochgestreckt hatte; dann hatte er die Fensterscheibe des Porsches heruntergekurbelt und sie zum Lunch im benachbarten Hamburger-Hamlet eingeladen.

»Du und Bauarbeiten«, sagte Lindsey. »Hast du sie gebeten, als Model für dich zu arbeiten?«

»Das wäre mir nie in den Sinn gekommen. Sie hätte mir eine geschmiert.«

»Das erklärt einiges. Tja.« Lindseys Miene verriet ihm, dass jetzt die Stunde der Wahrheit gekommen und kein Aufschub mehr möglich war. Sie setzte sich neben ihn. »Das, was hier vor sich geht, ist eigentlich gar nicht so neu, weißt du.«

»Du hast Daniella gesehen.«

»Äh-äh. *Gespürt* hab ich sie, schon vor einem Jahr. Aber gesehen hab ich sie erst jetzt.«

»Gespürt? Wie das?«

»Im Haus in Glendale, als ich dich besucht hab. Sie hat sich nicht gezeigt oder so, ich wusste einfach, dass sie da ist. Ich hab's aber keinem erzählt, denn sonst hätte Mom einen Psychiater eingeschaltet. Und das konnte ich damals nicht brauchen, genauso wenig wie jetzt.« Ihre Stimme hatte den erklärenden Ton einer Erwachsenen angenommen, aber Peter sah, dass ihre Hände zitterten.

»Und jetzt?«

Lindsey lehnte den Kopf zurück und starrte auf die alte Zimmerdecke mit ihrer Maserung im Popcorn-Muster. »Sie ist mir vor drei Nächten erschienen, in meinem Zimmer. Ich hatte eine Nachtlampe an, es war schon spät. Sie war einfach da. Da war auch noch etwas anderes, aber ich konnte es nicht erkennen. Anfangs hat sie mich gar nicht erschreckt.«

»Anfangs?«

»Warum erzählst du mir nicht, was du weißt? Denn falls ich dabei bin durchzudrehen, dann bist du's auch. Ist nur fair.«

»Ich hab Daniella auch gesehen«, bekannte Peter. »Und andere Dinge.«

»Alles klar«, sagte sie. »Meine Kehle ist wirklich trocken. Deine auch?«

Peter prostete ihr zu, beide tranken einen großen Schluck Wasser.

»Wir haben eine kleine Gruppe in der Schule, ziemlich enger Kreis, und da reden wir über diese Dinge. Auch andere Leute haben Erscheinungen. Und dann gibt's seit gestern auch noch diese Website, auf der Kids darüber schreiben.«

Peter machte kein Hehl aus seiner Verblüffung. »Eine Website?«

»Tja, viele Kids lassen sich über die neuen Telefone aus, solche wie das, was du Mom gegeben hast. Aber sie hat ihres nicht benutzt. Sagt, es kommt ihr seltsam vor. Ich hab's ausprobiert. Da ist wirklich so eine seltsame Stille. Ich mochte das Ding auch nicht.«

»Und deine Mutter hat Daniella nicht gesehen?«

»Sie sieht nur das, was sie sehen will. Schläft mit Augenschutz und Tünche über dem ganzen Gesicht. Ich glaube, sie nimmt Schlaftabletten. Wir haben's hier nicht sonderlich leicht miteinander.« Sie bedachte Peter mit einem sprechenden Blick: *Was soll eine Frau da schon machen?*

»Hast du mit deiner Schwester gesprochen?«

»Zunächst mal: Sie ist ja gar nicht meine Schwester, jetzt nicht mehr«, erwiderte Lindsey mit empfindlichem Trotz. »Sie ist tot. Sie ist jetzt was anderes.« Sie blickte über seine Schulter hinweg zur Eingangstür. »Lass uns am Anfang beginnen, ja? Du zuerst. Aber beeil dich, Mom wird bald wieder da sein. Sie traut keinem von uns beiden. Sie denkt, wir reden über ihre Liebhaber.«

»Du könntest ein bisschen mehr Verständnis für sie aufbringen«, gab Peter zu bedenken.

»Bitte erzähl mir's jetzt einfach.«

Er beschrieb, was er zu Hause gesehen hatte, ließ aber aus, dass er versucht hatte, Daniella in die Arme zu nehmen. »Du hast sie nicht berührt, oder?«, fragte er.

»Das wäre mir nie in den Sinn gekommen. Sie sah wie *durchsichtig* aus. Ich konnte ihre Knochen erkennen, Dad.«

Peter starrte seine Tochter an. »Und du hast kein Mitgefühl empfunden?«

»Na ja, natürlich schon irgendwie. Ich wäre nicht gern dort, wo sie jetzt ist – falls du *das* meinst.«

»Nein, das meine ich nicht.« Ihre Härte begann ihn zu ärgern. Er hatte auf etwas mehr Unterstützung bei der Klärung dieses Problems gehofft.

»Wir hängen am Körperlichen«, bemerkte Lindsey abwehrend. »Das hast du selbst gesagt.«

»Ich hab das gesagt?«

»Oder Mom hat erzählt, dass du's gesagt hast. Und das Körperliche ist nicht mehr da, oder? Jetzt ist sie nur noch Asche.«

Peter schüttelte den Kopf. »Sie braucht irgendetwas. Sie kommt aus einem bestimmtem Grund zu uns.«

»Ist das nicht so üblich bei Gespenstern? Sind sie nicht ähnlich wie die Obdachlosen an der Schnellstraße? Du hast zugelassen, dass sie dich berührt, stimmt's?«

»Ja.« Ihre Augen weiteten sich. »Meine Güte. Wie hat sich das angefühlt?«

»Ich hab das Bewusstsein verloren.« Er wischte sich über die Augen. »Was hat sie zu dir gesagt?«

Lindsey richtete sich auf. »Sie sprach mit einer echt *blechernen* Stimme. Klang so, als hätte man einen billigen Lautsprecher auf leise gestellt. Sie hat, glaube ich, gesagt: *Es ist schon allzu lange her.* Das hat sie zwei Mal gesagt, es klang wie ein Echo, ganz unheimlich. Ich dachte, ich hätte auch etwas in einer Zimmerecke gesehen, aber es war nicht sie, sondern etwas, das so wirkte, als ob es da *lauerte*. Kann sein, dass ich geschrien hab, denn Mom hat gleich darauf die Tür aufgerissen und das Licht angemacht. Und danach war alles verschwunden.«

Peter barg den Kopf in den Händen. »Du hast deiner Mutter nichts davon erzählt?!«

»Weil sie, wie schon gesagt, ausgerastet wäre. Du wirst es ihr doch auch nicht erzählen, oder?«

Peter schüttelte den Kopf. »Ich wüsste gar nicht, wo ich anfangen sollte.«

»Wenn man stirbt, soll man doch weggehen und die Menschen in Ruhe lassen! Das alles ist ja auch traurig, irgendwie wirklich *traurig*, aber wir übrigen leben halt weiter, bis wir an der Reihe sind, stimmt's?«

Peter fiel ein, wie er selbst als Junge gewesen war. Das harte Getue war mitunter der einzige Schutzpanzer, den man besaß. Trotzdem ärgerte ihn Lindseys energische Distanziertheit. »Sie war deine Schwester und meine Tochter«, bemerkte er, schnitt sich jedoch selbst das Wort ab, ehe er hinzufügen konnte: *Du hast neun Monate lang den Schoß deiner Mutter mit ihr geteilt.*

»Ich weiß nicht, was sie jetzt ist. Trotzdem nehme ich Anteil an dem, was mit ihr geschieht.«

»Was, wenn sie uns *umbringt*?«, fragte Lindsey mit brennenden Augen. »Sie war in meinem Zimmer, es ist *mein* Zimmer, und sie hat mich einfach angezapft. Ich hab sie nicht berührt, und trotzdem hat sie meine Energie abgezapft. Ich bin sofort zurück ins Bett und hab nur gesagt: *Geh weg!* Was, wenn Gespenster tatsächlich Blutsauger sind?«

»Ich glaube nicht, dass es *das* ist, was geschieht.«

Die Haustür ging auf: Helen kam mit einer Tüte Lebensmittel herein. Ihr Gesicht war zwar immer noch blass, aber offenbar hatte sie sich inzwischen mit der Störung des gewohnten Tagesablaufs abgefunden. Wieder spürte Peter unvermittelt heftiges Mitgefühl für sie.

»Ich hab die Gelegenheit genutzt, um ein paar Einkäufe zu tätigen«, sagte sie. »Hab Dulce de Leche mitgebracht. Und Häagen-Dazs-Eis. Ist euch das recht?«

»Ich geh jetzt ins Bett«, erklärte Lindsey, sprang von der Couch auf und wirbelte kurz Richtung Gang herum. »Dad und ich haben unser Gespräch gehabt. Es lief gut, mach dir also keine Sorgen.« Über ihre Schulter hinweg sah sie Peter an. »Du hörst jetzt doch mit deiner Arbeit für diese Telefongesellschaft auf, nicht?«

●

»Ich werde dich nicht fragen, worüber ihr gesprochen habt«, verkündete Helen steif, nachdem Lindsey die Schlafzimmertür hinter sich zugemacht hatte. »Tut mir Leid, dass ich böse geworden bin. In letzter Zeit verhält Lindsey sich einfach merkwürdig – und du auch.«

»Und du hast wirklich nichts Seltsames gesehen?«, fragte Peter und folgte ihr in die kleine Küche.

»Falls du Gespenster meinst, nein«, erwiderte sie knapp.

»Lindsey hat mir gesagt, ihr hättet nicht darüber gesprochen«, bemerkte Peter verwirrt.

Helen kniff die Augen zusammen. »Ich hab deinen Scheck bei meiner Bank eingereicht. Der Geschäftsführer hat zwar ein paar dumme Bemerkungen losgelassen, aber ich hab einen Kotau vor ihm gemacht. Es ist viel Geld, Peter. Ich hoffe, die Arbeit läuft gut. Ich heb nächste Woche das Bargeld für dich von meinem Konto ab.« Sie griff in die Küchenschublade, um eine Eiskelle herauszunehmen. Danach kramte sie hinten in der Schublade herum und zog schließlich das Trans hervor. »Lindsey hat mich gebeten, dir das Ding zurückzugeben. Ich nehme an, es funktioniert, hab's aber nicht ausprobiert.«

Als Peter das Trans in die Hosentasche steckte, kam er sich so vor, als wäre er mitten in einen Film geplatzt und hätte den größten Teil des wesentlichen Dialogs nicht mitgekriegt.

»Eine Kugel oder zwei?«

»Zwei.« Er achtete darauf, dass sie seine Hände, die zitterten, nicht sehen konnte.

»Ich habe heute einfach den Drang, irgendeinem Mann dazu zu verhelfen, dass er wenigstens ein paar Minuten glücklich und zufrieden ist. Ist das zu viel verlangt? Wenn man jemanden dazu bringen will, dass er Anteil an einem nimmt und wenigstens ein kleines bisschen glücklich ist?«

»Überhaupt nicht«, erwiderte Peter.

»Ich wünschte, ich könnte mit Lindsey noch kommunizieren«, sagte sie mit spröder Zurückhaltung. »Früher hatten wir ein so offenes Verhältnis.« Sie gab zwei Eiskugeln in eine kleine Schüssel, steckte oben einen Löffel hinein und reichte sie ihm. »Typisch, nicht? Ich war zu meiner Mutter ganz genau so.«

»Sie ist schon in Ordnung. Hart im Nehmen und Austeilen, genau wie du.«

»Sie verhält sich so, als wäre sie hart, aber sie ist erst zwölf. Ich mach mir Sorgen.«

Sie gingen ins Wohnzimmer, wobei Helen sich bemühte, fröhlich zu wirken. Nachdem sie etwas Eis gelöffelt hatte, sagte sie: »Ähm ... Ich werd einfach das Gefühl nicht los, dass hier eine Verschwörung im Gange ist und ich außen vor bin.«

»Keine Verschwörung«, widersprach Peter. »Wir mussten vor dem Picknick nur ein paar Dinge bereinigen. Zum Beispiel, dass ich hier nicht gerade die Haustür eingetreten habe, um sie sehen zu können.« Er wusste selbst, wen er damit eigentlich schützen wollte.

»Tja, *mea culpa*, du Armer. Das Picknick ist für diesen Samstag geplant. Du wirst doch da sein, oder?«

»Werd alles daran setzen.«

»In der nächsten Zeit braucht sie nicht bei dir zu übernachten, Babysitting fällt flach, hab ja sowieso kein Liebesleben mehr.« Helen nahm einen größeren Löffel Eis. »Falls du dich wunderst, warum ich über Gespenster rede: Mein Freund ist völlig durchgeknallt. Seine Entschuldigung dafür, dass er mich abservierte, war, dass er seine Ehefrau im Garten hat herumspazieren sehen. Sie ist seit sechs Jahren tot. Ich such mir wirklich immer die Richtigen aus, nicht?«

Kapitel 38

Peter saß in einer Nische im Denny's, sah zu, wie die Menschen kamen und gingen, und fragte sich im Stillen: *Und was habt ihr in jüngster Zeit gesehen?* Noch vor zwei Wochen war er ein zur Fülle neigender Junggeselle gewesen, der eine magere Existenz fristete und abwartete, wie sich die Dinge für ihn entwickeln würden. Denn auf eine sehr bewegte Jugend war eine lange trübe Zeit gefolgt, in der sich nichts getan hatte. Jetzt hatten sich jede Menge Dinge überstürzt. In seinem Leben wimmelte es nur so vor neuen Entwicklungen.

Er starrte auf die Nische gegenüber und erwartete halb, dass eine ältere Dame ihn zu seiner hübschen kleinen Tochter beglückwünschte. Und dazu, wie strahlend sie in diesem Licht wirkte. *Sie leuchtet ja geradezu.*

Aber die Nische war leer. Das Lokal machte flotten Umsatz; massige Körper kamen und gingen, wandten sich hierhin und dorthin, zu viele, als dass sich hier mit der Zeit transparente Frauen und Männer hätten ansammeln können – Wesen wie Hüllen aus Kristall, die die Spuren von Knochen und Organen Verstorbener bargen.

Und wenn er lange genug zu Boden sah ...

Er schloss die Augen. Nur von warmem Licht erhellte Dunkelheit. Keine Fußspuren in dem seit Jahren angesammelten, mit Hautschuppen versetzten Staub. Aber vielleicht fegten sie dieses Lokal jeden Abend in mehr als einer Hinsicht aus.

Falls die Welt für immer verwandelt war, nicht zum alten Zustand zurückkehren konnte, würden sie dann Hausmeister anstellen, um hinter den Gespenstern her zu putzen? Würden sie neue Gerichte auf die Speisekarte setzen – Stärkungsmittel, leichte *Zwischenmahlzeiten*, *Gedenkessen*, Gerichte, die mit Wein oder Blut zubereitet wurden?

Es war fast Mitternacht, als er seine fünfte Tasse Kaffee austrank. Er war hellwach und zum Handeln entschlossen. Vielleicht war es eine gute Zeit, um nach Salammbo hinauszufahren und Joseph ein paar wichtige Fragen zu stellen. Durchaus möglich, dass sie dort noch wach waren.

Du darfst dir keinen Schlaf mehr gönnen.

Er dachte an Helen mit ihrer Schlafbrille und der Hautcreme, voll gestopft mit Pillen, blind für alles ringsum – und versuchte dieses Bild mit dem in Verbindung zu bringen, das er von ihrer ersten Begegnung hatte. Mit der munteren, starken Helen, die lächelte und unter der gnadenlosen Sonne auf dem Pacific Coast Highway stolz eine orangenrote Weste in Leuchtfarbe und geflickte Jeans getragen hatte.

Das Leben nahm einen in die Mangel.

Vielleicht würde er nie wieder schlafen.

Als er wieder im Porsche saß, hörte er ein Trans läuten. Er holte den Apparat heraus, den Helen ihm zurückgegeben hatte, aber das Läuten kam nicht von dort. Um es zu orten, sah er sich im Wagen um und spähte auf den Rücksitz. Es kam von vorn.

Peter öffnete die Haube und stieg aus. Im vorderen Stauraum, unter dem Benzintank, lagen drei Trans-Apparate verborgen, die unter dem hellen Strahl der Straßenlampe in Gold, Schwarz und Weiß funkelten. Peter hatte keine Ahnung, wie die Apparate im Kofferraum gelandet sein konnten, er hatte sie nicht dorthin gelegt. Mit vor Schreck verschärfter Wahrnehmung fand er gleich darauf heraus, welcher der Apparate läutete, und klappte ihn auf, ohne seinen Namen zu nennen. Und hörte am anderen Ende jemand – es klang nach einem Mann – scharf einatmen.

»Peter, bist du's? Wer ist dran?« Es war Hank.

»Peter am Apparat«, erwiderte er förmlich, da er Schlimmes befürchtete.

»Gott sei Dank. Wie spät ist es bei euch? Ach Scheiße, ist mir auch egal, tut mir Leid. Ich bin immer noch in Prag. Alle anderen haben sich entweder in ihre Zimmer eingeschlossen oder sind abgehauen. Das Hotelpersonal ist gestern Abend auf und davon.«

In Peters Schädel brummte es. Irgendjemand war zu ihm nach Hause gekommen und hatte die Trans-Apparate in den Porsche verfrachtet. Aber wann? Und warum? »Es ist nach Mitternacht. Wie spät ist es bei euch, Hank?«

»Es ist Morgen, später Morgen, nehme ich an. Ich wünschte, ich wäre allein, Peter. Sie ist immer noch hier, ist die ganze Nacht da gewesen. Sie macht mich krank. Du würdest mir das hier nicht glauben.«

»Probier's aus.«

»Sie haben die Dreharbeiten unmöglich gemacht. Sie sind überall. Das ganze Team versteckt sich oder versucht, aus Prag herauszukommen. Jack Bishop hat sich gestern aufgehängt, direkt vor dem Hotel, an einem Laternenmast. Er ist einfach mit einem Seil heraufgeklettert und hat sich fallen lassen. Ich hab gesehen, was ihn verfolgt hat. Sah aus wie eine lange Rußwolke. Von seinem Rücken und Kopf hingen dunkle Dinger herunter, wie *Blutegel*.«

»Das hier ist nicht mein Trans«, unterbrach Peter, der immer noch versuchte, Klarheit in seine Gedanken zu bringen. »Woher hast du die Nummer?«

»Mein Gott, Peter, wir haben alle Nummern miteinander ausgetauscht. Ich hab einfach so lange alles durchgewählt, bis du abgenommen hast.«

»Was macht deine Besucherin jetzt?«

»Steht an der Tür und will sich nicht von der Stelle bewegen. Sie sieht so alt aus. Ich meine, vielleicht ist sie ja mal jung gewesen, aber jetzt wirkt sie nur noch *zerschlissen*, wie eine alte Socke, und … Herrgott noch mal, das Zimmer ist voller Schatten, die Ecken, die Decke, der Schrank.«

»Ist sie ein Gespenst, Hank?«

Prag, die Stadt der Gespenster. Möglicherweise der schlimmste Ort auf diesem Planeten, wenn man ein Trans besaß.

»Verdammt noch mal, ja, sie ist ein Gespenst, hast du nicht zugehört? O Scheiße, da ist ja noch eine.« Seine Stimme, die sowieso schon hoch klang, stieg noch höher. »O Gottogottogott, die hier ist noch widerlicher. Ich kann nicht mal ein Gesicht erkennen, nur Runzeln ...«

»Hör mir zu, Hank. Klapp das Trans zu und zerstör es. Zerbrech es in tausend kleine Stücke, soll's der Teufel holen. Und dann steig aus einem Fenster oder dräng dich durch ... bis zur Tür, was immer es dich auch kosten mag. Hau einfach nur ab.«

»Machst du Witze? Soll ich etwa durch sie *hindurch* gehen?«

»Tu's einfach. Nimm das nächste Flugzeug. Flieg nach Afrika oder sonst wo hin, Hauptsache weit weg. Ich muss jetzt auflegen.«

»Peter, um Gottes willen ...«

Keine weiteren Debatten, keine weiteren Auseinandersetzungen. Er klappte das Trans zu, schüttelte die kribbelnde Hand aus und ließ dabei das Trans auf den Bürgersteig fallen, wo es auf und ab hüpfte.

Du darfst dir keinen Schlaf mehr gönnen.

Als er vor Jahren zusammen mit Helen und den Mädchen in die Ferien gefahren war, hatte er einen Schlüssel zu seinem Haus in Glendale bei Joseph und Michelle deponiert. Er hatte ihn nie wieder zurückgefordert.

Ein weiterer Grund, nach Salammbo hinauszufahren.

Er holte die Apparate aus dem Porsche und ließ sie auf die Straße fallen. Etwas Dunkles hatte auf dem Boden des Kofferraums Flecke hinterlassen. Schon wieder kribbelte seine Hand, und diesmal tat es weh. Er warf auch noch Helens Trans zu Boden und zertrampelte einen Apparat nach dem anderen, was ihn einige Mühe kostete. Stöhnend und mit den Armen wedelnd, tanzte er darauf herum. Als die Gehäuse schließlich wie

die harten Panzer großer Insekten zerbarsten, sickerte eine blassblaue Flüssigkeit in die Gosse.
Seine Hand prickelte immer noch.
Leute, die aus dem Denny's kamen, starrten ihn mitleidig an.

In der Nähe eines asiatischen Lebensmittelladens hielt Peter an einer alten Telefonzelle mit Münzbedienung an. Es war eines der letzten Münztelefone in Los Angeles. Überall wurden sie derzeit abgerissen, da inzwischen alle Leute Handys besaßen.

Er fütterte den Apparat mit mehreren Viertel-Dollar-Münzen und wählte Weinsteins zweite Nummer, die zehnstellige Nummer seines Büros in San Andreas, ein Festnetzanschluss, den Weinstein zur Sicherheit beibehalten hatte.

Es war schon spät, gut möglich, dass alle bereits nach Hause gegangen waren, aber das war ihm egal. Er musste es wenigstens probieren.

Es war nicht Weinstein, der abnahm.

»Das ist falsches Telefon. Wer, zum Teufel, ist dran?« Arpad Kreisler klang niedergeschlagen, wütend und erschöpft.

»Mr. Kreisler, hier ist Peter Russell. Ich muss Sie etwas fragen.«

»Es ist spät. Marketing ist mir zurzeit ganz egal. Fragen Sie Weinstein, aber er ist jetzt nicht da.«

»Vielleicht können Sie mir meine Fragen beantworten. Ich glaube, mit Trans läuft etwas völlig schief. Mit Ihrem Netz. Ich weiß gar nicht, wo ich mit meinen Erklärungen anfangen soll ... Ich hab schon gedacht, ich werde verrückt ...«

»Ja, ja, Sie sehen Dinge. Und weiter? Was kann ich für Sie tun?«

»Ich bin nicht der Einzige.«

»Natürlich nicht. Vor drei Tagen versuche ich denen zu sagen, dass Netz von Trans außer Kontrolle gerät. Weinstein befiehlt mir, Mund zu halten. Und als ich das nicht tue, befiehlt er Wachen, mich aus San Andreas zu werfen. Und ich bin Partner! Das kann er nicht machen. Er sagt, er wird Einwanderungsbehörde anrufen, wegen meiner Arbeitserlaubnis.«

»Aber jetzt sind Sie doch da …«

»Wachen am Eingangstor haben Dienst quittiert. Tor ist offen. Ich suche nach Weinstein. Hier ist einziges Chaos.« Gleich darauf fragte Kreisler mit gedämpfter Stimme, fast ehrerbietig: »Was sehen Sie, Mr. Russell?«

»Gespenster. Und ich bin nicht der Einzige. Ich dachte, ich wäre es, aber das stimmt nicht.«

»Natürlich nicht.«

»Jeder, der ein Trans besitzt, sieht Dinge.«

»Ist nicht gut.« Kreislers Stimme war fast ein Flüstern.

»Sie haben uns erzählt, dass Trans den Raum verändert«, sagte Peter. »Es hat mit der Dielektrizitätskonstante und der Entladung von Information zu tun, so viel weiß ich noch. Lässt sich das rückgängig machen? Können wir alles abschalten und den früheren Zustand wiederherstellen?«

»Weinstein wird uns Netz nicht abschalten lassen. Inzwischen ist da so viel Geld im Spiel. Trotzdem versuche ich es, aber ich kann nicht zum Mittelpunkt vordringen, zum Transponder. Da drinnen ist es sehr schlimm.«

»Ich muss es wissen. Wenn ich meine Apparate zerstöre und Sie das Netz abschalten, wird es dann wie früher sein?«

Kreisler nahm sich einen Moment Zeit für die Antwort. »Hab nachgedacht. Hab keine Ahnung, Scheiße noch mal. Handelt sich um alte Erinnerungen und Persönlichkeiten, regelwidrig kodierte Information. Wir haben nicht begriffen, wie beharrlich solche Information ist, nicht in unseren kühnsten Theorien. Ist im Raum eingebettet wie hineingeschnitzt, wie Graffiti. Aber wenn Leben vorbei ist, muss Information zerfallen – sagt die Mathematik –, so als ob ungelesene Bücher in Bibliothek verbrennen und sich Asche zerstreut. Ich glaube, Trans verhindert das. Der normale Zerfall wird blockiert. Alte Bibliothek brennt nicht, Asche zerstreut sich nicht. Und alte Erinnerungen scheinen böse Dinge anzuziehen.«

»Edward Schelling sagte so was Ähnliches«, bemerkte Peter.

»Kenne ihn nicht«, erwiderte Kreisler. »Ist er Physiker?«

»Nein, ein sehr alter, weiser Mann.«

Kreislers Stimme wurde wieder normal und verriet Entschlossenheit. »Ich werde Weinstein finden. Sie sollten sehen, was hier vor sich geht … wirklich unbeschreiblich.«

»Hatten Sie irgendeinen Verdacht, dass Trans außer Kontrolle geraten könnte, dass so etwas passieren könnte?«, fragte Peter.

»Nein, das schwöre ich. Ich bin kein gläubiger Mensch, ich bin Erfinder und Wissenschaftler. Hab immer gedacht, Gespenster sind Fantasieprodukte langer Nächte und allzu intensiver Arbeit. Sie kennen ja den ganzen Quatsch. Hätte nicht im Entferntesten an so was gedacht, wie es hier geschieht.«

»Ich habe alle Trans-Apparate, die ich besitze, zertrümmert«, sagte Peter. »Ich weiß nicht, ob das ausreicht. Was passiert, falls man das Netz nicht abschalten kann?«

»Sagen *Sie es* mir, Sie sind doch Schriftsteller mit Fantasie. Was kann schlimmstenfalls passieren? Vielleicht es geht immer so weiter und wir müssen auf ewig damit leben – und sterben. Aber ich tue mein Bestes, auch das schwöre ich Ihnen. Vielleicht, Herr Künstler, Herr Kollege Schriftsteller, können Sie herkommen und helfen.« Er lachte, bitter und völlig fertig mit den Nerven, und legte auf.

Kreislers Worte waren ein Stachel in seinem Fleisch. Peter war kein Feigling, aber er musste die Sache erst einmal genauer durchdenken, um an der richtigen Stelle anzusetzen. Über den nassen Asphalt ging er zum Porsche hinüber, den er auf dem Parkplatz des kleinen Lebensmittelmarktes abgestellt hatte, und blieb einige Minuten im Wagen sitzen. Die Lichter im Laden wurden abgedunkelt, ein Vorhang vor die Tür gezogen. Das rote Neonzeichen an der Fassade ging mit einem letzten Blinken aus, aber die Röhren blitzten auch weiterhin ruckartig mit schwächerem Licht auf und zeichneten die Konturen der kursiven Schrift nach.

Wie gebannt sah Peter zu.

Dann drehte er den Schlüssel herum.

Die wichtigsten Dinge zuerst.

Die Familie.

Kapitel 39

Peter kurbelte das Fenster herunter und gab auf der kleinen Tafel vor dem großen schmiedeeisernen Tor den Nummerncode ein. Das Tor ging mit vorwurfsvollem Gekreische auf und federte zurück, als es ganz offen stand. Er fuhr vorwärts, hielt an und sah zu, wie das Tor hinter ihm wieder zuschwang.

Das unstete, teilweise von Wolken verhüllte Licht des Mondes erhellte die Straße, die durch Salammbo führte. In einem großen V erstreckte sie sich rechts bis zu El Cid und der langen düsteren Hecke und linker Hand bis zum Flaubert-Haus. *Jesus weinte* konnte er von diesem Punkt aus nicht sehen. Er warf einen Blick auf die Armbanduhr: halb zwei Uhr morgens. *Du darfst dir keinen Schlaf mehr gönnen.*

Auf der lang gestreckten dunklen Straße kam ihm der Porsche unglaublich laut vor. Eine warme Brise strich seufzend über das Gelände. Im Flaubert-Haus war nur ein einziges Fenster beleuchtet, die Lampen am Portal und auf der Veranda waren ausgeschaltet. Die Schatten des Mondes huschten quer über die weite Rasenfläche. Peter verfolgte ihre verwischten Umrisse mit einem merkwürdigen Gefühl von Skepsis: Wie konnte er sicher sein, dass es wirklich nur Wolken waren? Vielleicht trieb etwas ebenso Riesiges über ihn hinweg, lauerte auf eine durchlässige, ungeschützte Stelle …

Er zwang sich, nicht daran zu denken. El Cid war schon schlimm genug: Mit einem Ausdruck hochmütiger Wachsamkeit blickte er finster über die glänzenden Blätter des Oleanders hinweg, während der linke Huf seines Pferdes hoch über der Straße schwebte.

Er parkte den Wagen ganz hinten an der gepflasterten, kreisrunden Auffahrt und schaltete den Motor ab. Das Gelände lag außergewöhnlich still da. Nachdem er die Tür aufgemacht und ein Bein herausgestreckt hatte, hielt er inne, um nochmals zu lauschen, wie eine Katze, die überlegt, ob sie sich durch eine offene Tür schleichen soll oder nicht. Es mochte ja sein, dass seine Sinne jetzt außerordentlich geschärft waren, aber er durfte sich nicht darauf verlassen. Wie konnte er es sicher wissen, ehe er etwas Bestimmtes vernahm? Doch das einzige Geräusch, das er hörte, war das Scharren seines Schuhs auf dem Steinboden – das und ein fernes Raunen von Blättern.

Der Mond verschwand hinter den Wolken. Teile des Anwesens, Bäume und Hügel, waren noch in Licht getaucht, aber von seinem Platz im Wagen aus konnte er so gut wie nichts erkennen.

Als er sich aus dem Wagen schob und die Tür so leise wie möglich schloss, schalteten sich die Lampen auf der Veranda ein, die mit Geräusch- und Bewegungsmeldern verbunden waren. Große helle Ovale huschten über die Kalk- und Ziegelsteine. Hin und wieder beauftragten Joseph und Michelle einen Sicherheitsdienst damit, nachts auf dem Gelände zu patrouillieren, doch Peter konnte niemand entdecken. Allzu viele und allzu offensichtliche Überwachungsmaßnahmen waren Joseph zuwider. »*Allmählich bekomme ich schon Platzangst*«, hatte er Peter irgendwann erzählt. »*Direkt vor meiner Nase mag ich weder irgendwelche Bullen noch Mauern haben.*«

Hastig ging Peter über die Steinfliesen zur Treppe des Flaubert-Hauses hinüber. Nachdem er die Stufen mit großen Sprüngen genommen hatte und in helleres Licht gelangt war, gab er auf der Tastatur neben der Gegensprechanlage einen Code ein, der dafür sorgte, dass es direkt in Josephs Schlafzimmer läutete. Er wartete fünf Minuten: keine Antwort.

Schließlich zog er den Schlüsselring aus der Jackentasche und fummelte so lange herum, bis er ihn von einem losen Faden, der ihn fest hielt, befreit hatte. Eine Hand gegen die schwere Eichentür gestemmt, steckte er den dicken Messingschlüssel in das passende Schloss. Insgesamt gab es hier drei Schlösser, alle elektronisch kodiert, aber keines gab nach.

Während er zurücktrat, blickte er hastig hinter sich. Niemand auf dem Rasen, auf dem Kreisel der Auffahrt oder auf der Straße zum Haupttor. Er fragte sich, ob es nicht am besten wäre, einfach wieder in den Wagen zu steigen und es morgen erneut zu versuchen. Vielleicht hatte Michelle alles dicht gemacht, die Codes für Eingang und Türen so verändert, dass kein Zutritt mehr möglich war, und das Haus fest verriegelt. Aber falls dem so war, wie hatte er dann das Haupttor passieren können?

Joseph. Was, wenn die Probleme seiner Vergangenheit ihn wieder eingeholt haben? Was, wenn Michelle oder beiden etwas zugestoßen ist?

Probeweise, nur um einen letzten Versuch zu unternehmen, hob Peter die Hand und drückte nochmals gegen die Tür, diesmal fester. Sie gab nach. Mit hochgezogenen Schultern trat er einen Schritt zurück, da er auf das Losschrillen von Sirenen wartete. Doch alles blieb still. Die Alarmanlagen des Hauses waren ausgeschaltet.

Die Tür schwang ächzend zurück, auf ihn zu, so dass nur ein Spalt offen blieb. Er drückte erneut dagegen. »Hallo, ich bin's, Peter!«, rief er in den Eingang und dahinter liegenden Flur. »He, die Alarmanlagen sind außer Betrieb!«

Nachdem er einige Sekunden abgewartet hatte, brüllte er: »Joseph, Michelle, ich bin's, Peter. Wenn ich hereinkomme, schießt bitte nicht auf mich, ja?« Joseph besaß Schusswaffen, und Michelle hatte zweifellos Zugang dazu. Irgendjemand war bereits ins Haus gelangt, vielleicht waren die Waffen schon in Aktion getreten. Was würde er vorfinden, wenn er ins Haus ging?

Jetzt bedauerte er, dass er seine Trans-Apparate zertrümmert und auch kein Handy dabeihatte. *Verrückte Gedankengänge, Verfolgungswahn, Wahnsinn. All das bringt einen in Schwulitä-*

ten, wenn wirkliche Notsituationen auftauchen. Die Telefone im Flaubert-Haus konnte man nur anwählen, wenn man die vierstelligen persönlichen Ziffercodes kannte. Selbstverständlich gab es hier auch Notruftasten, über die man die Polizei alarmieren konnte, aber weder Joseph noch Michelle hatten ihm mitgeteilt, wo sie sich befanden.

»Joseph, hier ist Peter!«
Der Eingangsbereich wirkte wie eine undurchdringliche, düstere Mauer. Als Peters Augen sich angepasst hatten, sah er direkt vor sich eine kleine rote Diode wie das Auge einer Ratte funkeln – möglich, dass sie zur Schalttafel für die Alarmanlagen gehörte, die sich unterhalb der Treppe befand. Er versuchte sich an die Anordnung aller Schalttafeln und Überwachungsgeräte zu erinnern, aber es gelang ihm nicht, denn damit hatte er nie zu tun gehabt. Zum Dieb, der in Häuser einsteigt, oder Spion war er keineswegs geschaffen.

Als er ins Haus trat, machte er sich gar nicht erst die Mühe, die Tür hinter sich zu schließen. »Am besten, irgendjemand kommt herunter und hilft mir aus der Patsche. Sonst drehe ich mich einfach um und gehe wieder, in Ordnung?«

Er kam sich vor wie ein Idiot. Nur eines konnte noch schlimmer sein, als so dummes Zeug daherzuschwätzen: eine Situation, in der er dies den Leichen seiner Freunde erzählte, während sie, alle viere von sich gestreckt, im Dunkeln lagen, mit weggepusteten oder eingeschlagenen Schädeln. Er konnte nicht verschwinden, ohne wenigstens versucht zu haben, das aufzuklären, was hier geschehen war. Und selbst wenn es ihm nicht gelang, konnte er sicher irgendeine Notruftaste finden und die Polizei alarmieren, denn das hier sah längst nicht mehr nur nach einer schlimmen Sache aus, es *war* eine schlimme Sache.

Als das rote Rattenauge plötzlich zu funkeln aufhörte, verharrte Peter und hielt den Atem an. Mühelos gelang es ihm, sich einzureden, dass er nicht allein im Haus war. Denn irgendetwas war an der Diode vorbeigestrichen.

Blitzschnell tauchte ein Grundriss in seinem Gedächtnis auf. Sein inneres Auge sah, wo sich die Lichtschalter im Eingangsbereich befanden: an der rechten Wand, unmittelbar vor der Stelle, an der man um die Ecke zu einem kleinen Arbeitszimmer abbog. Peter bewegte sich nach rechts und tastete sich an der Wand entlang. Als seine Finger über die Farbe strichen, machten sie leise Geräusche. Gleich darauf prallten sie so heftig gegen die Holzverkleidung, dass ihm der Schmerz durch die Knöchel fuhr. Ein kleiner Tisch blockierte ihm den Weg. Während er stehen blieb und die Umgebung abtastete, stieß er gegen eine Vase, die sich drehte und wackelte. Irgendetwas strich über seinen Arm: Blumen. Als er unbeholfen danach griff, konnte er gerade noch verhindern, dass die Vase herunterfiel, aber die Blumen und das Wasser verteilten sich auf dem Fußboden.

Das rote Lämpchen reagierte darauf, indem es aufblinkte, wurde aber gleich wieder trübe, als hätte sich ein dunkler, transparenter Schatten zwischen Peter und die Diode gelegt und glitte durch den Raum. Inzwischen mussten sich seine Augen eigentlich an die Dunkelheit gewöhnt haben. Er schlängelte sich um den Tisch herum, bis er die Lichtschalter gefunden hatte, schob alle fünf Zapfen hoch und drehte sicherheitshalber auch noch am runden Plastikknopf des Rheostaten.

Es dauerte schrecklich lange, bis der ganze Raum erhellt war – jedenfalls kam es ihm so vor. Das Licht drang in öligen Wellen von den Deckenlampen und einem Kronleuchter aus Kristall herab, legte sich über Eingang und Treppe und glitt über jede einzelne Stufe bis zum mit Marmor gefliesten Fußboden, der aufglänzte wie mit Milch übergossen.

Als das Licht einen Umriss am Fuß der Treppe umspielte, trat eine dunkler getönte Form von leerer Luft hervor, die an dieser Stelle stillzustehen schien, ungefähr so groß wie ein geduckter Grizzlybär. Gleich darauf erfasste das Licht auch diesen Umriss, und er verschwand. Peter zwinkerte, um den Schweiß loszuwerden, der sich in den Augenwinkeln gesammelt hatte.

Das, was hier direkt vor seinen Augen abgelaufen war, hatte nur den Bruchteil einer Sekunde gedauert, dennoch hatte er den Umriss genau gesehen und war sicher, dass hier etwas nicht stimmte. Irgendetwas befand sich ganz in seiner Nähe – und es war gefährlich.

Die rote Diode, Teil einer offenen Schalttafel für die Alarmanlagen, die rechts von der Treppe in die Wand eingelassen war, leuchtete jetzt stetig.

Peter schloss die Eingangstür und verriegelte sie. »Ich bin weder verrückt noch übersinnlich begabt«, erklärte er laut, als könnten ihm die Worte irgendwie als Schutzschild gegen nicht anzufechtende Gegebenheiten dienen. Denn ebenso klar war, dass er sich nicht allein in diesem Raum befand, auch wenn er nicht *sehen* konnte, wer oder was ihm Gesellschaft leistete. Was es auch sein mochte: Es war riesengroß, mindestens so groß wie ein Bär, falls Größe hier irgendetwas bedeutete. Und genau wie die dunklen schlangenförmigen Spiralen im Flur seines Hauses in Glendale beobachtete es ihn, lauerte. Erwartungsvoll.

»Schschsch, mach, dass du wegkommst«, rief er, um sich gleich darauf stromschlagartig an gewisse Normen sozialen Verhaltens zu erinnern. Schließlich war es das Haus eines Freundes und Arbeitgebers, in dem er wie blöde herumbrüllte und sich wie ein verängstigtes Kind aufführte. Mit größter Mühe schaffte er es, sich von der Wand wegzubewegen.

Leise knirschend tappten seine Schuhe über die Steinfliesen, ohne dass die Schritte widerhallten – und das war im Flaubert-Haus merkwürdig. Stets hatte er im Eingang Echos vernommen, außer bei den seltenen Gelegenheiten, wenn Joseph und Michelle eine Party veranstalteten. Der riesige Raum wirkte so voll, als ob sich eine unsichtbare Menschenmenge um die Treppe drängte. Hastig ging er weiter und unterdrückte dabei den Drang, die Hände auszustrecken und Körper abzuwehren, Menschen, die er nicht sehen konnte. Dennoch spürte er nichts.

Als Nächstes inspizierte er die Schalttafel für die Alarmanlagen. Ein Knopfdruck genügte, um die Bewegungsmelder einzuschalten. Falls sich irgendwo im Haus ein Eindringling rührte, würden dort, aktiviert von den Sensoren, sofort Lampen aufflammen. Danach durchsuchte er einen Raum nach dem anderen, erst im Nordflügel, dann im Südflügel. Seine Schritte sorgten dafür, dass die hellen Deckenleuchten in den Fluren aufstrahlten und wieder erloschen, sobald er sie passierte.

Als er zehn Minuten später in der Küche stand, wusste er mit Sicherheit, dass sich niemand im Erdgeschoss aufhielt – jedenfalls nicht Joseph, Michelle oder irgendein Eindringling aus Fleisch und Blut. Auf dem Rückweg zum Eingang kam er an der offenen Fahrstuhltür vorbei und musterte sie hastig mit unglücklichem Blick. Joseph benutzte den Fahrstuhl, um ins Obergeschoss zu gelangen, aber Peter hatte das nie getan, sondern lieber die Treppe genommen. Fahrstühle mochte er sowieso nicht, und dieser war dazu noch klein, er bot nur Platz für zwei Personen. Er hielt auch im Keller, vor dem Zugtunnel, der das Flaubert-Haus und *Jesus weinte* miteinander verband. Schon vor Jahren hatte Joseph Peter versprochen, ihm dort unten alles zu zeigen, später jedoch behauptet, der Tunnel sei durch dort gelagerten Trödel versperrt, und außerdem stinke er immer noch nach Rauch.

Auch dies war nur eine von Lordy Trentons exzentrischen Spielereien, ein weiterer Teil der Geschichte dieses Anwesens, der nie genutzt wurde. Den Fahrstuhlknopf KELLER hatte Michelle schon vor längerer Zeit mit Band überklebt. »Da unten ist es wie in einer Katakombe«, hatte sie Peter erzählt.

Er stieg die Treppe hoch und warf, als er den Absatz erreicht hatte, einen Blick über die Schulter zurück. Irgendetwas folgte ihm. Er konnte spüren, wie es ihn mit neugierigen, unsichtbaren Augen beobachtete, fühlte, dass etwas Riesiges gegenwärtig war, das weder Gewicht noch Masse besaß. Seine Härchen auf den Armen stellten sich so steil auf wie Borsten.

»Schuu«, machte Peter, um es zu verscheuchen. *Du bist mein*

Tod. Du wirst mich packen und mich schütteln wie ein großer Flusswels, der einen Klumpen Aas verschlingt. Wirst mich hin und her schleudern und durchkauen und noch ein bisschen durchschütteln, bis ich nur noch ein leerer Hautsack bin.

Er schauderte und stöhnte, so dass er kaum noch Luft bekam. Manchmal war eine rege Fantasie wirklich ein Fluch.

Was immer gegenwärtig sein mochte, es hatte am Fuß der Treppe angehalten und lauerte dort gelassen und voller Erwartung. Es wollte irgendetwas – so viel konnte er spüren. Aber falls es ihn wollte, war er ja da, so einsam und verletzlich, wie man nur sein konnte, und trotzdem passierte nichts.

Mit großer Willensanstrengung schaffte es Peter, sich abzuwenden, um den oberen Flur entlangzuspähen. Die erste Tür rechts führte zu Michelles Schlafzimmer. Er wusste schon lange, dass sie und Joseph in getrennten Zimmern schliefen, und hatte angenommen, es läge an der höflichen Rücksichtnahme der jüngeren Ehefrau auf den alten, kranken Ehemann.

Da die Tür einen Spalt offen stand, konnte er sehen, dass im Zimmer Licht brannte. Er klopfte leise. »Michelle?«

Keine Antwort.

Mit der Schuhspitze schob er die Tür auf.

Sie hatte sich für einen der kleineren Räume des Obergeschosses entschieden, was Peter irgendwie nicht wunderte. Was ihn überraschte, war das Chaos in diesem Zimmer. Ganze Fotoseiten, herausgeschnitten aus Zeitschriften, waren mit einem wahren Wald glänzender Stecknadeln an den Wänden befestigt, mit viel mehr Stecknadeln als nötig. Die Ausschnitte zeigten Tätowierungen, Hunderte von Tätowierungen auf Armen, Rücken, Gesichtern, Augenlidern und Geschlechtsteilen. Stecknadeln zeichneten auch die Umrisse der Tätowierungen nach, Hunderte, Tausende von Nadeln. Manche reichten über den Rand der Abbildungen hinaus und gruppierten sich auf den engen Zwischenräumen aus leerer Wand zu dornigen Irrgärten.

Der Boden neben dem Bett mit den vier Pfosten war mit zerschnittenen, zerfetzten und zusammengeknüllten Zeitschriften übersät. Es war das Bett eines kleinen Mädchens, ausgestattet mit rosafarbenen Rüschen, Daunendecken und spitzenbesetzten Kissen, kaum lang genug für Michelles schlaksige Gestalt von knapp einem Meter siebzig.

Er stieg über die Stöße von Zeitschriften hinweg und musterte die Ausschnitte. Nie hatte Michelle ihm irgendwelche Tätowierungen gezeigt. Er wusste nicht, ob sie welche hatte.

Dem Bett gegenüber befand sich ein wandhoher ovaler Spiegel. Peter machte einen Bogen um die zerschnittenen Zeitschriften und nahm sich den Spiegel vor. Mit Lippen- und Augenbrauenstift, Rouge und anderen Schminkutensilien waren Umrisse und Linien auf das Glas geschmiert, Streifen, Muster von Tierfellen und, weiter oben, grimassierende Masken.

Er beugte sich vor, um das eigene Gesicht in eine gemalte Maske einzupassen. Damit sah er wie ein verrückter Dachs aus. Wie ein Clown mit Tiermaske.

Er konnte sich nicht vorstellen, dass Michelle hier wohnte, nicht die Michelle, die er kannte. Oder zu kennen glaubte.

Masken. Schlamm und Blut.
Lordy Trentons junge Frau hatte Clowns gemalt.

Peter drehte sich der Magen um, er wandte sich vom Spiegel ab. Im Bad brannte Licht, und der Ventilator summte schwach. Auf der Zeitschaltuhr für die Wärmelampe und den Ventilator waren zehn Minuten Restzeit bis zur eingestellten Maximaldauer von einer Stunde verblieben. Der Raum wirkte immer noch feucht. Am Duschvorhang, der die ovale Wanne umgab, perlte Wasser herunter. Bis auf rötliche Flecken, die nicht von Blut, sondern von verschmiertem Rouge oder Lippenstift herrührten, war die Wanne leer. Über dem Abfluss-Stöpsel waren falsche Wimpern hängen geblieben, nicht nur ein Paar, sondern mindestens sechs oder acht, so ineinander verstrickt, dass sie wie eine Familie ertrunkener Spinnen aussahen.

Er verließ das Badezimmer, um sich dem begehbaren Wandschrank zuzuwenden. An einer Wand waren Schuhkartons aufgestapelt, die andere Wand nahmen Regale und die auf Bügeln hängende Kleidung ein. Ohne jedes Schamgefühl holte er einen Schuhkarton herunter und hob den Deckel an. Im Karton lagen Polaroid-Schnappschüsse und Blätter, die nach Ausdrucken von Digitalfotos aussahen. Weitere Körper, jüngst Verstorbene, bei denen noch nicht der Verwesungsprozess eingesetzt hatte. Sie lagen ausgestreckt auf Linoleum, quer über einer zerschlissenen Couch oder waren in irgendeinem Winkel zusammengesunken. Mienen, die zwar Entsetzen zeigten, sich aber im Tod entspannt hatten.

Leere, teilnahmslose Augen.

Nach Beleuchtung und Aufnahmewinkel zu urteilen, handelte es sich nicht um Tatortfotos der Polizei.

Peter holte einen weiteren Karton mit schräg aufliegendem Deckel herunter. Ein kurzer Blick ins Innere – und die Schachtel entglitt seinen Fingern, so dass sich ihr Inhalt auf dem Fußboden verteilte. Alle Polaroid-Fotos, alle Aufnahmen in diesem Karton zeigten ein kleines Mädchen, das ausgestreckt auf einem Sperrholzbrett lag. Arme und Beine baumelten schlaff über die Kanten.

Als er gegen die Kleiderstangen stieß, ergossen sich weitere Fotos auf den Teppichboden des Einbauschranks. Dutzende, Aberdutzende.

Alle zeigten Daniella.

Das reicht, dachte er. Er hatte endgültig genug. Sollte das Ding auf dem Gang doch kommen und ihn holen. Er wollte nichts mehr sehen. Und er wusste: Falls er weitermachte, würden noch schlimmere Dinge als Fotos seiner toten Tochter auftauchen, so entsetzlich diese auch waren. Schließlich hatte er sich mit ihrem Tod schon vor geraumer Zeit, vor zwei Jahren, auseinander setzen müssen, und nichts anderes wurde ihm hier so anschaulich vor Augen geführt.

Ohne sich zu rühren, blieb er einige Minuten in dem begehbaren Schrank stehen und starrte auf den Turm von Kartons, selbst überrascht von seiner inneren Stärke. »Du wirst erst dann sterben, wenn du es überhaupt nicht willst«, murmelte er. »Nicht eine Minute früher.«

Irgendjemand, der Michelles Zimmer benutzte, hatte Tatortfotos von seiner toten Tochter gesammelt. Und Fotos von anderen Ermordeten. Das war zwar pervers, aber nicht jenseits des Vorstellbaren. Während der Zeit in Los Angeles hatte er eine Menge über bizarre, heimliche Hobbys erfahren. Was er nicht verstand, war die Verbindung zu Salammbo: Der Joseph, den er kannte, und die Michelle, die er zu kennen glaubte, würden solche Dinge niemals selbst tun oder bei anderen zulassen.

Er warf einen letzten Blick auf die verstreuten Fotos. Es war tatsächlich seine Tochter, aber die aufgemalte Waschbärmaske fehlte. Sie sah nicht so aus wie damals, als die Wanderer die Polizei benachrichtigt hatten. Und sie lag auch nicht auf dem trockenen goldenen Gras eines Hügels, verscharrt unter Erdklumpen und Blättern.

Sie lag so da, wie ihr Mörder sie gesehen haben musste.

Im Badezimmer schaltete sich die Zeituhr mit kurzem Summen aus.

Er verließ das Schlafzimmer und blieb kurz auf dem Gang stehen, da er kaum in der Lage war, einen Fuß vor den anderen zu zwingen. Durch reine Willenskraft schaffte er es schließlich, sich nach rechts zu wenden. Langsam ging er durch den Flur bis zu der Tür, die zu Josephs Wohnzimmer führte, zu dem Raum, der Aussicht auf die Auffahrt und das Grundstück bot. Auch hier waren Bewegungsmelder, die seine Schritte registrierten und das Oberlicht aktivierten. Die grellen weißen Strahlen der in die Decke eingelassenen Halogenleuchten huschten über die nackten Wände und fluteten, am Ende angelangt, gleich wieder zurück, wie ein Gezeitenstrom.

Als er die Tür erreicht hatte, griff Peter nach dem Drehknopf. Joseph befand sich in diesem Zimmer. Peter ahnte zwar nicht, in welcher Verfassung er sein mochte, aber er konnte seine Gegenwart riechen. Aufgrund seiner von Angst gespeisten Instinkte waren seine Sinne so scharf wie die eines Hundes.

Jetzt standen die Dinge anders, was ihn und Joseph betraf. Fast konnte Peter die Szene vor sich sehen.

Joseph sitzt in seinem Sessel am Fenster und wartet darauf, dass ich hereinkomme. Über seinen Beinen liegt eine Decke, auf seinem Schoß ruht lässig eine Waffe, eine Pistole. »Ich habe Michelle umgebracht«, *wird er sagen.* »Sie ist unten, im Tunnel. Und jetzt werde ich dich umbringen, Mistkerl, weil du versucht hast, mir die Frau zu stehlen. Ich hasse Diebe.« *Dann wird Joseph die Pistole heben und so lange schießen, bis das Magazin leer ist. Es gibt hier viele Orte, an denen man Leichen verstecken kann.*

Leichen und Masken.

Genau das, wonach Scragg gesucht hat.

Peter umklammerte den Türknopf und drehte ihn herum. Er würde sich jetzt nicht wie ein Feigling verhalten, ein Feigling war er nie gewesen. Wie üblich ächzte die Tür leicht, als Peter sie öffnete. Der Raum dahinter war fast dunkel. Das Licht, das vom Gang hereindrang, fiel auf die Getränkebar. Nachdem Peter die Tür so weit aufgedrückt hatte, dass sie das obligatorische zweite Ächzen hinter sich gebracht hatte, trat er ins Zimmer.

»Kein Licht machen.«

Einen Augenblick lang fragte sich Peter, wer da sprach, ahnte aber gleich darauf, dass es Joseph sein musste. Es *war* Joseph, nur klang seine Stimme schwach und angespannt.

»Machen Sie die Tür zu. Und passen Sie auf ... was Sie ... im Rücken haben.«

Nachdem Peter die Tür geschlossen hatte, sah er, dass Joseph in seinem Lieblingssessel an den Flügelfenstern saß, durch die das Mondlicht drang. Er trug einen Frotteebademantel, der bis zu den Schenkeln reichte, und einen Schlafanzug, beides weiß. Sein Gesicht war vom Schatten des Fensterrahmens verdeckt; der Mond, der hoch am Himmel stand und mit stetem Licht strahlte, ließ den Raum unterhalb des Sessels völlig schwarz erscheinen.

»Joseph, Sie *Mistkerl*, was, um Gottes willen, haben Sie getan?«, fragte Peter. »Wo ist Michelle?«

Josephs Hände, die am Rand der Armlehnen ruhten, rührten sich nicht.

»Was ... Haben Sie etwa *geschlafen*?«

»Ich werde nie wieder schlafen«, erwiderte Joseph. »Ich fühle mich nicht gut, Peter.«

Peter konnte seine Worte nur mit Mühe verstehen. »Wo ist Michelle?«

»Weiß ich nicht. Hören Sie zu.«

»Soll ich einen Arzt rufen?«

»Seien Sie einfach still. Hören Sie zu.«

Die Hände zu Fäusten geballt, trat Peter einen Schritt vor. »Sie müssen mir wirklich einiges erklären. Ich habe ...«

»Nicht«, unterbrach ihn Joseph.

Peter blieb stehen. Irgendetwas in der Stimme ... Er konnte die Waffe nicht sehen, aber vielleicht war sie trotzdem da, in den Falten des Bademantels verborgen. Wie immer hatte Joseph die Situation im Griff. »Wie lange sitzen Sie schon hier?«

»Zeit ist Schall und Rauch. Ich kann hier noch nicht weg. Das hier ist für Sie bestimmt, Peter, hören Sie also genau zu. Es ist die einzige Erklärung, die ich geben kann. – Unmittelbar nachdem ich Michelle kennen gelernt habe, tauchte hier eine Frau, mit der ich mal was hatte, mit ihrem schrägen Freund auf, um Geld aus mir herauszuprügeln. Ich hab sie beide erschossen, genau an der Stelle, wo Sie jetzt stehen.«

»Mein Gott.«

»Sie liegen unten im Tunnel. Michelle hat mir geholfen, sie unter den Schienen zu vergraben. Sie hat mir auch dabei geholfen, Beton über die Grube zu schütten. *Eine gute Frau*, habe ich gedacht. *Steht zu mir. Tut das, worum ich sie bitte.* Aber ich nehme an, dass sie daran zerbrochen ist. An Geist und Seele zerbrochen. Irgendetwas habe ich damit bei ihr ausgelöst, Gott sei mir gnädig.«

Peter lehnte sich gegen die Tür. Zwar war er immer noch krank vor Wut und völlig durcheinander, aber die Angst war seltsamerweise weg. Er hob den Blick: Knapp unter der Zimmerdecke tanzten silberne Stäubchen und aalgleiche Formen auf und ab.

»Bis vor ein paar Tagen war ich mir nicht sicher, obwohl ich es hätte erraten können ... Aber ich wollte es gar nicht wissen.« Josephs Stimme klang jetzt so leise wie der Hauch eines Schilfrohrs, war nicht einmal ein Flüstern. »Sie ist zu einem leeren Gefäß geworden. Schon seit langem haben in Salammbo bestimmte Dinge auf jemanden wie Michelle gewartet. Inzwischen haben sie sich hier breit gemacht und amüsieren sich wirklich prächtig.«

Peters Kehle schmerzte. Als er seinen Kehlkopf berührte, spürte er, dass seine Stimmbänder vibrierten. Es war gar nicht Joseph, der sprach.

Er selbst war es.

»Ich frage mich, wer diese Person eigentlich war, die ich geliebt habe. Vielleicht ist noch ein kleiner Teil von ihr übrig«, fuhr die Stimme fort – Josephs Stimme, die aus Peters Mund drang. »Wie hätte sie sich sonst so glaubwürdig und liebevoll verhalten können? Sie muss wohl die meisten von ihnen in den Tunnel gebracht haben. Seit einigen Tagen kehren sie zurück. Es tut mir Leid, Peter. Der Hinweis war wirklich miserabel. Ich habe Sie nämlich gewarnt: *Haben Sie ein Auge auf Michelle. Kümmern Sie sich um Michelle.*«

Die darauf folgende Stille schlug Peter, der einfach nur dastand, mehr und mehr in Bann. Sein Kehlkopf lockerte sich. Er versuchte, Atem zu holen. Seitdem er das Zimmer betreten hatte, war ihm nicht aufgefallen, dass Joseph sich irgendwann gerührt hätte.

Das Funkeln an der Zimmerdecke verstärkte sich, um gleich darauf zu verschwinden.

In Wirbeln huschte etwas Düsteres über seinen Kopf hinweg. Das Geräusch klang so, als bauschte der Wind die Gardinen. *Schschsch.*
Der Schrei, der aus seiner Kehle drang, klang jämmerlich, zitterig. Er pinkelte sich vor Angst in die Hosen, wie es wohl jedem gegangen wäre. Aber er machte die Tür nicht auf, rannte nicht auf und davon. Stattdessen griff er hinter sich und machte Licht. Um die Schatten zu verscheuchen. So sinnlos das auch sein mochte, es war der letzte Liebesdienst, den er einem Freund schuldete.
In Wellen, die dem Auge wehtaten, ergoss sich das Licht nach und nach über das ganze Zimmer. Die vorrückende Front von Helligkeit erreichte den Umkreis von Josephs Beinen und stieg an ihnen hoch, erfasste seinen Schlafanzug, seinen Rumpf und schließlich den Kopf, wo das Licht kurz flackerte, als wäre es auf irgendeinen zähen Widerstand gestoßen.
Jetzt war Joseph Peters Blick preisgegeben. Sein Kopf baumelte nach vorn. Unter seinem Kinn steckte ein zusammengerolltes Gesichtshandtuch, auf dem Blut, das aus seinem Mund gedrungen war, Flecken hinterlassen hatte. Zwischen dem Revers des Bademantels prangten zwei saubere Einschusslöcher in der behaarten Brust. In die Stirnhaut hatte jemand mit leichten Strichen, die ein Bluten verhindert hatten, drei Worte geritzt:

LIEB DICH SCHATZ

Peter blickte nach unten. Wer immer diese Botschaft eingeritzt hatte, musste vor Joseph gekniet haben, denn er – oder sie – hatte blutige Abdrücke von Knien hinterlassen.
Neben dem linken Fuß, der in einem Pantoffel steckte, glitzerte eine Stecknadel.
Als Peter die Hand nach Josephs Handgelenk ausstreckte, stieß er mit der Handfläche gegen einen Stachel mit stumpfem Kopf: Fünf weitere Stecknadeln ragten aus Josephs Handrücken.

Das lag so jenseits von allem, was Peter je erlebt hatte, dass die chemischen Stoffe, die sein Körper als Reaktion darauf ausschüttete, ihn wundersamerweise stabilisierten. Seine Finger hörten auf zu zittern. Jetzt gewann eine fatale Wissbegier, die Neugier einer Katze, die Oberhand. Er war immer noch am Leben und für den Augenblick über jede Furcht hinaus; alle Angst war aus ihm herausgesickert, hatte sein Hosenbein durchnässt, war auf den Boden getröpfelt. *Würdelos, zugegeben, aber was, zum Teufel, macht das schon aus? Fühl ihm den Puls, Mann.*

Peter schob den Ärmel des Bademantels hoch und griff mit zwei Fingern unter das Handgelenk: kein Puls und kalt. Er strich über die bläuliche Haut von Josephs Unterarm: ebenfalls kalt. Sein Freund und früherer Auftraggeber war schon geraume Zeit tot. Nicht erst seit Sekunden oder Minuten.

Seit Stunden.

Peter zog die Schuhspitze zurück, heraus aus dem Umkreis geronnenen Blutes. Konnte er dem Geständnis eines Toten Glauben schenken?

Aus der Brusttasche von Josephs Bademantel lugte ein glänzendes blaues Plastikteil hervor. Vorsichtig griff Peter in die Tasche und zog ein Handy heraus – kein Trans. Er hob es hoch, als hätte er irgendeinen großen Käfer vor sich, dessen Panzer möglicherweise gleich bersten oder dessen Flügel plötzlich aufflattern würden.

Während er das Handy hielt, meldete es sich plötzlich mit der Melodie von »Fernando's Hideaway«. Er zuckte zusammen, ließ es jedoch nicht fallen. Es war nicht schwer zu erraten, wer am anderen Ende war, auf der fernen, tödlichen Seite des Universums, vom Rest der Menschheit aus betrachtet. Er drückte auf Empfang.

»Sind Sie's, Peter?«, fragte Michelle. Ihre Stimme war nicht besonders deutlich; sie rief von einem anderen Telefon aus an, benutzte kein Trans. Vielleicht war sie sogar im Haus.

»Wer sonst?«, gab Peter mit heiserer Stimme zurück.

»Haben Sie Joseph gefunden?«
»Ich habe ihn gefunden.«
»Ist er tot?«
Peter wusste nicht, was er darauf antworten sollte.
»Oh, mein Gott, Peter, er ist tot, nicht wahr? Das ist alles so seltsam. Mir fehlen die Worte.«
Er starrte auf den erkalteten Leichnam von Joseph Adrian Benoliel hinunter. »Wer bist du?«, fragte er.
»Wie bitte?«
»Michelle würde so etwas nicht tun.«
»Ach nein?«, erwiderte die Stimme am anderen Ende in verändertem Ton.
»Nein, so was würde sie nie tun.«
»Möchtest du mit Michelle sprechen? Soll ich hier mal herumstöbern und sie suchen?«
»*Wer bist du?*«
»Michelle ist noch da, tief hier drinnen, aber sie ist ein Winzling, so klein und schwach wie ein Baby. Deshalb hab ich ihr geholfen. Kannst du mir je verzeihen?«
Mit weit aufgerissenen Augen wandte sich Peter der Tür zu. *Sie ist im Haus. Ganz in der Nähe.* »Ich muss die Polizei verständigen.«
»Was würden Polizisten schon nützen? Sie ist schon seit langer Zeit tot und hat ihre Strafe erhalten.«
»Warum hast du Joseph getötet? Hat er dich wütend gemacht?«
»Wenn ich *Wut* empfinden könnte, wäre ich wie du«, erwiderte Michelle.
»Hast du meine Tochter umgebracht?« Der alte, vernünftige Peter, der sich angesichts all dieser entsetzlichen Dinge in ein Schlupfloch geflüchtet hatte, konnte nicht fassen, was er Michelle da gerade gefragt hatte. Und ihre Antwort war noch schwerer zu schlucken.
»Ich reite das Pferd. Und manchmal möchte es galoppieren.«

In der Hoffnung, dass Michelle die Pistole an auffälliger Stelle hatte liegen lassen, sah sich Peter im Zimmer um. Er konnte die Waffe brauchen, falls er Michelle fand. Falls sie ins Zimmer kam. Oder falls er sie auf dem Grundstück oder sonst wo aufstöberte. »Das kapier ich nicht«, erwiderte er.

»Das Tier, das ich reite. Meine äußere Erscheinung. Meine hübsche kleine Maske, Peter.«

»Oh.« Er musste unbedingt Klarheit in seine Gedanken bringen. »Daniella war doch nur ein kleines Mädchen.«

»Aber mein Reittier hat gemerkt, wie sehr du dieses kleine Mädchen geliebt hast, und hat geweint, wenn es daran gedacht hat. Es hatte keinen so liebevollen Vater. Und dieses Gefühl ... dieses Gewirr von Gefühlen stand mir irgendwann im Weg.«

»Ich kapier's noch immer nicht.«

»Ich weiß, dass wir ins Gefängnis kommen, Peter. Im Knast wird's *ganz toll* sein. So viele Pferde ohne Reiter. So viele Masken, die man aufsetzen kann.«

Er zitterte vor wildem Zorn und echter Panik, die er bis in seine Eingeweide spürte, und schaffte es kaum noch, das Handy fest zu halten oder gar zu reden. *Sie könnte überall sein. Sie steht vor der Tür.*

»Sag mir, warum du Daniella ermordet hast.«

Michelle wirkte gereizt und seufzte gleich darauf. »Es gab nur zwei Männer, die mein Reittier liebte und denen es vertraute. Einer davon war Joseph, der andere warst du. Mein Pferd sieht in allen Männern nur den Vater und die Brüder. Und es wurde von allen Männern enttäuscht.«

»Das ist doch völliger Quatsch.«

»Aber es stimmt.«

Rings um ihn herum schien der Raum zu schwanken. Er griff sich mit einer Hand an die Stirn und blickte, benommen vor rasender Wut, zu Boden. »Wenn ich dich finde, bring ich dich um.«

»Nun ja, das wird dir nicht gelingen, Dummkopf. Jetzt sind ja nur noch wir hier, und uns macht das nichts aus. Vielleicht nimmst du wirklich Rache und kehrst dabei dein Innerstes nach außen, so dass du danach tief drinnen ganz leer bist. Und dann könnte es passieren, dass ich *dich* zureite. Und falls uns die Polizei findet, wird es im Knast ganz reizend sein. So viele von uns, alle an einem Ort, wie ein großes Familientreffen. *Arme Michelle*. Auf Wiedersehen, Peter.«

Das Gespräch war beendet. Bestürzt blickte Peter auf das kleine, grüne, makellose Display des Handys. Wie leicht es inzwischen war, irgendetwas daherzureden, egal, wo man war, egal, wer man sein mochte.

Kapitel 40

Während er die Treppe zum Salon im Erdgeschoss hinunterging, funktionierte sein Hirn so kühl und beständig wie ein Stahlpendel, das zwischen zwei Polen hin- und herschwingt. Seine Pole waren die schlimmsten Tatsachen der gegenwärtigen Situation. Er musste sich mehreren Entscheidungen stellen, die keinen Aufschub duldeten: Zunächst war da die Frage, ob er die Polizei verständigen sollte. Falls er den Beamten wahrheitsgemäß Auskunft gab, würde ihm niemand glauben – es sei denn, auch die Polizisten hätten mit eigenen Augen gesehen, wie Trans Telefonverbindungen vor Ort in ein Netz des Todes verwandelte.

Schlaue Idee. Die Verbindungen, die die Toten benutzten, waren zwar keine Telefonleitungen im herkömmlichen Sinn, dennoch Kanäle der Kommunikation. Instrumente, die sie zur Flucht, zur Verbreitung, zur Durchreise nutzten – was immer mit den Erinnerungen, Erfahrungen und Wesenheiten geschehen mochte, die nach dem Tod zurückblieben. Arpad hatte diese Bahnen entdeckt, eine brillante Leistung, später jedoch die falschen Schlüsse daraus gezogen. Peter fiel wieder das denkwürdige Gespräch ein, in dem Arpad verkündet hatte: »*Trans erreicht Dimensionen unterhalb unserer Welt, greift tiefer als Netzwerke, die von Atomen und noch winzigeren Teilchen benutzt werden, bis dorthin, wo es sehr still ist.*«

Offenbar doch nicht so still wie angenommen. Selbst eine kleine Interferenz erhöhte die Wahrscheinlichkeit, dass bei den Toten etwas *zündete*, hatte zur Folge, dass die armseligen Fetzen ihrer Erinnerung noch ein bisschen länger verweilten, vielleicht sogar *sehr viel* länger. So lange, bis die Wesenheiten der Toten die Erde füllen würden, ein Festmahl für die Schatten, die Aasfresser. Und dabei weit Schlimmeres anzögen als Staubmilben, Würmer oder Aale: Löwen, Hyänen, Bären, Haifische. Riesige Aasfresser, die man selten sah. Die nur in Zeiten entsetzlicher Kriege auftauchten oder sich im Wahnsinn gewaltiger menschlicher Umwälzungen tummelten, um die *atmosphärische Veränderung* für sich zu nutzen.

Die blinkende Diode, das unsichtbare Wesen am Fuß der Treppe, das die Größe eines Grizzlybären gehabt hatte: ein Jäger auf der Pirsch. Etwas, das noch schlimmer war als die widerliche Opportunistin, die in Michelle eingedrungen war, sie lenkte und ihr *Reittier* nannte. Und die sich so geschickt als menschliches Wesen aufspielte.

Intelligenz ohne Gewissen. Hemmungslose Neugier, Wissbegier ohne jedes Abwägen. Um mit allen ein Spielchen zu treiben.

Auch mit Daniella.

Die Trans-Apparate funktionieren in Salammbo nicht, jedenfalls nicht innerhalb der Gebäude.

Weil die Verbindungen hier bereits belegt sind.

Von wem oder was?

Mein Gott, das alles kann ich doch gar nicht mit Bestimmtheit sagen, versuchte Peter sich einzureden. Aber der Versuch, Zuflucht in Unwissenheit zu suchen, war zum Scheitern verurteilt. Er hatte das Mosaik Stück für Stück zusammengesetzt. Mit Josephs Hilfe, der Hilfe eines Toten.

Joseph. Daniella. Das Zerren, der Zwang, den sie ausüben. Von sich aus können sie nicht sprechen; kein Hauch von ihnen rührt die Luft auf. Sie sind kaum mehr als irgendwelche Fetzen Papier, aber deine Erinnerungen locken sie an. Mit deren Hilfe saugen sie die Lebenskraft aus dir heraus. Denn sie möchten gern so sein wie wirkliche Menschen. Und das können sie nur, wenn du sie siehst und dich an sie erinnerst.

Jetzt fügte sich alles zusammen. Es *musste* so sein. Trans hielt fest, was gemäß jeder natürlichen Ordnung hätte weiterziehen sollen, um sich aufzulösen und zu zerstreuen. Banales, alltägliches Geschwätz warf diese Ordnung über den Haufen und verhinderte später auf ganzer Linie, dass die Toten verschwinden konnten. Alltägliches Geschwätz sorgte dafür, dass eine Sphäre, eine Ordnung, sichtbar wurde, die nicht für die Augen der Lebenden bestimmt war.

Mit einem Mal spürte er, wie sich die Last der Erkenntnis schwer auf seine Schultern senkte, und das stellte ihn unvermeidlich vor die nächste Entscheidung: Was folgte daraus? Was sollte er tun? Was konnte überhaupt noch jemand unternehmen?

Peter hatte sich selbst stets als unbedeutenden, wenn auch irgendwie begabten Menschen betrachtet. Charmant, bis zu einem gewissen Punkt. Nicht aufdringlich. Kein großer Kopf. Auch kein Held. Schließlich war er am ganz normalen Leben – einem Leben, zu dem Sex, Freundschaft und Ehe gehörten – gescheitert, obwohl es ihn anfangs so gereizt hatte.

Langsam atmete er ein und aus.

Diebe. Mehr waren sie nicht. Diebe.

Und mit Dieben wusste er doch umzugehen, nicht wahr? Diebe waren ihm zuwider.

»Hilf mir«, bat er leise.

Am Fuß der Treppe angekommen, sah Peter, dass die Flure des Erdgeschosses dunkel waren. Aber als er sich umwandte und erst nach links, dann nach rechts blickte, gingen die Lichter in beiden Außenbereichen gleichzeitig an und drangen kurz darauf bis zum Atrium vor. Die Helligkeit, die in Peters Richtung flutete, erfasste Wände und Gemälde, verschlossene Türen und flauschige Wollteppiche. Und auf beiden Seiten der Flure bewegten sich, unsichtbar fürs Auge, Wesen entlang, die nicht mehr ihrer natürlichen Bestimmung folgten, nicht mehr nach und nach verblassten, sondern, im Gegenteil, ebenso zielstrebig wie wirkungsvoll agierten.

Peters Schädel begann zu pochen. Er ertappte sich dabei, dass er mit den Zähnen knirschte, und merkte, wie seine Kehle eng wurde; sie wollten ihn benutzen, alle von ihnen gleichzeitig. Er griff sich an den Hals, klopfte leicht dagegen und drehte sich dann um, um loszurennen, aber plötzlich verschwamm der Fußboden zwischen ihm und der Haustür vor seinen Augen und kräuselte sich wie Wasser. Über die Mamorfliesen hatten sich Schatten gelegt: hin- und herpendelnde Schlangen, Wellen ohne feste Form, die rasch vordrangen und so weit empor stiegen, bis sie Wände und Fenster überflutet hatten. Gleich darauf wirbelten sie herum und streiften ihn so unbekümmert und auf Kontakt aus, als wäre er ein guter Bekannter.

Es waren die Obdachlosen, die ihr Zuhause auf immer und ewig verloren hatten; die Bettler, die am schlimmsten dran gewesen waren; die Toten, deren Leben schon vor langer Zeit ein Ende gefunden hatte: Michelles Opfer.

Wie viele?

Mit einem summenden Geräusch, das wie ein *Kichern* klang, glitt die Tür des Fahrstuhls zur Seite. Innen verströmte eine einzige nackte Glühbirne ihr orangefarbenes Licht. Der winzige Käfig senkte sich ein wenig, vibrierte kurz und stieg wieder auf gleiche Höhe mit dem Fußboden, als wäre irgendjemand oder irgendetwas eingestiegen.

Etwas Massiges, das unsichtbar blieb.

»Nein, ich steig auf keinen Fall ein«, erklärte Peter. »Fahr zur Hölle.«

»Hölle«, wiederholte jemand, der Peters Kehlkopf benutzte.

»Hölle«, echote ein anderes Wesen, »Hölle«, stimmte ein drittes ein. Sie nahmen seine Stimmbänder so heftig in Beschlag, als hätten sie ihn im Würgegriff.

Um das Sprechen zu unterbinden, biss er sich auf die Zunge, bis er Blut schmeckte. Das erstickte Stöhnen aber, das aus seiner Kehle drang, hörte nicht auf.

Sie umzingelten ihn: Bewegungen in der Luft, als kräuselte

sich Wasser, Umrisse, Spuren und Fragmente toter Menschen, von anderen gedrängt und an dieser Stelle zusammengetrieben. Vielleicht auch nur von einem einzigen Wesen, das nicht menschlich war. Innerlich widerstrebend, machte Peter einen unbeholfenen Schritt auf den Fahrstuhl zu. Unwillkürlich kniff er die Augen zu: Dieser enge Raum war ihm im höchsten Maße zuwider. Doch schon wurde er hineingestoßen.

Sobald sich die Gittertür aus Bronze schloss, merkte er, dass der Fahrstuhl noch weniger Platz bot, als er angenommen hatte. Die Luft roch nach Rauch.

Die trübe orangefarbene Birne flackerte, während die Zugrollen und Kabel zuckten und der Elektromotor aufheulte. Ruckend setzte sich der Käfig in Bewegung.

Es ging abwärts.

Kapitel 41

Mit flatternden Augenlidern lehnte sich Peter in die Ecke, um so viel räumlichen Abstand zu den Fahrstuhlwänden ringsum wie nur möglich zu wahren. Er versuchte sich vorzumachen, er habe Platz und sei keineswegs in einen Sarg eingeschlossen. Sein Gesicht war mit Tränen und Schweiß überströmt, sein Herz schlug rasend schnell und unregelmäßig.

Falls er jetzt starb, würde er auf der Schnellstraße hängen bleiben, mitten in einem Verkehrsstau, so viel war ihm klar. Er würde hier nie wieder raus kommen, nie den Ausstieg finden, nie zu dem Ort weiterziehen können, der ursprünglich für ihn bestimmt gewesen war, welcher es auch sein mochte.

Vielleicht der Himmel, so still und friedlich und wohl geordnet wie die Cheviot Hills.

Oder die Nacht da draußen, in der er sich einfach nach und nach auflösen würde.

Peter Russell war entschlossen, auf keinen Fall hier und jetzt zu sterben. Sein Herzschlag beruhigte und stabilisierte sich.

Während die orangefarbene Birne über seinem Kopf zu summen und zu flackern anfing, glitt die Fahrstuhltür mit einem nachhallenden Knirschen zur Seite.

Mit weit aufgerissenen Augen schob er sich aus seiner Ecke, schwenkte hastig die Arme und scharrte mit den Füßen, als wollte er einen Mückenschwarm vertreiben. Aber er war allein. Das dichte Gedränge im Fahrstuhl hatte sich verflüchtigt, und auch von dem riesigen Wesen, dem unsichtbaren Grizzlybär, war nichts mehr zu spüren. Peter hatte im Augenblick nicht das Gefühl, dass ihm irgendjemand oder irgendetwas Gesellschaft leistete.

Entweder sie konnten sich schneller bewegen als er, oder sie hatten es gar nicht nötig, sich zu *bewegen,* um den Weg frei zu machen. *Auf einen Schlag an einen anderen Ort versetzt, wie bei einem schlecht geschnittenen Film.* Mit baumelnden Armen und geballten Fäusten blieb er auf dem Linoleumboden eines Raumes stehen, der links und rechts mit Vorratsschränken aus Stahl ausgestattet war. Am anderen Ende, halb von einem Stapel hölzerner Obstkisten verdeckt, standen eine uralte Waschmaschine und ein Trockner. Dahinter ragte ein wahres Ungetüm von Wasserboiler empor, der rechts und links von Betonpfeilern gestützt wurde und wie der Dampfkessel eines Schiffes wirkte. Auf dem Fußboden türmten sich gerahmte Fotos längst verstorbener Schauspielerinnen und Schauspieler, die so verrutscht waren, dass sie die Schränke blockierten. Dutzende von Gesichtern, deren Lächeln, festgehalten in Schwarzweiß, hinter zerbrochenem Glas erstarrt war. Ausnehmend schöne männliche und liebreizende weibliche Gesichter, deren Blicke dem Betrachter Freundschaft und sexuelle Abenteuer verhießen – leere Versprechen.

»*Für Lordy und speziell für seine bessere Hälfte Emily.*«
»*Für Morty und Frances.*«
»*Das verdanke ich alles dir.*«
»*Mit tausend Küssen.*«

Neben den Stapeln von Fotos lagen achtlos weggeworfene Kartons mit Sammelalben, deren Ledereinbände bereits verrotteten. Alle trugen die Initialen L.T. Eines war auf einer Seite mit sepiabraunen Fotos aufgeklappt, die sich längst wellten. Die Schnappschüsse zeigten eine schlanke, lächelnde Blondine in schwarzem Badeanzug, die die Arme ausgestreckt und den Körper gebeugt hatte, als wollte sie sich gleich kopfüber in die Fluten stürzen. Emily Gaumont. Peter schlug das Blatt mit der Schuhspitze um. Auf den folgenden Aufnahmen waren hübsche junge Filmsternchen verewigt, ausnahmslos naiv wirkende Mädchen. Und stattliche alte Wagen, darunter ein Packard, ein

Bentley und ein uraltes Feuerwehrauto. Er blätterte zurück. Etwas in Emilys Gesichtsausdruck kam ihm merkwürdig bekannt vor. Zwar lächelte sie gewinnend, aber die Augenbrauen waren kritisch hochgezogen. Lordy Trentons junge Ehefrau erinnerte ihn an Michelle, obwohl das Foto mehr als sechzig Jahre alt sein musste.

»Weg mit dem Alten, her mit dem Neuen«, flüsterte Peter. Michelle renovierte leidenschaftlich gern, und Joseph hatte ihr stets ihren Willen gelassen.

Als er nach rechts blickte, bemerkte er eine zweigeteilte Tür, die gelb und beige gestrichen war. Die obere und die untere Türhälfte standen in schrägem Winkel zueinander. »Joseph, du *verdammter* Mistkerl«, machte er seinem Zorn Luft. Der Raum schien darauf mit einem Vibrieren zu antworten. »Du hast Michelle hierher gebracht. Du hast sie nach unten mitgenommen und dann ...«

Er schaffte es nicht, den Satz zu Ende zu bringen. Denn all diese Anschuldigungen zählten nichts angesichts dieses unbewohnten Gebäudes, dieses öden Orts, der all das umfasste, was er selbst in den letzten beiden Jahren durchgemacht hatte – die verzweifelte Suche, das Abdriften in den Wahnsinn. Konnte es sein, dass Joseph die Wahrheit erraten hatte? Dass nicht er es gewesen war, der Michelle hierher gebracht hatte – jedenfalls nicht den inneren Kern, der sie seitdem beherrschte? Dass sie diesen Kern in Salammbo schon vorgefunden hatten? Ein uraltes Wesen, das geduldig abgewartet hatte. Darauf gewartet hatte, dass wieder einmal genau der Typ Frau auftauchte, wie er so häufig im Umkreis resignierter alter Männer mit viel Kohle zu finden ist. Auf ein naives junges Ding, das – innerlich leer – genug Angriffsflächen bot ...

Michelle. Michelle, die – völlig verängstigt und wie gelähmt – unter dem Schock eines Doppelmords stand. So sehr, dass ihr Selbstbewusstsein schließlich völlig zusammenschrumpfte und sich in einen sehr tiefen, sehr dunklen Winkel ihrer Seele flüchtete. Übrig blieb ein nahezu leeres Gefäß, das nur darauf wartete, dass es wieder gefüllt wurde …

Scragg hatte Peter gefragt, ob er irgendwelche zusätzlichen Hinweise beisteuern könne, ob ihm irgendetwas einfalle, das vielleicht auf jemanden in ihrem Umfeld, in ihrem Bekanntenkreis hindeute.

Zwangsläufig richtete sich Peters Wut jetzt gegen ihn selbst. Aber *darauf* hätte er doch keinesfalls kommen können. Oder doch?

Jetzt sah er, dass sich Rauch und Schwelbrand an der Decke über dem Bahnsteig bei dem Tunnel konzentrierten. Es mochte Einbildung sein oder nicht – Peter hielt es eher für real –, jedenfalls spürte er, wie ein Windstoß durch den Tunnel fegte und einen uralten, beißenden Geruch herübertrug. Es roch wie bei einem Grillfest: nach Rauch und geschmortem Fleisch. Die Empfindung war rein innerlich, denn auf der Haut konnte er den Wind nicht spüren. Es war so, als führte der Wind Ruß mit sich, der in ein alles wahrnehmendes, inneres Auge drang. Nur bestand dieser besondere Ruß aus Gedankenfetzen voller Kummer und Angst. Und stammte nicht nur von denjenigen, die seinerzeit beim Feuer im Bahntunnel den Tod gefunden hatten.

Peter hielt sich Mund und Nase zu.

Kapitel 42

Hinter dem Bahnsteig, den man in Länge und Breite mit sechs Schritten durchmessen konnte, führte der Verbindungstunnel zwischen dem Flaubert-Haus und *Jesus weinte* wie ein winziger U-Bahn-Schacht ins Dunkle. Die einzige Beleuchtung war das trübe Licht von Glühbirnen, die in weitem Abstand voneinander von einem dünnen schwarzen Kabel baumelten; manche waren mittlerweile ausgebrannt. Aufgestapeltes Gerümpel, schwärzlich verkohlt und mit einer grauen Staubschicht überzogen, blockierte den halben Tunnel. Auf der anderen Seite des kleinen Bahnsteigs waren weitere Kartons verstreut, manche davon so aufgeplatzt, dass sich auch hier Sammelalben, Fotos, Geschichte quer über den Boden verteilt hatten. Ganz hinten in der rechten Ecke lag ein eingeklemmter kleiner Waggon, der auf die Seite gekippt war und vier eingekerbte Schienenräder in die Luft streckte. Daneben stand ein leerer Werkzeugkasten. Über all dem hing so viel Staub und Ruß, dass man wenig erkennen konnte, bis auf einen schmalen Trampelpfad, der zum Tunnel führte. Es sah so aus, als hätte jemand mit starker Hand ein Handtuch dazu benutzt, den Weg zwischen den Müllbergen frei zu fegen. Irgendjemand hatte hier schwere Lasten hinter sich hergeschleift. Am Rand des freigemachten Pfades waren die Spuren kleiner Füße zu erkennen.

Peter blickte hinunter.

Beugte sich vor.

Sah noch näher hin, weil er seinen Augen nicht traute.

Gespenstische Fetzen, die wie Plastikhüllen oder geplatzte Luftballons flatterten, pressten sich ans Linoleum. Obwohl sie keine stoffliche Substanz besaßen, hingen sie hier fest. Flach gewalzte Teile von Gesichtern, nach oben gestreckte Hände, Finger, die sich wie in einem Krampf krümmten. Leere Augen in leeren Hüllen. Hauchdünne Überreste der Fressorgien, die die Aasfresser hier in Hülle und Fülle hatten veranstalten können. An diesem Ort zerfielen die Reste zu einem Staub, der für niemand mehr genießbar war. Irgendwann würde er durch diese Räume fegen, hinauf in die Welt. Und sich dort in flüchtige Eindrücke, seltsame Bilder verwandeln, die, wie Rosinen im Kuchen, von Träumen hängen blieben. Unzusammenhängend, aus sich heraus gar nicht zu begreifen. Splitter der Inspiration und Hoffnung. Scherben des Mosaiks aus Erinnerung und Gestalt.

Welcher Besen sollte das wegfegen? Welcher Wind? Diesen Dingen können wir niemals entkommen. Wir treiben unser ganzes Leben lang darin herum, ohne je mit Sicherheit sagen zu können, woher diese Bilder und Eindrücke kommen. Darin ähneln sie dem Staub, den unsere Lungen einatmen. Man versucht das Phänomen zu benennen, indem man es als übersinnliche Wahrnehmung oder Erinnerung an ein früheres Leben charakterisiert ... Trans hat es lediglich sichtbar gemacht.

Peters Entsetzen war wieder einmal an einer Klippe der Vernunft zerschellt. Die philosophische Betrachtung war ihm zu Hilfe gekommen. Ja, er würde sterben; ja, er hatte unvorstellbar Entsetzliches erlebt und würde wohl bald weiteren Schrecken ins Auge sehen. Teilchen dessen, was er war, würden irgendwann ebenfalls zu diesem Mosaik, zu diesem Staub werden, daran bestand kein Zweifel. Verloren und vom Leben verraten. Na und? Unzählige Menschen waren diesen Weg vor ihm gegangen.

Wenn das Leben schon nicht einfach war, dann der Tod erst recht nicht.

»Bringen wir's hinter uns«, sagte er laut und ging zum Rand des Bahnsteigs vor. Joseph, später auch Michelle, waren hier heruntergekommen, um gewisse Dinge zu verstecken. Er musste in Erfahrung bringen, worum es sich dabei handelte.

Wer es war. Wer noch, außer den beiden Dieben, die damit gedroht hatten, Joseph umzubringen? Er starrte in die Dunkelheit, die wenige Meter vom Bahnsteig entfernt herrschte. Entdeckte unter einigen aufgestemmten, verrosteten Schienen eine grob aufgetragene Schicht neueren Betons. Sie hatten die Schienen wieder an den alten Platz gelegt, aber sich nicht die Mühe gemacht, sie auch wieder zu verschrauben.

Schlampige Arbeit.

Kapitel 43

Die Schienen liefen schnurgerade ins Dunkle. Mit vorsichtigen Schritten ging Peter an den Gleisen entlang, die wie winzige Parodien echter Bahnschienen wirkten. Im Schotter zwischen den Schwellen hatten sich von grauem Schaum bedeckte Wasserpfützen gesammelt. Rauch hatte den bröckelnden Verputz der lang gestreckten Decke eingeschwärzt. Auf beiden Seiten entdeckte er Haken, Stückchen von Draht und hellere Vierecke im Mörtel. Hier mussten früher Bilder gehangen haben, die den Rauch absorbiert hatten. Nur ein Gemälde hing noch da, allerdings war die Leinwand in der Mitte von oben bis unten zerfetzt. Es war das mittlerweile eingeschwärzte, lebensgroße Porträt eines Mannes, der wohl Lordy Trenton sein musste. Zwar trug er keinen Zylinderhut und war wie ein Zirkusclown geschminkt, aber an dem langen, schlanken Spazierstock des vornehmen Herrn und seinem Markenzeichen, den Gamaschen, deutlich zu erkennen. Unten am Bilderrahmen war ein Messingschild angebracht, auf dem zu lesen war: NIEMALS DIE WÜRDE VERLIEREN.

Mit seiner kurzen Nase und dem kleinen Ziegenbart, der trotz der weißen Maske und der roten Clownsbäckchen zu sehen war, wirkte Trenton durchaus vergnügt. Oder hätte so wirken können, wären da Augen gewesen. Jemand hatte sie herausgeschnitten, so dass nur viereckige Höhlen zurückgeblieben waren, durch die der weiße Mörtel hindurchschimmerte.

Jenseits des zerfetzten Porträts bemerkte Peter bräunliche Markierungen an den von Rissen durchzogenen und von Flammen versengten Wänden. Irgendjemand hatte hier die Kratzspuren von Tierklauen nachgeahmt, jeweils vier oder fünf vertikale Striche bildeten ein Muster. Aus flüchtig skizzierten Masken starrten spiralförmige Augen. Alles grob dahingeschmiert, möglicherweise mit Blut, das jetzt getrocknet war. Höhlenmalereien. In den dunklen Abschnitten zwischen den herunterbaumelnden Glühbirnen fielen sie kaum auf.

Vor ihm, am anderen Ende des Tunnels, musste ein Tor oder eine Tür aufgegangen sein, denn ein ganz realer, steter Luftzug rauschte auf Peter zu und strich ihm über die Barthaare. Vorsichtig ging er zu einer großen Sperrholzplatte hinüber, mit der vier Wagenräder verschraubt waren. In das Sperrholz hatte jemand Löcher gebohrt und ein Seil durchgezogen, das feucht und verdreht bis in den Schotter hinunterbaumelte. Es war ein behelfsmäßiger Transportkarren, zu dem Zweck geschaffen, schwere Gegenstände durch den Tunnel zu befördern. Auf dem Sperrholz waren Blutflecken zu sehen.

Er kniete sich kurz hin. *Ein Transportkarren. Bahnwaggons. Ein Tunnel. Eine Höhle. Schrecklicher Ort, voller Schimmel und Schmutz. Dazu geschaffen, Menschen von einem Haus zum anderen zu befördern. Unterirdisch, so dass sie nicht dem Sonnenlicht ausgesetzt waren. Tolle Idee. Häuser im Überfluss, Spielzeug im Überfluss, Träume im Überfluss. Träume, die in ihrer Lebensgier kein Maß mehr kannten. All das von viel Geld zum Leben erweckt. Geld und Leben zerrannen; die Torheit blieb.*

Als Peter wieder aufstand und langsam um das Sperrholz herumging, trat er in die schaumigen Pfützen und holte sich nasse Füße. Ein paar Meter weiter hob sich eine rote Blechtür von Steinen und Mörtel ab. Es mochte eine Vorratskammer sein, vielleicht auch ein Wartungsraum oder der Ort, an dem die Elektrotechnik untergebracht war. Oder aber Lordy Trentons Luftschutzraum. Möglich, dass sie – es – da drin war, hinter eben dieser Tür versteckt.

Hier unten will ich nicht sterben.
Peter warf einen Blick zurück. Er hatte rund hundertzwanzig Meter hinter sich gebracht. Vom Flaubert-Haus waren es gut dreihundert Meter bis nach *Jesus weinte*, wenn man eine direkte Linie zog, die unterhalb der Hecke und des niedrigen Hügels verlief.

Er war noch längst nicht am Ziel.

Und wieder wusste er instinktiv, dass ihn irgendein großes Wesen beobachtete und belauerte. Von wo aus, ob es hinter ihm oder vor ihm wartete, konnte er nicht mit Sicherheit sagen. Seltsamerweise empfand er es nicht als Bedrohung, sondern lediglich als etwas Widerliches, das sich zu allem Widerlichen gesellte, das ihm bereits widerfahren war.

Er untersuchte die Schiebetür. Der rote Anstrich hatte genau wie das Holz schon bessere Tage gesehen. Irgendwelche Tiere, vermutlich Ratten, hatten die untere Kante angenagt. Die Räder und Laufschienen waren frisch geölt, offensichtlich war die Tür vor kurzem geöffnet worden.

Peter rümpfte die Nase. Von dem überall herrschenden Rauchgestank hob sich noch ein anderer Geruch ab. Er schob die Tür zur Seite – so weit es möglich war, ohne sich selbst vor der Dunkelheit da drinnen zur Schau zu stellen. Wartete, lauschte auf tröpfelndes Wasser. Beugte sich vor, um hineinzuspähen. Irgendjemand hatte eine einzelne Glühbirne in eine Keramikfassung an der Wand geschraubt, die, Meter weit entfernt, trübes Licht verbreitete. Sie sah so aus, als brenne sie schon seit Jahrzehnten. Alle Ecken lagen völlig im Dunkeln. Er konnte nicht sagen, wie weit nach hinten die Kammer reichte.

»Michelle?«

Einen Augenblick lang war er alarmiert, denn er hatte das Gefühl, jemand spähe ihm über die Schulter. Doch er beherrschte sich und wandte langsam den Kopf. Ein riesiger Schatten, der wie eine Nebelbank aussah, aber eine vertikale Form hatte, glitt über die Tunnelwand gegenüber und die Decke.

Er erkannte das Gebilde sofort wieder: Das Nichts von der Größe eines Grizzlybären war wieder da. Offenbar konnte es Gestalt und Art der Bewegung verändern.

»Wer, zum Teufel, bist du?«, fragte Peter, aber der Schatten war bereits wieder mit dem schmierigen Hintergrund verschmolzen und von Mörtel und Steinen nicht mehr zu unterscheiden. »Du willst mich doch gar nicht«, rief er. »Sonst hättest du mich schon längst holen können. An mir warst du doch nie interessiert. Was willst du also dann?«

Gleich darauf überwältigte ihn eine andere Art von Zitterkrampf: ein Lachkrampf. Er musste lachen, langsam und aus tiefer Kehle, was schrecklich klang. »Könntest du dich nicht wenigstens *nützlich* machen? Mir etwas besorgen?«, fragte er die Wand gegenüber. »Könntest du wenigstens zurückgehen und mir eine Taschenlampe holen?«

Während er sich wieder dem Raum hinter der Tür zuwandte, drang das gurgelnde Lachen weiter aus seiner Kehle. Er musste husten. Mittlerweile hatten sich seine Augen, so weit überhaupt möglich, an die Dunkelheit gewöhnt. Die Kammer hinter der Öffnung war nicht mehr als sechs Meter breit, aber tiefer als angenommen, denn er konnte die hintere Wand nicht ausmachen. Erneut beugte er sich vor und schob sich durch die Tür.

●

Der Betonboden war alt, von Rissen durchzogen und uneben. Er konnte Teile von Eisenbahnschienen erkennen, die in einer Ecke aufgestapelt waren. Längs der Wand zu seiner Rechten, die Richtung Nordosten liegen musste – schon um einen klaren Kopf zu behalten, versuchte er sich zu orientieren –, standen mehrere Etagenbetten mit jeweils zwei Schlafstellen, Betten, wie man sie in Kasernen verwendet. Er zählte mindestens acht solcher Doppelbetten, die sich in einer Reihe bis nach hinten in die Dunkelheit zogen. Offenbar waren alle Betten belegt: von Gestalten, die sich nicht rührten und unter staubigen Decken wie im Schlaf dalagen. Selbst unter den Decken wirkten sie unnatürlich klein und zusammengeschrumpft.

Als er den Zipfel einer Decke zurückschlug, rieselte Staub über seine Füße. Das skelettartige Gesicht unter der Decke hatte strähniges, blond gefärbtes Haar. Eine Frau. Nicht sehr groß, aber erwachsen, kein Kind mehr. Bei dieser Erkenntnis empfand Peter eine Spur von Dankbarkeit. Das Fleisch des Kopfes war so zerfressen, dass fast nur noch bräunliche Schädelknochen zu sehen waren. Was vom Gesicht noch übrig war, wirkte so ausgedörrt wie Leder. Als er den Deckenzipfel fallen ließ, löste er erneut ein Staubwölkchen aus.

Peter ging weiter, tiefer in den Nebentunnel hinein. Das hier musste Trentons Bombenschutzkeller sein, ein Bunker mit Schlafgelegenheiten für mehrere Dutzend Freunde. Er stieß auf weitere Etagenbetten, weitere Leichen, die hintereinander aufgereiht in der Dunkelheit lagen. Grinsend, mit bleckenden Zähnen und dunkel gegerbten Gesichtern, die unter von Ratten zerfressenen, schmutzigen Decken hervorlugten.

So weit das Auge reichte, erstreckten sich die Etagenbetten längs der nordöstlichen Wand in die Dunkelheit. Kaum zu glauben, dass Michelle dies alles ohne fremde Hilfe bewerkstelligt haben konnte. Wie lange ging das schon so? Und wie konnte Joseph davon nichts gemerkt haben? Welche Art von Komplizenschaft hatte zwischen den beiden bestanden, wenn Joseph zunächst jede Mittäterschaft verweigert, doch im Laufe der Jahre zum Mitwisser geworden war? Peter wurde klar, dass er diese Beziehung wohl niemals begreifen, geschweige denn wissen würde, was im Einzelnen hier geschehen war.

Wie ihm auffiel, waren die Ratten verschwunden, hatten das sinkende Schiff – den zerfallenden Haushalt von Joseph und Michelle – verlassen.

Peter drückte sich gegen die Wand. Die Glühbirne zu seiner Rechten wirkte in diesem Zwielicht nicht heller als ein glühendes Streichholz. Schwach stach ihm der grässliche kalte Gestank von Staub und langjähriger Verwesung in die Nase. Hier unten war es schlimmer als auf der Wiese, wo man Daniellas Leichnam gefunden hatte. Viel schlimmer als auf der sonnigen, von Gras bewachsenen Hügelkuppe. Scragg hatte ihnen mitgeteilt, dass sie nicht am Fundort ermordet worden war. Sie hatte dort so gelegen, als hätte ihr jemand im Tod noch eine Spur von Respekt erweisen wollen, die Hände über dem zerfetzten Brustkorb gekreuzt.

Peter richtete sich auf. Ihm war es zutiefst zuwider, die übel riechende Luft einzuatmen, und er war drauf und dran, in Ohnmacht zu fallen. Eine Hand gegen den rauen, sandigen Beton gestützt, machte er sich auf den Rückweg zur Tür.

Am Fuß der zugedeckten Gestalt im unteren Bett ganz rechts hatte jemand ein dunkles Bündel abgelegt. Peter zwang sich niederzuknien. Seine klammen Finger berührten zusammengefalteten Strickstoff. Als er ihn emporhielt, lösten sich Ärmel und Knopfleisten aus dem Bündel, worauf er das Kleidungsstück wiedererkannte, das man nie gefunden hatte: die blaue Wolljacke eines kleinen Mädchens, die jetzt steif vor Blut war.

Ein Erinnerungsstück.

Peter spürte, wie es wieder losging. Mit der Hitze hinter den Augen. Mit der Angst, die sich mit Liebe paarte. Einer Liebe, die die Distanz zwischen seinen Erinnerungen und dem Blut hier, zwischen Daniellas unverwechselbarer Persönlichkeit und dem zerfetzten Körper, zwischen ihm als Vater und dem Staub in dieser weiten Grabkammer überbrückte und ihm ein deutliches Bild seiner Tochter vermittelte. Plötzlich erinnerte er sich wieder ganz klar und deutlich an ihren speziellen Geruch, ihr langes braunes Haar ...

So als hätte ein feiner Herbstnebel die Gestalt eines kleinen Mädchens angenommen, stand sie in der offenen Schiebetür, Meter von ihm entfernt, und zögerte scheinbar einzutreten.

Kaum sichtbar in dieser Kammer, in die Papas Freundin sie verschleppt hatte, um sie hier zu ermorden, beobachtete Daniella, wie er ihre Strickjacke vor sich hielt.

Peter ging auf sie zu, um sie etwas Schreckliches zu fragen: »Ist es hier passiert?«

Die Gestalt hob und senkte das Kinn, das nur als schwacher Umriss zu erkennen war, und streckte ihre hauchdünne Hand nach seiner aus.

Instinktiv und ohne jeden Gedanken an die eigene Sicherheit griff Peter danach. Während ihre Finger in seine glitten, spürte Peter ganz kurz kindliche Verwunderung, dann die Panik eines Tiers. Daniellas Mund und Augen wurden dunkler und sackten herunter, Teile ihres Körpers begannen wie zerschlissenes Musselin auseinander zu fallen, klafften auf. Der Geist seiner Tochter teilte ihm mit, was sie so lange, allzu lange, mit sich herumgetragen hatte; teilte ihm mit, was man empfindet, wenn einem eine Messerspitze in die Haut gerammt wird; was man spürt, wenn das Messer mit einem Geräusch, als zerrisse Vinyl, in den Körper eindringt, wieder und wieder. Ließ ihn an dem Schmerz teilhaben, der selbst jetzt noch so heftig war, dass er dieses kleine Gespenst in Stücke zu zerreißen drohte.

Der Schmerz zwang Peter in die Knie. Während die kurzen, rauen Todesschreie seiner kleinen Tochter aus seinem Mund drangen, zerrten seine Hände an der eigenen Kehle und versuchten, die entsetzlichen Geräusche zum Verstummen zu bringen.

Daniella, mehr als eine Projektion, dennoch nicht körperlich präsent, zog sich zurück und ließ ihn los. Schluchzend drückte Peter sich die Strickjacke ans Gesicht, hielt sie sich vor die Augen und hoffte wie schon so manches Mal, dass es ihm das Herz zerreißen würde. Er wollte nicht mehr leben. Das hier war mehr, als irgendein Mensch ertragen konnte.

Als sie sich umdrehte, geschah es nicht mit einer einzigen Bewegung: Zuerst wandte sich die äußere Hülle der Haut herum, danach folgten, zeitlich versetzt, die Andeutungen von Knochen unter der Haut ... Sie trieb seitlich aus seinem Blickfeld heraus, auf *Jesus weinte* zu.

Und wieder vereitelte Peters eigene Stärke das Sterben. Es gab noch zu viel, das er hinter sich bringen musste. Die klaffenden Wunden in seinem Hals tränkten seinen Hemdkragen mit Blut, aber er spürte es nicht, weil die Erinnerung an die Schmerzen seiner Tochter alles überlagerte.

Peter verließ den alten Bombenschutzraum, der zur Grabkammer geworden war, und stolperte die restliche Tunnelstrecke entlang, indem er sich von einem gelblichen Lichtkreis rund um die uralten Glühbirnen zum nächsten schleppte. Dabei musterte er die bräunlichen Schmierflecken an den Wänden, Kratzer von Fingern, Abdrücke von Händen. Es war nicht Josephs große, fleischige Hand, die sich hier verewigt hatte.

Sondern Michelles.

Vielleicht konnten die Toten nur die Wahrheit sagen.

Sobald sich die Atmosphäre unter dem Einfluss von Trans verändert hatte, hatte Joseph Daniella wiedererkannt. Vor wenigen Tagen hatte er Daniella und die anderen gesehen und die schon lange vermutete Wahrheit nicht mehr leugnen können, nicht mehr verdrängen können, was seine Frau war und was sie getan hatte. Deshalb die nächtlichen Angstattacken und die Schreie.

Du darfst dir keinen Schlaf mehr gönnen.

Während Peter durch den Tunnel ging, folgten ihm Schatten, die wie dünne Rußwölkchen aussahen und von einer Seite zur anderen schossen. Peter war sich sehr wohl bewusst, dass sie sich auf seine Fährte gesetzt hatten und ihn diesmal auf andere Weise benutzten. Ein Wesen oder auch mehrere, die niemals menschlich gewesen waren, nicht sprachen und mit irgendeiner

Art von Kommunikation eigentlich nichts anfangen konnten, wie sie auch Materie an und für sich kaum nutzen konnten; riesige, ruhige, geduldige Gebilde, die jedoch ein fast unvorstellbares Potenzial an Gewalttätigkeit in sich bargen.

Immer noch hielt er die kleine Wolljacke in der rechten Hand. Seine Finger berührten eine von längst getrocknetem Blut durchtränkte Stelle und den vom Messer verursachten Einschnitt im Wollgewebe. Scragg würde die Jacke haben wollen; in dieser anderen, rationalen Welt über der Erde, weit entfernt vom Leiden der Gespenster, würde Scragg die Jacke in einem Plastikbeutel verstauen und Labortechnikern zur Analyse schicken.

Hier, in der Unterwelt, am Ende des Tunnels, weit unterhalb der rationalen Welt, erwartete Daniella, kaum mehr als ein Umriss aus Schatten und Kristall, ihren Vater am Fuß einer langen Treppenflucht aus Beton. Aus einer offenen Tür drang ein Luftzug die Treppe hinunter. Er spürte kühle, frische Luft, die ihm willkommen war.

Eine Falle.

Kapitel 44

Peter schleppte sich die letzte Stufe hinauf und hielt sich mit der freien Hand am Geländer fest. Augenblicklich war von Daniella nichts mehr zu sehen. Seine Augen brannten vor Erschöpfung, von der Kruste getrockneter Tränen und salzigem Schweiß. Sein Hemdkragen klebte an der Haut. Er wusste, dass er eher tot als lebendig aussah.

Der Raum über ihm war klein und würfelförmig. Schwere Balken stützten die Decke. Auf einer Seite befand sich eine dicke schwarze Holztür, auf der anderen ein achteckiges Fenster, das über Bodenhöhe ganz oben in die Wand eingelassen war. Durch die in Blei gefassten Facettenscheiben drang schwaches Licht, Vorbote der Morgendämmerung. Eine Ecke wurde von einer Baulampe angestrahlt, deren helle Birne den ungestrichenen Mörtel in Licht tauchte. Vom Lampengestell aus wand sich ein dickes orangefarbenes Elektrokabel unter der schwarzen Tür hindurch. Ansonsten war der Raum sauber und leer.

Die Tür war von außen abgeschlossen. Peter probierte es mehrmals aus, indem er an dem alten Türknopf aus Messing drehte. Ohne Erfolg. Doch dann hörte er ein Klicken, der Türknopf ließ sich bewegen, und die Tür ging mühelos auf.

Ein weiteres Indiz für eine Falle. Michelle würde ihn mit der Pistole in der Hand erwarten. *Also gut*, dachte er. Wenigstens würde es schnell gehen. Beim Versuch, die Tür zu öffnen, würde er den Tod finden.

Niemand stand auf der anderen Seite. Der runde Lichthof im Zentrum von *Jesus weinte* lag dunkel da. *Selbst unglaublich häss-*

liche große Häuser haben stets riesige Eingangshallen; darin ähneln sie frustrierten alten Jungfern, die viel Dekolletee zeigen, dachte Peter. Aus den hohen Deckenfenstern unterhalb der Kuppel sickerte, nicht sonderlich hilfreich, trübes graues Licht.

Auf beiden Seiten der imposanten schwarzen Eingangstür führten geschwungene Treppen von der Balustrade hinunter, die die Form des griechischen Buchstaben Omega hatte. Baugerüste und schwarzes Tuch verhüllten einen Großteil der gegenüberliegenden Seite der Eingangshalle. Vor kurzem mussten hier Handwerker ein und aus gegangen sein.

Hatte das Morden während der Renovierung aufgehört? Hatte eine Leidenschaft die andere vorübergehend verdrängt?

Peter brauchte jemanden, der die Führung übernahm, musste die Verbindung zu dem Wesen herstellen, um dessentwillen er überhaupt hier war.

»Liebes?«, rief er leise.

Quer durch die Halle drang Michelles Antwort. »Bist du's, Peter? Ist mit dir alles in Ordnung?«, rief sie mit blecherner, widerhallender Stimme.

Er konnte sie nicht sehen. Und die Echos verhinderten, dass er sie vom Geräusch her orten konnte. Er durchquerte die weitläufige, von der hohen Kuppel überwölbte Eingangshalle und ging danach unter der Balustrade hindurch, die von dicken, spiralförmigen Säulen im maurischen Stil und schmiedeeisernen Geländern gesäumt wurde. Während er sich dem geräumigen hinteren Teil des Gebäudes näherte, in dem er sich nicht auskannte, sah er Michelle zwar nicht, konnte sie jedoch atmen hören, so heftig atmen, als hätte sie gerade gymnastische Übungen hinter sich. Auf ein tiefes Einatmen folgte ein kleiner Seufzer, als wäre sie auf befriedigende Weise erschöpft. Er hörte, wie sich eine Tür schloss.

»Du bietest mir eine fröhliche Verfolgungsjagd«, rief sie. Plötzlich klang ihre Stimme ganz leise und schien von weit her zu kommen.

Peter blieb stehen. Blinzelte, um den Schweiß aus den Augen zu treiben, wagte aber nicht, sich darüberzuwischen. Die Versuchung, sich selbst zu blenden, um nichts mehr sehen zu müssen, war allzu groß. Immer noch umklammerte er die blutige Strickjacke, immer noch spürte er den Schmerz, der Daniella zerriss.

Er war ein Mensch, der sich tatsächlich am Rande des Wahnsinns befand, diesen vielleicht auch schon überschritten hatte und vor kaum mehr etwas zurückschreckte.

Als er über die Schulter blickte, sah er, dass sich ein dünner dunkler Vorhang von rauchigem Dunst hochkräuselte und so verteilte, dass er den ganzen Lichthof verdüsterte. Peter hatte die Größe des Gebildes bislang unterschätzt. Entweder das, oder es konnte sich, wie eine Krake, zu verblüffendem Umfang ausdehnen.

Wie auch immer, er hatte jedenfalls keine Angst davor. Das Gebilde wollte nicht ihm Böses, hatte nicht ihn zur Beute ausersehen. Peter diente nur als Spürhund, der den Jäger zu dem Opfer führte, das er tatsächlich zur Strecke bringen wollte.

»Wir müssen reden«, wollte er Michelle zurufen, aber heraus kam nur ein heiseres Stöhnen. Er senkte das Kinn, um das bisschen Stimme, das ihm verblieben war, besser zu nutzen. »Joseph ist tot. Und ich glaube, *du* hast ihn umgebracht.«

Am Ende eines langen Flurs, durch dessen großes Fenster blasses Dämmerlicht drang, quietschte eine Türangel.

»Lass uns darüber reden, genau wie in alten Zeiten«, erwiderte Michelle. »Aber bleib, wo du bist, ja?«

Peter war völlig desorientiert. Er hatte angenommen, das Gebäude erstrecke sich von Osten nach Westen und die Sonne werde in seinem Rücken aufgehen. Stattdessen schien sie direkt vor ihm am Himmel aufzusteigen.

»Warum nicht von Angesicht zu Angesicht?«, brüllte er und spürte dabei, wie seine Stimmbänder vibrierten.

»Mein wahres Gesicht würdest du nicht mögen, Peter«, gab Michelle zurück. »Du schwimmst jetzt in meinen Gewässern.

Hier unten ist es schrecklich dunkel. Du hast den festen Boden unter den Füßen verloren, weißt du das denn nicht?« Er wusste es, aber er konnte trotzdem nicht aufgeben.

•

Michelle hatte längs des Flurs Trans-Apparate verteilt. Als Peter auf das Fenster mit dem halbrunden Oberlicht zuging, zählte er zwölf, alle in verschiedenen Farben. Es sah aus, als hätte jemand mit Hilfe riesiger Bonbons eine Spur ausgelegt. Einen Moment lang dachte er, der Teppichboden habe einen blassen, milchigen Blauton, aber als er weiterging, teilte sich das Blau vor seinen Füßen und strömte schnell zurück. Geschmeidig und ohne jeden Geruch ergoss sich die gasähnliche Flüssigkeit aus den Nahtstellen, den Öffnungen und dem Display jedes Trans-Apparats und blieb als Schicht von etwas mehr als einem Zentimeter am Boden haften.

Er beugte sich hinunter, um einen der Apparate aufzuheben, und strich mit den Fingern über die Flüssigkeit. Sofort verwandelte sich das Blau in Gelb- und Grüntöne, durch die sich rote Adern zogen. Der Schock, der nicht von einem Stromschlag herrührte, sondern davon, dass sich ihm Kummer und Qual schlagartig mitteilten, schleuderte ihn gegen die Wand. Als er zusammensackte, streckten sich seine Hände automatisch vor, um den Sturz abzufangen. Als sie mit der Flüssigkeit in Berührung kamen, fuhr ihm ein unglaublicher Schmerz durch Arme und Rückgrat. Er empfand die Qual des Verlustes und peinigende Schuldgefühle; elende, hoffnungslose Verzweiflung; Angst davor, eingesperrt zu werden – von uniformierten Männern mit ausdruckslosen Gesichtern in einen engen Raum geworfen, bespuckt, verprügelt, zusammengeschlagen zu werden; den Schrecken der Einsamkeit in ewiger Dunkelheit, in der ihm lediglich tröpfelndes Wasser, Schaben und Spinnen Gesellschaft leisteten. In kürzester Zeit erlebte er alle Abarten innerer und äußerer Folter, Qualen, die er nie in seinem Leben hatte erleiden müssen.

All dieses hoffnungslose Elend sickerte aus den Plastikgehäusen heraus, als verlöre ein Motor Öl. Das Gift ließ seine Knöchel ertauben, stieg an seinen Beinen hoch, verbreitete sich wie eine Infektion durch das Netz seiner Adern. Er spürte, wie der Schmerz in seinen Unterleib kroch, in sein Herz drang, einen Ansatzpunkt in seinem Nervensystem fand und noch höher stieg, bis er messerscharf in sein Gehirn vorstieß – ein Gefühl, als bissen faule Zähne in seinen Schädel.

Inzwischen hatte der wirbelnde Nebel die Schattierungen von blutigem Eiter angenommen.

So fühlt es sich an, wenn man am Stuhl festgeschnallt ist und versucht, die Luft anzuhalten, um nicht das aufsteigende Gas einatmen zu müssen – dieses Gas, das nach bitteren Mandeln riecht; wenn man auf einen harten Tisch geschnallt wird und sich die Nasenflügel weiten, weil das Desinfektionsmittel, der Alkohol, so stinkt; wenn fachmännische Finger die Haut vorsichtig zusammenkneifen, damit eine Arterie hervortritt; wenn man den brennenden Stich der langen Nadel spürt. Und jedes Mal, die ganze Zeit über, nimmt man vage diese blassen Gesichter vor der dicken Glasscheibe wahr, die einen von draußen beobachten, die entsetzt, aber gleichzeitig fasziniert zusehen. So als wären es Besucher, die ein Aquarium voller Seeungeheuer betrachten.

Peter stemmte sich heftig gegen die Wand, stand auf und starrte auf den Nebel hinunter. Er war sich völlig sicher, dass dieser Dunst, der ihn umwaberte, aus dem Gefängnis kam. Es war der dünne Extrakt aus den Erinnerungen und Empfindungen Zehntausender eingesperrter und hingerichteter Männer und Frauen, das Kondensat und Destillat all dessen, das die Spezies Mensch an Grausamkeit und Hoffnungslosigkeit zu bieten hatte.

Das tödliche Herz von San Andreas hatte das Trans-Netz unterwandert. Schließlich hatte es doch noch einen Weg in Arpads Transponder gefunden. Jetzt war es frei und konnte an jeden gewünschten Ort dringen, überall hin, wo es ein Trans gab.

Verwirrt blickte er zum Ende des Flurs, auf die geschlossenen Türen, auf das Oberlicht des großen Fensters, und bemerkte, dass draußen die Morgendämmerung heraufzog. Alles war aus den Fugen geraten. Er brauchte sich gar nicht erst bemühen, das Ganze zu verstehen. Eine Mücke, die in einen Wirbelsturm geraten ist, wird auch nie begreifen, was rings um sie herum geschieht.

»Ich hab die Waffe immer noch«, rief Michelle, deren Stimme gedämpft zu ihm herüberdrang. »Ich werde sie gebrauchen, wenn du nicht von hier verschwindest.«

Peters Mundwinkel verzogen sich zu einem brutalen Lächeln. Falls er sie jetzt tatsächlich fand, war es die ganze Sache wert gewesen. Der Nebel hatte ihm eine gewaltige, unverdünnte Dosis von *Ekel* verabreicht, ein solches Übermaß an Abscheu, dass der Treibstoff, der ihn zur Rache beflügelte, für alle Zeiten reichen würde.

»Aus welchen Gewässern stammst du, Michelle? Welche Art von Geschöpf bist du? Gehörst du zu denen, die fremde Körper zum eigenen Schutz stehlen, um sich darin zu verstecken? *Wie bringt man so was wie dich am besten um?*«

Mühelos konnte sich Peter tausend Szenen blutrünstiger Rache ausmalen.

»Du kannst mich nicht töten«, sagte sie so leise, dass er es kaum verstehen konnte. »Niemand kann mir was anhaben.«

Hinter ihm stieg der Schatten höher, wie Peter merkte, ohne sich umzudrehen. Er konnte dessen Macht und Gier spüren.

»Ich hab einen *Freund* mitgebracht, Michelle!«, brüllte er, und für kurze Zeit färbte sich alles ringsherum tatsächlich blutrot. *Als bluteten meine Augäpfel. Klar, das ist die Wut, die in mir rast. Aber gib ihr nicht nach. Denn wenn du ihr nachgibst, wird sie dich bis ins Innerste besudeln. Dein Wesenskern wird so verseucht sein, dass sie deine Seele später wie ein schädliches Gas abfackeln müssen.* »Du weißt über meinen *Freund* genau Bescheid, stimmt's? Ihr müsst doch alte Bekannte sein.«

»Komm nicht hier rein.« Plötzlich verriet Michelles Stimme Unsicherheit, der spöttische Ton war verschwunden.

Sie waren ihr allzu nah auf den Leib gerückt.

»Was für ein jämmerlicher Parasit bist du überhaupt?« Mit gebleckten Zähnen und wildem Grinsen brüllte Peter seine Hasstirade zu dem Geschöpf hinüber, das ihm seine Tochter geraubt hatte. »Meiner Meinung nach bist du ein *Krebs*, ein Einsiedlerkrebs, innen wabbelig und leicht zu verletzen, der herumkrabbelt, um nach leeren Gehäusen zu suchen. Nun ja, ich hab etwas gefunden, das liebend gern Einsiedlerkrebse ausgräbt. Und du bist das nächste *Opfer*, nicht wahr? Ist es das, was dir Angst macht?«

»Lass mich einfach von hier verschwinden, lass mich abziehen«, rief das dünne Stimmchen. »Du wirst mich nie wieder sehen. Denk an all das, was wir miteinander geteilt haben. Denk an das, was ich für dich getan habe, Peter.«

»Denk du an all das, was du für Joseph, Daniella und all die anderen getan hast«, knurrte Peter. »Wie viele sind es gewesen? Hundert? *Tausend?* Die hätten ganz sicher was dagegen.« Nicht nur die eigene Stimme sprach jetzt aus ihm. Er krümmte sich, während sich seine Muskeln so verkrampften, dass er fast umgefallen wäre. Als er sich gegen die Wand stützte und langsam wieder erholte, spürte er, wie der wie Eiter gefärbte Nebel an seinem Inneren zerrte und versuchte, mit seiner Zunge Worte zu formulieren.

Die Toten von San Andreas hatten das Geschöpf, das in Michelles Körper wohnte, wiedererkannt.

Sie kannten es durch und durch.

»All die Männer und Frauen, die man in die Gaskammer gesteckt hat, wären ebenfalls dagegen. Kannst du sie sehen? Sie sind bei uns und ergießen sich gerade über deinen kostbaren Teppich. Hier ist die ganze Qual versammelt, die Geschöpfe deiner Art verursacht haben … Alle Mörder, alle Verbrecher, all die jämmerlichen leeren Gehäuse, die ihr mit Mordlust und Kummer ausgefüllt habt. Durch all das wate ich gerade, durch reinsten Alkohol aus Hass. Komm schon raus. Zeig dich, Michelle, oder wie du sonst heißen magst. Hast du überhaupt irgendeinen Namen?«

»Falls du auch nur einen Schritt näher kommst, werde ich dir Schlimmeres antun, als dich nur umzubringen«, brüllte Michelle im vergeblichen Versuch, die alte Arroganz und Sicherheit zurückzugewinnen.

»Zu spät«, sagte Peter und gab einem heftigen Hustenanfall nach. Als er sich davon erholte, verstand er plötzlich, warum Michelle die Trans-Apparate hatte verbreiten wollen, warum sie jedem, der ihr begegnete, ein Trans in die Hand gedrückt hatte. So als verfolgte er die Verästelungen eines Farbkleckses zurück zum Ursprung, stieß er schließlich zum Kern vor. Für das, was in Michelle wohnte – für den Krebs in seinem armseligen Gehäuse –, war es eine Überlebensstrategie. Trans veränderte die Atmosphäre, war wie ein Rauchvorhang, sorgte für Tarnung und Ablenkungsmanöver, indem es in der ganzen unsichtbaren Welt neue Entwicklungen auslöste.

Und das konnte einen Jäger von der ursprünglichen Spur abbringen.

Nur hatte Michelle nicht mit solchen Nebenwirkungen gerechnet.

Das hatte niemand.

Keine der Türen war verschlossen. Zwei führten in ganz gewöhnliche Zimmer, die inzwischen so eingerichtet waren, dass sie wie die Vorführräume eines Möbelladens wirkten. Sein Blick fiel auf alltägliches Mobiliar, alltägliche, wenn auch antike Tapeten, die üblichen Pastellfarben. Alles trug die Maske der Normalität, war deutlich darauf angelegt, sich in die Normalwelt einzupassen und nicht die geringste Beunruhigung aufkommen zu lassen.

Mehr Bedeutung war dieser Einrichtung nicht beizumessen – dennoch sagte sie in Verbindung mit allem anderen einiges aus.
Beim dritten Versuch fand er die richtige Tür.

Bei dem Zimmer hinter der Tür waren Mauern herausgerissen worden, doch weitere Arbeiten waren nicht erfolgt. Es war nur ein kleiner, enger Raum, der auf seine Renovierung wartete. Peter bemerkte Leisten und Mörtelbrocken, einen staubigen Parkettfußboden, ein Fenster.
Ein dünner Strom giftiger Ausdünstungen umspülte seine Füße.
Plötzlich hatte er ein seltsam leeres Gefühl in der Brust. Was er sah und was er empfand, konnte er nicht gleich in Einklang miteinander bringen. Stets hatte er sich gefreut, Michelle zu treffen, stets hatte er sich für das interessiert, was sie zu erzählen hatte, gespannt darauf, welche Anekdoten über Josephs teure, exzentrische Spleens sie diesmal beisteuern würde. Sie hatte tatsächlich eine sehr sympathische Maske getragen und damit jeden getäuscht.
Vielleicht hatte der Einsiedlerkrebs etwas von der wahren Michelle benutzt, aber das würde er niemals erfahren, denn diese Michelle war für immer verschwunden. Das, was zurückgeblieben war, hatte sich in der gegenüberliegenden Zimmerecke verschanzt. Sie trug ein gerade geschnittenes, ärmelloses Kleid, das die dünnen Arme und mageren Beine noch betonte. Nichts erinnerte mehr an irgendwelche Züge früherer Schönheit. Mit dem blassen Gesicht und den abstehenden, verfilzten Haaren wirkte sie nur noch alt, über die besten Jahre hinaus.
Diese Gestalt konnte er nicht hassen. Der Dunst zog sich von seinen Füßen zurück, so dass er plötzlich im leeren Raum stand, und kroch auf die Ecke zu.
»Warum meine Tochter?«, fragte er. »Was hat sie dir je getan?«
»Peter, bitte.« Sie hob die Arme hoch, so dass die Ellbogen wie

Schutzschilde vorgestreckt waren. Eine Hand umklammerte eine schwarze Beretta. Ihre Augen wanderten zur Tür.

»Du hast gesagt, du hättest einiges mit mir vor«, rief ihr Peter ins Gedächtnis. »Du hast mir geholfen. Warum also hast du Daniella umgebracht?« Er hielt die Strickjacke hoch. »Was hat meine Tochter je getan, um so etwas zu verdienen?«

»Mit dir hatte ich was vor, nicht mit ihr.« Sie wich zurück, ließ die Arme sinken und sammelte alle Kraft für einen letzten Schachzug. »Es macht die Menschen nur besser, wenn man ihnen das nimmt, was sie am meisten schätzen.« Ihre Augen verengten sich zu Schlitzen. »Die Traurigkeit hat dir gut getan, Peter. Wie sehr du doch *gereift* bist!« Gleich darauf weiteten sich ihre Augen so, dass sie wie ein Lemur aussah. Sie fröstelte. Obwohl Peter ihr nicht im Mindesten Angst machte, zitterte sie, als hätte sie Schüttelfrost.

Sie weiß, dass es kein Entkommen gibt. Fast tut sie mir Leid.

»Kann ich mit Michelle reden?«, fragte er. »Ist noch irgendetwas von ihr da?«

»Nur ausgetrocknete Fasern. *Ich* bin diejenige, die du liebst, die du begehrst. Ich bin seit eh und je in Salammbo und immer für meine Männer da.« Als sie die Waffe auf ihn richtete, trübte sich die Luft hinter ihrem Kopf ein. »Wir haben miteinander gespielt, und du hast dazugelernt. Erzähl mir bloß nicht, es hätte dir nicht ein bisschen gefallen. All diese Anteilnahme. Stell dir nur vor, wie dein Leben ausgesehen hätte, wärst du nicht so überaus *charmant* gewesen.«

Ihre Finger schlossen sich fester um den Abzugshebel. Ein Geräusch, das den Ohren wehtat, drang durch den ganzen Raum. An seinem Kopf zischte eine Kugel vorbei, er roch Pulverrauch. Seine Augen brannten, in seinen Ohren summte es.

»Lass mich gehen«, forderte sie und wollte den Abzugshebel nochmals durchdrücken. Aber ihre Gesichtszüge verschwammen, und der Pistolenlauf schwankte hin und her, während ihre Augen, der Mund und die Ohren seltsame Blüten trieben, die wie flüssiges dunkles Glas aussahen. Das, was Michelle lenkte – der Einsiedlerkrebs –, versuchte auszubrechen und aus seinem Gehäuse zu krabbeln.

Michelles Körper erschlaffte, die Pistole entglitt ihren Händen. Aus allen Körperöffnungen drangen jetzt dunkle, glänzende Blüten ans Licht. Als die Pistole auf dem Boden aufschlug, schob sich der Jäger durch die Mauer und überzog den Raum mit Schattenfetzen, die sich wie lange, bewegliche Finger ausstreckten. Die Finger krümmten sich, zerrten an den schwarzen Blüten, schnappten sie sich und zogen sie mit einem Ruck heraus. Sofort machten sich scherenartige Klauen, die dem Jäger plötzlich gewachsen waren, auf brutale Weise darüber her und schnitten sie ab. Gleich darauf verschwanden die Blüten rasend schnell in einem Maul, das nicht Zähne, sondern Rasierklingen und Porzellansplitter zu bergen schien und gleichzeitig kaute, zerschnitt und ausspuckte. Es war offensichtlich, wie sehr der Jäger sein Festmahl genoss. Die Luft füllte sich mit Beuteln und Säcken, die sich ausdehnten: Mägen, die sich die Kost einverleibten. In seiner Begeisterung übernahm sich der Jäger bei einigen Brocken, so dass ein paar schwarze Klümpchen wieder herausquollen und auf den Parkettboden fielen, wo sich unverzüglich und voller Gier Schatten auf sie stürzten. Es sah so aus, als würden sie von einem Besen aus schwarzen Barthaaren weggefegt.

In wenigen Sekunden war alles vorbei, brutal und endgültig. Es war nichts übrig geblieben – jedenfalls nichts, das den Jäger interessierte.

Eine magere, blasse Frau mit verfilztem, feuchtem Haar und halb verglühten, milchigen Augen sackte in der Ecke des staubigen, unfertigen Zimmers auf den Fußboden. Knie und Waden waren mit einer Rußschicht überzogen. Einen Augenblick lang legte sich ein aus Schatten gewundener Kranz über ihre feuchte Stirn, wand sich hin und her und verschwand bald darauf. Ihr Blick war auf die Knöchel fixiert, ihr Atem kam flach und stoßweise.

Nach und nach verzogen sich alle Schatten.

Der Kopf der Frau, die jetzt nicht mehr als ein hohles Gefäß war, wackelte hin und her und kippte schließlich nach vorn. Ihr Gesicht zeigte hilflose, animalische Verwirrung, trug den Ausdruck einer Geistesschwachen, die in einer alten, dreckigen Anstalt eingesperrt war. Oder den einer vergewaltigten Patientin, die gerade ein tot geborenes Kind zur Welt gebracht hatte. Als sie benommen und teilnahmslos aufblickte, nahmen ihre Augen Peter kaum wahr.

Der Jäger hatte den Einsiedlerkrebs, der von Michelle Besitz ergriffen hatte – in der unsichtbaren Welt musste er als wahre Delikatesse gelten –, herausgeklaubt, weggeputzt, verschluckt und nur das Gehäuse übrig gelassen – nichts sonst von wirklicher Bedeutung.

Nicht einmal Rachegefühle.

Peter nahm sie auf die Arme – sie hing dort wie ein nasser Sack – und trug sie den langen Gang hinunter, durch den Lichthof, aus dem Haus. Als ihm der von ihr ausgehende Gestank schließlich zu viel wurde, setzte er sie so vorsichtig wie möglich am überdachten Steinportal ab. Sie kam kurz auf die Beine, die zerbrechlich wie Stöcke wirkten, fiel danach auf Hände und Knie, drehte sich wie ein kranker Hund um die eigene Achse und kroch durch die schwere schwarze Tür zurück ins Haus. Peter versuchte noch, nach ihrem Knöchel zu greifen, aber sie warf sich mit verschwommenem Blick herum. Wie bei einem Frosch zappelten ihre Beine und traten um sich, die klappernden Zähne schlugen wie Kastagnetten aufeinander. Einen Augenblick lang dachte Peter, sie werde sich aufrappeln, um mit gebleckten Zähnen und den langen, üppig lackierten Fingernägeln über ihn herzufallen, und fuhr so heftig zurück, dass er fast die Treppe hinuntergestürzt wäre.

Gleich darauf aber schwang die Tür schwerfällig auf und knallte hinter ihr zu.

Kapitel 45

Jesus weinte hatte Peters Ortssinn keineswegs durcheinander gebracht: Die Helligkeit, die durch das Fenster mit dem Oberlicht hereingedrungen war, hatte nicht den Sonnenaufgang angekündigt, sondern war vom Flaubert-Haus herübergedrungen. Nachdem er eine Lücke in der langen Reihe von Oleanderbüschen entdeckt hatte, kroch er hindurch, stand auf und sah zu, wie Stichflammen aus den Fenstern des alten Herrenhauses schlugen. Das Dach war bereits in Flammen aufgegangen, so dass der nordöstliche Flügel eingestürzt war. Es war der Teil des Gebäudes, in dem der tote Joseph im Sessel zurückgeblieben war.

Über Salammbo stieg eine hohe Rauchsäule auf.

Er hörte Sirenen. Höchste Zeit, zu einer Entscheidung zu kommen. Er konnte hier bleiben, konnte versuchen zu erklären, was sich abgespielt hatte, und die Strickjacke und die Leichenreste aus dem Tunnel als Beweismaterial präsentieren. Das würde Scragg interessieren, kein Zweifel.

Aus Rasenspalten, knapp unterhalb seiner Füße, wie er an der Hitze merkte, drangen Rauchwölkchen. Das vom Morgentau feuchte Gras begann zu dampfen. Als er über die Hecke blickte, sah er, dass von *Jesus weinte* graue Schwaden aufstiegen. Das Feuer hatte sich durch den Tunnel gefressen und Lordy Trentons U-Bahnlinie in ein flammendes Inferno verwandelt.

Peter war zwar fix und fertig, aber sein Hirn arbeitete trotzdem auf Hochtouren. Jetzt, wo das Beweismaterial in Flammen aufging, würde ihm niemand mehr abnehmen, was er über Michelle zu sagen hatte. Und ganz gewiss nicht der überaus sturköpfige und skeptische Scragg. Außerdem sah Peter inzwischen tatsächlich wie ein Gestörter aus. Was sollte sie davon abhalten, ihn selbst für den Mord an seiner Tochter verantwortlich zu machen? Womöglich auch noch für den Mord an allen anderen? Peter setzte wenig Vertrauen in Justiz und Gerechtigkeit.

Er hoffte, dass das, was von Michelle noch übrig war, so vernünftig gewesen war, vor dem Feuer zu flüchten. Und falls nicht ... Er konnte weder den Willen noch die Kraft aufbringen, noch einmal zurückzukehren, um sie zu suchen.

Er hatte erreicht, was er wollte, oder glaubte es zumindest. Hatte er wirklich mit eigenen Augen gesehen, wie der Jäger das, was von Michelle Besitz ergriffen hatte, zur Strecke gebracht und verzehrt hatte? Oder war das nur Rauch gewesen, der sich unter die jüngste von vielen Halluzinationen gemischt hatte? Ein erstaunlich ausgefeiltes Konstrukt, das er sich in seinem Entsetzen mit viel Fantasie zusammengebastelt hatte, um sich seiner Trauer nicht stellen zu müssen? Um sich nicht mit dem Selbstzerstörungstrieb auseinander setzen zu müssen, der ihn daran hinderte, durch Arbeit wieder in der Wirklichkeit Fuß zu fassen?

Peters eigene Aussagen würden der Polizei alles Nötige liefern, um ihn lebenslang hinter Gitter zu sperren. Welchen Sinn machte es, sich irgendetwas anderes einzureden, während er hier stand, in der Sonne des frühen Morgens, und zusah, wie reale Flammen ein reales Gebäude verzehrten und in sehr reale Asche verwandelten?

Bis zum Ende dieser wahrhaft entsetzlichen Party zu bleiben war alles in allem keine sonderlich gute Idee.

Peter stieg in den ziegelroten Porsche, legte die Strickjacke sorgfältig auf den Beifahrersitz, betrachtete sie noch einmal und setzte sich aufrecht hin. Unverzüglich legte er einen Gang ein, stieß zurück und prüfte im Rückspiegel, ob irgendwelche Gaffer oder Leute in Löschfahrzeugen ihn beobachteten. So weit, so gut. Er bog nach links, auf eine Nebenstraße, die um das Flaubert-Haus herum und bis zum Ende des Grundstücks führte.

Hinter Bäumen versteckt, befand sich an der westlichen Grenze ein Zaun, dessen Tor nur mit einer rostigen Kette und einem alten Hängeschloss gesichert war. Wahrscheinlich würde er dieses Schloss, das aus den Vierzigerjahren stammte, wenn es nicht noch älter war, mit einem Wagenheber aufbrechen können. Jenseits des Zauns lag ein ungepflasterter Weg, eine Feuerwehrzufahrt, die über einige Hügelkämme bis zur großen Küstenstraße führte.

Der alte Porsche würde es vielleicht bis dorthin schaffen, falls der Regen nicht allzu viele Furchen und Löcher hinterlassen hatte.

Kapitel 46

Du darfst dir keinen Schlaf mehr gönnen.
Er versuchte erst gar nicht zu schlafen, wollte sich jedoch ein Weilchen ausruhen. Er streifte die blutigen und dreckverschmierten Klamotten ab, doch ihm fehlte die Kraft, sich noch abzuduschen. Während er in dem so vertrauten Haus in den Hügeln von Glendale auf dem Bett lag und hörte, wie das Läuten des Windspiels vom Garten herüberdrang, betrachtete er die alte Zimmerdecke mit dem Kiesel-Muster, das an Pop Corn erinnerte. Sie strahlte irgendwie Frieden aus. Doch dann wandte er den Blick ab: Ein müder alter Mann stand am Fußende seines Bettes und beobachtete ihn.

Peter fuhr aus den zerknitterten Laken hoch und setzte sich auf.

Die Erscheinung des Alten war an den Rändern ausgefranst, aber nicht gänzlich zerfallen – noch nicht. Mit allem Mut, den er aufbringen konnte, blieb Peter einige Minuten so still wie möglich liegen, bis ihm die Beine schließlich taub wurden. Zwar bewegte sich der alte Mann kaum – er zog nur langsam die Schultern hoch, ließ sie wieder fallen und wandte auf eine Weise, die fast mechanisch wirkte, den Kopf –, dennoch glaubte Peter ihn zu erkennen.

Diesmal kam der Geist nicht aus der Vergangenheit, war kein Gespenst. Es war ein umherirrender Teil seiner selbst, von Peter Russell.

»Ihr Leute habt wirklich was fürs Fußende übrig, wie?«, fragte Peter ungehalten. »Warum?«

Die Gestalt zeigte sich leicht überrascht und streckte abwehrend eine Hand hoch. Während sich der Blick der leeren Augen konzentrierte und den Ausdruck von Angst und Bestürzung annahm, verblassten die Umrisse zu hauchdünnen Fetzen, flimmerten noch einmal kurz auf und verschwanden.

Peter stand auf und schlüpfte in seine Pantoffeln. Falls Sandaji Recht hatte, bedeutete diese Konfrontation mit der eigenen Erscheinung, dass er bald sterben würde. »Ach, was soll's«, murmelte er, als er sich mit eingeschlafenen Beinen, in denen es kribbelte, auf den Weg zur Dusche machte.

Nie hätte er gedacht, so alt und grau wirken zu können, aber als er sich selbst im Spiegel des Badezimmers musterte, konnte er die Ähnlichkeit mit der Erscheinung nicht leugnen. Die Kratzer an seiner Kehle hatten sich verkrustet. Er sah wie jemand aus, der sich aus der Mülltonne ernährt, wie einer jener Landstreicher, die an Schnellstraßen Pappschilder hochhalten.

Als er in die Duschkabine trat und den Heißwasserhahn aufdrehte, sagte er in müdem, aber durchaus vernünftigem Ton: »Diese Scheiße muss aufhören.«

Kapitel 47

Während sich Peter im Badezimmer abtrocknete, hörte er Radio. Eine Zeitung hatte er schon seit Jahren nicht mehr abonniert. Der Nachrichtensprecher ließ sich mit dröhnender Stimme darüber aus, dass ein Anwesen in Malibu in Flammen aufgegangen sei. Zwei Herrenhäuser seien völlig zerstört, die Ruinen aber noch so glühend heiß, dass man die Brandursache noch nicht habe ermitteln können. Der Filmproduzent und Immobilienmagnat Joseph Adrian Benoliel, der sich dorthin zurückgezogen habe, und seine Frau Michelle würden beide noch vermisst.

Unbekümmert fuhr der Sprecher mit weiteren schlechten Nachrichten des Tages fort. Führende Telefongesellschaften hätten derzeit mit schlimmen Ausfällen zu kämpfen. In vielen Landesteilen sei sowohl das Festnetz als auch das Netz für Mobiltelefone zusammengebrochen, Abermillionen von Kunden seien davon betroffen. Die Ursache der Störungen sei noch nicht bekannt.

Während Peter sein Hemd zuknöpfte und ins Wohnzimmer ging, warf er einen Blick auf das Schachbrett im Enzenbacher-Design. Irgendjemand hatte auf seinen Schachzug reagiert: Inzwischen war ein Springer – dargestellt als Privatdetektiv im Trenchcoat – vorgerückt und bedrohte Peters Bauern.

Durch das vordere Fenster betrachtete er den Jasmin und den Himmel, der sich gerade bedeckte, und merkte dabei, wie jemand über die Veranda ging. Gleich darauf bimmelte die Soleri-Glocke, und der Türknauf drehte sich.

Nachdem er sich das Hemd zugeknöpft und den Reißverschluss der Hose zugezogen hatte, war er zu allen Schandtaten bereit.

Lindsey stand in der Tür und drückte sie weit auf. »Bloß gut, dass du wieder da bist«, sagte sie. »Die Telefone funktionieren nicht mehr, und Mom ist schon halb wahnsinnig, weil sie dich für tot hält, war dir das klar?«

Peter schüttelte den Kopf und ging auf seine Tochter zu, um sie zu umarmen. »Was hast du ihr denn erzählt?«

»Gar nichts. Ich wusste nur, dass ich jetzt bei dir vorbeischauen muss.« Sie sah sich im Wohnzimmer um und biss sich auf die Lippen. »Heute Morgen ist sie wieder aufgetaucht, sah aber anders aus, wirklich dünn und schwach. Hast du irgendwas unternommen?« Lindseys Miene hellte sich bei dem Gedanken an ein gefährliches Unternehmen auf, wie es bei Kindern oft vorkommt. »Warst du das, der Salammbo angesteckt hat?«

»Nein.« Peter zerzauste ihr mit einer Hand das Haar, was sie mit einem Ausdruck jugendlicher Nachsicht über sich ergehen ließ.

»Warum ist sie denn immer noch hier?«

»Sie ist hier geblieben, um uns zu beschützen.«

»Vor wem oder was?«

Unvermittelt umarmte Peter seine Tochter, schüttelte den Kopf und rieb mit seinem Kinn über ihren Haarschopf, was sie ohne Widerstand geschehen ließ. Er spürte, wie sich ihr seidiges Haar in seinem Bart verfing. »Nein«, murmelte er, »angesteckt hab ich Salammbo nicht.«

»Aber du hast irgendwas getan.«

»Stimmt.«

»So dass Daniella uns jetzt nicht mehr beschützen muss?«

Peter blickte durch das hohe Fenster, dachte an den mit weißem Staub überzogenen Schlüssel in der Türglocke und die Tür, die aufgestanden hatte. *Es ist schon allzu lange her.* »Jetzt vielleicht nicht mehr.«

»Sie muss fortgehen«, sagte Lindsey. »Mir zuliebe, uns allen

zuliebe. Können wir ihr dazu verhelfen, indem wir sie ziehen lassen?«
»Ich weiß es nicht, hoffe es aber. Ich hab deinen Rat befolgt.« Er löste sich von ihr und schob ihr dabei eine Haarsträhne ins Gesicht, die sie wegblies. »Wie bist du überhaupt hergekommen?«
»Mit dem Bus. Mom ist viel zu kaputt, sich noch ins Auto zu setzen.«
»Mit dem Bus? Und das in L.A.? Bist ein tapferes Mädchen.«

Während Peter die Strickjacke auf das Bett legte, in dem Daniella ihm das erste Mal erschienen war, setzte sich Lindsey auf ihr eigenes und verschränkte nervös die Hände im Schoß, um sie gleich wieder zu öffnen.
»Woher hast du das?«, fragte sie, als er neben ihr Platz nahm.
»Aus Salammbo.«
»Wer hat sie ermordet?«
»Michelle.« Peter fand es allzu kompliziert, die ganze Geschichte zu erklären. Lindsey riss die Augen auf.
»Mom hat Michelle noch nie leiden können. Ist sie jetzt tot?«
»So gut wie.«
»Ist das Blut auf der Jacke?«
»Ja.«
»Daniellas Blut?«
»Ich glaube schon.«
»Das war ihre schönste Strickjacke.« Plötzlich und unvermeidlich standen Lindsey Tränen in den Augen. Peter merkte, wie sehr es sie trotz des Panzers von Sprödigkeit traf. »Die Jacke hast du ihr zu unserem Geburtstag geschenkt.«
»Ich weiß.«
Lindsey presste die Lippen zusammen und wischte sich über die Augen. »Und was machen wir jetzt?«
»Schlag du was vor.«
»Wie, zum Teufel, soll ich das wissen?«

»Du bist ihre Schwester, ihr Zwilling, stehst ihr näher als ich. Meiner Meinung nach werden die Geister von zweierlei angezogen: von der physischen Natur und vom Gedächtnis – von der DNA und von unseren Erinnerungen. Und Verwandte sind Teil der Erinnerungen, besonders bei einem Zwilling. Auf Erden kommst du dem, was Daniella einst war, am nächsten.«

»Aber wir sind ja gar nicht eineiige Zwillinge. Und sie hat sich dauernd mit mir gestritten«, erwiderte Lindsey hilflos. »Vielleicht ist sie immer noch böse auf mich.«

»Das glaube ich nicht. Sag mir, was wir deiner Meinung nach tun sollen.«

»Na ja, sie kommt zu mir, wenn ich von ihr geträumt oder an sie gedacht habe. Manchmal auch, wenn Mom weint.«

»Hat deine Mutter sie je gesehen?«

»Nur einmal, glaub ich. Sie sagte, sie hätte das Gefühl, wahnsinnig zu werden.«

»Also ...«

Lindsey schloss die Augen und griff nach Peters Hand. »Ich glaube, wir sollten einfach an sie denken.«

Also dachten sie nach und versuchten sich zu erinnern.

Im Zimmer war es dunkel und still.

Peter machte ihnen eine Dosensuppe zum Abendessen, die sie schweigend löffelten. Während Lindsey an der aufgesprungenen Haut ihrer Unterlippe zupfte, beobachtete sie ihren Vater genau. Nach dem Abendessen wuschen sie gemeinsam ab und setzten sich danach auf die Couch im Wohnzimmer. Als Lindsey einnickte, bettete er ihren Kopf in seinen Schoß und musterte das Schachspiel auf dem Couchtisch. Er fragte sich, ob er Recht daran tat, Lindsey einzubeziehen. Schließlich konnte sich der körperliche Kontakt mit Gespenstern leicht als gefährlich erweisen.

Aber es *war* richtig, das wusste er einfach.

Es gab eine größere Welt und eine umfassendere Wirklichkeit.

Und auch in dieser Sphäre hatte man Pflichten und war für bestimmte Dinge verantwortlich. Aber das wussten jetzt nur noch die wenigen, die sich eine Zeit ohne elektrisches Licht und ohne Kerzen, ohne irgendwelchen Schutz vor der Dunkelheit vorstellen konnten. Eine Zeit, in der man die Verstorbenen daran hatte erinnern müssen, dass es mit ihren Pflichten für immer vorbei war.

Zwischen dem Couchtisch und dem Fenster wirbelte Staub auf.

Während Lindsey im Schlaf zuckte und wimmerte, strich Peter ihr über das seidige Haar und betrachtete den Staub. Winzige Sonnenstäubchen tanzten bedächtig und mit Würde in dem Lichtkegel, den die Lampe auf der Veranda durch das breite Vorderfenster warf.

Es dauerte eine ganze Stunde, aber selbst jetzt noch reichte der Staub im alten Haus aus.

»Sieh mal«, sagte Peter.

Lindsey schlug die Augen auf.

Auf der anderen Seite des Couchtisches stand Daniella. Im dunklen Wohnzimmer war das goldene Leuchten ihrer Körpermitte deutlich zu erkennen, während alles andere verschwommen blieb.

Lindsey setzte sich verschlafen und mit trübem Blick auf. »Sie ist ein so trauriger Anblick«, bemerkte sie.

Daniella sah auf sie herab, ein Staubwirbel, der bewusst eine bestimmte Form angenommen hatte. Und mitten darin die verblassende Spur eines Sonnenuntergangs.

Lindsey streckte die Hände als Erste aus.

Als die Gestalt die ausgestreckten Finger sah oder spürte, verlagerte sie den Standort ganz leicht, als würde sie zu irgendetwas hingezogen.

Peter nahm Lindseys andere Hand. Gemeinsam boten sie Daniella an, sie zu berühren. Einen Augenblick lang schien sie es nicht zu bemerken, doch gleich darauf verband sich der Staubwirbel, der ihre Hand darstellte, mit der von Lindsey – so ruckartig wie bei einem schlecht geschnittenen Film. Ein weiterer Ruck, und sie ergriff auch Peters Hand, so dass sie zu dritt einen Kreis bildeten.

Diesmal tat es nicht weh und raubte ihnen auch nicht die Sinne. Doch Peter spürte, wie sich in den Zimmerecken und auf dem Flur die Schatten sammelten, die Aale und Aasfresser, die er bereits kannte, und einen schmerzlichen Augenblick lang wollte er nichts als aufhören. Er wusste, was dieses kleine Ritual bedeutete.

Das Loslassen erfordert Opfer.

Aber am Ende der Trauer und des Gedenkens wartet die Freiheit.

Es war das letzte Mal, wirklich das letzte Mal, dass er mit seiner Tochter irgendwie kommunizieren konnte. Nicht nur in dieser Welt, sondern, wie er annahm, auch in jeder anderen.

Daniella blickte in Peters Richtung. Er spürte, wie ihre Finger in seinen vibrierten, ein ganz leichtes Prickeln. Empfand noch einmal jeden Augenblick nach, den sie gemeinsam verbracht hatten, so als lauschte er alten Tonbändern oder betrachtete vergilbte Fotografien. Jetzt schon schien sie ihre Aufmerksamkeit auf andere Dinge zu richten, als stünde ihr eine schwierige Aufgabe bevor. Der Staub – Hautfetzen, Fasern der Kleidung, die sie getragen hatte – löste sich wie zarter Schnee von ihr. Da Daniella all das nicht mehr brauchte, zogen sie sich wieder ins Verborgene zurück.

Peters Augen füllten sich mit Tränen.

»Adieu«, sagte Lindsey, »wir haben dich lieb.«

Der goldene Schein des Sonnenuntergangs verteilte sich und flammte noch einmal auf. Einen Moment lang war das Wohnzimmer zu ihrer Verblüffung so hell wie bei Tag. Peter konnte seine Handknochen erkennen, Spuren seines eigenen Skeletts und das in diffuses Röntgenlicht getauchte Fleisch ringsum.

Erlösung.
Endlich frei.
Was ist das? So wunderschön, so voller Kraft. Wo zieht es hin?

Jenseits des Lebens, nach dem Tod, erwartet uns ein weiteres Geheimnis. Hören die Rätsel denn niemals auf?
Das Unerklärliche tut weh. Warum kann ich nicht mit ihr gehen?
Wer ist sie jetzt?

Was von Daniella geblieben war, wirkte zerfetzt, hohl, traurig und richtungslos. Erschöpft von der zusätzlichen Zeit, die sie auf Erden verblieben war, der Präsenz nach Ablauf der vorgesehenen Frist, versuchte sie sich mit einem letzten Aufzucken alter Instinkte verzweifelt an sie zu klammern. Denn dies war die letzte irdische Verbindung, die Daniella Carey Russell zu ihrem Vater, ihrer Schwester, all ihren Erinnerungen und zur materiellen Welt herstellen konnte.

Schutzlos allem Kommenden preisgegeben.

Die Schatten wirbelten durchs Zimmer und stürzten sich auf sie, wie sie es seit Anbeginn des Lebens, in der endlosen Dunkelheit, getan hatten.

Sie fraßen, sorgten für die Läuterung.

Alles war jetzt unwiderruflich vorbei: die Sommer, die sie miteinander verbracht hatten. Die Tage am Pier von Santa Monica. Der Ausflug nach Julian, wo sie sich Apfelkuchen und Apfelsaft gekauft hatten. Die Fahrt mit der kleinen Bahn durch den Wildtierpark im ländlichen Kalifornien, bei der sie den Geruch brünstiger Löwen geschnuppert hatten, die faul in der Sonne herumgelegen hatten ...

Der Tag, an dem sie sich in Sherman Oaks bei Helens alter Freundin Paulette ein Kätzchen aus dem Wurf winziger, zappelnder Stubentiger hatten aussuchen dürfen. Wie Daniella das Gesicht verzogen hatte, als das Kätzchen sie voll gepinkelt hatte ...

Die Abende, an denen Peter den Mädchen vor dem Schlafengehen aus *Der Hobbit* vorgelesen hatte ...

Der Geruch, den er im Haar seiner Tochter geschnuppert hatte, als sie mit fünf Jahren auf einer Reise in seinem Schoß eingeschlafen war. Sie waren unterwegs nach Phoenix gewesen, um die Großmutter zu besuchen ...

Der Tag, an dem sie zusammen mit ihrer Schwester zum ersten Mal Eis in einem Baskin-Robbins-Laden gegessen hatte. Er wusste noch, wie sie erst ganz erstaunt ausgesehen und dann losgeheult hatte, als die Kälte zu den neuen Zähnchen vorgedrungen war.

Wie sie Hausaufgaben von der Schule mitgebracht hatte und sich so angestrengt hatte, um sie noch rechtzeitig fertig zu bekommen.

Wie sie zum Markt an der Ecke gelaufen war, um sich ein Fruchtmixgetränk zu kaufen.

Gefragt hatte, warum Jungs so anders sind.

Erinnerungen sind zäh.

Peter nahm Lindsey in die Arme und hielt ihr die Augen zu. Aber er selbst sah zu, weil es sein musste. Es war seine ganz persönliche Art, sich endgültig von ihr zu verabschieden, ihr zu zeigen, dass er sie liebte, und sich bei ihr zu bedanken. Das gebot schon die Hochachtung vor einem tapferen jungen Mädchen, das hier so lange – allzu lange – ausgeharrt hatte, um seinen Vater und die ganze Familie zu beschützen.

Ruhe.

Stille.

Das Zimmer hatte sich nicht verändert.

Peter hörte, wie die Soleri-Glocke auf der Veranda leise und traurig bimmelte. Lindsey schob seine Hände weg, blickte zur Seite und sagte:»Du meine Güte.«

Es war vorbei.

Was eigentlich geschehen war, würden sie niemals ganz erklären oder begreifen können.

Als Lindsey zu schluchzen anfing, ließ Peter sie los, und sie weinten gemeinsam.

Kapitel 48

Lindsey wusch sich das Gesicht und sah wieder recht präsentabel aus, als Helen klopfte, genauer gesagt mit der Faust gegen die Tür hämmerte. Sie war blass und wollte zu beiden nicht viel sagen, bedachte Peter jedoch mit finsteren Blicken. Lindsey blieb neben ihr stehen und wirkte dabei wie eine kleinere, schlankere Ausgabe ihrer Mutter, nur hatte sie Peters Augen und die weichen, glatten Haare seiner Mutter.

Als Helen von einem zum anderen sah und den Frieden der Erschöpfung spürte, den sie beide miteinander teilten, zogen sich ihre Augenbrauen zusammen. Den Blick auf Peter gerichtet, holte sie tief Luft. »Ich hab immer wieder angerufen, aber die ganze Welt geht zum Teufel. Ich weiß überhaupt nicht, was los ist, und dann verschwindet Lindsey auch noch. Ich bin vor Angst fast umgekommen.«

»Das tut mir Leid«, sagte Lindsey.

»Was geht hier vor? Was, zum Teufel, habt ihr beide getan?«

»Lindsey wird's dir erklären«, erwiderte Peter. »Mir würdest du ja doch nicht glauben.«

Gleich darauf bemerkte Helen die Wunden an seinem Hals. »Mein Gott«, sagte sie, »hast du dir das in Salammbo geholt? Das wusste ich doch. Ich hätte hier sein müssen. Und du, Lindsey, hättest ...«

»Wir sind gesund und munter«, fiel ihr Lindsey ins Wort. »Es ist vorbei, Mom.«

»Nicht ganz«, sagte Peter. »Ich muss ein paar Tage fort. Wenn ich zurück bin, werde ich jede Frage beantworten. Aber im Augenblick brauche ich ein bisschen Ruhe, ich fühle mich nicht besonders.« Sein Magen rumorte so heftig, dass er fürchtete, sich übergeben zu müssen. »Einverstanden?«

Helen sah so traurig und verloren aus, dass Peter beide Hände nach ihr ausstreckte und sie fest drückte. Sie zitterte wie ein verängstigtes Fohlen und ließ sich überraschend leicht und ohne jeden Widerstand von ihm umarmen.

Noch verblüffender fand er, wie gut es ihm selbst tat, diese schwache und zitternde – aber warme und lebendige – Helen zu umarmen.

»Ihr lasst mich alle beide außen vor, das hab ich nicht verdient«, schluchzte sie an seiner Schulter. »Ich möchte euch doch helfen. Ich hätte hier sein müssen, hier bei euch, aber niemand hat mich eingeweiht. Bitte schließt mich nicht aus.«

Peter, der immer noch ihren Rücken umfasste, blickte ihr forschend ins Gesicht. Zwar freute er sich über diesen Umschwung, genoss ihn jedoch nicht in vollen Zügen, da er den menschlichen Wankelmut nur allzu gut kannte. »Verdient hat das hier keiner von uns«, sagte er. »Und du am allerwenigsten.«

»Könnten wir uns nicht alle ein bisschen mehr Mühe geben? Könnten wir das tatsächlich schaffen?«, fragte Helen.

Peter nickte und ließ sie los, um Lindsey ein letztes Mal zu umarmen.

Der Abschied zog sich lange hin und war ein bisschen peinlich, weil so viele Wunden erst noch heilen mussten und die Zeit so knapp war. Sie reichte nicht, um all die Jahre wieder gutzumachen. Inzwischen war es Mitternacht. Während Lindsey hinter Helen über die Veranda und die Auffahrt hinaufging, winkte sie ihm zu. Sie winkte ihm mit der kindlichen Gewissheit zu, dass alles Schlimme ausgestanden war, sie ihren Vater bald wieder sehen und es bergauf gehen würde. Nichts konnte diesen Lebensfunken, diesen glühenden Optimismus, zum Verlöschen bringen.

Nicht einmal die Tatsache, dass sie soeben die Seele ihrer

Schwester ins Jenseits geschickt hatte und Zeugin des schrecklichen Nachspiels geworden war.

Peter lächelte und winkte zurück.

●

Während er sich in die Küche setzte und ein Glas Eistee trank, war vom Windspiel auf der hinteren Veranda nichts mehr zu hören. In dieser warmen Nacht regte sich kein Lüftchen.

Um ein Uhr morgens packte er einen kleinen Koffer. Danach ging er in die Garage, um den Ölstand des Porsches zu überprüfen. Irgendwo unterwegs würde er tanken müssen.

Als er ins Schlafzimmer zurückkehrte, um den Koffer zu holen, sah er, dass jemand in seinem Bett lag und schlief. Die Gestalt wälzte sich herum und zog sich die Bettdecke vom fahlen bärtigen Gesicht, so dass die lustigen, vom Schlaf verquollenen Augen und die Lücke zwischen den Schneidezähnen zu erkennen waren. Der Kopf war so transparent, dass Peter das darunterliegende Kissen sehen konnte.

Der Mann im Bett setzte eine ebenso ungehaltene wie gelangweilte Miene auf. »Ihr Leute habt wirklich was fürs Fußende übrig, wie?«, fragte er. »Und es macht euch anscheinend Spaß, uns zu beobachten. Warum?«

Peter stieß den Koffer um, der hinter ihm stand, und schwankte leicht, bis er sein Gleichgewicht wieder gefunden hatte.

Das Bett war leer. Die Schlinge um ihn hatte sich zusammengezogen. Es würde ihm nur noch wenig Zeit bleiben.

Zu dieser Erkenntnis brauchte er keine Sandaji.

●

In der Atmosphäre, die ihn persönlich umgab, hatte sich etwas verändert. Als er die Hügel von Glendale und später auch Los Angeles hinter sich ließ und in den dunklen, frühen Morgenstunden durch die Weinberge fuhr, sah er die Welt mit anderen Augen.

Der Porsche fuhr bemerkenswert schnell. Gelegentlich war Peter sich kaum noch bewusst, dass er selbst ihn lenkte. Aufgrund der Erschöpfung hatte eine unbestimmte düstere Gelassenheit von ihm Besitz ergriffen; all seine Empfindungen, größtenteils auch seine Gedanken hatte er vorerst auf Eis gelegt. Trotzdem konnte er jetzt nicht irgendwo anhalten. Es lag noch eine weite Strecke vor ihm. Und eine letzte Angelegenheit, die er hinter sich bringen musste, wenn er je wieder Schlaf finden wollte.

Kleine Fische sind die Vorboten von Haien. Aber angesichts der unermesslichen Tiefe, die ihn umgab, waren die Haie womöglich die Vorboten weit größerer Schrecken.

Während er kurz vor Sonnenaufgang mit heruntergekurbelten Fenstern das ausgedorrte Ackerland von Central Valley durchquerte, den Duft von Wiesen, Wind und Erde in der Nase, blickte er zwischen dem Sternenhimmel und der schnurgeraden schwarzen Straße hin und her. In stetem Rhythmus flogen die weißen Markierungen der Mittellinie an ihm vorbei. Über den sanft gerundeten Hügelkuppen im Osten flackerten in regelmäßigen Abständen die Blitze eines Wärmegewitters auf, ohne dass Donner zu hören war. Als die Blitze ein dunkles Rot annahmen, sah es so aus, als stünde der ganze Himmel in Flammen und hätte sich aufgebläht.

Schatten, so groß wie Sturmwolken, legten sich über die Sterne und warfen ihre dunklen Ausläufer in Talsenken ab. Die Schatten wanderten über das Ackerland, um gleich darauf die Schnellstraße in die Zange zu nehmen, schwerfällig, aber zu allem entschlossen. Peter sauste unter ihnen hinweg. Als er nach links blickte, sah er, wie eines der riesigen Gebilde auf der Erde landete und wie ein ätherischer Wirbelsturm zu kreiseln anfing.

Mit eingezogenem Kopf fuhr er weiter. Nach Norden hin,

über der Bay Area, war von den Sternen überhaupt nichts mehr zu sehen.

Wer würde je wissen, was sie wollten, wonach sie gierten? Der Wandel im Strom von Leben und Tod hatte uralte Nährstoffe an die Oberfläche gespült, Dinge aus unbekannten Tiefen emporstrudeln lassen, an denen sich diese seltsamen, riesigen Aasfresser laben konnten.

Bald würden weitere folgen. Besucher, die man Hunderte oder sogar Tausende von Jahren nicht mehr auf der Erde erblickt hatte, würden wiederkehren. Die vier apokalyptischen Reiter. Dunkle Gottheiten.

Die uralten Schutzwälle der Erde waren zusammengebrochen. Er hoffte nur, dass er das Richtige tat.

»Diese Scheiße muss aufhören.« Mit zusammengekniffenen Augen sah er wieder auf die Schnellstraße vor sich.

Zu spät. Sein Kiefer pochte. Gleich darauf schoss ihm der Schmerz in den Arm. Die Hände wurden ihm taub, die Finger verkrampften sich. Es kam ihm so vor, als zerrisse der Schmerz ihm die Brust. Das Lenkrad entglitt seinen Fingern und wirbelte herum, so dass der alte Porsche zur Seite schlitterte, sich überschlug, mehrmals auf dem Asphalt aufprallte, den Randstreifen durchpflügte und über eine Leitplanke flog.

Peter trieb wie ein Komet durch die Luft und zog dabei eine Leuchtspur hinter sich her, Spritzer des Lebenssaftes.

Als er eine Weile später verwirrt am Straßenrand stand, sammelte ihn ein zerbeulter, farbloser Pritschenwagen auf. Das aschfahle alte Fossil hinter dem Lenkrad lächelte: »Schade um Ihren Wagen. Ein Porsche 356 C, wie?«

Peter nickte nur, weil er nach wie vor kaum Luft bekam.

»Sieht schon toll aus, hat viel Schliff, von hinten wie ein Straßenschiff.«

Die Kinder, die auf der Ladefläche standen und ins Heckfenster glotzten, fingen an zu kichern. Da Peter seine Brille verloren hatte, konnte er seinen Wohltäter nicht deutlich erkennen.

»Was ich brauch, is' Smoky Joe, ob verschnitten oder als Stumpen. Ha'm Se was für 'nen alten Lumpen?«, sagte der Alte. »Lange Reise, harter Trip, Smoky öffnet dir den Blick.«

In der Fahrerkabine zeichneten sich wechselnde Lichtmuster ab, silberne Lichtstreifen, die hin und wieder aufflackerten. Bei den Worten des Alten und dem Licht fuhr Peter heftig zusammen. Die Kinder auf der Ladefläche beobachteten ihn neugierig und mit großer Anteilnahme.

Kapitel 49

Hier und dort hellten kleine Regenbogen den Grauschleier auf, der sich über Himmel und Erde gelegt hatte.
Verblüfft, dass er es bis hierhin geschafft hatte, blieb Peter vor dem Tor stehen, das zum Gefängnis von San Andreas führte. Dem davonfahrenden Pritschenwagen sah er nicht hinterher. Sicher, es war nett von dem Alten gewesen, ihn mitzunehmen, aber er konnte wirklich nicht behaupten, dass er ihn gemocht hätte.
Der Wächter an der Pforte wollte Peter weder ansehen noch seinen Namen notieren. Anstatt irgendetwas zu sagen, starrte er nervös zum großen Parkplatz hinüber. Überall in der Welt waren die Stimmen aufgrund der Störungen verstummt. Das Geschäft ging schlecht. Es war schwierig geworden, überhaupt noch irgendwie miteinander zu kommunizieren, so viel war Peter klar. Und die Menschen, die durch diese Tore gingen, konnten sicher sehr unangenehm werden.
Jeder war bis zum Äußersten gereizt.
Fast wie in den schlechten alten Zeiten.
Innerhalb der Gefängnismauern lungerten überall Sicherheitsleute herum. Vielleicht waren Drohungen von verzweifelten Kunden oder Geldgebern eingegangen und hier deshalb so viele Wärter in den unterschiedlichsten Uniformen stationiert. Uniformen mit Schiffchenmützen, andere ohne Kopfbedeckung. Alle Arten von Waffen: Schlagstöcke, chemische Keulen, Betäubungspistolen, Elektroschockgeräte, Büchsen, Straßenkampfwaffen, Gewehre. Handschuhe, nackte Hände. Schaftstiefel. Stiefel mit Stahlkappen. Schwarze Schuhe, auf Hochglanz

poliert. Die Wärter gingen umher, saßen einfach nur da oder standen schweigend herum. Obwohl sie Peter unablässig und mit Argwohn beobachteten, versuchte niemand, ihn aufzuhalten. Die meisten waren Männer mittleren Alters. Das durchschnittliche Pensionierungsalter von Gefängnispersonal lag bei nicht einmal fünfzig Lebensjahren, wie Peter irgendwo gelesen hatte: Stress.

Das Gefängnis war wieder auferstanden. Aber ohne Gefangene; nur die Wärter waren zurückgekehrt. Und er selbst.

Die Fußböden waren mit einer bläulichen Staubschicht überzogen. Peter bemühte sich, nicht zu Boden zu blicken, denn wenn er es tat, wich der Staub zurück, warf träge Wellen auf und nahm die Farben von Blut und Eiter an.

Er versuchte sich an den Weg zu erinnern, was nicht leicht war. Und niemand wollte ihm helfen.

Kapitel 50

Peter fand Arpad Kreisler im Todestrakt, wo er mit erschöpfter Miene, die breiten Schultern eingezogen, vor der Gaskammer stand. Sein Drei-Tage-Flaum hatte sich im Laufe von ein, zwei Wochen zu einem richtigen Stoppelbart ausgewachsen. In dem alten Gefängniskomplex war er der Einzige, der so aussah, als wünschte er sich verzweifelt sonst wohin.

»Haben Sie das laufende Modell zum Teufel geschickt?«, fragte Peter. Da Arpad nicht reagierte, fasste Peter ihn am Arm, was sofort Wirkung tat: Die Knie des großen Mannes knickten ein, so dass er zur Seite fiel und gegen ein breites, gesichertes Fenster knallte. Bestürzt zog Arpad die buschigen Augenbrauen hoch und konzentrierte den Blick auf eine Stelle rechts von Peter, während er vor Entsetzen nach Luft rang. »Bist du ein Wärter?«, fragte er. Und gleich darauf, nach links blickend: »Wer bist du?«

»Sie werden hier doch alles schließen, nicht?«, fragte Peter. Schon das Reden kostete ihn die ganze Kraft. Nach dem Unfall war er nicht mehr derselbe. Seine Batterien waren nahezu erschöpft.

Arpads Stirn furchte sich vor Konzentration. Offenbar hatte sich Peter nicht verständlich machen können, denn Arpad reagierte nicht. Peter hätte ihn erwürgen können.

»Wo ist Weinstein?«, fragte er und streckte die Hand aus, um Arpad leicht auf den Kopf zu schlagen. Arpad schwenkte wie ein betrunkener Preisboxer herum, aber immerhin bewegten sich seine Lippen jetzt. »Weinstein«, wiederholte er, und sein Adamsapfel hüpfte dabei auf und ab. »Weinstein ist fort. Wärter haben ihn gestern geschnappt und *hierher* gebracht. In Gaskammer gesteckt. Seitdem hab ich ihn nicht mehr gesehen. Wer bist du?«

Peter hatte herausgefunden, wie er sich verständlich machen konnte: Er strich über Arpads Kehlkopf.

Unwillkürlich begannen sich dessen Lippen zu bewegen. »Peter«, sagte er. Als er ihn erkannte, bleckte er wie ein Affe die Zähne, während sich seine Augen zu Schlitzen verengten. »Peter Russell ... Sind Sie das? Mein Gott, was ist passiert? Sind Sie ...?«

Arpad gefiel Peters Aussehen ganz und gar nicht. Schwer zu akzeptieren, aber es war nicht zu verkennen. Konnte nur daran liegen, dass er aufgrund des Unfalls so kaputt und zerschlagen aussah. Er musste Stunden oder auch Tage im Krankenhaus verbracht haben, ohne dass er sich an irgendetwas erinnerte. Spielte ja auch keine Rolle.

Als Arpad zurückzuweichen versuchte, begann Peter an diesem kleinen Katz-und-Maus-Spiel Gefallen zu finden.

»Sie sollten von hier verschwinden«, warnte Arpad. »Es sind nur noch Wärter hier. Gefangene sind fort, sobald gestorben, aber Wärter kehren zurück. Hängen hier fest. Verrückt, wie?«

Peter brachte Arpad erneut zum Sprechen. »Schließen Sie das alles«, artikulierten die Lippen, worauf Arpad heftig nickte. »Auf jeden Fall. Sobald ich da reinkommen kann ...« Er deutete auf die Gaskammer. »Wirklich widerlich. Idiotische Idee, Transponder dort aufzubauen, stimmt's? Schwachsinnige Ausgeburt von Schülerhirn. Nichts als dümmliche Arroganz, Sie wissen schon.«

Allmählich bekam Peter den Dreh heraus. Durch Arpads Gegenwart fühlte er sich nicht mehr ganz so erschöpft. Er hatte ihn immer gemocht. Und das Gefühl gehabt, dass Arpad die Sympathie erwiderte. Der große Ingenieur konnte ihn inzwischen recht genau orten, wobei er die Stirn so heftig runzelte, dass die Brauen die Augen fast verdeckten.

Ruckartig verlagerte sich Peters Blickwinkel.

»Die Wärter lassen mich hier nicht mehr raus«, sagte Arpad in die Richtung gewandt, in der Peter eben noch gestanden hatte. »Die meisten unserer Angestellten sind vor ein paar Tagen davongelaufen, als es unerträglich wurde. Inzwischen sind alte Wachen überall, Tausende von ihnen. Können Sie mit denen sprechen – sie überreden, mich gehen zu lassen?«

Peter konnte sich vorstellen – vielleicht sah er es auch wirklich –, wie die Wärter die vorsintflutlichen Gänge des riesigen alten Gefängnisses füllten und dort wie Ratten in einem Käfig herumwuselten. Kapo-Ratten. Froh, die Erde und ihre Mauern hinter sich gelassen zu haben, waren die Gefangenen für immer verschwunden, doch die Wärter würden hier auf lange Sicht, bis zum Ende, ausharren.

Ihre Schicht endet nie.

Peter fasste nach Arpads kräftigem Hals. »Nein«, ließ Peter ihn sagen. »Schließen Sie das Netz.«

Arpad rieb sich die Kehle. »Ich werde es schließen, das verspreche ich«, erklärte er und lehnte sich gegen einen Pfeiler. »Wie steht's mit Ihnen? Können *Sie* dort hinein? Ich würde ja nicht fragen, aber ich selbst ...«

Peter blickte durch die dicke Glasscheibe in die Kammer hinein. Was er sah, ermutigte ihn keineswegs. Weinstein lag da drinnen, festgeschnallt an einen Tisch. Falls er noch lebte, zeigte er jedenfalls keine Anzeichen davon, er rührte sich nicht.

Irgendetwas, das so aussah, als bestünde es aus vermodertem grauem Plüsch, hockte auf Weinsteins Brust. Es erinnerte an einen mumifizierten Affen, den man auf recht schlampige Weise ausgestopft hatte. Über Weinsteins Kopf gebeugt, war es gerade dabei, dessen Augen mit weichen, schlaff wirkenden Fingern gewaltsam zu öffnen. Das uralte Affengesicht, das auf einem mit Feuchtigkeit benetzten, zähen Halsstrang saß, fuhr herum, um Peter durch das Glas direkt anzustarren – ohne zu zögern, ohne einen Zweifel daran zu lassen, dass er gemeint war.

Es hatte Weinsteins stechende Augen, Weinsteins einschmeichelndes Lächeln. Aus seinen Ohren sickerte irgendeine dunkle Flüssigkeit.

In einer Ecke der Kammer stand die Transponder-Anlage, Türme hoch empfindlicher Stahlboxen, das Herz von Trans. Ganz unten blinkten reihenweise grüne und blaue Lämpchen.

»Ich kann da nicht hineingehen«, betonte Arpad nochmals.

Auch Peter wollte da nicht rein. Er hatte keine Ahnung, welche Schmerzen ihn dort erwarteten und ob er überhaupt noch irgendwelche Schmerzen empfinden konnte. Doch ein Feigling war er nie gewesen.

Als er eine Hand gegen die Scheibe legte, merkte er, dass er ihre Kälte auch jetzt noch spüren konnte.

Erneut berührte er Arpads Kehlkopf, um ihn als sein Sprachrohr zu benutzen.

»Öffnen Sie die Tür«, sagte Arpad an seiner Stelle, verdrehte kurz die Augen, stemmte den Bolzen der schweren Stahltür hoch, die zur Gaskammer führte, und drehte am Rad. Peter war zwar nicht ganz sicher, ob er überhaupt durch die Tür musste, um hineinzugelangen, wählte aber trotzdem diesen Weg – Macht der Gewohnheit. Oder weil es ihm in seinem Traum nur folgerichtig vorkam.

Als der Affe seine mumifizierte Pfote hochstreckte, setzte er damit Schwaden eines Ekel erregenden Gestanks frei. Peter fand es erstaunlich, dass sein Geruchsinn selbst hier funktionierte. Manche Träume waren wirklich seltsam.

Aber ich träume doch gar nicht.

Der Torso des Affen, der Weinsteins Augen hatte, hüpfte in der engen, widerlichen Kammer auf und ab, während er schnatterte und ihm aus Maul, Ohren und Nase Dampf so gelb wie Eiter drang.

Es ist der Affe, der dir in Albträumen auf dem Rücken hockt. Oder auf der Brust.

Der Affe, der nur Hohn und Spott kennt, den Gefangenen nachts die Luft zum Atmen nimmt und tagsüber ihr Denken ver-

wirrt ... Er labt sich an ihrem Zerfall, an ihrer Qual, die sich im Todestrakt Woche um Woche verlängert.

Der Affe, der das Gift des Gefängnisses ausspuckt, auskotzt, mit seinen Fäkalien verteilt und dabei, so pervers das ist, noch wächst. Wie ein bösartiges Geschwür, das seine abscheulichen Krankheitsstoffe überall verbreitet.

Das Monstrum, das die Seele auffrisst. Der wahre Geist von San Andreas.

Bewaffnet mit einer rostigen Eisenstange, war Arpad am Eingang stehen geblieben. Wider jeden Rest von Vernunft und Urteilskraft machte sich Peter auf den Weg in die Kammer und zog damit die Aufmerksamkeit des Monstrums auf sich. Als es das Maul öffnete, war zu sehen, dass es weder Zähne noch Gaumen oder Kehlkopf besaß. Hinter den verschrumpelten Lippen wand sich etwas Schwärzliches hin und her.

»Es ist kein *Telefon*«, teilte ihnen der Affe mit Weinsteins Stimme mit und streckte den knochigen Zeigefinger hoch. »Bitte bezeichnen Sie es *niemals* als *Handy*.«

Arpad schwang die Eisenstange mit roher Gewalt gegen die Boxen, bis auch das letzte Lämpchen zu blinken aufgehört hatte.

Hastig eilte das Monstrum – halb rennend, halb rutschend – um den Tisch herum und verbreitete dabei einen so üblen Gestank, dass Peter zur Seite wich.

Als Weinstein sich wimmernd aufzusetzen versuchte, streckte der Affe, sofort alarmiert, seine riesige graue Pranke aus, um ihn wieder auf den Tisch zu drücken.

Arpad, dessen Arme mit Schattenfetzen übersät waren, die wie Blutegel aussahen, zog sich zurück. Als er die Blutsauger bemerkte, kreischte er auf wie ein kleiner Junge.

Peter verließ die Kammer, indem er die Glasscheibe durchstieß – ein Trick, der ihm zusagte. Der Affe jedoch konnte sich noch so sehr recken und strecken – und er war wirklich gut darin –, die Gaskammer konnte er nicht verlassen. Zusammen mit Weinstein hing er hier fest.

Allerdings schien es ihm nichts auszumachen. Er hob den Kopf und lachte, was entsetzlich klang. Sofern man es überhaupt irgendwie als Klang bezeichnen konnte.
Sie amüsieren sich wirklich prächtig.

⚫

Peter war müde geworden. Als er zu dem Spitzgiebel über der Gaskammer emporblickte, stellte er eine gewisse Ähnlichkeit mit dem Lichthof von *Jesus weinte* fest. Einen Augenblick kehrte er dorthin zurück, war wieder im Herrenhaus, umgeben von durchlässigen Mauern, verwirrt, weil er den Himmel sehen konnte. Was war geschehen? Hatte es hier gebrannt?

Lordy Trenton höchstpersönlich spazierte durch die ausgebrannten, verlassenen Ruinen. Er trug den Zylinder und die flatternden Gamaschen, die ihn berühmt gemacht hatten – auf immer und ewig der versoffene, schlaksige Stutzer, der nichts zu Stande brachte. Unter Lordys wild wuchernden Augenbrauen gähnten leere Höhlen, irgendjemand hatte ihm die Augen herausgeschnitten. Mit seinen ausdrucksstarken Fingern, deren Kuppen mit den Jahren knotig geworden waren, ertastete sich der Blinde den Weg.

Ich hab mir mal wieder meine Sammelalben vorgenommen, teilte er Peter mit. *Das waren noch Zeiten, stimmt's? Als einem noch alle Leute, wirklich alle, zugesehen haben. Wer könnte ein solches Publikum je im Stich lassen?*

Wie ein verletzter Hund kroch Michelle auf allen vieren hinter Lordy her. Sie lächelte Peter zu. *Bei Sonnenlicht kommt's wirklich besser zur Geltung, meinen Sie nicht auch?*

Aber Peter konnte nicht bleiben.

⚫

Er war wieder zu Hause. Er kannte sich hier gut aus, wusste allerdings nicht, welchen Platz er in diesem Haus einnahm. Und obwohl seine Heimkehr etwas Tröstliches hatte, empfand er auch eine Spur von schlechtem Gewissen. Er konnte nicht klar denken, nicht einmal klar sehen. Die Ecken wirkten irgendwie verschoben. Das Licht war gleichförmig, barg aber Unvorhersehbares. Überall huschten Schatten umher – reale Schatten –, die völlig unerwartet aus dem Nichts auftauchten.

Offensichtlich hatte er nach all dem, was er durchgemacht hatte, schließlich einen Zug um die Häuser gemacht und sich voll laufen lassen – genauer gesagt: sich ins Koma gesoffen und damit allen bisherigen ausschweifenden, die Leber zerfressenden Sauftouren noch eins draufgesetzt. Aber es gab ja durchaus ein, zwei stichhaltige Gründe dafür, oder nicht? Ganz bestimmt. Die Zeit war wie im Nu verflogen und ihm völlig entglitten, genau wie damals, als er die Monate wie ein totes Labortierchen in einem Glasgefäß verbracht hatte: in Alkohol gelegt.

Das erklärte auch, warum sein Kopf nicht richtig funktionierte. Delirium tremens, der Säuferwahnsinn.

Er blickte auf das Schachspiel und setzte sich auf die Couch. Dachte daran, sich eine Tasse Tee zu machen. Das wäre immerhin ein schwacher Versuch, wieder nüchtern zu werden. Um auf angemessene Weise von dieser Welt zu scheiden. Auf angemessene Weise von dieser Welt abzuheben.

Eine junge Frau betrat das Haus. Peter beobachtete sie interessiert, dann alarmiert. Wer war sie? Was tat sie hier? Sie blieb kurz im Wohnzimmer stehen und ging danach in die Küche. Ein Mann in beigefarbenem Anzug folgte ihr.

Sie unterhielten sich über Versicherungen, irgendein Testament.

Es mussten wohl ein, zwei Jahre vergangen sein. Konnte Betrunkenheit derart lange anhalten? Jetzt erkannte er die junge Frau. Lindsey war schnell herangewachsen und auf dem besten Wege, sich zu einer richtigen Schönheit zu entwickeln, sogar noch reizender als ihre Mutter. Nicht nötig, sie zu stören, er würde sowieso keine große Hilfe sein. Genau wie Phil hatte er nie ein Testament aufgesetzt.

Aber sie sahen ihn auch gar nicht – und das war gut so. Peter hatte Verständnis dafür und fand es ganz in Ordnung. Die Dinge wurden langsam wieder normal.

Erneut sah er zu dem Schachspiel im Enzenbacher-Design hinüber, das auf dem Couchtisch stand. Ein silberner Springer, dargestellt als Privatdetektiv im Trenchcoat, setzte gemächlich über einen gespenstischen silbernen Bauern hinweg, um dort zu landen, wo er Peters Läufer bedrohte, der sich zu weit vorgewagt hatte. Das Spiel war recht weit fortgeschritten.

Peter beantwortete den Zug damit, dass er seinen Läufer, den verrückten Wissenschaftler, drei Felder zurückversetzte. Dabei merkte er, dass ihn jemand beobachtete.

Phil hockte ihm gegenüber am Tisch. Bleich und ausgezehrt zwar, dennoch unverkennbar. Und er hatte immer noch dieses Leuchten an sich, das an einen Sonnenuntergang erinnerte und gegebenenfalls ein ganzes Zimmer erstrahlen lassen konnte.

»Schön, dich zu sehen«, sagte Peter.

Phil nickte ihm herzlich zu.

»Wo bist du gewesen?«, fragte Peter.

Hier in der Gegend. Hab gewartet. Du bist ein viel beschäftigter Mann.

Phil streckte die Hand über dem Schachbrett aus. Peter konnte die Finger seines Freundes zwar nicht sehen, aber irgendwie schaffte es Phil, die silberne Dame in Form der Marsprinzessin Dejah Thoris so vorzurücken, dass sie ihre Gegner ernsthaft bedrohte. Wieder einmal musste Peter sich geschlagen geben: schachmatt. Aber er war froh, dass nicht er, sondern Phil gewonnen hatte. Phil, der ein schweres Leben und wenig Glück bei den Frauen gehabt hatte. Phil, der sein ganzes Leben lang viel zu kurz gekommen war.

So gut es ohne Körper und ohne wirkliche Berührung ging, tauschten sie einen Händedruck aus. Dabei streckten sie die Andeutungen von Daumen zu ihrer alten Siegesgeste hoch – V für *victory* –, die aus den Tagen stammte, als für sie die Welt noch neu und voller Abenteuer gewesen war.

Peters alter Freund hatte mit seinem Besuch mehr vor, als nur das Schachspiel zu Ende zu bringen. *Wir sind fertig mit dem hier, wir müssen es aufgeben, Peter. Zeit für die tollkühne Cross-Country-Aussteiger-Tour der alten Knacker.*

Peter versuchte es zu leugnen. *Ich möchte Lindsey helfen.*

Das hast du bereits getan. Mittlerweile fällt es einem schwer, die Erinnerungen festzuhalten. Glaub mir, es ist an der Zeit. Staub zu Staub. Lass all die wichtigen Dinge einfach los.

●

Peter blickt hinunter, sehr tief nach unten, und bemerkt das Leuchten des Sonnenuntergangs in seiner Körpermitte.

Das also ist es?

Phil nickt.

Peter ist bereit, und das überrascht ihn selbst, weil er sich so lange widersetzt hat. Jetzt kann er sich wieder daran erinnern. Widersetzt schon wegen all der Kämpfe, die es ihn gekostet hat, zur Welt zu kommen und am Leben zu bleiben, sich einzupassen und zu einem sozialen Wesen zu entwickeln, die Sache mit der Kunst durchzuziehen, zu heiraten und Kinder großzuziehen. Und das alles zu beschützen ...

All die Frauen, die er geliebt hat, prächtige Körper und strahlende einladende Augen; all die Männer, mit denen er zusammengearbeitet und geredet hat, mit denen er sich die Hände geschüttelt und sich betrunken hat; die Filme und Tausende von Karikaturen; die undankbaren Bücher, für die er so geschuftet hat; seine Töchter, die beängstigend schnell und gleichzeitig zur Welt gekommen sind, schöne, runzlige rosa Babys, die ihn für immer verändert haben; die verwirrende und schmerzliche Liebe, die er für Helen, für Sascha und all die anderen empfunden hat. Er fragt sich, was sie jetzt wohl tun mögen, wen sie lieben, fühlt sich dabei einsam, von allem ausgeschlossen und verzweifelt daran. Aber das Wichtigste, das er jetzt deutlich, aber zu spät erkennt, ist die Liebe zu Helen, die ihm Kinder geschenkt und so sehr gelitten hat.

Schon recht lange hat er sich dagegen gewehrt, all das aufzugeben, und er wehrt sich immer noch. Verpflichtungen und Beziehungen, Leidenschaften, Eifersucht und Neid – all das ist ja den Lebenden vorbehalten. Und nur den Lebenden.

Es gibt noch einiges zu tun. So vieles ist noch nicht erledigt.

Phil will davon nichts wissen. *Du hast den Fluss überquert, Peter. Sinnlos, das Boot weiter mitzuschleppen. Es wird dich nur niederdrücken.*

So viele Bindungen ans Leben, so vieles, das es zu beschützen gilt. Jetzt ist der Kummer wieder da und mit ihm der letzte Stachel – die schmerzliche Erkenntnis, dass er nur noch sehr wenig Kraft in sich hat. Da ist so vieles, das er sich nicht mehr ins Gedächtnis rufen kann. Jetzt schon hat er sich halb aufgelöst, die Ränder verschwimmen bereits.

Es ist vorbei. Er kann nicht heimkehren, es gibt kein Zurück.

Schließlich beherzigt Peter Phils Rat und sucht nach dem, was ihn aus diesem Traum erlösen und das, was ihn hier fest hält, durchtrennen kann.

Wir alle sterben mit Hilfe dieses Tricks, verrät ihm Phil. *Es ist so ähnlich wie beim Kükenembryo, das vorübergehend einen Zahn ausbildet, um sich durch die Schale zu picken. Kannst du's spüren?*

Peter kann es. An jenem Zufluchtsort funkeln Lichter. Er spürt, wie er in ein anderes Land hinüberwechselt.

Peter entspannt sich, wirft das Gepäck ab, lässt das Boot los.

Das Zimmer füllt sich mit strahlend schönem Licht, aber es ist niemand da, der es sehen könnte, diesmal nicht.

Wie es ja auch sein sollte. Manche Dinge behält man am besten für sich.

Und das ist die letzte ihrer Erinnerungen, die sich jetzt von ihnen lösen, wie abgestorbene Haut: wie sie noch ein Weilchen Schach spielen. Es ist ein lockeres Spiel, ohne viel Schwung, das sich in die Länge zieht, weil sie keine Mitte mehr haben. Nach und nach können sie sich nicht einmal mehr an das erinnern, was einen Augenblick zuvor geschehen ist. Die Augenblicke selbst dehnen sich zu unglaublich langen Zeitspannen. Die Dunkelheit hat sich mit Macht über sie gesenkt, es ist die vorletzte Phase im Prozess der Loslösung von dieser Welt, der Auflösung des alten Ich. Danach kommt das Nichts, und es kommt als Gnade.

Doch selbst jetzt noch ist das wenige, das von Peter übrig ist, darauf aus, Ausschau zu halten und nach Möglichkeit auch zu beschützen. Was von Phil geblieben ist, wird ihm nicht von der Seite weichen. Immer noch können sie irgendetwas ihr Eigen nennen, denn sie sind zusammen.

Die Schachfiguren, die wie Monster aussehen, lauern auf der einen Seite des Schachbretts, und ihre Gegner, die Gespenstern ähneln, auf der anderen.

Ich hab deinen Verteidiger geschnappt.
Und ich deinen.
Sie werden nicht kampflos abziehen.

Ein Gespenst ist eine Rolle ohne Schauspieler.

Gespenster sind wie Filme: Die Geschichte spult weiter ab, auch wenn in Wirklichkeit keiner der Akteure mehr präsent ist. Wie verwelkte Haut verweilt ein Gespenst meistens noch so lange unter den Lebenden, wie es deren zerbrechliche Körper schützen kann.

Gar nicht so selten geschieht es, dass Menschen ohne inneren Kern auf die Welt kommen oder das bisschen Innenleben, das sie besitzen, auch noch verlieren. Das sind lebende Gespenster. Und wenn sie sterben – manchmal sogar noch früher –, tut sich ein Loch auf, durch das sich etwas aus dem Schattenreich ins Land der Lebenden schleicht.

Wir alle waren in jener Stadt versammelt, die davon lebt, Gespenster zu erzeugen. Wir waren dabei, als ein Mann damit anfing, die kostenlose Vernetzung der Stimmen anzubieten. Und wir sind auch jetzt dort – jämmerliche kleine Puppen, nichts als Staub.

Und dennoch eure Freunde – wenn ihr das nur erkennen könntet. Hättet ihr doch wenigstens so viel Grips, die Augen offen zu halten. Vielleicht hört ihr jetzt zu, auch wenn ihr's früher nie getan habt.

Bald schon werdet ihr zu uns stoßen.

Ihr seid als Nächste dran.

Die große Philip K. Dick-Edition

Philip K. Dick, Science-Fiction-Genie und Autor von *Blade Runner, Total Recall* sowie *Minority Report*, gilt heute als einer der größten Visionäre, die die Literatur des 20. Jahrhunderts hervorgebracht hat.

In vollständig überarbeiteter Neuausgabe:

Marsianischer Zeitsturz
3-453-21726-8

Die Valis-Trilogie
3-453-21259-2

Blade Runner
3-453-21257-6

Die drei Stigmata des Palmer Eldritch
3-453-21256-8

Zeit aus den Fugen
3-453-21258-4

Der unmögliche Planet
3-453-21260-6

Ubik
3-453-87336-X

Der dunkle Schirm
3-453-87368-8

Eine andere Welt
3-453-87403-X

3-453-21257-6